HEYNE <

Das Buch

Jane True ist zurück – noch immer hat sie ihr inneres Gleichgewicht nicht so ganz gefunden und ringt mit ihren magischen Fähigkeiten. Noch immer hofft sie, in der verschlafenen Kleinstadt Rockabill in Frieden leben zu können, und noch immer überraschen sie die romantischen Eskapaden des Vampirs Ryu.

Es hat sich eigentlich nichts geändert – bis auf die Tatsache, dass ihre Mutter, die einst spurlos verschwand, ermordet wurde, wie Jane erfahren muss. Diese Entdeckung lässt ihr keine Ruhe mehr. Sie setzt alles daran, den Schuldigen zu finden. Nebenbei ermittelt sie auch noch im Falle eines Serientäters, der wahllos Frauen angreift und die ganze Stadt in Atem hält. Und als wäre das alles nicht genug, steht die bezaubernde Jane plötzlich zwischen zwei Männern: Neben Ryu macht ihr der charismatische Anyan den Hof, zu dem Jane sich unwiderstehlich hingezogen fühlt... Jede Menge Probleme also, die die impulsive Jane auf gewohnt stürmische Weise löst.

»Nicole Peeler ist der neue Star der Urban Fantasy!«

Romantic Times

Die Autorin

Wenn sie nicht gerade tief in die Welt der übersinnlichen Wesen abgetaucht ist, arbeitet Nicole Peeler als Universitäts-Dozentin. Mit ihrem ersten Roman *Nachtstürme* erzielte sie in den USA auf Anhieb einen riesigen Erfolg.

Lieferbare Titel

Nachtstürme – Meeresblitzen

Nicole Peeler

Sturmtosen

Roman

Aus dem Englischen
von Carolin Müller

WILHELM HEYNE VERLAG
MÜNCHEN

Titel der Originalausgabe:
TEMPEST'S LEGACY

MIX
Papier aus verantwortungsvollen Quellen
FSC® C014496

Verlagsgruppe Random House FSC-DEU-0100
Das für dieses Buch verwendete FSC®-zertifizierte Papier
Holmen Book Cream liefert Holmen Paper, Hallstavik, Schweden.

Vollständige Erstausgabe 02/2012
Redaktion: Sabine Thiele

Printed in Germany 2012
Umschlaggestaltung und -illustration: Nele Schütz Design, München
Satz: Uhl + Massopust, Aalen
Druck und Bindung: GGP Media GmbH, Pößneck
ISBN: 978-3-453-52877-2

www.heyne-magische-bestseller.de

Für Abby und Wyatt
Hört nicht mit dem Lesen auf,
dann werdet ihr eines Tages eines der Bücher
eurer Tante lesen dürfen.
Ich liebe euch beide über alles.

KAPITEL 1

Ich liebe es, wenn Leute schon vorher über ihre eigenen Witze lachen. Und was auch immer Marcus uns gleich erzählen würde, er selbst fand es ganz offenbar *sehr* lustig, denn er fing an zu kichern, sobald er verkündet hatte, er habe da einen »echt Guten« gehört: »Ein Gott stellt einem Selkie, einem Alfar und einem Nahual je einen Wunsch frei. Der Selkie wünscht sich ein Meer voller Fische.« Marcus legte eine dramatische Pause ein und schaute mich an, als wäre das jetzt mein Stichwort, einen Heilbutt aus dem BH zu ziehen und daran herumzuknabbern, bevor er fortfuhr: »Der Alfar schubst den Selkie zur Seite und wünscht sich eine von Mauern umgebene Stadt, in der nur Alfar leben dürfen.« Wir griffen nach unseren Drinks, während Marcus erneut innehielt und sich schweigend auf die Pointe vorbereitete. Dann gönnte er sich noch ein selbstgefälliges Glucksen. »Der Nahual wägt seine Optionen ab. Er schaut den Gott an, er schaut den Alfar an und fragt, wie hoch die Mauer denn sei. Und als der Alfar sagt, dass er eine sehr hohe Mauer haben möchte, meint der Nahual zu dem Gott … er soll die Stadtmauern mit Wasser füllen!«

Iris kicherte und warf ihre honigfarbene Haarmähne zurück. Marcus krümmte sich vor Lachen, und seine Lebensgefährtin Sarah sah ihn mit der leidgeprüften Miene einer Frau an, die sich ein und denselben Witz schon fünfzehnmal hintereinander hatte anhören müssen. Marcus und Sarah waren eines dieser Paare, die sich wie Hunde und ihre Besitzer über die Jahre immer ähnlicher geworden waren. Beide waren klein und sehr schlank, aber muskulös, mit ähnlich kurz geschnittenen Haaren und fast identisch in Jeans und Collegepullis gekleidet. Mit anderen Worten, sie wirkten wie Zwillinge, abgesehen davon, dass er afroamerikanisch aussah und sie europäisch. In Wahrheit waren sie aber beide Nahuals – oder Formwandler – und ganz und gar nicht menschlich.

Kaum zu glauben bei den Pointen, dachte ich und beschwerte mich kopfschüttelnd über die Witze von Übernatürlichen im Allgemeinen und die von Marcus im Besonderen: »Mann, du erzählst immer nur Menschenwitze, bei denen du die ethnischen Stereotype durch unsere Gattungsstereotype ersetzt. Du bist wie Cartman aus *South Park*, in der Folge, in der er in bekannten Liedern ›Baby‹ immer durch ›Jesus‹ ersetzt und dann behauptet, er sei ein christlicher Rocker.«

»Stimmt ja gar nicht«, widersprach Marcus wie immer. Wir führten dieses Streitgespräch so gut wie jedes Mal, wenn Marcus mir mal wieder einen »neuen« Witz erzählte. »Es waren die Menschen, die *unsere* Witze gestohlen und unsere Gattungen durch menschliche Glaubensführer ersetzt haben.«

Ich schnaubte verächtlich. Wohl kaum, wenn man bedenkt, wie eifersüchtig die Übernatürlichen ihre geheime Existenz schützten. Aber wie gesagt, das war ein Streit, den keiner von uns gewinnen würde. Ganz abgesehen davon, dass Iris noch immer vor sich hin kicherte und sie zu hübsch war, als dass man sie ignorieren konnte.

»Oh, Marcus, du bist so lustig!«, kicherte sie, und Sarah und ich verdrehten die Augen.

»Ermutige ihn nicht noch«, brummte Sarah neben mir.

»Wir wissen ja, dass er noch mehr davon auf Lager hat«, flüsterte ich ihr ins Ohr, just als Marcus sich an Sarah wandte und stolz verkündete: »Tja, davon habe ich noch mehr auf Lager.«

Sarah und ich rissen gleichzeitig die Arme hoch und stießen ein triumphierendes »Yeah!« aus. Dann besiegelten wir unsere vereinte Brillanz, indem wir abklatschten und uns vor Lachen krümmten.

»Ihr zwei seid echt zum Schießen«, sagte Marcus trocken und stand auf, um uns allen noch eine Runde Drinks von seiner Aushilfe an der Bar mixen zu lassen. Er und Sarah hatten eigentlich ihren freien Abend, aber der *Stall* war nun mal der einzige Laden in Rockabill, wo man vernünftig etwas trinken konnte, also verbrachten sie ihre Freizeit am Ende doch oft an ihrem Arbeitsplatz.

Sarah und ich kicherten immer noch, als Iris' Augen plötzlich auf diese vielsagende Elbenart zu glühen begannen. Und tatsächlich, als ich mich umdrehte, stand dort der Pastor mit seiner Frau. In der Öffentlichkeit waren sie Musterbeispiele konservativer Anständigkeit, aber privat waren sie anscheinend größere Swinger als Piñatas. Iris winkte ihnen dezent zu, was sie huldvoll erwiderten, als sie an uns vorbei in den Restaurantbereich hinübergingen.

Iris verfolgte ihren Gang mit leuchtenden Augen. Ihr Elbenmojo brauste gegen meine Schilde, und ich warf ihr einen warnenden Blick zu. Iris bekam immer jede Menge Aufmerksamkeit. Sie sandte ständig kleine Reizwellen aus, und außerdem – mit ihrem Körper eines Playmates in Kombination mit dem Gesicht des netten Mädchens von nebenan – war sie einfach umwerfend betörend. Aber manchmal, wenn sie erregt war, ließ sie ihre Deckung sinken und entfesselte die ganze Macht ihres elbtastischen Selbst. Dummerweise bedeutete das, dass dann nicht nur Iris, sondern *alle* die Kontrolle verloren.

Dass Iris hier im *Stall* mitten in Rockabill eine Orgie startete, konnten wir wirklich nicht brauchen … unsere puritanischen Vorfahren würden sich aus ihren Gräbern erheben und uns mit ihren rasiermesserscharfen Schießeisen voller Missbilligung aufspießen.

Meine Freundin warf mir ein entschuldigendes Lächeln zu, und ich spürte, wie sie ihre Magie wieder herunterdimmte. Ich wollte gerade einen Scherz machen, da Iris sich immer schlecht fühlte, wenn sie sich hinreißen hatte lassen, als das Handy in meiner Tasche zu summen begann. Nachdem ich es herausgeholt hatte, sah ich Ryus Namen auf dem Display aufblinken. Während ich noch abwog, ob ich den Anruf annehmen sollte oder nicht, legte er auf. Ich starrte angestrengt auf mein Telefon, bis ich mich schließlich kurz entschuldigte. Iris sah mich wissend an, und ich rief, noch während ich zum Ausgang ging, Ryus Nummer auf und überlegte noch einmal, was ich tun sollte.

Mein Ex-Freund und ich waren noch immer nicht gut aufeinander zu sprechen, seit er mir eine Riesenszene gemacht hatte, weil er erwartete, dass ich zu ihm nach Boston zog. Es hatte nie Funkstille zwischen uns geherrscht, und in letzter Zeit sprachen wir sogar wieder öfter miteinander, aber ich war mir noch immer nicht sicher, was ich wollte. Auf der einen Seite lag mir verdammt viel an Ryu. Er sah gut aus, war großzügig und hatte Stil. Außerdem hatte er mir das Leben gerettet und das auf mehr als nur eine Weise. Als wir uns während einer seiner Ermittlungen in einem Mordfall hier in Rockabill kennengelernt hatten, war Ryu extra länger geblieben, damit wir zusammen eine gute Zeit haben konnten. Er hätte seine Ermittlungen vor Ort locker in ein paar Tagen ohne mich abschließen können, aber er zögerte es hinaus und schleppte mich überall mit hin, weil da diese starke gegenseitige Anziehungskraft zwischen uns war. Was mir, wie ich später erfuhr, den Hals rettete, denn ein Mörder hatte nur auf seine Chance gewartet, mich um die Ecke zu bringen, was nur durch Ryus Anwesenheit vereitelt worden war.

Ryu hatte mich außerdem aus der jahrelangen Starre geholt, in die ich nach dem Tod meiner großen Liebe Jason versunken war. Ich war nur halb lebendig gewesen, bis Ryu auftauchte. Allerdings hatte das Zusammentreffen mit ihm mich auch in die übernatürliche Welt stolpern lassen. Aber das kann ich ihm nicht vorwerfen. Ich war es schließlich gewesen, die Peter Jakes' Leiche fand, und außerdem waren meine Kräfte zu stark. Nell, die Zwergin, und das restliche übernatürliche Volk aus der Gegend von Rockabill hätten mich früher oder später sowieso in den Schoß der Familie geholt.

Auf der einen Seite lag mir also viel an Ryu, auf der anderen Seite hatte der Baobhan Sith jedoch ein paar ziemlich seltsame Prioritäten, besonders was die Liebe betraf. Und obwohl ich wusste, dass ihm ernsthaft etwas an mir lag, und wir uns ganz klar zueinander hingezogen fühlten, wurde ich einfach das Gefühl nicht los, dass der wahre Grund für Ryus Verlangen nach mir darin lag, dass ich die Halblingsvariante einer Bentobox für ihn war. Aus irgendeinem Grund ergab mein gemischtes Blut einen sehr seltenen Cocktail: Ich hatte die magischen Fähigkeiten eines übernatürlichen Wesens und das Blut eines Menschen. In anderen Worten war ich eine echte Rarität, weil ich eine vollwertige Partnerin für ihn abgab. Er konnte sich an meinem elixierreichen Blut nähren, und gleichzeitig konnte ich in magischer Hinsicht und bezüglich meiner Lebensdauer mit ihm mithalten.

Aber auch wenn ich es ihm nicht verübeln konnte, dass er sich eine echte Partnerin wünschte, war mir unwohl dabei, mein Leben als ein laufendes, sprechendes Lunchpaket zu verbringen.

Ein weiterer wichtiger Faktor, der meiner Rückkehr in Ryus Leben einen seltsamen Beigeschmack geben würde, war die Tatsache, dass ich mich wie ein Teenager bis über beide Ohren verknallt hatte, und das in jemanden, der vermutlich die dafür ungeeignetste Person überhaupt war. Anyan Barghest war ein knallharter Krieger, ein international gefeierter Künstler (über viele menschliche Leben hinweg und unter verschiedenen Namen), ein echt scharfer Typ und jemand, der mich kannte, seit ich ein zahnloser, sabbernder Säugling war. Mit anderen Worten – er spielte wirklich in einer ganz anderen Liga. Aber irgendwann hatte ich mich nicht nur in ihn verliebt, sondern richtig verknallt wie eine Siebtklässlerin. Ich wollte Iris kleine Zettelchen an ihn zustecken, die mit Jane Barghest unterschrieben waren. Ich wollte ANYAN LIEBT JANE auf mein Erdkundeheft schreiben, aber leider hatte ich keinen Erdkundeunterricht mehr. Ich wollte Mash spielen, mit ihm als meiner alleinigen Ehemann-Option. Abgesehen davon wollte ich jede Menge Sachen mit ihm machen, die ganz bestimmt nichts für eine Siebtklässlerin waren und bei denen meist dick aufgetragene Nahrungsmittel im Spiel wären, aber es war alles völlig hoffnungslos. Nicht zuletzt, weil ich Anyan nicht mehr gesehen hatte, seit ich nach meiner Rückkehr aus Boston vor zwei Monaten neben ihm in seiner Hundeform eingeschlafen war.

Ich hatte meine wahren Gefühle für den Barghest beharrlich ignoriert, bis zu jener Nacht am Strand, in der ich träumte, dass wir rummachten. Die ersten Tage nach meiner Zeit in Boston waren schlimm gewesen. Ich hatte kein Auge zugetan, bis ich mich schließlich in meine Bucht geflüchtet hatte, wo ich in der Geborgenheit am Meeresufer endlich zur Ruhe kam. Als der Albtraum wiederkam, der mich seit Tagen wach hielt, und ich mich unruhig herumwälzte, fand Anyan mich. Er ließ meinen schlafenden Körper wissen, dass er da war, um mich zu beschützen, und mein schlafendes Gehirn dankte es ihm, indem es ihn zum Star in einem der explizitesten erotischen Träume machte, die ich je gehabt hatte. Und ich träume ziemlich schmutzig.

Unfähig länger zu leugnen, auf was mich mein Unterbewusstsein mit der Nase gestoßen hatte, war ich noch immer ziemlich erregt, deprimiert und mutterseelenallein in der Bucht erwacht. Schließlich hatte ich mir die ganze Sache so erklärt, dass ich meine Gefühle für Ryu, der mich wollte, und ziemlich konkrete Gefühle für einen Mann, der sie niemals erwidern würde, durcheinandergebracht hatte.

Großartig.

Ich biss mir noch einmal bestärkend auf die Unterlippe,

während ich auf Ryus Namen und Nummer starrte, die auf meinem Display aufleuchteten. Ich nahm mich zusammen und drückte auf Anrufen. Das war keine schlechte Leistung von mir. Immerhin wollte ein Teil von mir (und zwar meine Libido) Ryu bei jedem Telefonat bitten, *sofort* nach Rockabill zu kommen. Aber ein anderer Teil von mir hielt dagegen, dass ich unsere Trennung besser endgültig machen sollte. Mit anderen Worten, unsere Beziehung war so kompliziert wie eh und je.

»Jane?«, antwortete Ryu nach dem vierten Klingeln.

»Hey, Ryu. Was gibt's?«

»Nichts. Ich wollte nur deine Stimme hören.«

Als Reaktion darauf schnurrte meine Libido, obwohl ich über Ryus Spruch die Augen verdrehte. Der Baobhan Sith hatte seinen Doktor in Romantik Schmomantik mit magna cum laude gemacht, was ich liebenswert und lästig zugleich fand.

»Jane, hast du mich gehört?«

»Ja. Entschuldige, Ryu. War eine lange Woche. Danke, du fehlst mir auch.«

Lügner, dachte meine Tugend mürrisch.

Gar nicht, raunzte meine weniger verantwortungsbewusste Libido zurück.

»Was machst du gerade?«

»Ich bin mit Iris, Sarah und Marcus im *Stall* was trinken. Grizzie und Tracy kommen auch noch.«

»Wie geht es denn allen so?«

»Gut. Tracy ist schwanger!«, sagte ich, als mir einfiel, dass ich ihm diese Neuigkeit noch gar nicht erzählt hatte.

»Wirklich?«

»Ja. Im dritten Monat. Es geht ihnen gut. Tracy ist furchtbar aufgeregt, weil man es ihr langsam ansieht, aber das ist nur, weil ...«

»Das sind ja tolle Neuigkeiten, Jane«, unterbrach Ryu mich ziemlich unsanft, wenn man berücksichtigte, dass ich ihm etwas so Wichtiges mitteilte. »Aber wie geht es dir?«

Ich zögerte mit meiner Antwort, denn ich ahnte, dass irgendetwas nicht stimmte.

Ungeachtet seiner Schwächen hatte Ryu normalerweise einwandfreie Umgangsformen. Mich einfach so zu unterbrechen, sah ihm gar nicht ähnlich, zudem klang auch seine Stimme ungewohnt ernst.

»Mir geht es gut«, antwortete ich vorsichtig. »Die Arbeit ist wie immer. Im Training habe ich endlich das mit den magischen Fühlern, die mir so Schwierigkeiten gemacht haben, begriffen, und neulich habe ich Trill sogar bei einem Duell geschlagen.«

Ich hatte mir mit dem Training offensiver Magie den Hintern abgearbeitet, und mittlerweile gelang es mir schon ganz gut. Von Con gekidnappt zu werden und mich von Graeme windelweich prügeln zu lassen, war eine ziemlich gute Motivationshilfe gewesen, und auch Anyans Lektionen darüber, wie ich meine Kräfte am besten manifestiere, hatten mir gute Dienste erwiesen. Ich hatte entdeckt, dass ich über überraschend aggressive Magie verfügte, wenn man bedachte, dass ich bloß zur Hälfte eine Selkie war. Ich musste mich nur noch an die Vorstellung von Jane True als ein angriffslustiges Hybridwesen gewöhnen.

»Sieht so aus«, sagte ich frech, »als sei ich die Art von Seehund, die zurückschlägt.«

»Das ist super«, erwiderte Ryu, doch er klang noch immer beunruhigt. Nach einem kurzen Schweigen war seine Stimme sogar noch ernster.

»Du weißt doch, dass ich immer für dich da bin, oder?«

Was zum Teufel?

»Okay«, antwortete ich.

»Ich meine das so, wie ich es sage. Ich werde immer für dich da sein, Baby.«

Jetzt war Ryu mehr als bloß ein bisschen dramatisch, aber Drama und Ryu, das passte zusammen wie Käse und ... nun ja, Käse passt zu allem.

»Danke, ich bin auch für dich da«, entgegnete ich wenig überzeugend.

»Ich überlasse dich jetzt wieder deinen Freunden.«

»Ähm, okay. Danke für den Anruf.«

Ryu schwieg für eine Sekunde, und als er antwortete, war seine Stimme sehr bedeutungsvoll.

»Vergiss nicht, was ich gesagt habe, Jane. Wir sprechen uns bald wieder.«

Mit diesen kryptischen Worten legte er auf. Ich blinzelte mein Handy erstaunt an und fragte mich, was er verdammt noch mal vorhatte, bis auf dem Parkplatz vor mir eine Autotür laut zugeknallt wurde.

Es war meine alte Erzfeindin Linda Allen und ihr aktueller Freund Mark, der neue Postangestellte, mit dem ich beinahe ausgegangen wäre, bis er von meiner schäbigen selbstmörderischen Vergangenheit Wind bekommen hatte und mich fallen ließ wie eine heiße Kartoffel.

Mittlerweile lagen die Dinge anders, und Linda und Mark lächelten mich im Vorbeigehen bloß höflich an. Okay, zugegeben, ich hatte sie vor einigen Wochen mit einer kleinen Aura belegt, die sie dazu veranlasste, Jane respektvoll zu behandeln. Aber ich ließ mir auch nicht mehr jeden Mist gefallen.

Mark hielt Linda die Tür auf, und ich verspürte einen Stich der Trauer. Das Alleinsein nach Jasons Tod war so vertraut gewesen, aber dann war Ryu gekommen und hatte meine Welt durcheinandergewirbelt wie eine Schneekugel. Er hatte mich wieder daran erinnert, wie es war, jemanden an seiner Seite zu haben, und dieses Gefühl der Verbundenheit vermisste ich nun. Außerdem vermisste ich auch den Sex ziemlich, aber zumindest hatte ich als Ersatz eine Schublade voller Sexspielzeug von Grizzie. Allerdings hielt einem eine *Pocket Rocket* weder die Tür auf oder Händchen noch glänzte sie als Gesprächspartner.

Andererseits sind Sexspielzeuge eher selten kompliziert, dachte ich und zuckte zusammen, als mir jemand an den Hintern fasste.

Ich brachte meinen Atem wieder unter Kontrolle und fuhr die Schilde herunter, die ich bei der Berührung reflexartig aktiviert hatte. *Dieses Kneifen kenne ich doch*, dachte ich, und als ich mich umdrehte, stand Grizzie hinter mir und grinste mich anzüglich an.

»Wenn man vom Teufel spricht«, sagte ich trocken, »kneift er dir in den Hintern.«

»In was für Gedanken bist du denn versunken?«, fragte meine große Freundin lachend, als sie mich zur Begrüßung umarmte. »Ich stampfe mit meinen großen Tretern hier an, und du zuckst nicht mal mit den Wimpern.«

»Ach, ich bin wieder mal in meiner eigenen Welt.« Ich zuckte mit den Schultern und sah, wie Tracy angewatschelt kam und sich neben ihre Lebensgefährtin stellte.

»Ich werde fett«, schnaufte sie.

»Du bist nicht fett«, schalt ich, als ich sie umarmte. »Du bist schwanger.«

Als ich sie wieder losließ, blickte Tracy demonstrativ auf ihren Bauch.

»Mit Zwillingen«, räumte ich ein und tätschelte ihr bereits sichtbar gewölbtes Bäuchlein.

»Sumoringer-Zwillinge«, gluckste Grizzie, wofür ich ihr einen bitterbösen Blick zuwarf.

»Nie wieder«, murmelte Tracy, als ich ihr die Tür aufhielt. »Nächstes Mal, Ms. Montague, bekommst *du* den Braten in die Röhre, und ich zeige mit dem Finger auf dich und lache mich schlapp.«

Ich musste lächeln, wie sie sich darüber zankten, wer das nächste Mal schwanger werden müsste. Grizzie betonte immer wieder ihre »mädchenhafte Figur«, aber ich wusste, dass ihr das eigentlich ganz egal war und sie sich darauf freute, auch bald einmal schwanger zu sein.

Wir plauderten noch ein bisschen, bevor wir hineingingen. In Maine herrschte in Bars schon seit Ewigkeiten Rauchverbot, weshalb wir uns trotz Tracys Schwangerschaft weiter im *Stall* treffen konnten. Meine beiden menschlichen Freundinnen hatten sich ziemlich nahtlos in die kleine übernatürliche Truppe von Rockabill eingefügt. Sie wussten zwar nichts von unseren »wahren« Identitäten, aber das war auch kein großes Problem bei dieser Clique, in der alle über hochentwickelte menschliche Fassaden verfügten und Grizzie und Tracy gerne dabeihatten. Nicht zuletzt, weil Grizzie den Druck von ihnen nahm. Wenn irgendwer wie ein mythisches Wesen aussah, dann Grizelda Montague. Während Tracy ihr übliches langärmeliges Poloshirt und Cargohosen anhatte, trug ihre Lebensgefährtin einen hautengen Kunstleder-Catsuit und hatte ihre Haare zu zwei Zöpfen geflochten und wie Prinzessin Leia über ihren Ohren zu Schnecken gerollt. Für einen Mittwochabend im Pub eines Kaffs wie Rockabill mit rund tausend Einwohnern.

Grizzie war einfach unglaublich.

Marcus half der Mutter in spe in die Sitzecke, die er extra für uns freigemacht hatte, und ging dann an die Bar, um eine weitere Runde Drinks für uns und einen Orangensaft für Tracy zu besorgen. Grizzie zog einen Stuhl heran, um am Tischende neben ihrer Lebensgefährtin Platz zu nehmen. Sarah rutschte aus der Bank heraus, um Marcus mit den Getränken zu helfen. Ich hörte, wie Grizzies Kunstleder-Catsuit bei jeder Bewegung schmatzende Geräusche machte, und rutschte dann auf den Platz gegenüber von Iris. Sofort fingen alle an, durcheinander zu reden, doch wie das bei guten Freunden so ist, unterhielten wir uns trotzdem prächtig.

Bald darauf kam Sarah mit den Drinks zurück und fing an, sich mit Tracy und Grizzie über deren Schwangerschaft zu unterhalten, und Iris nutzte die Gelegenheit, mich über den Tisch hinweg ein wenig auszuhorchen.

»War das Ryu?«, fragte sie mit honigsüßer Stimme.

»Ja.«

»Dachte ich mir, so wie du geschaut hast. Was wollte er?«

»Ich weiß nicht so genau. Er war kryptisch wie immer.«

»Wirst du ihn treffen?«

»Er hat schon so etwas gesagt, von wegen, dass er mich sehen will, aber er schien keine konkreten Pläne zu haben. Mann, was soll ich bloß mit dem Kerl machen?«, seufzte ich und ließ niedergeschlagen meine Stirn auf den Tisch sinken.

»Nun ja, zuerst würde ich ihn fesseln, und dann würde ich mit einer Feder anfangen und einem Staubwedel …«

»Iris! Ich meinte … nicht das. Sondern was soll bloß aus ihm und mir werden?«

»Oh. Keine Ahnung. Ich bin nur beim Sex gut. Beziehungen sind eine ganz andere Baustelle.«

Ich wurde blass, als ich bemerkte, wie rücksichtslos ich war. Erst kürzlich hatte ich erfahren, dass Iris vor Ewigkeiten einmal einen Menschen geliebt hatte, mit dem sie sogar ein Kind gehabt hatte. Das Kind war aber ohne jegliche magische Fähigkeiten auf die Welt gekommen, und sowohl ihr Mann, als auch ihr Sohn waren bereits verstorben, während sie weiterhin jung und kräftig war wie eh und je. Den Verlust der beiden hatte Iris nie verwunden, und seitdem war sie keine ernsthafte Beziehung mehr eingegangen.

»Tut mir leid, Iris.«

»Muss dir nicht leidtun. Ist schon okay. Aber wir haben von dir und Ryu gesprochen.«

Ich wusste, dass Iris nicht gern über ihre Vergangenheit sprach, also wechselten wir das Thema.

»Ich hasse es einfach, dass wir so einen Eiertanz aufführen. Er bedeutet mir schon viel, aber es ist alles so kompliziert.«

»Und dann ist da ja auch noch Anyan«, sagte Iris mit gesenkter Stimme, damit nur ich es hören konnte.

Ich schnaubte. Natürlich wollte ich mit Anyan Sachen anstellen, die selbst Casanova erröten lassen würden. Aber zu jeder Fantasie über den Barghest, die mit Handschellen und geträufeltem Honig zu tun hatte, kam eine genauso lebhafte, bei der ich ihm eine scheuerte. In Boston hatte ich das Gefühl gehabt, als bestehe eine echte Verbindung zwischen uns, und er hatte gesagt, er fühle sich schlecht, wenn er nicht für mich da sein könne. Und dann war er, kaum dass wir wieder in Rockabill waren, einfach verschwunden. Ich fühlte mich zurückgewiesen. Und bescheuert, überhaupt so zu empfinden, denn ich hatte schließlich kein Recht auf solche Gefühle. Wir waren nie mehr als bloß Bekannte gewesen. Aber ich war noch immer wütend auf ihn, obwohl ich wusste, dass das total irrational von mir war. Es war der unsinnige Zorn unerwiderter Liebe, und ich war nicht stark genug, seiner Versuchung zu widerstehen.

»Was soll schon mit Anyan sein«, erwiderte ich hitzig. »Und ich bin dumm, wenn ich geglaubt habe, da sei mehr zwischen uns. Es fängt ja schon mal damit an, dass Anyan *nie* hier ist. Außerdem ist er eine Nummer zu groß für mich. Und er hat in mir nie mehr gesehen als jemanden, auf den er aufpassen muss. Ich mag ja durchaus Macken haben, aber ganz bestimmt keinen Vaterkomplex. Ich will doch mit keinem Mann zusammen sein, der denkt, er wäre mein Babysitter. Im Übrigen muss ich mir über meine Gefühle für Ryu klarwerden, ohne dass Anyan da reinspielt. Ich bin Ryu mehr schuldig als das.«

»Bist du das? Ryu mehr schuldig als das? Und würdest du für Anyan genauso empfinden?«

Ich schnitt Iris eine Grimasse. »Ich weiß nicht, was in mir vorgeht. Aber ich darf meine Gefühle für den Blutsauger nicht auf der Basis meiner Gefühle für den Höllenhund einordnen, der ganz offensichtlich nicht einmal weiß, dass ich überhaupt existiere. Abgesehen davon steht das gar nicht zur Debatte.

Zumindest noch nicht. Ryu ist in Boston, ich bin in Rockabill, Anyan ist irgendwo. Also ignoriere ich einfach alles, bis mir die ganze Sache um die Ohren fliegt. Und dann bekomme ich Panik und renne zu dir.«

Iris lachte. »Deine Pläne sind wie immer Schrott, Jane. Aber du weißt ja, ich bin für dich da, wenn du mich brauchst.«

Und ich sollte ihre Hilfe schon bald benötigen. Im Gegensatz zu Ryus kryptischen Äußerungen wusste ich ganz genau, was Iris meinte. Sie wollte mir sagen, dass sie meine Freundin war und für mich da sein würde, wenn ich sie brauchte, genauso wie jeden einzelnen Tag zuvor in den letzten Monaten. Ich lächelte sie dankbar an und legte meine Hand auf ihre.

»Danke, Lady. Du weißt, wie lieb ich dich habe.«

Die Elbe lachte. »Ja, ich weiß, du sagst es mir jedes Mal, wenn du betrunken bist.«

»Auf betrunkene Liebeserklärungen«, sagte ich und erhob das Glas. Wir stießen erst miteinander an und dann mit allen anderen aus unserer Runde.

Ich sah meine Freunde strahlend an, wohl wissend, wie glücklich ich mich schätzen konnte, sie zu haben. Wir unterhielten uns noch eine gute Stunde, bis Tracy und Grizzie sich verabschiedeten. Kurz darauf heftete sich Iris unauffällig an die Fersen des Swinger-Pastors und seiner Frau. Als dann auch noch Sarah und Marcus gute Nacht sagten, ging auch ich und widmete mich der einen weiteren Sache, die mir genauso viel bedeutete wie meine Freunde und meine Familie.

Meinem Meer.

Kapitel 2

Am nächsten Tag lag ich wohlig auf meinem Lieblingsfelsen und genoss die Strahlen der Nachmittagssonne, die träge am Horizont hing.

Erst seit letztem Monat beherrschte ich meine Unsichtbarkeitsaura und konnte somit endlich auch tagsüber schwimmen gehen. Nachdem ich jetzt jederzeit ohne Angst vor Entdeckung im Meer baden konnte, gab es für mich kein größeres Paradies, als auf einem warmen Felsen zu liegen, der an einer seichteren Stelle aus dem Wasser ragte, die schäumende See nur eine Armlänge entfernt.

Von außen mochte ich völlig friedlich und entspannt aussehen, aber insgeheim trainierte ich. Heute hatte ich zwar offiziell meinen freien Tag, sowohl von der Arbeit als auch von meiner magischen Ausbildung. Aber nachdem ich gestern Abend schon aus war, wollte ich nicht noch mehr Zeit verlieren. Auf den ersten Blick lag ich also zwar untätig herum, übte jedoch, kleine Kraftschübe auszulösen, mit denen ich Wasser schöpfte und neben meinem Kopf ausschüttete. Es erforderte viel Kontrolle und eine sehr dicht gewirkte Kraft, um

Flüssigkeit festzuhalten, die Übung war also tatsächlich sehr anspruchsvoll.

»Du sollst dich doch ausruhen, Jane«, ertönte eine ölglatte Stimme irgendwo aus der Nähe meiner Füße. Widerwillig hob ich den Kopf und sah stirnrunzelnd zu meinem ungebetenen Gast hinunter. Es war meine Kelpie-Freundin Trill. Kelpies waren bimorph wie Selkies, nur dass sich Trill, anstatt wie meine Mutter in einen Seehund, in ein komisches kleines Unterwasserpony verwandeln konnte. Gerade hatte sie aber ihre menschliche Form, um sich besser mit mir zusammen sonnen zu können.

»Ich *ruhe* mich doch aus«, sagte ich. »Bin ich in der Horizontalen oder nicht?«

»Was ich so höre, machst du jede Menge Sachen in der Horizontalen, die rein gar nichts mit Ausruhen zu tun haben.«

»Ha ha, sehr witzig. Aufgepasst, Komiker dieser Welt – hier kommt Trill Kelpie!«

Trill stieß ein komisches krächzendes Geräusch aus, das ich erst nach langer Zeit als ihre Version eines mädchenhaften Kicherns erkannt hatte.

»Tja, alles ›ponymäßige‹ ist nun mal besser. Besonders pony-style.«

Ich ließ meinen Kopf wieder auf den Felsen sinken und kniff die Augen zusammen. »Hilfe, redest du etwa gerade über Ponysex? Weil, wenn ja, dann hast du mich vermutlich fürs Leben versaut.«

Allein der Gedanke an zwei kleine Kelpies, die es miteinander treiben, ließ mich erschaudern.

Trill krächzte noch einmal ihr raues Kichern, und dann

hörte ich, wie sie sich aus dem Wasser hievte. Ich qui testierend, als kalte Wassertropfen auf meine sonn Haut trafen. Die perlgraue Haut der Kelpie schimmerte matt im Sonnenlicht, ihre Hände mit den schwarzen Fingernägeln – meerkalt – stupsten mich wie eisige Klingen an, damit ich zur Seite rutschte und ihr Platz machte. Zuerst weigerte ich mich, denn es war einfach zu bequem, um sich vom Fleck zu rühren, doch dann drohte sie mir damit, ihr grünes Algenhaar über meinem Bauch auszuwringen. Da rutschte ich schließlich doch zur Seite, damit Trill auf meinem Felsen Platz fand.

Wir lagen in kameradschaftlichem Schweigen nebeneinander und dösten mindestens eine halbe Stunde vor uns hin. Aber ich wusste, so ein Frieden konnte nicht lange währen, und schon bald drängte sich Trills glitschige Stimme in mein gemütliches Päuschen.

»Wie fühlst du dich diese Woche?«

Vom ersten Moment unseres Kennenlernens an war Trill meine Freundin und meine Schwimmgefährtin gewesen. Aber nach den Ereignissen in Boston hatte sie es sich außerdem zur Aufgabe gemacht, auch noch meine Therapeutin zu spielen.

Ich wünschte mir, ihr sagen zu können, dass ich ihre Hilfe nicht brauchte, aber ich wusste es besser.

Wenn ich ehrlich war, war ich ziemlich fertig, als ich aus Boston zurückkam. Mir war natürlich klar, dass ich sehr viel Glück gehabt hatte. Im Gegensatz zu den beiden Frauen, die wir gesucht hatten, Edie und Felicia, war ich noch am Leben. Ich hatte keine einzige körperliche Narbe von den Schlägen zurückbehalten, die Graeme, der sadistische Vergewaltiger-Elb, mir zugefügt hatte. Ich sah genauso aus wie die Jane

True, die zuvor mit ihrem Freund in ein romantisches Valentinstags-Wochenende gefahren war.

Aber diese Jane True war ich nicht… nicht mehr.

Natürlich gab es Momente, vor allem, wenn ich mit meinen Freunden zusammen war oder wenn ich trainierte, in denen ich mich an eine Zeit ohne Schuldgefühle erinnerte. Aber wenn ich allein war, konnten meine Gedanken ganz schön bedrückend sein.

Mir war schon immer klar gewesen, dass das Leben nicht fair war. Der Verlust meiner Mutter und von Jason hatten mich schon früh gelehrt, dass auch anständigen Leuten Schlimmes widerfahren kann, weil das Leben eben launenhaft ist und der Tod unberechenbar. Aber bis letzten Februar hatte ich das Universum nie für *grausam* gehalten. Der Ausdruck in Graemes Augen, als er mir in die Lippe biss, das Fehlen jeglicher Emotion in Phädras Gesicht, als sie Conleth den Kopf abhackte, und Conleths Blick, als er mich kurz vor seinem Tod um Hilfe anflehte… All das hatte mich ganz schön mitgenommen. Ich war nicht in der Lage gewesen, irgendwem zu helfen, nicht einmal mir selbst und schon gar nicht den beiden Frauen, die durch Graemes Hand gestorben waren, weil wir nicht schlau oder nicht schnell genug für ihre Rettung gewesen waren.

Und dann waren alle Beteiligten – ausgenommen der Toten natürlich – einfach wieder zum Alltag übergegangen. Ryu war nach Boston zurückgekehrt, ich nach Rockabill. Und Phädra und ihre Truppe in den Verbund. Phädra war eine Alfar, und ihre Lügen, dass Conleth für all die Morde – sowohl in Boston als auch in der Grenzregionsstadt Chicago – verantwortlich sei, wurden ihr anstandslos geglaubt. Ryu hatte noch nicht einmal den Versuch unternommen, der Wahrheit zu ihrem Recht zu verhelfen, weil er wusste, dass die Alfar sich sowieso immer auf die Seite der Alfar stellten und dass das Königspaar sich somit nie gegen Jarl und seine Handlangerin Phädra wenden würde.

So hatte mein Bild von einem launenhaften Universum düstere, noch unheilvollere Töne angenommen. Das Leben war nicht bloß unfair ... es war grausam. Die Schwachen würden immer von den Starken besiegt werden, und niemand – auch keine höhere Macht – hinderte sie daran.

Und ich hatte lernen müssen, dass ich eine von den Schwachen war.

Nicht dass ich jemals mächtig gewesen wäre. Als Mensch war ich immer klein und verletzlich gewesen. Ich war nie eine Kämpferin, nicht im physischen Sinne. Deshalb hatte mein Wissen darum, dass Selkie-Blut in mir floss, auch bedeutet, dass ich Kräfte in mir entdeckte, von denen ich vorher nie zu träumen gewagt hätte. Doch gleichzeitig war ich in eine Welt geschleudert worden, in der es keine Gesetze, kein Gewissen gab. Das Einzige, was dort zählte, waren Macht und Stärke. Zwar lernte ich Schritt für Schritt, dass ich über weitaus mehr Elementkraft verfügte, als ich anfangs erfassen konnte, aber was bedeutete es schon, Macht zu haben, wenn man Angst hatte, sie auch zu nutzen?

In anderen Worten, ich war als ein gesetzestreues Mitglied der menschlichen Gesellschaft aufgewachsen und es gewohnt, in Kategorien wie gesellschaftliche Verantwortung, übergeordnetes Allgemeinwohl und »solange es niemandem schadet« zu denken. Doch all das machte mich schwach in einer übernatürlichen Gesellschaft, die sich gerne in äußerster Gewalt erging.

Mist, jetzt musste ich also doch über meine »Gefühle« sprechen, dachte ich. *Als würden die sich je verändern …*

Wie aufs Stichwort drehte sich Trill auf die Seite und sah mich an. »Wie fühlst du dich diese Woche?«, erkundigte sie sich erneut.

Beinahe hätte ich geseufzt, aber ich hielt mich zurück. Es war Zeit für mein Pokerface.

»Mir geht es ganz gut. Diese Woche ist echt gut gelaufen. Ruhig und … normal. Ich bin superaufgeregt wegen Grizzie und Tracy. Und wir haben ein paar neue Bücher reinbekommen, auf die ich schon sehr gespannt war …«

Trill erwiderte nichts, sondern hörte sich bloß unbewegt mein nervöses Geplapper an.

»… ähm, und ich bin total zufrieden mit dem, was ich diese Woche im Training gelernt habe. Ich habe das Gefühl, ich werde immer stärker, das ist echt toll.«

»Stärker?«

»Ja, stärker. Nicht böse gemeint, aber es war ein irres Gefühl, als ich unser Duell gewann. Ich fühlte mich wirklich … knallhart.« Trill rümpfte die Nase, und ihr Mund verzog sich zu der Kelpie-Version eines Grinsens. »Du hast gewonnen, gewiss. Aber bald verlegen wir dein Training ins Wasser, und dann siehst du, was ich *wirklich* kann.«

»Juchu!«, quietschte ich wie ein Kind, dem man soeben einen Besuch im Zirkus versprochen hatte. Ich konnte es kaum erwarten, das Training im Wasser anzufangen, aber weil die größten Bedrohungen für mich vom Land kamen, wollten sie mich zuerst dort stärken.

»Trotzdem macht es mir Sorgen, was du über dich sagst. *Ich* habe dich schon immer für stark gehalten, Jane.«

Ich schnaubte. »Machst du Witze? Ich meine, danke. Aber ich muss definitiv noch härter austeilen lernen, und das weißt du.«

Trill sah mich stirnrunzelnd an. »Gerade hast du selbst gesagt, dass ich an Land nicht gerade mächtig bin. Schließlich hättest du mich beinahe über ganz Rockabill verteilt.«

»Ja, aber im Meer würdest du mich plattmachen.«

»Und das vergiss mal besser nicht«, sagte Trill und rümpfte wieder herausfordernd ihre flache Nase. »Ich meine ja bloß, du solltest dich stärker auf das konzentrieren, in dem du gut *bist,* und auf die Kraft, die du bereits hast, anstatt deine Gedanken darauf zu verschwenden, dich in etwas zu verwandeln, das du nicht bist.«

Ich dachte einen Moment über Trills Worte nach. »Aber manchmal liegt es doch weniger an einem selbst, dass man sich verändert, sondern vielmehr an den Umständen. Und daran, dass man versucht, das Beste aus diesen äußeren Veränderungen zu machen«, sagte ich schließlich.

»*Vorsicht* – Denkfehler. Überleg mal einen Augenblick, was du eben gesagt hast. Im Grunde heißt das nichts anderes, als dass du findest, es sei richtig, Jarl die Kontrolle über dich und dein Leben zu überlassen.«

Ich verzog das Gesicht angesichts Trills harter Worte. Sie trafen mich, obwohl ich es durchaus schätzte, dass meine Freundin kein Problem hatte, mit dem Finger auf die Alfar zu zeigen. Das Meeresvolk, zu dem Trill und meine Mutter gehörten, war neben dem Landvolk eine Rasse für sich. Die Wesen, die im Wasser lebten, kamen nur selten an Land und hatten kaum etwas mit den Machtstrukturen der Alfar zu tun. Was auch erklärte, warum der Pool am Hof der Alfar so übermäßig aufgeladen war: Nur sehr wenige Wasserelementwesen benutzten ihn je. Schließlich war das Meer riesig, und die Alfar waren nicht allzu sehr daran interessiert, über große Algenschwaden zu herrschen. Also hielten sie sich weitgehend aus den Meeresangelegenheiten heraus. Hinzu kam die Tatsache, dass es nicht mehr viele Wasserelementwesen gab. Also verwaltete sich das Meeresvolk selbst und hatte seinen eigenen Kodex zu Gerechtigkeit, Fairplay und allgemeinen ethischen Grundsätzen.

Der Meereskodex, wie sie es nannten, war ziemlich kompliziert beim Umgang untereinander, aber sehr einfach, wenn es um den Kontakt mit Landratten ging. Was die Alfar und ihre Handlanger betraf, hieß es im Meereskodex: »Schlag dich niemals gegen das Meeresvolk auf die Seite der Nichtwasserelementwesen.« Selbst ein Wesen wie Trill, das sich sehr gern auch an Land aufhielt und viele Freunde unter den Landelementwesen hatte, würde uns, realistisch betrachtet, fallen lassen wie eine heiße Kartoffel, wenn es zu einem Konflikt zwischen Wasser- und Landinteressen käme.

Das Meer war ein strenger Gebieter, aber er erzeugte Loyalität, und man musste sich schon etwas wirklich Dramatisches leisten – wie ohne triftigen Grund ein anderes Wasserwesen anzugreifen –, damit das Meeresvolk sich gegen jemanden aus den eigenen Reihen wandte.

Ich war entzückt, als ich von dem Regelwerk erfuhr, und noch begeisterter, als ich entdeckte, dass es auch für mich galt, obwohl ich meine Form nicht ändern konnte. Ich war so euphorisch, dass ich den Kodex als Persilschein dafür nahm, Amy Nahual bei jeder Begegnung in den Arm zu boxen und »Meereskodex!« zu rufen. Bis sie mich eines Tages voll in den Magen zurückboxte und »Blöde Kuh!« rief.

»Und wie steht's sonst so?«, fragte mich Trill und wechselte das Thema, damit ich mich ein bisschen erholen konnte.

»Ach, alles in Ordnung soweit«, sagte ich. »Meinem Vater geht es noch immer ganz gut. Im Training läuft es super, wie du weißt. In der Arbeit ist auch alles okay.« Ich musste lächeln, als ich das sagte. »Eigentlich mehr als okay. Tracy ist schwanger.«

Trill grinste ihr verrücktes Kürbislaternen-Grinsen. »Tatsächlich?«

»Ja. Sie haben es wirklich geschickt angestellt; wir hatten nicht den blassesten Schimmer, dass sie das überhaupt planten. Sie waren sich auch nicht völlig sicher, ob es klappen würde, nachdem beide schon fast vierzig sind, also haben sie es nicht an die große Glocke gehängt. Aber, ja, Tracy ist jetzt im dritten Monat.«

»Wer ist der Vater?«

Ich zuckte mit den Schultern. »Ein anonymer Spender. Aber sie wissen, dass er ein irischer Astrophysikstudent ist. Ich nenne ihn immer Guinness McRakete, um die beiden zu ärgern.«

»Das sind ja wirklich großartige Neuigkeiten«, sagte die Kelpie mit sehnsüchtiger Stimme.

Die Übernatürlichen konnten sich nur schwer fortpflanzen. Sie wussten den Grund dafür nicht, aber ich war mir ziemlich sicher, dass es etwas mit den reinigenden Kräften ihrer Magie zu tun hatte. Durch die Magie alterten wir viel langsamer als Menschen: Je mehr wir davon nutzten, desto länger und gesünder lebten wir. Seit ich ernsthaft mit dem Training angefangen hatte, hatte ich keine einzige Erkältung oder auch nur einen Pickel mehr bekommen. Ich war zwar kein Arzt, aber ich wusste, es musste eine Verbindung zwischen dieser reinigenden Kraft und der Unfruchtbarkeit der Übernatürlichen bestehen.

Aber was auch immer der Grund sein mochte, es hatte zur Folge, dass da draußen jede Menge Übernatürliche herumliefen, die so ziemlich alles tun würden, um ein Kind zu bekommen. Wie meine Mutter suchten sich viele einen menschlichen Partner. Aus irgendeinem Grund war es mit einem Menschen viel leichter, ein neues Leben zu zeugen, insbesondere für übernatürliche Männer mit menschlichen Frauen. Aber auch weibliche Übernatürliche hatten größere Chancen auf ein Kind zusammen mit einem menschlichen Mann.

Also war meine Mutter, eine Selkie, die im Meer zu Hause war, an Land gekommen, wo sie meinen Vater kennenlernte. Aus dieser Verbindung heraus wurde ich geboren, und als ich sechs Jahre alt war, verließ uns meine Mutter.

»Ja, wirklich großartig«, pflichtete ich Trill bei, um die traurigen Gedanken an meine Mutter schnell zu verscheuchen. »Tracy und Grizzie werden bestimmt tolle Eltern.«

Trill nickte. »Und du wirst eine wunderbare Tante Jane sein.« Ich lächelte aufrichtig erfreut. Ich plante schon, dem Baby das Schwimmen beizubringen… und bei der Gelegenheit könnte ich es auch in die Feinheiten des obszönen Schimpfens einführen. Das Geheimrezept für wahrlich kreatives Fluchen bestand meines Erachtens in einer Kombination aus gängigen Schimpfwörtern und Ausdrücken, die man sich selbst ausdachte…

»Und wie geht es den anderen?«, fragte die Kelpie und riss mich damit aus meinen Tanten-Tagträumen.

»Ach, gut. Iris geht es super. Wir waren gestern alle zusammen im *Stall* beim Abendessen.

Trill grinste wieder und piekte mir mit einem ihrer schwarzen Fingernägel in die Hüfte. »Bei dir ist immer alles super. Und trotzdem wirkst du so traurig.«

Ich sah sie stirnrunzelnd an. Was sollte ich denn tun? Die ganze Zeit jammern?

»Schon gut.« Seufzend drehte sie sich auf den Rücken. »Was macht die Liebe? Macht Ryu schon irgendwelche Anstalten?«

Ich schwieg, bis Trill einen weiteren nachdrücklichen Laut von sich gab. Also tat ich das, was ich immer tat, wenn das Thema Ryu zur Sprache kam. Ich runzelte die Stirn, zuckte mit den Schultern und schüttelte den Kopf.

»Keine Ahnung, Trill. Es ist kompliziert.«

Die Kelpie kicherte. »Die Liebe ist ein seltsames Spiel«, sagte sie, und ich hatte schon Angst, sie würde gleich anfangen, auch noch das Lied zu singen. Ich mochte Trill sehr, aber ihre Stimme konnte Rigipsplatten zerbröseln.

»Ja, da ist sicher was dran. Im Moment geht sie mir jedenfalls ziemlich auf den Sack, die Liebe«, sagte ich, ließ mich wieder zurück auf den sonnenwarmen Felsen sinken und seufzte wohlig.

Die Kelpie respektierte mein Schweigen, und wir sonnten uns gemeinsam noch eine Stunde. Sie sagte auch nichts, als ich nach ein paar Minuten anfing, weiter meine Wassertricks zu üben. Als es schließlich Abend wurde, schwammen wir noch ein letztes Mal in der Old Sow, forderten den uralten Strudel heraus, der uns den Gefallen erwies, seine Kraft durch Trill und mich wirbeln zu lassen, bis wir vor Magie nur so glühten.

Es war eine Kraft, die ich dankbar entgegennahm, wohl wissend, dass ich sie brauchte, um stark zu bleiben.

Kapitel 3

Ein paar Stunden später trocknete ich mich mit einem Handtuch ab, das ich immer in einer Felsspalte aufbewahrte, wo es durch einen kleinen magischen Regenschirm vor den Elementen geschützt wurde. Das Beste an der ganzen Magie war, dass ich sie gut für meine Schwimmerei gebrauchen konnte. Jetzt konnte ich schwimmen gehen, wann immer ich wollte, und ich konnte darüber hinaus auch noch Sachen wie ein Handtuch oder Kleidung zum Wechseln in der Bucht aufbewahren, unter einem schützenden Schild.

Ich hatte mir gerade das Haar ausgewrungen, als ich ein Rascheln hinter mir hörte. Da ich annahm, es sei Trill, ließ ich mich nicht stören und hängte das Handtuch auf, bevor ich mich umdrehte.

Nur um Anyan in seiner Menschenform in dem schmalen Spalt in der Felswand stehen zu sehen, der zu dem Wäldchen in der Nähe meines Hauses führte. Er wandte sich so schnell ab, dass er sich seine lange, krumme Nase am rauen Stein aufkratzte.

»Himmel, Jane, entschuldige! Ich hätte mich bemerkbar

machen sollen«, sagte er hastig, bevor ich nach meinen Kleidern hechtete und mit dem Rücken zu ihm versuchte, mir die Jeans anzuziehen. Ich brauchte eine halbe Ewigkeit, bis ich die Knöpfe geschlossen hatte, weil meine Hände in der Sekunde, als ich ihn sah, heftig zu zittern begonnen hatten. Mein Herz hämmerte in meiner Brust, und ich betete, dass er meine Nervosität nicht spüren konnte. Als es mir schließlich doch gelungen war, meine Hose zu schließen und mein Shirt überzustreifen, drehte ich mich wieder zu ihm um.

»Tja, das nächste Mal lässt du die Dame sich mal besser vorher anziehen«, brummelte ich und versuchte meine Nervosität hinter einer toughen Fassade zu verbergen.

In Wahrheit freute ich mich sehr, den Barghest wiederzusehen. Ich versuchte, ihn nicht anzustarren, als er auf mich zukam und seine riesige Gestalt mich noch kleiner erscheinen ließ. Doch als ich Anyan anblickte und ihn anlächelte, erwiderte er mein Lächeln nicht. Er wirkte erschöpft und nicht gerade erfreut, mich zu sehen. Ich streckte den Rücken durch. Magische Schilde waren nicht die einzige Rüstung, auf die ich zurückgreifen konnte.

Er wollte gerade etwas sagen, als er mir schließlich doch richtig in die Augen sah. Er hielt inne. »Deine Haare sind lang geworden.«

»Es ist Monate her, Anyan«, erwiderte ich und versuchte nicht verärgert zu klingen. Ich hatte mir in Boston ein ganzes Haarbüschel versengt, was mich zu einer etwas kürzeren Frisur gezwungen hatte als zuvor. Aber jetzt war es sogar noch länger als ursprünglich. Es fiel fließend in wallenden, dunklen Locken bis zur Taille, so wie bei meiner Mutter, als sie in Rockabill aufgetaucht war.

»So lang?«, knurrte der Barghest und sah mich bekümmert an.

»Drei. Na ja, jedenfalls mehr als zwei«, gab ich zu, verärgert darüber, wie gereizt meine Stimme klang. Anyan fuhr sich mit der Hand durch seine schwarzen Locken und übers Kinn. Ich hatte ihn noch nie so derangiert erlebt, und plötzlich fing ich an, mir Sorgen zu machen.

»Jane, ich bin nicht gut in diesen Dingen.«

Ich blinzelte ihn verwirrt an, und meine Besorgnis nahm zu.

»In was?«, fing ich an, aber er unterbrach mich.

»Es tut mir leid, Jane. Jemand anderes sollte hier sein, um dir das mitzuteilen. Ich weiß nicht, wie ich das anstellen soll, ich weiß nicht, was ich sagen soll…«

»Anyan«, sagte ich zunehmend alarmiert. »Was ist los? Was ist passiert? Ist etwas mit meinem Vater?«

»Nein«, knurrte der große Mann und trat näher an mich heran. »Nicht dein Vater.«

»Was ist es dann?«, fragte ich erleichtert. Aber dieses Gefühl hielt nicht lange an.

»Deine Mutter.«

Mir stockte der Atem. »Meine Mutter? Hast du sie gesehen?«

»Oh Gott, es tut mir so leid, dir das sagen zu müssen.« Anyan machte noch einen Schritt auf mich zu und streckte die Hand nach mir aus. »Deine Mutter… ist tot.«

Ich starrte ihn an und dann hinunter auf seine ausgestreckte Hand. Sie war schmutzig, als hätte er keine Zeit gehabt, sich zu waschen. Ich nahm seine Worte gar nicht richtig wahr. Ich wollte sie nicht hören. Unwillig schüttelte ich den Kopf.

»Nein«, war alles, was ich dazu sagte. Es war unmöglich. Sie war doch erst im vergangenen Jahr wieder in meinem Leben aufgetaucht, wenn auch nur in Erzählungen, als ich die Wahrheit über meine Abstammung erfuhr. Wie konnte sie jetzt tot sein?

»Jane«, sagte Anyan mit brüchiger Stimme. »Es tut mir leid.«

Seine Hand griff nach meiner, eine Bewegung, von der ich bis jetzt geträumt hatte. Aber dies war kein Traum, und anstatt mich von ihm berühren zu lassen, zog ich meine Hand weg.

»Nein.«

»Bitte«, flehte er und machte noch einen Schritt auf mich zu.

»Anyan, *nein*«, entgegnete ich und entfernte mich durch den Spalt im Fels von ihm. Ich hatte meine eigene Stimme noch nie so hart, so kalt gehört. Er folgte mir nicht.

Ich blieb mit dem Rücken zu ihm stehen und starrte die schroffe Felswand in meiner Bucht an. Es fühlte sich an, als stottere mein Hirn wie ein Automotor. Er würde heißlaufen und dann blockieren. Ich konnte keinen klaren Gedanken fassen, der über das Gefühl hinausging, dass mein komplettes Universum abrupt zum Stehen gebracht worden war.

»Warum erzählst du mir das?«

»Ich hasse es, das tun zu müssen. Es tut mir so leid.«

»Wie?«, gelang es mir schließlich zu fragen.

Er schwieg, also drehte ich mich zu ihm um und sah ihn auffordernd an. »Sag mir *wie*, Anyan.«

Der Barghest blickte hinunter auf seine Fußspitzen. Er hob den Blick erst wieder in der Sekunde, bevor er sagte: »Sie wurde ermordet.«

Ich spürte, wie meine Beine versagten, und plötzlich kniete ich im weichen Sand der Bucht.

»Ermordet? Wie?«

»Jane, darüber können wir später noch reden. Jetzt bringe ich dich erst mal irgendwohin, wo es warm ist. Und sicher.«

»*Scheiße, Anyan*, sag mir wie!«

Sichtlich erschrocken über meinen schroffen Ton, kniete sich der Barghest zu mir.

»Jane, bitte, lass mich dich erst mal irgendwohin bringen …«

»Sag. Es. Mir. *Jetzt.*« Das war nicht mehr meine eigene Stimme, die da sprach.

Der Barghest rang seine Hände – rang im wahrsten Sinne des Wortes seine Hände! Als wäre er es, der gerade erfahren hatte, dass er seine eigene Mutter niemals kennenlernen würde. Ich biss die Zähne zusammen. Plötzlich hasste ich ihn mit einer Vehemenz, die mich bestürzte.

»Du weißt doch, dass ich Kontakte in die Grenzregion habe?«

Ich nickte knapp. Wie könnte ich das vergessen? Im Zuge des Bostoner Debakels waren Anyans Kontakte in der Chicagoer Gegend sowohl umstritten als auch unbezahlbar gewesen. Die Informationen, die dort für uns zusammengetragen worden waren, waren entscheidend gewesen, besonders da niemand – und damit meine ich absolut niemand, der auch nur am Rande mit den Machtstrukturen der Alfar zu tun hatte – eine Ahnung davon hatte, was in den Grenzgebieten vor sich ging.

Ryu wäre beinahe ausgeflippt, als er herausfand, dass Anyan so ein großes Geheimnis gehütet hatte.

Der Barghest fuhr fort: »Als ich um Hilfe bei den Ermittlungen in Boston bat, wurde etwas in Chicago aufgedeckt. Als man die Sache näher untersuchte, fand man Hinweise, die ein paar weibliche Halblinge miteinander in Verbindung brachten, die verschwunden waren. Die Spur führte schließlich zu einem verlassenen Labor, das früher einmal eine menschliche Reproduktionsklinik war, genau wie die Einrichtung, in der Conleth festgehalten wurde. Aber dieses hier war erst kürzlich zerstört worden, um Beweise zu vernichten. Doch meine Freunde aus dem Grenzgebiet haben weitaus besseren Zugang zu den Technologien der Menschen als wir, und sie nahmen DNS-Proben. Einige dieser Proben konnten den vermissten Halblingsfrauen zugeordnet werden. Also gruben sie die Erde hinter dem Labor um und fanden die Leichen.«

Ich erschauderte. Plötzlich war mir eiskalt, aber meine Stimme klang erstaunlich gefasst.

»War meine Mutter eine von ihnen?«

»Nein, das war ganz am Anfang der Ermittlungen, einige Tage nachdem wir aus Boston zurück waren. Ich begab mich ins Grenzgebiet, um zu helfen, schließlich schuldete ich meinen Freunden einen Gefallen. Als ich dort war, fanden wir eine Verbindung zwischen dem Labor und ein paar reinrassigen weiblichen Übersinnlichen aus dem Territorium, die im vergangenen Jahr verschwunden waren. Zu diesem Zeitpunkt wurde ich offiziell von Orin und Morrigan berufen, in dieser Sache zu ermitteln. Ryu war so freundlich, sie über meine Verbindungen zu informieren, und ich kam gerade noch einmal damit davon. Da sie mich nun einmal brauchten, wusste ich, dass ich sicher war. Ich sagte ihnen, ich würde mit meinen Kontaktleuten zusammenarbeiten, aber nur unter der

Voraussetzung, dass sie sich nicht einmischten. Ich bestand also darauf, dass, falls ich ermittelte, niemand meinen genauen Aufenthaltsort kannte und was ich tat. Nicht einmal Jarl. Überraschenderweise waren sie einverstanden. Nun ja, zumindest fast …«

Das war ja alles ganz interessant, aber nicht das, was ich wissen wollte.

»Anyan?«, unterbrach ich ihn daher mit einem Knurren, das sich vage nach Barghest anhörte. Er war klug genug, kleinlaut dreinzuschauen.

»Freitagnacht machten wir eine Razzia in einem Labor außerhalb von Chicago. Zumindest war das der Plan. Als wir dort ankamen, hatten sich die Angestellten bereits davongemacht, nachdem sie sich … der Patienten entledigt hatten. Dann fanden wir deine Mutter. Ich bin so schnell wie möglich hergekommen, um es dir zu sagen.«

Ich bemühte mich, das volle Ausmaß dessen, was Anyan mir gerade berichtet hatte, aufzunehmen. Zumindest versuchte ich es. Aber eigentlich wollte ich all das gar nicht hören. Also konzentrierte ich mich auf alles außer auf das Wesentliche, nämlich die Tatsache, dass meine Mutter tot war.

»Also wusstest du es schon seit zwei Tagen, und ich erfahre es erst jetzt?«

Anyans Hände klammerten sich an seine Knie. »Es tut mir leid, Jane. Nachdem wir die Identität deiner Mutter einwandfrei festgestellt hatten, habe ich mich sofort auf mein Motorrad gesetzt und bin direkt hergefahren. Ich bin so schnell gekommen, wie ich konnte.«

Ich funkelte ihn an. Vor Wut brachte ich kein Wort mehr heraus.

Anyan setzte sich zurück auf seine Fersen. »Vielleicht hätten wir dich anrufen sollen, aber es erschien mir nicht richtig, es dir auf die Art mitzuteilen, nach allem, was du durchgemacht hast …«

Ich stand auf und brachte ihn mit einem erstickten Laut, der unbewusst aus meiner Kehle drang, zum Schweigen.

»Wage es nicht, dir anzumaßen, du wüsstest, was ich durchgemacht habe, und was ich aushalte und was nicht.«

Anyan sah mich offenkundig bestürzt an. »Jane, ich …«

»Nein, Anyan, du kannst doch nicht einfach aus dem Nichts hier auftauchen und mir solche Sachen sagen. Das kannst du nicht machen.«

»Bitte, ich will doch nur …«

»Ist mir egal, was du willst, Anyan. *Ich* will nicht, dass meine Mutter … Ich will das alles nicht. Lass mich in Ruhe!«

Aber der Barghest machte keine Anstalten, sich zu bewegen. Sein längliches Gesicht wirkte traurig, und es war das Mitleid in seinen Augen, das mich übers Ziel hinausschießen ließ.

»Hau ab!«, rief ich und fing an, meine Jeans wieder auszuziehen, sehr zu seiner sichtlichen Bestürzung. »Du bist doch nicht irgendein Held, der hier angeprescht kommt und mich vor mir selbst rettet. Du kommst einfach her und sagst mir, meine Mutter sei tot, und tust gerade so, als müsse ich dir dafür auch noch dankbar sein. Für wen zum Teufel hältst du dich?« Ich verdrehte alles, aber das war das Einzige, was mir noch gelingen wollte. Nur meine Wut hielt mich davon ab, zusammenzubrechen. Ein Teil von mir war sich im Klaren darüber, dass mein Ausbruch unfair, dass das, was ich Anyan antat, gemein war, und dass er das nicht verdient hatte. Aber ich wusste nicht, wie ich mich sonst davon abhalten sollte, meinen jetzt schon ziemlich schwachen Bezug zu … zu allem zu verlieren. Zu meinen Gefühlen, meiner geistigen Gesundheit, meinem Verstand. Ich war dabei, mich zu verlieren. Und Anyan bekam meinen Verlust mit voller Wucht ab.

Ich streifte mein Oberteil ab und warf es nach ihm. Er fing es mit den Händen auf, hielt es fest und wusste nicht, wohin er blicken sollte, als ich nackt vor ihm stand.

»Du kennst mich nicht, Anyan Barghest«, blaffte ich ihn an und rannte ins Meer und zu einer der wenigen Personen, die es taten.

»Jane, was machst du denn hier?«, fragte Iris besorgt, was sie angesichts meines Zustandes auch sein musste. Ich war noch immer splitterfasernackt und zitterte, aber das war eher der Schock als die Kälte. Ich war bis nach Eastport geschwommen und dann klatschnass die Hauptstraße entlang zu ihrer Boutique gelaufen. Im letzten Moment hatte ich noch daran gedacht, mich für die Sterblichen unsichtbar zu machen.

Iris stieß die Tür auf und bugsierte mich nach oben in die luxuriöse, kleine Wohnung über ihrem Laden, wo sie mich im Flur stehen ließ und mir ein Handtuch und eine Decke holte. Das Handtuch wickelte sie mir ums tropfnasse Haar, die Decke um meine Schultern. Dann fing ich an zu schluchzen.

Ich war so hysterisch, dass ich ihr erst nach einer Weile sagen konnte, was passiert war. Nachdem ich schließlich doch herausbekommen hatte, dass Anyan aus heiterem Himmel aufgetaucht war und mir eröffnet hatte, dass meine Mutter ermordet worden war, kuschelten Iris und ich uns auf ihrem kleinen Sofa zusammen. Sie hatte mir einen dampfenden Becher Kamillentee gemacht, aber ich konnte ihn nicht trinken. Ich hielt ihn bloß fest und wärmte mir daran die Hände, während ich vor mich hin weinte.

»Oh, Jane«, flüsterte Iris, während sie mir beruhigend übers Haar strich. »Es tut mir so leid.«

Noch immer liefen mir die Tränen über die Wangen, aber immerhin hatte ich aufgehört zu schluchzen und konnte wieder sprechen.

»Ich war so dumm, Iris. Die ganze Zeit über, seit ich von eurer Existenz erfahren habe, habe ich gedacht, es wäre bloß eine Frage der Zeit.«

Iris drückte mich an sich, hüllte mich mit ihrer Wärme ein.

»Als Kind, nachdem ich den Schock darüber, dass sie uns verlassen hatte, überwunden und ich akzeptiert hatte, dass es nun mal so war, bin ich die ganze Zeit davon ausgegangen, dass meine Mutter für immer weg war«, erklärte ich und lehnte meine Wange an ihre Schulter.

»Mm-hm«, machte Iris, um mich zum Weiterreden zu ermuntern, und ihre honigsüße Stimme umspülte mich sanft.

»Dann erfuhr ich die ganze Wahrheit, und plötzlich wusste ich, dass ich meine Mutter wiedersehen würde. Ich ging einfach davon aus, weißt du? Dass ich sie eines Tages finden würde. Ich wusste, dass sie irgendwo da draußen war und noch lange leben würde, ebenso wie ich. Also hielt ich es nur für eine Frage der Zeit ...«

Meine Stimme erstarb, als mich die Trauer erneut überwältigte. Iris nahm meine Hand und hielt sie fest. Von Zeit zu Zeit beugte sie sich zu mir und küsste meine Tränen weg.

»Es war so dumm von mir, das einfach zu glauben. Ich dachte, dass ich irgendwann schon die Chance bekäme, sie kennenzulernen. Ihr alles zu sagen, was mir auf dem Herzen lag.«

»Was wolltest du ihr denn sagen, Jane? Erzähl es mir.«

»Ich wollte ihr sagen, was sie verpasst hat. Ich wollte ihr sagen, wie ich bin, und sie so viele Dinge über ihr Leben fragen und über die Entscheidungen, die sie getroffen hat.« Ich setzte mich auf, um meinen Becher auf dem Couchtisch abzustellen und meine Nase zu putzen, bevor ich wieder Zuflucht in Iris' Armen suchte.

»Und das Schlimmste ist, dass ich ihr sagen wollte, wie wütend ich auf sie bin. Wie sehr sie mich verletzt hat. Ich überlegte mir all die Dinge, die ich sagen könnte, um sie zu bestrafen, sie meinen Schmerz spüren zu lassen. Was war nur los mit mir, verdammt? Ich dachte, ich würde sie wiedersehen, und alles, was ich wollte, war Rache?«

»Du hast jedes Recht, wütend zu sein, Jane.«

»Aber hier geht es doch nicht um das Recht. Es geht um Chancen, und ich habe mir meine versaut, habe die, die sich mir bot, nicht genutzt. Ach verdammt, ich habe mir bloß all die Möglichkeiten ausgemalt, wie ich meine Chance verschwenden könnte. Was habe ich mir bloß dabei gedacht?«

»Du hast dir gar nichts dabei gedacht, Süße. Du hast bloß reagiert. Wenn es um deine Mutter geht, bist du eben noch immer das kleine Mädchen, das sich verlassen fühlt. Und deine Mutter hat dir das ja schließlich auch zugemutet, also mach dich deswegen nicht so fertig.«

»Aber was jetzt? Wie soll ich bloß je darüber hinwegkommen, Iris? Soll ich mich etwa damit abfinden, für immer dieses kleine, blöde Mädchen zu sein?« Endlich gestand ich mir ein, was ich schon immer befürchtet hatte: »Was, wenn ich nie darüber hinwegkomme? Ich hatte gedacht, ich sehe sie wieder, und wir sprechen uns aus, und dass sie mir dabei hilft, ihr Handeln zu verstehen. Was, wenn mir das jetzt niemals gelingen wird?«

Iris schüttelte den Kopf. »Nein, Jane, das meinte ich nicht damit. Du bist stark und dadurch, was dir passiert ist, noch lange nicht verkorkst. Ich wollte damit nur sagen, dass bei allem, was deine Mutter betrifft, deine Reaktionen durch den Verlust geprägt sind. Aber das heißt nicht, dass dein gesamtes Leben davon betroffen ist. Das hast du selbst bewiesen.«

»Habe ich das? Ich habe Rockabill nie verlassen. Und ich habe mich nie zu etwas bekannt außer zu Jason, und er starb, als wir noch furchtbar jung waren. Ich habe jeden Halt verloren, als er starb, und Ryu habe ich abgeschossen, weil er wollte, dass ich mich zu uns bekenne. Was, wenn ich doch verkorkst bin? Und was, wenn es kein Heilmittel dafür gibt?«

»Ach, Süße, das stimmt so nicht. Du übernimmst doch in so vielen Dingen Verantwortung. Für deinen Vater, für Grizzie und Tracy, für mich. Du hast auch in der Schule immer Einsatz gezeigt und jetzt im Training genauso. Du konzentrierst dich nur auf das Negative und siehst die guten Seiten überhaupt nicht mehr.«

Ich hörte mir an, was Iris sagte, aber ich fühlte mich trotzdem nicht besser.

»Ich dachte, ich hätte Zeit«, sagte ich. »Und wie soll ich es bloß meinem Vater beibringen?«, fuhr ich fort und fing wieder an zu schluchzen.

»Ach, Schätzchen«, murmelte Iris beruhigend und wiegte mich sanft in ihren Armen. »Du findest schon einen Weg, es deinem Vater zu sagen. Ich weiß, du bist traurig, weil du jetzt nicht mehr die Sichtweise deiner Mutter erfahren wirst, aber ich habe keinen Zweifel daran, dass sie dich jeden Tag, den sie von dir getrennt war, vermisst hat.«

Ich versuchte meine Tränen zurückzuhalten, während Iris mir tröstend den Rücken streichelte.

»Du weißt, dass ich nicht gern über meinen Sohn spreche oder über seinen Vater. Sie waren beide Menschen, sogar mein Sohn, ein reinrassiger Sterblicher. Und beide wurden alt und starben irgendwann. Ich war bis zum Ende bei ihnen, aber das ist nicht die ganze Geschichte. Ich hätte eine andere Wahl gehabt, Jane, aber ich war zu feige, um mich dafür zu entscheiden.«

Ich blickte hoch in Iris' schöne, blaue Augen. In ihnen spiegelte sich stille Traurigkeit, und in der ganzen Zeit, die ich sie nun schon kannte, hatte ich sie noch nie so ernst erlebt.

»Eine andere Wahl?«

»Wir leben nur so lange, wenn wir Zugang zu den Elementen haben. Das bedeutet, ich hätte mich davon fernhalten können. Wenn ich das getan hätte, wäre ich auch ganz normal gealtert. Zwar hätte ich dann lernen müssen, wie eine Sterbliche zu leben, aber ich wäre mit meinem Ehemann gestorben, und ich hätte nie das Gefühl des Verrats im Blick meines Sohnes sehen müssen, als er als gebrechlicher, alter Mann den Kampf gegen den Tod verlor, während seine eigene Mutter noch immer jung und gesund neben ihm saß.«

»Oh, Iris«, seufzte ich mitfühlend.

»Aber ich habe es nicht getan, Jane. Ich hatte zu viel Angst vor dem Sterben und davor, ohne meine Macht zu leben. Ich war zu schwach. Und mit dieser Entscheidung muss ich nun jeden Tag leben. Ich beneide deine Mutter nicht. Sie wollte zwei Dinge, die nicht vereinbar waren. Sie hat versucht, beides zu bekommen, und sie ist damit gescheitert, und ich bezweifle nicht, dass sie unter ihrer Entscheidung gelitten hat, genauso wie sie dich darunter leiden ließ.«

»Aber ich habe sie trotzdem geliebt«, sagte ich, in dem Versuch Iris anstelle ihres Sohnes zu verzeihen, auch wenn ich wusste, dass das unmöglich war.

»Und ich weiß, dass sie dich geliebt hat.«

Ich fuhr mir mit den Händen übers Gesicht und versuchte meine Gefühle zu verstehen, als es energisch an der Tür klopfte.

Iris ging zum Eingang, während ich, völlig ausgetrocknet vom vielen Weinen, einen großen Schluck von meinem mittlerweile erkalteten Tee nahm.

Als ich den Becher wieder abstellte und zu der Gestalt in Iris' Türrahmen sah, spürte ich das bisschen Kontrolle, das ich soeben zurückgewonnen hatte, wieder in sich zusammensinken. Ich verzog das Gesicht, und ohne auch nur darüber nachzudenken, streckte ich meine salzigen Arme aus.

»Jane«, sagte Ryu mit erstickter Stimme. Er kam zu mir und nahm mich in die Arme.

»Meine Mutter«, schluchzte ich, und er hielt mich noch ein bisschen fester.

»Ich weiß, Baby. Ich weiß. Ich bin ja jetzt da. Ich kümmere mich um dich.«

Mit tränenverschleiertem Blick sah ich in Ryus Gesicht. Ich wusste, ich war egoistisch und dass ich seine Fürsorge ohne jede Garantie auf eine Gegenleistung annahm. Aber in diesem Moment war mir das vollkommen egal.

Ich vergrub mein Gesicht an seinem Hals und ließ mich von ihm wegtragen. Iris blickte uns mit Tränen in den Augen nach.

KAPITEL 4

Die Pension, in der Ryu abgestiegen war, hatten wir oft genutzt, wenn wir zusammensein wollten. Er hatte sogar unser übliches Zimmer bekommen. Unter einer starken Aura verborgen, trug er mich die Treppe hinauf und setzte mich erst auf der Bettkante ab, bevor er die Tür schloss und die Welt hinter uns aussperrte.

Er verschwand im Badezimmer, und ich hörte, wie er die Dusche aufdrehte. Als Dampf aus der offenen Tür drang, tauchte er nackt wieder auf und kam zu mir herüber.

»Wo sind denn deine Kleider, Baby?«, fragte er, als er mich aus meiner vom Meerwasser ganz salzigen Decke schälte.

»Die habe ich in der Bucht gelassen«, murmelte ich. »Ich bin hergeschwommen.«

Ryu streichelte mir mit seinen starken Händen die tränenverschmierten Wangen, während ich sein schön geschnittenes Gesicht betrachtete. Sein Kinn war markant und seine Lippen klein, aber voll, fast feminin. Sein helles kastanienbraunes Haar, das er normalerweise kurzgeschnitten trug, war etwas länger als üblich. In dieser Länge konnte man besser erkennen, wie ungewöhnlich seine Farbe war, mit blonden und schwarzen Strähnen, die sich durch sein rotbraunes Haar zogen und einen ausgeprägten messingfarbenen Kastanienton ergaben. Die Farbe passte gut zu Ryus Persönlichkeit, und die neue Frisur ließ ihn jünger und frecher wirken.

Mein Blick traf seine haselnussbraunen Augen, die fast golden wirkten, mit einem Hauch grün. Mir war klar, dass ich furchtbar aussah, aber ich weigerte mich seinem eindringlichen Blick auszuweichen.

»Dann wollen wir dich mal saubermachen«, sagte Ryu nach einer Weile.

Er schob mich ins Bad. Wir hatten diesen Raum immer gemocht, denn er verfügte über eine geräumige Dusche für zwei und eine separate Whirlpoolbadewanne, in die ebenfalls bequem zwei Personen passten. Ich musste an all die Dinge denken, die wir in diesem Badezimmer schon getrieben hatten, und versuchte die schmerzliche Frage zu verdrängen, die sich ungebeten in meinen Kopf einschlich.

Hatte Ryu und mich je etwas anderes verbunden als Sex?

Als ich schließlich unter der Dusche stand, nahm Ryu das Shampoo und fing an, mir damit sanft die Haare zu waschen.

»Kaum zu glauben, wie lang dein Haar geworden ist, Baby.«

Im Gegensatz zu Anyan erinnerte ich Ryu nicht daran, wie lange es schon her war, seit wir uns das letzte Mal gesehen hatten.

»Vielleicht habe ich ein bisschen mit Magie nachgeholfen«, räumte ich stattdessen ein.

»Du siehst zum Anbeißen aus«, flüsterte er mir ins Ohr, während er mir weiter den Kopf massierte. Ich lehnte mich entspannt an ihn und überließ mich seinen beruhigenden, tröstenden Fingern.

Ryu wusch mir das Shampoo aus dem Haar und wiederholte die gesamte Prozedur mit einer Spülung, die Massage eingeschlossen. Ich ließ ihn einfach machen, wurde zu Wachs in seinen Fingern. Den ganzen kurzen Weg zur Pension hatte ich geweint, aber nun fühlte ich mich einfach … leer.

Ryu seifte einen weichen Schwamm ein und ließ ihn meine Arme von den Schultern bis zu den Fingerspitzen entlanggleiten. Dann hob er nacheinander jeden Arm hoch und wusch mich darunter, bevor er mein schweres Haar zur Seite schob und mir den Nacken und den Rücken schrubbte. Dasselbe machte er daraufhin mit meiner Vorderseite, wobei er sanft meine Brüste abtupfte, ohne sie mit den Händen zu berühren. Dann beugte er sich tiefer hinunter, um auch noch meine Füße und Beine einzuseifen, bevor er sich wieder aufrichtete, um den Schwamm auszuwaschen. Dann gab er noch mehr Duschgel darauf.

Ryu küsste mich zärtlich, während er den Schwamm zwischen meine Beine schob. Mit Hilfe seiner Knie spreizte er leicht meine Beine, drückte das weiche Gewebe zwischen meine Schamlippen und reinigte mich gründlich. Vielleicht hätte es mir peinlich sein oder ich hätte schockiert reagieren sollen, dass er mich nach so langer Zeit wieder so intim berührte, aber ich war wie in Trance. Seine Hände fühlten sich tröstend auf meiner Haut an, auf eine tierische Weise, als sei ich ein erschrockenes Pferd, das beruhigt werden musste. Gleichwohl reagierte mein Körper durchaus auch sexuell auf ihn. Schließlich kannte er all die Kniffe, die mich erregten – jeden Winkel und jede Spalte, die auf Berührungen der Lippen, der Zunge und des Atems reagierten. Aber ich war nicht bei der Sache. Es war, als beobachtete ich unsere ineinander verschlungenen Körper aus großer Entfernung.

Sorgfältig wusch er noch meinen Hintern, bevor er den Schwamm weglegte. Mit den Handflächen schöpfte er Wasser und wusch damit die Seife ab. Schließlich schäumte er sein teures Waschgel in den Händen auf und wusch mir damit die letzten Spuren der Trauer aus dem Gesicht. Ich erschauderte; seine geschickten Finger fühlten sich in meinen Gesicht eindringlicher an als zuvor zwischen meinen Beinen. Nachdem er das Gel abgespült hatte, küsste er mich zärtlich und schloss mich in die Arme.

»Besser?«, fragte er.

Ich vergrub mein Gesicht an seiner Brust, unfähig zu antworten. Ich war mir nicht sicher, wann und wie ich mich nach dem heutigen Abend wieder besser fühlen könnte. Ich konnte mir nicht einmal vorstellen, worin »besser« bestehen sollte.

»Ich habe dich so vermisst«, flüsterte er und ließ seine Finger an meiner Wirbelsäule entlang nach unten wandern, bevor er meine Hüften fester an seine zog. Das warme Wasser floss noch immer über unsere Körper, und seine beständige Kraft beruhigte mich. Ich wusste nicht, ob es Ryu gegenüber fair war oder ob ich es verdiente, aber seine Arme fühlten sich gut an. Er war warm und fest, und ich wusste, dass ich ihm etwas bedeutete. Für einen Moment wollte ich verzweifelt, dass das reichte.

Meine Lippen folgten dem Rinnsal, das ihm über die Brust lief, hinunter zu seinem rosa Nippel. Meine Zunge umspielte seine weiche Haut. Ich hörte ihn aufstöhnen, und er packte meinen Po mit beiden Händen.

»Ja, Baby«, seufzte er. »Komm zu mir zurück.«

Ich hob meine Lippen an seine und küsste ihn, bevor er das Wasser abstellte und mich aus der Dusche zog. Wir trockneten uns gegenseitig ab, und ich wickelte mir ein Handtuch um die Haare, bevor ich Ryu ins Zimmer folgte. Er wartete neben dem Bett auf mich. Als ich zu ihm trat, löste er das Handtuch um meinen Kopf und breitete es, praktisch wie immer, auf dem Kopfkissen aus. Ich setzte mich auf den Bettrand und rutschte dann in die Mitte. Er folgte mir und vergrub seine Hände im Nacken unter meinem Haar, und die langen dunklen Strähnen fielen fächerförmig auf das weiße Handtuch, als er mich sanft nach hinten ablegte.

»Wunderschön«, murmelte er. Er wickelte sich eine lange, schwarze Strähne um den Finger und hob sie an die Lippe, während sein goldener Blick mich traf. Es war eine wundervolle Geste, aber ich blieb völlig ungerührt. Ryu hatte jede Menge davon parat, aber nach allem, was heute passiert war, fühlte ich mich … jenseits von Gesten.

Ryu streckte seinen muskulösen Körper neben mir aus und suchte meine Lippen mit seinem Mund. Er schmeckte so vertraut, so nach Geborgenheit, dass ich beinahe wieder zu weinen angefangen hätte. In meiner Erinnerung war Ryus Körper mit so vielen einschneidenden Momenten verbunden, dass ihn zu spüren fast so war, als würde ich die Zeit zurückdrehen.

»Bleib bei mir, Jane«, flüsterte er und küsste erst meine Lider, bevor sein Mund langsam an meinem Körper entlang hinunterwanderte. Und ich versuchte es. In diesem Augenblick wünschte ich mir so sehr, so bei ihm zu sein, wie er es sich wünschte. Ihn so zu lieben, wie er es sich erhoffte. Sicher, ich liebte, was er mit meinem Körper anstellte, und ein Stöhnen entwich meinen Lippen, als er meinen Nippel behutsam zwischen die Zähne nahm. Aber das Stöhnen kam von weit weg. Ich hatte das seltsame Gefühl, weniger mit ihm Liebe zu machen, als in einem alten Fotoalbum zu blättern, das mir vor Augen führte, wie glücklich ich einmal gewesen war.

Ich stöhnte laut auf, als er meine Beine spreizte und mich mit diesen langen, trägen Bewegungen leckte, von denen er wusste, dass sie mich ganz verrückt machten. Aber die Lust, die ich verspürte, war verschwommen, diffus, und ich biss mir auf die Zunge, um mich zurück in meinen Körper zu zwingen. Er spielte an meiner Klitoris und brachte mich wiederholt an den Rand des Orgasmus, bevor er schließlich küssend seinen Weg wieder nach oben zu meinem Mund fand. Ich griff zwischen uns, um ihn an mir zu reiben, und währenddessen leckte ich die ganze Zeit sanft an seinen Lippen. Er liebte es, wenn ich das machte. Wir konnten auf dem Körper des jeweils anderen spielen wie Maestros, aber mein Herz lag wie ein Stein in meiner Brust.

Als er in mich eindrang, sich so bewegte, dass er all die richtigen Stellen traf, überkam mich eine körperliche Lust, die die Leere in meinem Inneren nur noch deutlicher zutage treten ließ. Tränen traten mir in die Augen, als sich mir quälend ungebetene Gedanken aufdrängten.

Vielleicht kann ich nicht lieben, dachte ich, während Ryu mir mit unglücklichem Gesicht die Tränen wegküsste.

»Liegt nicht an dir«, murmelte ich schuldbewusst und versteckte mein Gesicht hinter sanften Bissen an seinem Hals. Er streichelte mich fester, griff mit fordernden Fingern zwischen uns, um mich zu dem Höhepunkt zu treiben, der Momente später über mich hereinbrach. Mein Kopf sank mit einem Schrei zurück ins Kissen, und Ryus Fänge gruben sich in meinen Hals, als er mit mir zusammenkam. Mein Geist, der vorübergehend von der Lust meines Körpers zur Ruhe gebracht wurde, gönnte mir eine selige, wenn auch nur kurze Verschnaufpause.

Nachdem er getrunken hatte, blieb Ryu in mir. Sein Gewicht drückte mich nach unten, während ich meine Hüfte noch sanft wiegte und die schwere Last seines Körpers auf meinem genoss. Es fühlte sich an, als würde ich durch ihn auf dem Boden bleiben.

»Du schmeckst nach Trauer«, sagte Ryu sanft und küsste mich.

»Entschuldige«, murmelte ich, unsicher, was ich dazu sagen sollte.

»Das sollte kein Vorwurf sein.«

Er rutschte von mir, und wir gingen zusammen ins Bad, wo wir uns wuschen. Wie gewöhnlich brauchte ich länger als er, und als ich zurück ins Zimmer kam, lag Ryu bereits im Bett und wartete auf mich. Ich gähnte, als ich zu ihm unter die Decke kroch.

»Schlaf, Baby. Ich werde da sein, wenn du aufwachst.«

Mein Hirn fuhr bereits herunter, eingelullt vom Bedürfnis meines Körpers nach Ruhe.

»Danke, Ryu, dass du für mich da bist.«

Ich spürte noch, wie seine Lippen meine Lider streiften. Das Letzte, woran ich mich erinnerte, war seine schnurrende Stimme an meinem Ohr, die mir sagte, dass er es ernst meinte, als er sagte, dass er immer für mich da sein werde.

Ich träumte von meiner Mutter.

Sie war direkt vor mir, mir aber ständig einen Schritt voraus, während ich versuchte, ihr durchs Haus zu folgen. Ihre Stimme hallte lachend aus der Küche. Als ich jedoch den Flur durchquert hatte und die Tür aufstieß, war sie verschwunden. Dann hörte ich sie oben, in ihrem Schlafzimmer, aber als ich die Treppe hinaufgestürmt war, war auch dieses Zimmer leer.

Das passierte mir immer wieder, bis ich sie schließlich beim Wäscheaufhängen entdeckte. Sie stand vor der Leine, die zwischen unserer hinteren Veranda und der heruntergekommenen, freistehenden Garage gespannt war. Ich hielt den Blick fest auf sie gerichtet – denn ich wusste, wenn ich auch nur einmal zwinkerte, wäre sie wieder verschwunden – und machte die Fliegengittertür auf.

Ich schlich mich vorwärts, wollte unbedingt zu ihr gelangen. Aber dennoch waren meine Schritte zögerlich, als fürchtete ich mich davor, was ich sehen würde, wenn sie sich zu mir drehte.

Da fing das Summen an. Wie eine Fliege, nur lauter, hallte es durch unseren Garten. Und jedes Mal, wenn es summte, fiel etwas weg. Erst verschwanden die Bäume am hintersten Ende unseres Grundstücks, als wären sie in den dunklen Rachen einer weltverschlingenden Göttin gefallen. Dann, mit jedem weiteren Summen, holte sie sich einen weiteren Bissen, bis allein meine Mutter übrig war, und ich wusste, dass sie die Nächste wäre, die in den dunklen Schlund gerissen würde. Im Traum stürzte ich mich schreiend vorwärts, als das tödliche Summen wieder erschallte …

In Wirklichkeit war ich es, die durch das laute Klingeln von Ryus BlackBerry aus dem Schlaf gerissen wurde. Ryu nahm ab.

Ich lag mit klopfendem Herzen im Bett und versuchte das Grauen des Traums abzuschütteln.

»Was willst du?«, sagte Ryu barsch.

»Sie ist okay«, antwortete er nach einer kurzen Pause. Dann hörte er wieder kurz zu.

»Nun, sie ist jetzt in Sicherheit. Sie ist bei mir.« Ich verfolgte das Gespräch mit halbem Ohr, während ich mich aus den verschwitzten Laken schälte und einen Blick auf die Uhr warf. Ich hatte nur eineinhalb Stunden geschlafen.

»Ich habe dir doch gesagt, dass ich mich um sie kümmern werde, und das habe ich getan. Sie hat geschlafen, bevor du sie aufgeweckt hast.« Ich wusste, dass Ryu von mir sprach, aber er klang nicht besorgt. Er klang … überheblich.

»Warum fahren wir nicht einen Tag später? Gut, dann eben morgen. Wie auch immer. Ich werde da sein.« Damit legte er auf, ohne sich zu verabschieden.

Er lächelte, als er mich unter die Decke gekuschelt sah, und legte sich zu mir.

»Meine Güte, wie habe ich dich in meinem Bett vermisst«, sagte er und zog mich fest an sich. Ich war noch immer etwas benommen von meinem Traum, aber auch etwas irritiert von Ryus Telefonat.

»Ich habe dein Bett auch vermisst«, erwiderte ich zögerlich, während ich festzumachen versuchte, was genau mich an unserer aktuellen Situation so störte.

Sein Mund fand meinen, und seine Hände fuhren an meinen Seiten entlang. Ganz offensichtlich war er bereit für die zweite Runde, aber ich musste wissen, wer da eben am Telefon gewesen war.

»Hast du eben mit Iris gesprochen?«, fragte ich, während er an meinem Hals knabberte.

»Hmm?«

»Iris. War sie das gerade am Telefon?«

Ryu rückte von mir ab und starrte mich undurchdringlich an.

»Nein, das war nicht Iris«, sagte er und spielte mit seinen Fingern an meinem Nippel herum. Aber so leicht war ich nicht abzulenken.

»Wer war es dann?«, hakte ich nach. »Du hast doch über mich gesprochen. Außer du hast hier irgendwo noch eine Frau versteckt.«

»Jane, lass uns doch einfach unsere gemeinsame Zeit genießen.«

Ich verstand nicht, warum er so ausweichend war. Allerdings verstand ich einige Dinge nicht so ganz, jetzt da ich wieder ganz wach war und mich ein wenig von dem Schock über den Tod meiner Mutter erholt hatte.

Woher hatte er gewusst, dass ich bei Iris war? Warum war er überhaupt in Maine? Woher wusste er vom Tod meiner Mutter?

Ich starrte finster vor mich hin. Meine Gedanken rasten. Ich rückte von ihm ab und setzte mich vor ihm auf, die Decke über den Schoß gezogen.

»Ryu, wir müssen reden. Wer war da eben am Telefon? Und woher weißt du überhaupt, was passiert ist?«

»Anyan. Er hat angerufen«, antwortete er schließlich widerwillig.

»Oh«, sagte ich. »Was wollte er denn?«

»Er wollte nur sichergehen, dass ich bei dir bin.«

»Sicher. Warum sollte er das denn machen?«

»Du warst nirgends sonst, also hat er sich bei mir erkundigt.«

»Aber warum sollte er annehmen, dass ich bei dir bin? Du wohnst in Boston?«

Ryu lehnte sich seufzend zurück an das Kopfteil des Bettes. Er antwortete nicht. Wie ein kalter Blitz durchzuckte mich die Erkenntnis, und alle Puzzelteile fielen plötzlich an ihren Platz.

»Ryu, woher wusstest du das von meiner Mutter? Wie kamst du auf die Idee, nach mir zu schauen? Was verschweigst du mir?«

»Müssen wir unbedingt jetzt darüber reden? Ich habe dich eine Ewigkeit nicht gesehen, ich will einfach genießen, mit dir zusammenzusein.« Ryu beugte sich vor, schob seine Hand unter die Decke und ließ sie an der Innenseite meiner Oberschenkel hinaufwandern.

Meine Hand schnellte hinunter und packte ihn am Handgelenk, um seinen Vorstoß zu unterbinden.

»Sag es mir!«, zischte ich zwischen zusammengebissenen Zähnen.

»Du warst weder bei Grizzie und Tracy noch zu Hause, also nahm ich an, dass ich dich bei Iris finden würde.«

»Ja, aber warum bist du überhaupt hier?«

Er biss die Zähne aufeinander, und plötzlich wusste ich alles. Aber ich wollte es von ihm hören.

»Ryu?«

»Ich habe Anyan bei seinen Ermittlungen geholfen«, sagte er schließlich.

Mein Atem geriet ins Stocken. Ich hatte es mir schon gedacht, aber es aus seinem Mund zu hören, erschütterte mich bis ins Mark.

»Also wusstest du längst, dass meine Mutter tot ist?«

Er schwieg, was mir alles sagte.

»Warst du dabei, als man sie fand?«

Wieder nur vielsagendes Schweigen.

»Das war es, was du gestern am Telefon gemeint hast. Als du mir sagtest, dass du für mich da bist. Da wusstest du schon, dass meine Mutter tot ist.«

Er streckte die Hand nach mir aus. »Jane...«

»Du Mistkerl!«, fauchte ich und zuckte vor seiner Berührung zurück. »Sag mir, dass du es mir erzählen wolltest und nur zu feige warst. Sag mir, dass du diese Dinge nicht nur einfach so gesagt hast, obwohl du die Wahrheit bereits kanntest.«

»Jane, Anyan und ich hatten miteinander gesprochen. Wir dachten, es sei das Beste...«

»Du Arschloch!«, schnaubte ich, jetzt, wo ich die Wahrheit hinter seinem Verhalten erkannt hatte und mir klar geworden war, wie perfekt sie alles eingefädelt hatten und was für eine dumme Pute ich doch war.

»Also hast du Anyan vorgeschickt«, sagte ich mit kalter Stimme. »Du hast ihn vorgeschickt, damit er mir die schrecklichen Neuigkeiten beibringt, und dann kamst du herangeschwebt, um den großen Tröster zu spielen? Und ich bin verdammt noch mal darauf reingefallen!«

»Jane, so ist es auch wieder nicht. Er wollte es dir sagen. Und ich fand nicht, dass du es von uns beiden hören musst, aber ich wusste, dass du mich brauchen würdest, nachdem du davon erfahren hast.«

»Ach Schwachsinn, Ryu.« Wut kochte in mir hoch, aber sie galt hauptsächlich mir selbst. Ich sah das ganze Szenario jetzt in brutaler Klarheit vor mir. Ryu hätte gar nicht anders handeln können. Alles, was er getan hatte, war durch und durch Ryu.

»Ich weiß, dass du mich nicht verletzen wolltest«, sagte ich schließlich. Sein Gesicht hellte sich auf, aber meine nächsten Worte und mein erzürnter Ton fegten sein Lächeln sofort wieder weg. »Ich weiß, dass du den Scheiß, den du da verzapfst, vermutlich selbst glaubst. Aber wenn du ganz tief in dich hineinschaust, muss auch dir klar werden, dass du den Tod meiner Mutter und meine Trauer nur wie ein weiteres Ass in deinem Ärmel behandelt hast. Du kannst einfach nicht anders, als andere zu manipulieren, Ryu.«

Er kniff die Augen zusammen, in seinem Gesicht standen Betroffenheit, Schmerz und Empörung. Und da wurde mir alles klar: all das Zeug, das er mir immer aufzudrängen versuchte, sogar, wenn ich ihm sagte, dass ich es nicht wollte; seine kleinen Eifersuchtsszenen, manche im Spaß, andere nicht; sein ewiges Gestichel, dass ich nach Bosten ziehen sollte …

Er hat keinen blassen Schimmer, wer ich bin, was ich will und was gut für mich ist.

»Jane«, drang Ryus Stimme durch meine ernüchternde Erkenntnis hindurch. »Das ist jetzt aber nicht fair …«

»Ich weiß, dass du das nicht kapierst, Ryu«, sagte ich plötzlich schrecklich müde, aber auch völlig klar, überzeugt und selbstsicher. Meine Stimme war sanft, aber bestimmt, ich blickte ihn mit meinen schwarzen Augen an und spürte die Kluft, die schon immer zwischen uns bestanden hatte, diese Kluft, die nur durch den Sex und unsere gegenseitige Anziehung überbrückt worden war und die jetzt zu tief vor uns klaffte, als dass wir sie weiter ignorieren konnten. »Und mir ist klar, dass du nie gemein oder verletzend sein wolltest. Aber du scheinst einfach nicht zu begreifen, dass ich nicht bloß irgendein Ding bin, das man für sich gewinnt oder verliert. Ich bin keine Schachfigur oder eine Trophäe, und unsere Beziehung ist kein Spiel. *Das ist kein Spiel, hörst du*«, wiederholte ich noch einmal eindringlich, als ich sah, dass Wut in seinem Gesicht aufblitzte. »Jedenfalls spiele ich nicht mehr mit.«

Ich stand aus dem Bett auf. »Ich gehe jetzt. Du kannst mich nach Hause bringen oder nicht.«

»Jane«, sagte er mit gepresster Stimme, »lass es mich doch erklären.«

»Spar's dir, Ryu«, sagte ich, als ich zur Tür ging.

Nach Hause zu schwimmen, erschien mir sowieso die bessere Idee.

KAPITEL 5

Gleich nach der Arbeit am nächsten Tag stand ich vor Anyans Blockhütte. Es dämmerte bereits, und das Haus wirkte heimelig und einladend. Doch mir schnürte sich der Hals zu, in der Nacht zuvor hatte ich kein Auge zugetan, weshalb ich körperlich ziemlich erschöpft war. Durch das viele Schwimmen gestern glühte ich allerdings gleichzeitig wie ein überhitzter Reaktor. Nach allem, was in Boston geschehen war, hatte ich jetzt nicht nur mehr Kontrolle über meine Superkräfte, sondern auch einen besseren Zugang zu meinem Element. Doch trotz dieses Energieüberschusses fühlte sich mein Körper vor Erschöpfung hart und schwer an, besonders mental. Und zu allem Überfluss lastete auch noch das Problem auf mir, was ich meinem Vater sagen sollte.

Ungeachtet der vielen Jahre, die vergangen waren, wartete er noch immer darauf, dass meine Mutter eines Tages zu ihm heimkehren würde. Er hatte es auch nie übers Herz gebracht, ihre Sachen wegzugeben, ja sie nicht einmal weggepackt. Ihr Regenmantel hing noch immer im Schrank in unserem Hausflur, und ihre Stiefel standen neben unseren an der Tür.

Manchmal sprach er von ihr, als sei sie bloß im Urlaub und hätte ein Rückflugticket, dessen Datum wir kennen. Abgesehen von einer hässlichen Szene, als ich dreizehn und es furchtbar leid war, dass er eine Frau liebte, die uns einfach verlassen hatte, hatte ich ihn nie mit dem Thema konfrontiert. Immer wenn er von ihrer Rückkehr sprach, hielt ich den Mund und ignorierte es einfach.

Doch jetzt wusste ich, dass sie tot war. Ich wusste, sie würde nie mehr nach Hause zurückkommen. Aber wie sollte ich das meinem Vater nur beibringen?

Es würde ihn umbringen, und das nicht nur im übertragenen Sinne. Bei seinem schwachen Herzen war ein tödlicher Ausgang absolut im Rahmen des Möglichen. Abgesehen davon, wie sollte ich ihm erklären, woher ich wusste, dass sie umgebracht worden war? Ich hatte mich die ganze Nacht im Bett herumgewälzt und mir dieses Gespräch ausgemalt.

Nun, Dad, Mom war ein Seehund, und ich habe Superkräfte! Ein anderer Kumpel von mir, ein Höllenhund, der auch Superkräfte hat, hat mir erzählt, dass er Moms Leiche gefunden hat. Vermutlich ist sie von dem fiesen Elb ermordet worden, der auch schon mindestens zweimal versucht hat, mich um die Ecke zu bringen. Ups, hatte ich das etwa noch gar nicht erwähnt? Tut mir leid. Aber hey, jetzt hast du endlich mehr Platz in den Schränken. Soll ich dir ein Sandwich machen?

Zugegeben, diese Rede war die extra-herzlose Variante, aber wie könnte ich es ihm auch sagen, ohne dass es herzlos klang? Ich müsste alle seine Hoffnungen zerstören und ihn gleichzeitig anlügen. Ich musste ihm etwas vormachen, was die wahre Identität meiner Mutter und meine betraf, um all die anderen Unwahrheiten zu decken. Mit anderen Worten, ich musste ihn entweder anlügen, oder er fände heraus, dass die Frau, die ihn verlassen hatte, es aus dem Grund getan hatte, weil er sie eigentlich nie richtig kannte, und um der Sache noch die Krone aufzusetzen, hatte auch noch seine Tochter die letzten eineinhalb Jahre ein geheimes Doppelleben geführt.

Alles in allem war es ein klassischer Verrat wie aus dem Lehrbuch, ganz gleich wie man es betrachtete. Nicht zuletzt deshalb, weil es keinen Zweifel daran gab, dass ich der Grund dafür war, dass meine Mutter tot war.

Während der langen Schwimmstrecke von Eastport zurück nach Rockabill hatte ich mir schließlich auch die Verbindung eingestanden, die ich vorher in die hinterste Ecke meines Hirns verbannt hatte. Denn bereits in der Sekunde, als Anyan mir gesagt hatte, meine Mutter sei in einem Labor umgekommen, war mir klar gewesen, wer dafür verantwortlich war. Es musste Jarl sein. Und ich wusste verdammt gut, dass er meine Mutter umgebracht hatte, um an mich heranzukommen.

Wut kochte in mir hoch, als ich mich vorsichtig an das Thema herantastete, das ich anschneiden wollte, *nachdem* ich mich entschuldigt hatte. Es war höchste Zeit, dass ich mich selbst zurückbekam. Ganz zu schweigen davon, dass ich den kläglichen Rest, der noch von meiner Familie übrig war, vor Jarl schützen musste. Wenn das bedeutete, dass ich aufhören musste, Jane True, die nette Nebenrolle, zu spielen und mich stattdessen in Jane True, die Superheldin, zu verwandeln, bitteschön. Ich hatte schließlich nicht so hart an mir gearbeitet, um einfach liegenzubleiben und noch ein paar Schläge einzustecken.

Aber zuvor musste ich noch ein paar Dinge in Ordnung

bringen. Ich fasste allen Mut zusammen und klopfte an die Tür. Als ich drinnen Schritte vernahm, straffte ich die Schultern. Ich war hier, um mich zu entschuldigen, aber nach meinem Benehmen am Abend zuvor wäre es nicht überraschend, wenn mir Anyan einfach die Tür vor der Nase zuschlüge, bevor ich überhaupt die Gelegenheit dazu bekäme.

Doch zu meiner Überraschung war es Julian, der mir die Tür öffnete.

Mein Halblingsfreund blinzelte mich mit seinen seegrünen Augen hinter runden Brillengläsern an, und sein schmales Gesicht verzog sich zu einem breiten Grinsen.

»Jane!«, rief er und breitete die Arme aus.

Erleichtert ließ ich mich hineinsinken. Ich mochte alle Bostoner Mitarbeiter von Ryu, aber Julian war mir mit Abstand der liebste.

»Was machst du denn hier?«, fragte ich lachend, als mich Julian wieder absetzte.

»Ich bin hier mit ...«, fing Julian an, bevor er zur Seite gedrängt wurde.

»... Ryu«, beendete er seinen Satz, als ich bereits meinem Ex-Freund gegenüberstand.

Wir sahen uns mit zusammengekniffenen Augen an, bis er eine Hand nach mir ausstreckte, der ich mit einem Schritt zurück auswich.

»Wo ist Anyan?«, platzte ich heraus. Ich hatte im Moment keinen Nerv, mich mit dem Sith auseinanderzusetzen, nicht nach der Nacht, die ich hinter mir hatte.

Ryus Gesichtzüge verhärteten sich. Er antwortete mir nicht.

»Wo ist Anyan?«, stieß ich erneut zwischen zusammengebissenen Zähnen hervor.

»Warum?«

»Weil ich mit ihm reden muss.«

»Jane, bitte«, sagte Ryu, »*wir* müssen reden.«

»Nein«, war meine entschiedene Antwort darauf. »Das müssen wir wirklich nicht. Wo ist Anyan?«

Ryu sah mich mit verschleiertem Blick an. Schließlich warf er den Kopf zurück. »Er ist in seiner Werkstatt. Geh und rede mit ihm, und dann komm wieder. Wir sind noch nicht fertig.«

Ich wollte ihm schon sagen, dass wir beide garantiert fertig miteinander waren, doch ich wusste, er würde mich nicht gehen lassen, wenn ich es täte. *Und du hast gerade größere Fische zu braten*, rief ich mir in Erinnerung. Ich ging über Anyans Rundumveranda nach hinten und musste über das Bild eines haarigen, finster dreinblickenden, stahläugigen Fisches grinsen, der sich hartnäckig vor mein inneres Auge drängte.

Ich wusste, dass Anyan eine Werkstatt hinter seinem Blockhaus hatte, aber bisher war sie immer mit einem Vorhängeschloss versperrt gewesen, sonst hätte ich schon längst darin herumgeschnüffelt. Mir gefiel Anyans Kunst sehr, und ich hatte immer schon mal seine kreative Wirkstätte sehen wollen – das war auch der Grund, warum ich einmal sogar eine kleine Trittleiter mit dorthin gebracht hatte, weil ich durch die Fenster hineinspähen wollte. Doch leider waren die Vorhänge zugezogen gewesen.

Diesmal jedoch war da kein Vorhängeschloss an der Tür, und die Werkstatt stand offen. Ich schlich mich auf Zehenspitzen zum Eingang und war plötzlich wieder schrecklich nervös. Meine Augen suchten den Raum ab, bis sie an der stattlichen Gestalt des Mannes hängen blieben, den zu sehen ich gekommen war.

Anyan saß, die muskulösen Beine angezogen, auf einem Strohballen. Zwischen seinen Knien hielt er eine Holzfigur. Es handelte sich um die geschwungene Abbildung einer stilisierten weiblichen Form. Sorgfältig schmirgelte er ihre Rundungen mit Sandpapier ab und brachte damit die Farbe und die Maserung des Holzes noch besser zur Geltung.

Ich beobachtete ihn und versuchte, meine Nervosität unter Kontrolle zu bringen. Er wirkte müde, traurig und abwesend. Seine großen Hände bearbeiteten behutsam die Figur, und mein erschöpfter Körper schwang sich zu einem fast schon schmerzhaften Schauder der Lust auf. Ich unterdrückte ihn und räusperte mich.

Anyans Augen zuckten hoch zu mir. Einen unangenehmen Moment lang starrten wir uns gegenseitig an, bevor ich meinen Blick kleinlaut auf meine neuen lila Chucks senkte.

In der Arbeit hatte ich den ganzen Tag über eine richtig gute Entschuldigungsrede einstudiert. Sie war gewandt, wortreich und, das wurde mir in diesem Augenblick klar, völlig unangemessen.

Ich zwang mich, den Blick wieder zu heben und machte einen Schritt in die Werkstatt hinein.

»Ich glaube, ich habe den Boten getötet«, war alles, was ich mit kleinlauter Stimme über die Lippen brachte.

Ein seltsamer Ausdruck huschte über sein Gesicht. Er schien hauptsächlich aus Erleichterung zu bestehen, aber kombiniert mit etwas, das ich nicht klar festmachen konnte. Er stellte die Skulptur behutsam zu seinen Füßen ab.

»Es tut mir leid, Anyan.«

»Mir auch. Es tut mir leid, dass ich es dir auf diese Weise beibringen musste. Dass es überhaupt passiert ist.«

»Aber die ganze Sache ist doch nicht deine Schuld. Ich habe mich aufgeführt wie ein echtes Miststück.«

Er lächelte versöhnlich. »Keine Sorge, Jane, ich bin den Umgang mit Miststücken gewohnt.«

Mein müdes Hirn brauchte ein paar Sekunden, bis es seinen Seitenhieb verstanden hatte. Dann stieß ich mein typisch undamenhaftes Prusten aus und zuckte peinlich berührt zusammen.

»Wie hältst du dich?«, erkundigte er sich.

»Weiß nicht. Ich bin so müde, dass ich auf Autopilot geschaltet habe.«

»Du hast aber heute nicht gearbeitet, oder?«

»Das hat mir gutgetan. Eine gute Ablenkung. Und ich bin aus dem Haus gekommen.«

Anyan runzelte die Stirn. »Was wirst du deinem Vater sagen?«

Ich schüttelte hilflos den Kopf, und Tränen schossen mir in die Augen. Ich versuchte sie wegzuzwinkern und spürte, dass meine Nase zu laufen anfing. Ich stand kurz vor einem Nervenzusammenbruch.

Plötzlich stand Anyan dicht vor mir. Seine großen Hände fassten mich an den Ellbogen. Eine Sekunde lang ging meine Fantasie mit mir durch. Ich sah mich mein Gesicht an seinem Bauch vergraben und laut vor mich hinschluchzen. Ich stellte mir vor, wie Anyans Hände mir tröstend übers Haar und den Rücken strichen. Aber ich würde meinen Kummer nicht auf dieselbe schäbige Art missbrauchen, wie Ryu es getan hatte, nur um das zu bekommen, was ich wollte. Denn eigentlich war Anyan gewissermaßen ein Fremder für mich, und mich an ihm auszuheulen war absolut nicht angebracht.

»Ich heule keine Leute mehr voll«, stieß ich gepresst hervor. »Hast du vielleicht ein Taschentuch oder so was?«

Anyan faste mich sanft am Kinn, und für eine Sekunde hätte mich sein Blick beinahe zerrissen. Bis ich merkte, dass mir gleich Rotz auf seine Hand tropfen würde und ich vernehmbar schniefte. Anyan löste sich von mir und griff nach einem Lumpen, der auf seiner Werkbank lag.

»Ist sauber«, sagte er und reichte ihn mir.

Ich schnäuzte mich geräuschvoll und hielt den Lumpen dann in der Hand, unsicher, was ich damit anfangen sollte.

»Den kannst du behalten«, sagte er, als könne er Gedanken lesen. Ich lächelte ihn zögernd an, und er lächelte zurück. Da wusste ich, dass er mir verziehen hatte, was mich sehr erleichterte. Außerdem hatte ich jetzt das Gefühl, ihn alles fragen zu können, was ich ihn schon gestern Abend hätte fragen sollen, anstatt so komplett auszuticken.

»Zuallererst muss ich wissen, was mit der … mit der Leiche meiner Mutter passiert ist.«

Anyan nickte. »Natürlich. Sie wurde zu ihren Leuten überführt, die sie im Meer bestattet haben. Mit einem traditionellen Beerdigungsritual der Selkie.«

Ich schloss die Augen, als ein plötzlicher Schmerz mein Herz packte. Ich hätte sie gerne noch einmal gesehen, um Abschied nehmen zu können … und doch wusste ich, dass Anyan genau das Richtige getan hatte. Meine Mutter hatte uns zwar geliebt, aber das Meer noch mehr, und dort gehörte sie auch hin. Ich atmete tief durch und schlug die Augen wieder auf, um Anyans Blick zu begegnen.

»Ich muss wissen, was genau passiert ist.«

Das Gesicht des Barghest verfinsterte sich, als er erneut

auf dem Strohballen Platz nahm. Er griff nach der Skulptur und dem Sandpapier und machte sich wieder an seine Arbeit. »Wir wissen noch nicht viel. Wer auch immer dahintersteckt, achtet darauf, unerkannt zu bleiben.«

»Dann«, sagte ich und versuchte meine Stimme vernünftig klingen zu lassen, »erzähl mir, was ihr bis jetzt wisst. Wie hat man es deiner Meinung nach überhaupt geschafft, sie gefangen zu nehmen?«

»Man hat sie wahrscheinlich erst einmal an Land gelockt. Deine Mutter war stark, und nur ein anderes Wasserelementwesen hätte es im Wasser mit ihr aufnehmen können, was der Meereskodex jedoch verbietet.«

»Also hat man sie irgendwie an Land geschafft, und dann ist sie in eines dieser Labors gebracht worden. Was wurde dort gemacht?«

»Wir konnten nur verlassene, gesäuberte Labors finden. Falls es einmal richtige Hinweise gab, dann sind die fraglichen Stätten … liquidiert worden.«

Und meine Mutter gleich mit, dachte ich und unterdrückte diese emotionale Reaktion sofort, bevor sie mich überwältigen konnte.

»Er mag ja seine Spuren gut verwischt haben, aber wir wissen doch beide, wer dahintersteckt, oder, Anyan?«

Der Barghest schüttelte den Kopf. »Wir sollten keine voreiligen Schlüsse ziehen. Vermutungen helfen uns nicht weiter. Wir sind einer Riesensache auf der Spur, und wir brauchen erst noch mehr fehlende Puzzleteile.«

»Ach komm schon, Anyan«, erwiderte ich hitzig. Ich war diesen Eiertanz um die Alfar einfach so leid. »Du klingst schon wie der da drüben«, sagte ich und zeigte mit dem Kopf zum Blockhaus hinüber, wo Ryu vermutlich gerade schmorend hockte. »Auch er akzeptierte sofort bereitwillig, als Phädra Conleth als Vorwand dafür nahm, dass Jarls Beteiligung an dieser Reproduktionsklinik unmöglich war. Niemand will mit dem Finger auf die Alfar zeigen. Aber ich weiß, wie du über sie denkst, und dass du die Wahrheit kennst. Jarl hat das getan. Er steckt hinter diesen Labors, genauso wie er hinter Jimmus Mordserie steckte und hinter Conleths Gefangenschaft. Ja, Jarl verfügt bestimmt über jede Menge Helfer, aber die Verantwortung liegt allein bei ihm. Außer du glaubst, auch Orin und Morrigan sind in die Sache verstrickt, was ich bezweifle. Meine Mutter zu töten, war ein persönlicher Racheakt, und das ist nicht Orins Art. Dafür ist er zu kalt.«

»Woher willst du denn wissen, dass deine Mutter wegen dir zum Opfer wurde, Jane?«, meinte der Barghest mit sanfter, mitfühlender Stimme.

Zum Teufel mit ihm, dachte ich und spürte, wie sich wieder Tränen wie Nadelspitzen in meine Augen bohrten. *Warum weiß er immer, was ich gerade denke?*

»Trotzdem«, erwiderte ich knapp, »diese Labors tragen ganz klar Jarls Handschrift. Du hast doch selbst gesagt, dass es dort so aussah wie in dem Labor, in dem Conleth gefangen gehalten wurde. Wenn wir zur Abwechslung einfach mal von Anfang an von Jarls Beteiligung daran ausgingen und unsere Zeit nicht damit verschwenden würden, so zu tun, als sei das ein Ding der Unmöglichkeit, dann wären wir schon einen Riesenschritt weiter, ihn endlich dranzukriegen.«

Jede Milde aus Anyans kantigen Gesichtszügen verschwand, als er das Wort »wir« hörte. Er stand auf und stellte die Skulptur auf der Werkbank ab. Dann ging er zur Tür.

»Ja, du hast mich schon richtig verstanden«, rief ich ihm nach und musste mich bemühen, mit ihm Schritt zu halten. »Tu nicht so, als sei ich gar nicht da, Barghest!«

Er war bereits im Blockhaus verschwunden, und die Fliegengittertür knallte mir vor der Nase zu. Ich riss sie auf und sah, dass er das Wohnzimmer schon halb durchquert hatte. Ich eilte hinter ihm her und schoss dabei an einem überrascht dreinblickenden Julian und einem schmollenden Ryu vorbei, die nebeneinander auf dem Sofa saßen. Der Barghest schnappte sich ein paar pralle Motorradtaschen und verschwand durch die Eingangstür wieder nach draußen.

»Anyan, du verdammter Mistkerl, bleib sofort stehen!«

Im Schein der Verandabeleuchtung befestigte er gelassen die Satteltaschen an seinem herrlich instandgesetzten Indian Motorrad. Aber jetzt war nicht der Moment zum Schwärmen, sondern um einen kleinen Hundemann-Arsch anzuschreien.

»Anyan!«, zeterte ich in der Erwartung, dass er auf meine Forderung eingehen würde.

»Es kommt absolut nicht infrage, dass du dich in diese Ermittlung einmischst, Jane. Also fang erst gar nicht an.«

Ich war noch nie gut darin gewesen, meine Gefühle zurückzuhalten, aber ich glaube, so in Rage war ich noch nie. Ich hatte getrauert, geliebt und überwältigenden Kummer empfunden. Aber richtige *Rage* … Bis jetzt noch nicht.

Die Wut fing in meinen Zehenspitzen an und drängte dann durch meinen ganzen Körper hoch in einer Welle des Zorns, so heftig, dass ich zitterte. Bereits mit Elementenergie überladen, sprudelten meine Kräfte zusammen mit meinen Emotionen zischend über. Man hatte mir eingetrichtert, dass Gefühlskontrolle für die magische Kontrolle entscheidend war, aber seit ich von meinen besonderen Kräften wusste, hatte ich eher den Eindruck, dass es mich schwächte, wenn ich meine Gefühle unterdrückte. Vielleicht lag das daran, dass ich ein Halbling war und meine menschlichen Anteile die Zwänge meines übernatürlichen Erbes abmilderten. Worauf auch immer es sich gründete, mich durchströmte eine berauschende Kombination aus Kraft und Wut, die darauf drängte, sich zu entladen.

»Er hat meine Mutter umgebracht!«, rief ich mit heiserer Stimme, aber der Barghest ignorierte mich einfach. Und da brannte etwas in mir durch. Zorn entflammte in meiner Seele wie eine Benzinlache.

»Das kannst du mir nicht abschlagen, Anyan!«, wütete ich. Der Barghest wich vor mir zurück. Ich folgte ihm, um ihm die Stirn zu bieten, als hinter mir Ryus Stimme erklang.

»Jane, Anyan hat recht. Es ist wirklich keine gute Idee, wenn du dich da einmischst.«

Ich ignorierte ihn einfach. Schließlich redete ich überhaupt nicht mit ihm.

»Du weißt, ich muss das tun«, sagte ich fordernd, während ich Anyan bohrend ansah.

Der Barghest schüttelte seinen struppigen Kopf. »Und das ist genau der Grund, warum du nicht mitkommen wirst, Lady. Du bist außer dir vor Wut, und das hier ist kein Rachefeldzug. Die Sache ist größer als wir alle zusammen, und ich werde nicht meine Zeit damit verschwenden, dir hinterherzujagen, während du irgendwelche Schatten jagst.«

»Anyan, ich schwöre bei allen Göttern, wenn du mich wie ein verdammtes Kind behandelst, dann stopfe ich dir deine Satteltaschen in den …«

Meine Tirade wurde von einer unliebsamen Hand unterbrochen, die sich mir von hinten auf die Schulter legte.

»Jane, hör mir zu, ich weiß, du bist aufgebracht…«

Plötzlich schien ein Knoten in mir zu platzen, und all die Gefühle der Scham, des Schmerzes und der Wut, die während der vergangenen zwei Monate ohnmächtig in mir gebrodelt hatten, brachen aus mir heraus. Ich war diese Spielchen so was von leid. Ich war es leid, immer unterschätzt und übergangen und manipuliert zu werden. Was in Boston geschehen war, hatte mich verändert, und obwohl ich noch immer wie die nette, sanftmütige Jane, der Selkie-Halbling, aussah, steckte in meinem kurvigen, kleinen Körper eine Riesenladung brutaler Elementkraft und pure, völlig Jane-untypische Bosheit.

Ich hatte mich noch so weit im Griff, dass ich Ryu nicht ernsthaft verletzte, als ich meine Kräfte ihn umwerfen ließ. Gerade stand er noch hinter mir, die Hand beschwichtigend auf meiner Schulter, und in der nächsten Sekunde lag er ausgestreckt auf dem Boden. Ich ließ meine Kraft schwer auf seiner Brust lasten, wie eine sich räkelnde Riesendogge, was ihn ziemlich effektiv ruhigstellte.

Mit großen Augen starrte Anyan an mir vorbei den am Boden liegenden Ryu an. Und bevor der Barghest seine mächtigen Schilde hochfahren konnte, hatte ich ihn schon ins Visier genommen.

Ich ließ Anyan von einer Kugel aus Wasserelementenergie umkreisen, sodass er ungeschützt und verletzbar blieb. Ich komprimierte meine Kraft zu einer groben Imitation zweier Finger und stach ihm damit herausfordernd in die Brust. Der große Mann taumelte knurrend einen Schritt zurück.

»Jetzt hör mir mal zu, du Hundeköter. Ich bin *kein* kleines Kind. Ich bin *nicht* schwach.«

Um meinen Worten Nachdruck zu verleihen, stieß ich ihm noch einmal fest vors Brustbein. Verdutzt machte er einen weiteren Schritt rückwärts.

»Ich weiß, wann ich mich besser aus irgendeinem Scheiß heraushalte, und ich weiß auch, dass ich in der Vergangenheit schwach war. Aber ich bin nicht länger das Mädchen von damals.« Ich stupste ihm erneut in die Rippen, und Anyan wich noch weiter zurück.

»Du hast jetzt genau zwei Möglichkeiten. Du sagst, das ist nichts gegen mich persönlich – ich sage, das ist Mist. Also, entweder nimmst du mich ganz offiziell zu dieser Ermittlung mit, oder ich komme so mit. Es ist deine Entscheidung.« Ich schubste ihn noch einmal, aber diesmal viel heftiger als vorher, sodass er ins Wanken geriet. Ich setzte ihm nach und verlieh meinem Standpunkt mit meiner Elementkraft noch mehr Nachdruck.

»Auf jeden Fall kannst du mich nicht daran hindern, dass ich dir die ganze Zeit auf den Fersen bin.«

Schubs.

»Du kannst mich auch nicht daran hindern, dass ich in die Grenzregion gehe und mich mit deinen Kontakten treffe.«

Schubs.

»Du bist nicht mein Vater.« Schubs. »Du kontrollierst mich nicht.« Schubs. »Du hast mir nicht zu sagen, was ich tun und lassen soll.« Schubs. »Ich bin jetzt stark, und ihr könnt mich nicht davon abhalten, mit euch zu kommen.«

Mit diesen Worten ließ ich den Brocken aus Elementkraft, mit dem ich Ryu ruhiggestellt hatte, noch größer werden und drückte ihn so noch fester zu Boden. Aber ich wusste, dass der Baobhan Sith nicht das Problem war. Derjenige, der sich zwischen mich und mein Ziel stellte, stand noch vor mir. Aber nicht mehr lang.

»Ich komme mit, Anyan«, sagte ich, und dann entfachte ich einen Höllensturm.

Ich ließ meinen Meereskräften freien Lauf, die aus mir herausströmten und den Barghest von den Füßen hoben, ihn höher und höher trugen und ihn dann auf den Rücken drehten. Einen Augenblick lang hing Anyan so in der Luft, bis ich ihn zu Boden fallen ließ. Da ich spürte, dass er seine Elemente anrief, wusste ich, dass ihm die Erde helfen würde, den Aufprall abzudämpfen. Aber er schlug trotzdem so hart auf, dass er einen anyanförmigen Krater hinterließ. Er lag ausgestreckt da, zweifellos hatte es ihm den Atem verschlagen. Als er sich ein paar lange Minuten nicht mehr rührte, fing ich an, mir Sorgen zu machen, aber schließlich atmete der Barghest zischend aus, und ich sah ihn mehrmals blinzeln. Vermutlich versuchte er, die Sternchen aus seinem Blickfeld zu vertreiben.

Ich zügelte meine Kräfte und trat zur Seite, damit ich beide Männer in meinem Sichtfeld hatte, wenn ich sie losließ. Ryu war als Erster wieder auf den Beinen.

Er starrte mich an, als wäre mir soeben ein Schnauzbart gewachsen. Ich widerstand der Versuchung ihn wegzuschnippen.

Ich wollte den Vampir gerade anfahren, er solle den Mund wieder zumachen und aufhören zu glotzen, als ich ein gepresstes Keuchen hörte, das von Anyans hingestreckter Gestalt kam.

Er setzte sich langsam und vorsichtig auf. Eine Sekunde lang dachte ich, er schnappe nach Luft, bevor ich merkte, dass er offenbar … kicherte. Lachte er etwa über mich?

Anyan lehnte sich zurück auf die Hände und ließ den Kopf in den Nacken sinken, als seine etwas atemlosen Gluckser zu schallendem Gelächter anwuchsen.

Ich runzelte die Stirn, unsicher, warum er lachte. Falls er dachte, ich mache bloß Witze, wäre ich gerne bereit, den anyanförmigen Krater, in dem er saß, noch zu vertiefen, indem ich ihn noch weiter in den Boden rammte …

Aber als sein Lachen sich etwas beruhigte und unsere Blicke sich trafen, wirkte er überhaupt nicht verärgert. Auch machte er sich nicht über mich lustig. Er strahlte vor Stolz und grinste, als habe ich gerade einen Pokal heimgebracht.

»Bei allen Göttern, Jane. Ich habe schon drauf gewartet, dass du so etwas tun würdest.« Gelächter sprudelte wieder in ihm hoch, als er sich vorsichtig auf den Boden zurücksinken ließ. »Scheiße, hat das wehgetan.« Der Barghest stöhnte, während er Kraft aus der Erde zog, um sich zu heilen. »Aber dich in Höchstform zu erleben, war es wert. Und Ryu …« Anyan gluckste erneut, diesmal über seinen eigenen Witz. »Ich dachte schon, Ryu macht sich gleich in die Hose.«

Ryus Gesichtzüge waren noch immer schlaff. Er war so schockiert von meinem Angriff, dass er bei den Sticheleien des Barghest nicht einmal mit der Wimper zuckte. Normalerweise wäre Ryu bei so etwas ausgeflippt.

»Ich wusste ja, dass du stark sein würdest«, sagte Anyan und wurde endlich wieder ernst, obwohl seine Augen noch immer funkelten. »Ich dachte mir schon, dass du stärker sein würdest als ich. Aber du übertriffst all meine Erwartungen.

Ich bin wirklich froh, Jane. Ich habe es gehasst, dich verletzlich zu sehen.«

Ich errötete und senkte den Blick. Warum war er so nett? Wenn er bloß versuchte, mir Honig ums Maul zu schmieren, um mich dann zu überreden, besser zu Hause zu bleiben, dann konnte er was erleben …

»Und du hast uns klar zu verstehen gegeben, dass wir dir nicht im Weg stehen können, wenn du wirklich mitkommen möchtest.«

Ich sah ihn an. Sein Blick war plötzlich eindringlich und entschlossen.

»Aber, wenn du mitkommst, Jane, dann weißt du ja, wie es läuft. Du hast *meine* Befehle zu befolgen. Ich bin für diese kleine Truppe verantwortlich, und ich mache keine Ausnahmen. Wenn du mit mir im Einsatz bist, tust du, was ich sage. Und nur weil du stark bist, heißt das noch lange nicht, dass du unverwundbar bist. Ich weiß, Nell hat dir schon ein gutes Defensivtraining verpasst, weil ich sie darum gebeten habe. Und wie du uns gerade eindrucksvoll bewiesen hast, kannst du dich durchsetzen. Aber noch hattest du weder genug Offensivtraining noch hast du genug Routine. Wenn ich also sage, dass du bei einer bestimmten Mission zurückbleibst, dann tust du das auch. Nicht weil du schwach wärst«, fügte er hinzu, bevor ich protestieren konnte, »sondern, weil ich dein General bin und du meine Soldatin, meine Waffe. Ich setze dich da ein, wo ich meine, dass du den größten Schaden anrichten kannst. Oder ich halte dich zurück, damit ich dich nicht vor dem nächsten Kampf verliere. Hast du mich verstanden?«

Ich zog die Nase kraus. »Aber du willst jetzt nicht, dass ich dich General nenne, oder? Weil das wäre schon ein bisschen seltsam.«

»Jane.«

»Na gut. Ich bin dabei. Was du sagst, gilt. General.«

Er schüttelte den Kopf über mich. »Lass mich das nicht bereuen, indem du dabei draufgehst. Ich habe Nell gesagt, sie soll dich stark machen, und das ist euch beiden gelungen. Jetzt vermassele es nicht. Wir brechen in einer Stunde auf.«

Anyan drehte sich um und ging davon. Ich war sprachlos. Und mehr als nur ein bisschen angetan von dem Anblick seines Hinterns …

Ich hörte ein Räuspern hinter mir und wandte mich um.

Es ist, als hätte er mich noch nie zuvor gesehen, fiel mir auf. Seltsamerweise ließ mich der Gedanke lächeln. Erst jetzt bemerkte ich, dass Julian uns von der Veranda aus beobachtete. Er hatte eine Art, mit dem Hintergrund zu verschmelzen, die nichts mit Magie zu tun hatte – denn sonst hätte ich seine Aura gespürt –, aber sie war genauso effektiv. Denn obwohl ich seine Anwesenheit bisher nicht bemerkt hatte, stand da mein Mithalbling, und sein ganzer Körper strahlte Begeisterung und Belustigung aus, obwohl er nicht lächelte oder sich anderweitig etwas anmerken ließ. Julian liebte es, wenn ich mir nichts gefallen ließ.

Also würde ihm das, was jetzt folgte, ganz sicher auch gefallen …

»Ryu Baobhan Sith«, sagte ich und schenkte meinem Ex-Lover ein zuckersüßes Lächeln. Die folgenden Worte ließ ich mir auf der Zunge zergehen. »Darf ich dir Jane True vorstellen?«

Dann benutzte ich mein Mojo, um Ryu erneut zu Boden zu

stoßen, mit einer extra-üppigen Ladung meiner atlantischen Superkräfte. Er rappelte sich prustend wieder auf, als ich zufrieden seufzend in Richtung Zuhause abzog. Julian klatschte mich verstohlen ab, als ich an ihm vorbeiging, und ich wusste, er musste sich furchtbar zusammenreißen, um nicht lauthals über seinen Chef zu lachen.

Vermutlich hatte Ryu diesen letzten Schlag nicht verdient, aber zugegebenermaßen hatte es sich einfach zu gut angefühlt, vor Anyan und ihm mal meine magischen Muskeln spielen zu lassen.

Wie sich herausstellte, war mein Ex-Freund nicht der Einzige, der für Überraschungen gut war.

KAPITEL 6

Völlig überfordert stand ich vor meinem Schrank. Was packte man ein, wenn man auf einen Rachefeldzug ging? Ich hatte keine Zeit mehr, mir noch mal Tarantino anzusehen, und wenn ich mich recht erinnerte, würde Umas Outfit an mir weniger gut wirken. Man stelle sich bloß gelbes Kunstleder an einem Mädchen vor, das ein halber Seehund war statt eine reinrassige Wikingerbraut. Scharf ist *anders*.

Ich setzte mich aufs Bett. Bei dem Gedanken, in was ich mich da hineingeritten hatte, wurde mir ganz schwindelig. Ich war wild entschlossen, dabei zu helfen, den Mörder meiner Mutter zu fassen, aber ich hatte die Sache nicht richtig zu Ende gedacht. Erstens war meine Mutter tot. Sie war tot, und ich… packte. Außerdem wollte ich zusammen mit Ryu eigentlich nirgends hinfahren; lieber wollte ich ihm die Zehennägel ausreißen und ihm damit in die Augen stechen. Gleichzeitig musste ich immer wieder an seinen entsetzten Blick denken, als er realisierte, dass ich nicht länger nur eine laufende, sprechende Imbissbude war. Das war ein tolles Gefühl. Weniger gut war dagegen, dass Anyan, ganz gleich wie er reagiert hatte, bestimmt in gewisser Weise genauso empfinden musste.

Vermutlich war es nicht die beste Idee, einfach so drauflos zu stürmen. Es bedeutete, dass ich mich meinem Kummer nicht stellte, sondern mich Hals über Kopf in unmittelbare Gefahr begab, und außerdem war ich drauf und dran, mich zusammen mit meinem Ex und dem Mann, für den ich insgeheim schwärmte, auf eine Mission mit ungewissem Ausgang zu begeben.

Womit ich wieder beim Packen wäre. Sollte ich meinen Notfall-Rasierer und heiße Höschen einpacken? Oder doch besser das Küchenmesser und eine Sturmmütze?

Ich seufzte und warf einen Blick auf die Uhr, die mich darüber informierte, dass ich nur noch eine gute halbe Stunde hatte, um mir darüber klar zu werden, wie man für einen Rachefeldzug packte, um meinem Vater zu erklären, dass ich mit drei Kerlen verschwand, und um jemanden zu finden, der mich in der Arbeit vertrat. Wobei ich bedenken musste, dass ich bereits für meine schwangere Chefin einsprang.

Tja, Jane, dachte ich, *du hast dich doch die ganze Zeit darüber beschwert, dass dein Leben so langweilig ist. Du hast schließlich genug Fantasy-Romane gelesen. Die hätten dich doch eigentlich davor warnen sollen, ein allzu aufregendes Leben führen zu wollen.*

Ich riss hastig meine alte Reisetasche auf und schaufelte ein paar Oberteile, einen Kapuzenpulli, zwei Paar Jeans und ungefähr achtzehn Unterhosen hinein. Ich hatte immer Panik, dass mir die frischen Schlüpfer ausgehen könnten, was total lächerlich war, wie mir bei der Gelegenheit auffiel. Also packte ich zehn Stück wieder aus und stopfte stattdessen eine kleine Flasche Woolite für die Handwäsche hinein. Dann überdachte ich es noch einmal und packte das Woolite wieder aus und die Unterhosen wieder ein. Dieses Prozedere wiederholte ich noch ungefähr achtmal, bis ich mir vor Ratlosigkeit die Haare raufte.

Reiß dich zusammen, Jane True!, ermahnte ich mich. *Deine Unterwäsche hat hier keine Priorität!*

Ich seufzte und packte das Woolite ein, fünf Unterhosen aus und dafür noch ein paar BHs ein. Und was soll ich verdammt noch mal zum Schlafen anziehen? Ich hatte einen Flanellpyjama, ein paar Schlaf-T-Shirts und das eine oder andere verführerische Negligé. Meine ununterdrückbare Libido plädierte für den schwarzen Spitzenbody für Anyan, während meine Wut, die immer noch wegen Ryus Verhalten vor sich hin köchelte, darauf drängte, dass ich einfach nackt und mit einem Elektroschocker bewaffnet zu Bett ging, um den Vampir zu quälen.

Ich entschied mich für ein Schlaf-T-Shirt.

Schließlich packte ich noch Socken ein, die zu meinen Chucks passten, eine Zahnbürste und Zahnpasta, mein Gesichtswaschgel, Creme und eine Packung Einwegrasierer. Als Make-up nahm ich bloß einen Abdeckstift mit, Rouge und Wimperntusche. Ich war nicht sicher, ob Make-up auf Rachefeldzügen angebracht war, aber ich beschloss, es einfach unter Kriegsbemalung zu verbuchen und ließ es damit bewenden.

Am Ende war doch ganz schön viel zusammengekommen, und meine alte Reisetasche beulte sich gefährlich aus. Ich konnte mich aber nicht entschließen, noch etwas dazulassen, also zog ich den Reißverschluss mit Gewalt zu und betete, dass er halten möge. Jetzt musste ich mich um meinen Dad kümmern. Ich hatte fünfzehn Minuten, ihm zu erklären, dass ich wegfahren würde und weder sicher sagen konnte, wohin es ging, noch wann ich wiederkäme. Außerdem musste ich ihm noch sagen, wie sehr ich ihn liebte und wie viel er mir bedeutete, für den Fall, dass ihm etwas zustieß, während ich fort war. Und all das ohne mir anmerken zu lassen, dass ich Angst hatte, dabei vielleicht selbst draufzugehen. Scheiße.

Ich atmete tief durch und ging, meine Tasche fest umklammert, nach unten. Mein Dad saß in seinem alten Lehnstuhl und schaute den Kochsender. Ich stellte meine Tasche an der Tür ab und ging hinein.

»Dad?«

»Ja, Liebes?«

Ich hielt erschüttert inne. Was zur Hölle sollte ich ihm bloß sagen? Ich stellte mir vor, wie ich mit der Wahrheit herausplatzte: dass meine Mutter tot war und dass ich dabei helfen wollte, herauszufinden, wer sie getötet hatte, weil ich ja diese magischen Fähigkeiten hatte und so.

Das käme sicher super an.

»Jane, was ist los? Stimmt was nicht?«

»Daddy …«, hauchte ich mit erstickter Stimme.

Da klingelte es an der Tür. Mein Vater sah mich besorgt an und stand auf, um zu öffnen. Ich stand wie angewurzelt da, unfähig, mir auszumalen, wie ich aus dieser Tür kommen sollte, ohne meinem Vater das Herz zu brechen.

»Mr True«, klang Ryus Stimme durch den Flur.

Scheißdreckmistsack, fluchte ich innerlich. Warum war er schon so früh da? Schließlich kam er normalerweise nie zu früh.

»Ryu. Nun, das ist aber eine Überraschung. Wie geht es Ihnen?«

Die beiden Männer schüttelten sich die Hände, und ich spürte, wie meine eigenen Handflächen zu schwitzen begannen.

»Mir geht es gut, Sir. Ich wollte Jane abholen.«

Ich stöhnte innerlich, während mein Vater irritiert das Gesicht verzog.

»Jane abholen? Wohin wollen Sie beide denn?«

Ich warf Ryu einen bösen Blick zu und wandte mich an meinen Vater. »Dad, ich muss ein Weilchen weg. Mit Ryu und ein paar anderen Freunden. Ich werde ... für ein paar Wochen fort sein«, sagte ich vage. Mein Vater schaute so zweifelnd drein, wie ich klang. »Es ist sehr kurzfristig, ich weiß, aber es hat sich etwas ergeben. Es ist wichtig, und ich ... ich muss gehen, Dad. Es tut mir leid. Ich liebe dich. Erinnerst du dich an Schwester Ratched?« Während des Boston-Debakels hatte die Zwergin Nell auf meinen Vater aufgepasst. Anyan hatte sie auch diesmal wieder für die Zeit meiner Abwesenheit eingespannt. Sie würde sicherstellen, dass mein Vater vor Jarl sicher war.

Mein Vater sah mich blinzelnd an. »Diese ganz kleine?«

»Ja, genau die. Sie wird so lange hierbleiben, und es ist tonnenweise Essen im Gefrierschrank, und ich rufe deine Jungs an, damit sie zum Pokerspielen vorbeikommen. Dir wird es an nichts fehlen, und ich bin bald wieder zurück ...«

»Liebes, wohin fährst du denn? Steckst du in Schwierigkeiten?«

Wenn mein Vater sauer geworden wäre, wäre ich damit klargekommen. Wenn er wütend geworden wäre, hätte ich mich am Riemen gerissen, meine Emotionen unterdrückt und wäre aufbrausend geworden, um meine wahren Gefühle zu verbergen. Aber er klang einfach nur sehr besorgt, und das schmerzte mich.

»Dad, es ist alles in Ordnung. Wirklich. Es gibt da nur etwas, das ich erledigen muss. Aber ich komme zurück, das schwöre ich. Ich komme wieder, und dann reden wir in Ruhe.«

»Schatz, was ist bloß los? Ich verstehe das nicht. So habe ich dich noch nie gesehen ...«

Zu meinem eigenen Entsetzen spürte ich heiße Tränen meine Wangen hinunterlaufen. Ich war stinksauer auf mich, weil ich so reagierte, aber ich konnte nicht anders. Ich war einfach nicht stark genug, in Gegenwart meines Vaters an mich zu halten, nicht nach allem, was passiert war. Ich wollte mit ihm gemeinsam um meine Mutter weinen und ihn nicht anlügen und dann so stehen lassen.

»Ich bin in Ordnung, Dad, wirklich. Ich melde mich, und ich habe mein Handy dabei. Ich muss jetzt los, aber wir sehen uns bald, das verspreche ich.«

Ich zog ihn fest an mich.

»Ich liebe dich, Dad«, flüsterte ich ihm ins Ohr, bevor ich ihn wieder losließ. Dann ging ich, um meine Tasche zu holen. Ich musste hier raus, bevor ich vollkommen zusammenbrach.

»Ich rufe dich an, sobald wir angekommen sind. Oder spätestens morgen früh.«

Ryu nahm mir die Tasche ab und ging hinaus zu seinem Mietwagen. Ich winkte meinem Vater noch einmal zu und rannte dann auch zum Auto. Doch dann überlegte ich es mir doch noch einmal anders, rannte wieder zurück und umarmte und küsste ihn noch einmal, bevor ich mich endgültig auf den Beifahrersitz setzte.

»Fahr los«, sagte ich, noch bevor ich mich richtig angeschnallt hatte.

Ryu tat wie geheißen, und ich sah meinen Vater im Seitenspiegel. Er wirkte verwirrt, verloren und verlassen.

»Egal, was mit mir passiert, du sagst ihm die Wahrheit«, knurrte ich Ryu an und schluckte meine Tränen hinunter.

»Baby, es wird alles gut, du wirst…«

»Halt die Klappe, Ryu!«, schnauzte ich und sah ihn funkelnd an. »Versprich mir einfach, dass du ihm, egal was passiert, die Wahrheit sagst. Er kann nicht noch einmal einfach so zurückgelassen werden.«

Ryu schwieg, sein Gesicht war hart.

»Das kann ich nicht versprechen, Jane. Er ist ein Mensch.«

»Er ist mein Vater.«

»Und ein Mensch. Wir können nicht riskieren, unsere Art zu offenbaren. Das weißt du.«

»Scheiß auf deine Art. Und scheiß auf dich. Dann sagt es ihm eben Anyan oder Julian.« Und ich wusste, dass sie es wirklich tun würden.

Ryu schüttelte nur den Kopf. Jetzt war er verärgert, aber das war mir egal. Ich kramte mein Handy heraus, um mich um meine Arbeitsvertretung zu kümmern.

»Jane, ich weiß nicht, was ich getan habe…«

»Doch, das weißt du. Und jetzt sei still, ich muss mich um meine Angelegenheiten kümmern.«

Bevor ich mein Telefonbuch durchging, warf ich einen letzten Blick durch das Rückfenster, als wir von der langen Einfahrt auf die Hauptstraße bogen. Mein Vater stand noch immer da, klein und verloren. Es brach mir das Herz, ihn so zu sehen und an die Familie zu denken, die wir einmal waren, und ich wählte Grizzies und Tracys Nummer.

Und Ryu war einmal so schlau, einfach die Klappe zu halten.

Ich schreckte aus dem Schlaf hoch, als wir unsanft am Chicagoer Flughafen aufsetzten. Unsere Flüge gingen auf die Alfar, also flogen wir Erste Klasse. Zu jedem anderen Zeitpunkt hätte ich diese Erfahrung sicher genossen. Aber nachdem ich mir zu Ryus offensichtlicher Bestürzung den Sitz neben Julian gesichert hatte, hatte ich einfach nur darauf gewartet, bis das »Bitte Anschnallen«-Zeichen erlosch, und dann meinen Sitz so weit nach hinten gekippt wie möglich und mich gezwungen, mich etwas zu beruhigen. Dass ich schlafen hatte können, überraschte mich sehr, aber ich war wohl erschöpfter gewesen, als ich gedacht hatte.

Ich gähnte und verzog das Gesicht wegen des Geschmacks in meinem Mund. Rasch kramte ich einen Kaugummi aus meiner Hosentasche. Er war schon ein bisschen zerfranst, aber er erfüllte seinen Zweck. Ich streckte mich und schaltete mein Hirn auf Autopilot, etwas, das ich schon vor langer Zeit, nach Jasons Tod, gelernt hatte. Später war noch mehr als genug Zeit zum Nachdenken. Vorerst musste ich mich nur zusammenreißen und die nächsten Wochen überstehen.

Nachdem wir zum Gate gerollt waren und aufstehen durften, reichte mir Anyan meine Reisetasche aus dem Gepäckfach und holte erst dann seine eigenen Sachen herunter. Sofort holte er sein Handy hervor und tätigte einen Anruf. Er versuchte erst gar nicht, seine Hälfte des Gesprächs vor unseren Ohren zu verbergen.

»Hallo, Carl? Hier ist Anyan … Ja, ja ich habe drei Leute mitgebracht. Einen Reinrassigen, dem ich vertraue«, sagte Anyan und warf Ryu einen Blick zu, der ihn klar dazu mahnte, auch ja nichts anderes als vertrauenswürdig zu sein. »Und Julian, ich habe dir von ihm erzählt, und Jane. Ja, Maris Tochter.« Ich fühlte einen schmerzhaften Stich, als der Name meiner Mutter erwähnt wurde, aber ich riss mich am Riemen.

»Wir fahren direkt nach Borealis. Wir melden uns bei dir und Cappie, sobald wir im Hotel sind. Wird sie auch vor Ort sein? … Okay … Danke, Carl. Tschüss.«

Ich spitzte die Ohren und fragte mich, ob wir auch diese Capitola treffen würden. Sie hatte uns schon während unserer letzten Ermittlung geholfen, und ich hatte alle möglichen Fragen an sie. Wie zum Beispiel, woher sie diesen Namen hatte.

Und wie sie zu dem Barghest steht, dachte meine Libido gereizt. Ich ignorierte sie.

Anyan klappte sein Handy zu und steckte es in die Gesäßtasche. »Okay, wir sind startklar. Wir sind in offiziellem Auftrag hier, zieh aber dennoch bloß keine Show ab, Ryu. Alfar-Lakaien sind hier nicht gerade beliebt.«

»Ich bin niemandes Lakai«, erwiderte Ryu beleidigt.

»Wie du meinst, Kumpel. Spiel dich einfach nicht auf, als hättest du hier das Sagen.«

»Und was ist mit mir?«, warf ich ein. »Bin ich auch ein Alfar-Lakai?«

»Du gehst klar, Jane. Sie wissen schon über dich Bescheid.«

Schließlich bin ich die Tochter des Opfers, dachte ich bitter.

Wir gingen zum Schalter der Autovermietung, um unseren fahrbaren Untersatz abzuholen. Ryu hatte natürlich etwas Luxuriöses bestellt, wieder einen riesigen Geländewagen. Anyan fuhr, da er sich in der Gegend auskannte. Ryu, der kleine Mistkerl, beäugte Anyan kritisch auf dem Fahrersitz und hielt mir die Tür zum Rücksitz auf. Aber ich ignorierte ihn einfach und kletterte auf den Beifahrersitz neben den Barghest. Ryu starrte mich mit finsterem Blick an, der noch wütender wurde, als Anyan von vorne rief, er möge gefälligst aufhören, herumzutrödeln und endlich seinen Hintern ins Auto bewegen.

Die Fahrt von Chicago nach Borealis, einem westlichen Vorort, in dem die Leiche meiner Mutter gefunden worden war, dauerte etwa fünfzig Minuten. Auf der Straße dorthin gab es unzählige Baustellen – was hier anscheinend an der Tagesordnung war –, aber wir waren mit dem letzten Flug gegen Mitternacht angekommen, weshalb kaum noch Verkehr herrschte.

Keiner von uns sagte während der Fahrt viel. Der Flughafen war ein gutes Stück außerhalb von Chicago gelegen, weshalb es entlang der Strecke wenig Interessantes zu sehen gab. Nichts als Einkaufsmeilen mit den immergleichen Läden, die zwischendurch von Outletzentren abgelöst wurden, die aber aus denselben Läden bestanden wie die mit den normalen Preisen.

Eine Sache, die es allerdings überhaupt nicht gab, war Wasser. Ich war noch nie so tief im Landesinneren gewesen. Selbst als ich mit Ryu nach Quebec gefahren war, hatte ich mich nicht so vom Land eingeschlossen gefühlt, da die Gegend von Flüssen und Seen durchzogen war. Aber Illinois fühlte sich für mein Selkie-Blut an wie eine Wüste. Und je weiter wir nach

Westen und weg von Chicago und dem Michigansee fuhren, desto stärker spürte ich das Fehlen des Wassers. Ich spähte die ganze Zeit aus dem Fenster und rutschte nervös auf dem Sitz herum, weil ich mich bei dem Gedanken, weit und breit nur von Land umgeben zu sein, zunehmend unwohl fühlte.

»Mach dir keine Sorgen«, knurrte Anyan neben mir. »Wir finden schon Wasser für dich. Durch Borealis verläuft der Fox River, und der Michigansee ist auch nicht so weit weg.«

»Bitte?«

»Du bist so unruhig, also dachte ich, du fühlst vielleicht das Fehlen des Wassers. Aber mach dir keine Sorgen, wir finden schon was Nasses für dich.«

»Danke«, sagte ich. »Es fühlt sich wirklich ... komisch an.«

Anyan lächelte. Er hatte sich seit Tagen nicht rasiert, und die Bartstoppeln ließen sein gebräuntes Gesicht noch dunkler wirken. Seine Zähne leuchteten weiß in der Dunkelheit.

»Das ist das Problem mit Wasser als Element. Auf der einen Seite ist es höllisch stark, aber andererseits sind die Wasserelementwesen dadurch geografisch auch ziemlich eingeschränkt. Aber wir haben ja auch Julian als Absicherung dabei. Wir sorgen schon dafür, dass du bei Kräften bleibst.« Ich drehte leicht den Kopf, und bemerkte, dass Julian mich anlächelte. Er zwinkerte mir freundlich zu, und ich spürte, wie ich mich entspannte.

Ich schloss die Augen und ruhte mich die restliche Fahrt über aus, bis ich spürte, dass wir die Mautstelle am Ende der kostenpflichtigen Straße passierten. Wir fuhren noch ein paar Meilen an zwielichtigen Spelunken und längst geschlossenen Geschäften vorbei, bis wir in die Innenstadt von Borealis gelangten. Dort gab es ein paar kleinere Straßen mit kitschigen

Leuchtreklamen – Borealis konnte sogar mit einem Casino-Flussschiff aufwarten –, und dann kamen wir zu einer nichtssagenden Filiale irgendeiner Hotelkette neben dem Bahnhof.

Nachdem er darauf bestanden hatte, dass wir ganz sicher nicht reservieren müssen, schaute Anyan etwas verlegen drein, als wir im Hotel ankamen und es fast völlig ausgebucht war. Besonders weil ich sofort vier separate Zimmer gefordert hatte, bevor Ryu mich fragen konnte, ob wir uns eines teilen.

Mein Wunsch wurde genauso prompt ausgeschlagen.

Anscheinend fand eine große Hochzeit in dem riesigen Brauerei/Schaubühnen/Club/Bar-Komplex nebenan statt. Sogar die Suiten waren belegt, außer zwei Doppelzimmern. Ryu schaute, als habe er eben das große Los gezogen, als der Mann an der Rezeption uns die beiden Schlüssel überreichte. Aber ich hatte da ganz andere Pläne.

»Die Halblinge teilen sich ein Zimmer!«, rief ich schnell, packte Julian am Handgelenk und zog ihn an meine Seite. Er wirkte etwas erschrocken und schaute Ryu ängstlich an. Ich wusste, dass es Julian gegenüber nicht fair war, ihn als Puffer zwischen mir und Ryu zu benutzen, aber es kümmerte mich herzlich wenig. Außerdem wollte ich meinen Mithalbling, um ehrlich zu sein, gern besser kennenlernen. Wir hatten zwar schon ziemlich viel Zeit miteinander verbracht, aber nie nur wir zwei allein. Ich war neugierig auf Julian, nicht zuletzt, weil ich erfahren wollte, wie es war, als Halbling ein Leben unter lauter reinblütigen Übernatürlichen zu führen.

Anyan zuckte mit den Schultern und reichte mir schnell den Schlüssel zu einem der Zimmer. »Wie du willst, Jane.«

Ryu sah so aus, als wolle er protestieren, aber Anyan redete einfach weiter. »Wir haben heute noch zwei Möglichkeiten:

uns in die Federn hauen oder an den Tatort fahren. Cappies Truppe wurde angeheuert, dort alle Spuren zu beseitigen, sie werden also die ganze Nacht über dort sein. Du entscheidest, was wir tun, Jane.«

Ein Teil von mir wollte bloß noch ins Bett kriechen und so tun, als sei all das überhaupt nicht passiert. Aber ich wusste, das würde sowieso nicht funktionieren.

»Bringen wir es hinter uns«, sagte ich also. »Ich will bloß kurz meine Tasche abstellen und mir die Zähne putzen.«

Anyan nickte und verschwand in Richtung seines Zimmers. Julian folgte eilig seinem Vorbild. Nur Ryu drückte sich herum.

»Jane«, sagte er. »Bitte.«

Ich blieb stehen und drehte mich zu ihm um.

»Es tut mir leid«, sagte er, auch wenn der widerwillige Ton, in dem er es sagte, es weniger wie eine Entschuldigung klingen ließ.

Ich seufzte. »Mir tut es auch leid, Ryu.« Ich meinte damit, dass es mir leidtat, dass es vorbei war, dass es so zwischen uns enden musste, dass er nichts begriffen hatte…

»Können wir nicht noch einmal drüber reden?«, sagte Ryu, doch ich wusste, dass er in Wahrheit meinte, ob wir uns nicht doch ein Zimmer teilen könnten.

»Nein, Ryu. Und wir müssen jetzt los.« Unsere Augen trafen sich, und ich erwiderte entschlossen seinen Blick.

Er wirkte nicht gerade glücklich, fügte sich aber. Wir gingen zu unseren jeweiligen Zimmern.

Julian war bereits im Bad, als ich meine Tasche auf einem der Betten abstellte und mich sofort darüberbeugte, um meinen Kulturbeutel herauszuwühlen. Wenn ich zur Ruhe kam, dachte ich nach, und wenn ich nachdachte, würde ich bloß die Nerven verlieren.

Ich wollte wirklich nicht den Ort sehen, an dem meine Mutter gestorben war.

KAPITEL 7

Es war schon nach zwei Uhr nachts, als wir vor einer gesichtslosen Einkaufsmeilenklinik hielten, einer wie der, in der auch Conleth jahrelang gefangen gehalten worden war. In dieser hier jedoch hatte es nicht gebrannt. Wie uns Anyan im Auto noch einmal berichtet hatte, hatte sich das Klinikpersonal, als die Halblinge von Borealis die Razzia in dem Labor durchführten, bereits aus dem Staub gemacht. Sie hatten alle Versuchsobjekte ermordet, aber sich offenbar nicht darum gekümmert, Beweise abgesehen vom Papierkram zu vernichten. Alles andere war noch intakt. Wer auch immer dahinterstecken mochte, er schien uns zu verhöhnen.

Auf dem Parkplatz vor der Klinik stand ein verbeulter, alter Ford Explorer mit unzähligen Aufklebern auf der Stoßstange, auf dessen Nummernschild »TRPTYCH« stand. Anyan lächelte, als er den Wagen sah, und ich kombinierte, dass er wohl seiner Freundin Capitola gehören musste. Ich musste ein paarmal blinzeln, als ich versuchte, die Aufkleber auf der Stoßstange zu betrachten, denn sie … wechselten ständig. Dann erkannte ich, dass sie mit einer Aura belegt waren. Zuerst stand darauf so etwas wie »Haltet Illinois sauber«, aber wenn ich ein klein bisschen übernatürliche Kraft aufwandte, erkannte ich Botschaften wie »Halblinge bringen vollen Einsatz«. Trotz der ernsten Umstände konnte ich mir ein Lachen nicht verkneifen. Nicht etwa deshalb, weil die Sprüche besonders originell gewesen wären, sondern weil es mich schockierte, zu sehen, dass jemand stolz darauf war, ein Halbling zu sein. Während meiner Zeit am Hof war mir mehr als klar geworden, dass es die Halblinge auf der Beliebtheitsskala der Alfar nicht so bald auf die Spitzenposition schaffen würden.

Anyan parkte unseren Mietwagen gleich neben dem Explorer, bevor er sich an mich wandte. »Bist du bereit, Jane? Wir müssen das nicht jetzt machen«, fügte er hinzu, als ich zögerte. Ryu hüllte sich schon in Schweigen, seit wir das Hotel verlassen hatten. Julian war immer schweigsam, und heute Nacht machte er da keine Ausnahme. Um ehrlich zu sein, vergaß ich sogar manchmal, dass er überhaupt da war.

»Nein«, antwortete ich schließlich und versuchte, meine Stimme möglichst fest klingen zu lassen. »Bringen wir es hinter uns.«

Wir stiegen aus und gingen zum Eingang.

Wie in Conleths Labor fanden wir auch hier einen kleinen Eingangsbereich vor, der aussah wie der Empfang jeder x-beliebigen anderen Klinik. Aber er diente bloß als Tarnung, hinter dem jeder Anschein einer normalen Klinik fallen gelassen wurde. Dort gab es kleine Zellen aus Plexiglas mit Rollbahren darin. Überall lag wahllos grausig aussehendes Operationsbesteck herum, zusammen mit größerem medizinischem Gerät.

Und da war jede Menge Blut.

Es war überall: an den Wänden, an der Decke. Frischer aussehendes Blut und eingetrocknetes und noch viele … andere Substanzen. Der Ort stank zum Himmel; eine Mischung aus dem Geruch von Angst, Schweiß, Blut, Exkrementen und Tod.

Ryu legte in einer Beschützergeste die Hand um meine Taille, aber ich nahm ihm die Berührung nicht übel. Ich atmete ein paarmal kurz und flach durch den Mund, musste mich zusammenreißen, dass mir nicht schlecht wurde.

Plötzlich hallte ein gewaltiges ächzendes Geräusch durch das Gebäude. Anyan, Ryu und ich wichen hastig in den Schutz des Türrahmens zurück. Die Plexiglaszellen erbebten, zerrten noch an ihren Verankerungen, bevor sie vom Boden gerissen wurden. Die Plastikscheiben schwebten in der Luft, kippten langsam auf die Seite und stapelten sich dann übereinander.

Eine dunkelhäutige Gestalt, bezaubernd und elegant, schritt in die Mitte des Raums. Kraft, Alfar-Kraft, wirbelte um uns herum, und ich war völlig perplex.

Außerdem hatte ich Angst, dass es sich um Capitola handeln könnte. Die Frau war *schön*. Sie war groß und schlank und hatte einen Modelkörper. Ihr Gesicht war wie aus tiefschwarzem Ebenholz geschnitzt; die Darstellung eines Künstlers von der perfekten Frau. Sie war eine Königin, eine Nofretete, und ich wusste, dass der Barghest einfach in sie verliebt sein musste. Sogar *ich* war auf den ersten Blick ein wenig verliebt in sie.

Julian und ich tauschten staunende Blicke aus, völlig sprachlos von dieser Frau und ihrer Magie. Ihre dunklen Zöpfe fielen ihr geschmeidig über die Schultern. Behutsam schob sie den Stapel aus Plexiglaszellen an eine der Wände.

»Komm schon, du Muhkuh! Auf geht's. Das hat dich zehn ganze Sekunden gekostet!«

Aus dem Schatten auf der gegenüberliegenden Seite des Labors trat eine kleine, kurvige Frau. Sie trug ihr Haar zu einem wippenden Pferdeschwanz gebunden, und ihre Elbenaura war auffallend stark. Unglücklicherweise war auch sie noch dazu schön, aber eben auf ganz entgegengesetzte Weise zu der anderen Frau in der Mitte des Raums. Die üppigen Formen versprachen unanständige Abende und noch unanständigere Nachmittage, ihre schönen, mandelförmigen Augen wurden von dickem Flüssigeyeliner und einer Schicht noch dickerer Wimperntusche betont. Sie sah aus wie Prinzessin Jasmin aus Disneys *Aladdin*, nur rundlicher und sexier. Und definitiv nicht jugendfrei.

Als die kleinere Frau uns im Türrahmen erblickte, winkte sie uns zu. »Hey, Anyan!«, rief sie, bevor sie sich noch einmal umwandte. »Capitola!«, brüllte sie über die Schulter zurück. »Anyan ist hier!«

»Warum musst du immer so laut sein, Shar?«, beschwerte sich die große, schlanke Frau mit der typisch ruhigen Stimme der Alfar.

»Irgendjemand muss dir ja schließlich Feuer unterm Hintern machen, Muhkuh«, sagte die kleine Frau und schenkte ihrer Freundin ein boshaftes Grinsen, bevor sie sich an uns wandte. »Entschuldige Muhkuh«, sagte sie zu mir. »Sie hat einfach kein Benehmen.«

Ich sah die Frau, die Shar zu heißen schien, ungläubig blinzelnd an, irritiert darüber, dass die statuenhafte Schönheit neben ihr wirklich »Muhkuh« heißen sollte. Gleichzeitig war ich sehr erfreut, dass offenbar keine der beiden hinreißenden Ladys Capitola war. Hoffentlich war diese Capitola plump, vielleicht sogar voller Warzen, bucklig und hatte ein Glasauge …

Oder sie war die Göttin, die in diesem Moment aus der Dunkelheit trat.

Sie war eine der schönsten Frauen, die ich je gesehen hatte. Und sie war alles, und damit meine ich wirklich *alles*, was ich gerne sein wollte. Sie strahlte Stärke und Kompetenz aus, und man konnte sie einfach nur ernst nehmen.

Sie sah aus wie eine Mulattin. Anders als mein eigener blasser Teint war ihre Haut von perfektem, gesundem Kaffeebraun. Und statt meiner schwächlichen Weichheit war sie straff und athletisch … aber mit den richtigen Kurven. Im Grunde sah sie genauso aus wie eine der Heldinnen auf dem Cover eines meiner Fantasy-Romane. Sie war Furcht einflößend *und* sexy, sie hatte Sixpack-Bauchmuskeln und Victoria's Secret-Brüste, einen wohlgeformten Bizeps *und* einen runden, prallen Po.

Ich hasste sie und wollte so sein wie sie, und mir war klar, dass ich niemals konkurrieren konnte, in nichts, je, mit diesem Abbild der Perfektion namens Capitola.

Wenigstens hat sie einen bescheuerten Namen, versuchte ich mich zu trösten.

Wie als Reaktion darauf fuhr sie sich mit der Hand durch den sexy, kastanienbraunen Afro, der stolz und hinreißend ihre sinnlichen Züge umrahmte. Ihre grünen Augen glänzten, und der Name »Capitola« erschien mir auf einmal gar nicht mehr so albern.

Sie machte ihn schön.

Verdammt.

»Onkel Anyan!«, rief sie und warf ihm ein breites, strahlendes Lächeln zu.

Onkel?, dachte ich und fühlte mich mit jedem Schritt, den sie auf uns zu machte, immer kleiner und schäbiger.

»Hey, Cappie«, grüßte Anyan zurück und sah sie liebevoll und stolz an, als er einen Schritt auf sie zutrat und sie umarmte. Erst jetzt bemerkte ich, wie groß Capitola wirklich war. Sie musste gut einen Meter achtzig sein. Sie und der Barghest passten perfekt zusammen.

Ich dagegen passe höchstens mit Oompa Loompas zusammen, dachte ich traurig. Sogar Ryu schien vorübergehend vergessen zu haben, dass er eigentlich gerade versuchte, mich zurückzugewinnen, und sein Blick wanderte von einer Schönheit zur anderen – mich ausgenommen –, als wisse er nicht, für welche Eissorte er sich entscheiden solle.

Um ehrlich zu sein, es war ihm nicht zu verdenken. Alle drei Frauen waren *richtig* heiß.

Nur Julian schien unbeeindruckt von der Attraktivität der Damen. Wenn überhaupt, dann betrachtete er sie… hoffnungsvoll? Er stand nur da und beäugte die Frauen wie ein kleiner Nerd die Clique der coolen Kids aus der Ferne.

Er würde gerne mit ihnen spielen, dachte ich, *aber nicht so wie Ryu.*

Ich wischte diesen Gedanken beiseite und nahm mir vor, bei Gelegenheit eine ausführliche Unterhaltung mit Julian über sein Leben als Halbling im Territorium unter lauter reinblütigen Übernatürlichen zu führen. Seine Reaktion auf alles im Grenzgebiet bisher deutete darauf hin, dass es eine ziemlich trostlose Geschichte sein würde.

Es muss ein ganz schöner Unterschied sein, die Halblinge hier frei und stark zu sehen, statt bloß geduldet wie im Territorium, dachte ich mir, als ich eine weitere Krafteruption verspürte und die Rollbahren aus den Zellen plötzlich ein riesiges Knäuel aus Stahl bildeten, das neben dem Plexiglasstapel zum Liegen kam. Nun war der mittlere Bereich des Raums fast völlig leer.

Shar schnaubte und verdrehte die Augen. »Wie sollen wir das jetzt bitte hier herausbekommen? Es muss doch noch in einen Müllcontainer passen, Muh.«

Muhs dunkle Augen blitzten wieder, aber ihre Stimme klang noch immer ruhig und gelassen, als sie sprach. »Keine Sorge, ich bekomme das Zeug schon in einen Müllcontainer ... und das so, dass sogar noch genug Platz ist für eine fette Halblingselbe«, fügte sie scherzend hinzu, ein Seitenhieb, den Shar jedoch erst mit Verzögerung begriff.

Die beiden fingen an, sich zu streiten, und Capitola schüttelte den Kopf. »Ihr müsst sie entschuldigen«, sagte sie und blickte Ryu argwöhnisch an. »Ryu Baobhan Sith«, grüßte sie betont reserviert, bevor sie sich an Julian wandte. »Es ist mir eine Freude, dich kennenzulernen, Bruder«, sagte Capitola grinsend, und aller Argwohn war verschwunden, als sie zur Begrüßung Julians Hände ergriff. »Willkommen im Grenzgebiet. Wir hoffen, dass du dich wohlfühlen wirst. Du bist hier unter Freunden.« Ihre Stimme klang vielversprechend, und ihre großen, grünen Augen richteten sich fest auf Julians, dessen Blick jedoch nervös zwischen Capitola und Ryu hin und her zuckte.

»Und du musst Jane sein«, sagte sie und wandte sich mit einem warmen Lächeln an mich. Sie ließ Julians Hände los und streckte mir ihre entgegen. »Was für eine Freude, dich kennenzulernen. Es tut mir leid, dass es unter diesen Umständen sein muss. Darf ich dir unser Beileid aussprechen?« Sie schüttelte mir die Hand mit festem, aber einfühlsamem Griff, und ich hasste mich dafür, dass ich vorher so an ihr herumgemäkelt hatte. Ich wollte ihr gerade danken, als hinter uns Geschrei erklang.

Die kleine Frau hatte die große Frau im Schwitzkasten. Capitola seufzte.

»Verdammt noch mal, hört auf! Was ist bloß los mit euch beiden?« Sie ging hinüber, um bei dem Gerangel als Schiedsrichter zu fungieren. Anyan kicherte.

»Das ist also Capitola?«, fragte ich den Barghest rhetorisch.

»Genau. Aber alle nennen sie Cap oder Cappie. Du solltest sie fragen, wo ihr Name herkommt. Die Geschichte wird dir gefallen; hat mit Büchern zu tun.« Anyan nickte zu den anderen beiden Frauen hinüber, die Capitola gerade mit vollem Körpereinsatz zu trennen versuchte. »Die anderen beiden da sind Emuishere, auch Muh genannt, und Shar. Wie du vermutlich schon gemerkt hast, ist Emuishere eine Alfar-Halblingsfrau. Ihr Vater hat sich selbst als ägyptische Gottheit eingesetzt und sie gezwungen, ihm als Tochter-Gemahlin zu dienen.« Ich verzog das Gesicht, und Anyan nickte. »Ja, damals waren die Gepflogenheiten noch anders. Die andere ist Shar, sie ist eine Halblingselbe. Und macht nur Schwierigkeiten.«

Ich grinste, ich mochte alle drei schon jetzt.

Julian räusperte sich. »Also sind sie wirklich Halblinge?«, fragte er. Anyan nickte.

»Und hier im Grenzgebiet sind alle Halblinge?«, hakte Julian nach.

»Nein, es gibt auch jede Menge Reinblütige. Hier in Borealis gibt es einige, die ihren menschlichen oder Halblingspartnern gefolgt sind, um kritischen Parteien im Territorium aus dem Weg zu gehen. Aber alle sind registriert. Das habe ich auch für uns erledigt, als ich gleich nach der Landung Carl anrief. Hier im Grenzland gibt es zwar viele interne Machtkämpfe, aber in einer Sache ist man sich einig, und zwar, dass man keinerlei Einflussnahme durch die Alfar möchte. Also bündelt man alle Ressourcen.«

»Ressourcen?«, fragte ich.

»Es gibt hier eine ganze Menge Halblinge mit Fähigkeiten wie die von Peter Jakes, nur viel, viel mächtiger. Man nennt sie Sensoren, und sie überwachen die Kräfte, sogar ungenutzte, und melden alle nicht ordnungsgemäß registrierten Kräfte, auf die sie stoßen. Wenn wir uns nicht bei Carl angemeldet hätten, dann wären wir vom großen Begrüßungskommando willkommengeheißen worden.«

»Ich nehme mal an, die hätten weniger nette Willkommensgeschenke als einen Korb Muffins für uns bereit gehabt«, witzelte ich.

Anyans Mundwinkel zuckten. »Viel weniger nett als Muffins, definitiv.«

»Aber das würde ja bedeuten …«, fing Julian an, laut zu denken, als Capitola und die beiden Streithähne, die sie endlich auseinandergebracht hatte, zu uns traten. Ich registrierte Julians Einwand, denn ich wusste, dass er vermutlich dieselben Fragen hatte wie ich. Aber nun mussten wir erst einmal den Rest des Trios kennenlernen … jetzt wo sie nicht mehr versuchten, sich gegenseitig umzubringen.

Sogar die Alfar-Halblingsfrau wirkte zerknirscht, und beide Damen murmelten eine Entschuldigung für ihr Verhalten und sprachen mir dann ihr Beileid aus. Nachdem wir uns vorgestellt worden waren und die üblichen Höflichkeiten ausgetauscht hatten, trieb Capitola die beiden anderen an, weiter aufzuräumen, bevor sie sich wieder an uns wandte.

»Können wir reden?«, fragte sie mich.

Ich dachte einen Moment darüber nach. Auf der einen Seite war ich fast wie paralysiert von dem Labor und all dem Blut um mich herum. Aber ein anderer Teil von mir blieb völlig unberührt. Ich brachte diesen grausigen Ort nicht mit meiner Mutter in Verbindung, obwohl ich wusste, dass sie hier gestorben war. Ich verspürte Wut darüber, aber es war trotzdem ein seltsam zusammenhangloses Gefühl, als hätte ich keinerlei emotionale Verbindung mit diesem Ort. Ich stand hier und starrte dahin, wo meine Mutter ihre letzten Momente verlebt hatte, und ein Teil von mir fühlte … nichts.

Als Capitola mich aus meinen Gedanken riss, indem sie mich sanft an der Schulter berührte, nickte ich, und sie führte mich zur Tür.

Ich warf einen Blick zurück auf das nun gähnend leere Labor. Ein intensives Gefühl der Genugtuung überkam mich, als Muh erneut ihren Alfar-Kräften freien Lauf ließ. Diesmal riss sie alle Folterinstrumente in ihren medizinischen Verkleidungen in einem großen Ball aus Metall und Plastik hinfort. Ich empfand es als absolut richtig, dass diese drei Frauen nun alle Zeichen für die Existenz dieses bösen Ortes auslöschten.

Julian blieb im Raum, um den Frauen beim Saubermachen zu helfen. Seine normalerweise so gelassenen Züge wirkten ungewohnt gequält. Wir anderen begaben uns in den relativ sauberen Eingangsbereich. Anyan, Ryu, Capitola und ich stellten vier Stühle zusammen und nahmen Platz. Nach ein wenig Herumgerücke, bis wir alle eine bequeme Position gefunden hatten, wandte sich Cappie an mich.

»Zuallererst, Jane, gibt es etwas, das du von mir wissen möchtest über das, was… wir vorgefunden haben? Hier im Labor?«

Sie meinte natürlich, ob ich wissen wollte, wie meine Mutter gestorben war. Aber ich hatte ja all das Blut gesehen, ebenso wie die Instrumente. Ich wusste, welchem Zweck dieses Gebäude gedient hatte. Die Fragen, die man normalerweise stellte, wenn ein geliebter Mensch plötzlich starb – »Hatte er schlimme Schmerzen?« oder »Musste er sehr leiden?« – erübrigten sich hier. »Nein. Ich glaube nicht, dass das notwendig ist. Aber danke.«

»Okay. Wenn du es dir anders überlegen solltest, kannst du immer mit mir reden«, sagte Cap, und ich spürte, dass es ein ernst gemeintes Angebot war. Ich merkte, dass sich in diesem starken Körper ein sehr warmes Herz verbarg.

»Unsere Leute haben die Räumlichkeiten schon einer gründlichen Untersuchung unterzogen«, fuhr sie fort. »Wir wurden für die Reinigung hinzugeholt, aber keine Sorge, wir werden kein Beweismaterial zerstören.«

»Hervorragende Arbeit«, sagte Ryu und schenkte Capitola sein gewinnendstes Lächeln. »Wir wissen eure Hilfe wirklich sehr zu schätzen. Ich hoffe, ihr bekommt auch etwas für eure harte Arbeit.«

Cap lachte. »Danke, Ryu. Aber wir verraten dir trotzdem nicht, wer uns bezahlt, also kannst du das Gesäusel gleich wieder lassen.«

Ryu machte ein finsteres Gesicht, als Capitola ungerührt weitersprach. »Wo wir gerade davon reden, für wen wir arbeiten, TPTB wollen dich heute Abend treffen, Anyan. Und sie wollen auch Jane und Julian kennenlernen.«

Der Barghest nickte, und Ryus Gesicht verfinsterte sich noch weiter. Die hiesigen Machthaber schienen Ryu nicht zu trauen, was einleuchtete. Anyan war mit Capitola befreundet, obwohl er eigentlich für die Alfar arbeitete, und offenbar vertraute sie ihm, dass er den Alfar nicht verriet, was er hier alles zu sehen bekam. Ich war ein wenig überrascht, dass auch Julian miteinbezogen wurde, aber anscheinend hatten hier im Grenzgebiet die Halblinge das Sagen. Aber was Ryu betraf, bestand kein Zweifel, wem seine Loyalität galt. Er war definitiv seinen Monarchen treu ergeben. Zum ersten Mal wurde mir klar, wie absurd die ganze Situation wirklich war, und ich fragte mich, warum der Baobhan Sith überhaupt dabei war. Bis jetzt hatte ich gar nicht darüber nachgedacht, wie seltsam das eigentlich war, weil es mir nur natürlich vorgekommen war, dass er mit uns kam: Bisher war Ryu immer dabei gewesen, wenn es in meinem Leben drunter und drüber ging. Doch Anyan und Ryu mochten sich nicht besonders, und hier im Grenzland war Ryu ganz klar der Außenseiter.

Also warum war er *überhaupt* dabei?

Ich beschloss diese Frage zu stellen, wenn wir unter uns wären, und konzentrierte mich wieder auf Cap.

»Wir haben noch zwei andere verlassene Labors in der Gegend gefunden. Bei beiden waren in der Umgebung Spuren von Leichenbeseitigungen zu finden, aber in keinem gab es Hinweise auf Morde im ganz großen Stil wie in diesem hier. Eines schien bereits vor einer ganzen Weile stillgelegt worden zu sein, das andere erst kürzlich. Die Untersuchung des einen ist abgeschlossen, beim anderen sind wir noch dabei, Beweismaterial zu sichern. Aber ihr könnt euch gerne morgen selbst ein Bild von den beiden Labors machen. Ich schicke dir noch eine SMS mit den Adressen, Anyan. Es gibt auch ein paar weitere Spuren, denen wir derzeit noch nachgehen. Ich will mich jetzt nicht im Detail dazu äußern« – dabei schielte Cap zu Ryu hinüber – »aber eine sieht ziemlich vielversprechend aus. Wir wollen ein Labor finden, das noch in Betrieb ist, nicht nur, um die Versuchspersonen dort zu befreien, sondern auch weil wir unbedingt ein paar Leute vom Personal zu fassen kriegen wollen.«

Als sie den letzten Satz sagte, wurde ihr Lächeln geradezu raubtierhaft, und ich erschauderte. Abgesehen von ihrer Größe und offensichtlichen Stärke hatte sich Capitola bis zu diesem Moment so warmherzig und kuschelig wie ein Teddybär gezeigt. Jetzt erkannte ich auch ihre Courage, und das flößte mir wieder ehrfurchtsvollen Respekt vor ihr ein.

Ich fragte mich, ob es wohl sehr unangebracht wäre, einen Capitola-Fanclub zu eröffnen.

Gerade als Anyan zu einer Frage an Capitola ansetzte, ertönte ein lauter Schlag aus dem Laborraum. Plötzlich flog Shar durch die Tür herein – und zwar im wahrsten Sinne des Wortes. Sie prallte gegen die Wand auf der anderen Seite, und obwohl ihre Schilde die Wucht des Aufpralls weitgehend abfederten, sank sie dennoch mit einem hörbaren Stöhnen zu Boden.

Capitola schüttelte den Kopf, während die Elbe ein paarmal nach Luft schnappte. Schließlich schielte Shar zu uns herüber. Sie zwinkerte Ryu verschmitzt zu, was dieser reflexartig auf seine Weise erwiderte, und schenkte Cap dann ein süßliches Lächeln.

»Scheiße, diesmal bringe ich sie wirklich um, Cappie. Ist mir egal, was du sagst. Ich bringe sie um. Aber erst rasiere ich ihr noch die Augenbrauen ab…«

Die fragliche »Sie« kam gerade in diesem Moment durch die Tür hereingeschlendert. Muh wirkte elegant und unbeteiligt, auch wenn ich sah, dass ihre Mundwinkel zuckten, als sie Shar noch immer am Boden an die Wand gelehnt vorfand.

»Capitola, *du* hast mich doch beauftragt, den Müll rauszuschaffen«, sagte sie mit ihrer kühlen Alfar-Stimme, während Shar vor Wut beinahe platzte.

Capitola ließ entnervt den Kopf hängen; sie musste sich sichtlich zusammennehmen, um nicht die Geduld zu verlieren. »Meine Güte, könnt ihr mal für fünf Sekunden aufhören euch zu streiten? Also bitte.«

»*Ich* kann aufhören, mich zu streiten«, sagte Shar und stand auf. »Wenn ich die richtige Motivation bekomme.« Sie warf einen langen, lasziven Blick auf mich, dann auf Ryu und schließlich auf den Barghest.

»Kann ich dich auch Onkel Anyan nennen?«, fragte die Halblingselbe und machte eine Geste, die den Anschein erwecken sollte, sie wische sich bloß den Schmutz ab, aber in Wahrheit befummelte sie sich selbst.

Anyan lachte. »Nein. Sorry, Shar.«

»Mist.« Damit schritt sie hinüber zu Muh, die sie wenige Augenblicke zuvor noch umbringen wollte, und legte liebevoll den Arm um sie.

»Komm, Muhkuh. Du bekommst den Wasserschlauch und ich die Bleiche. Julian, hilfst du uns?«

Erst jetzt bemerkte ich, dass Julian uns wieder einmal unauffällig von der Tür aus beobachtete. Langsam bekam ich das Gefühl, wir sollten ihm ein Glöckchen umhängen, um immer zu wissen, wo er sich aufhielt.

Er nickte mit dem freundlichen Lächeln, das ich so an ihm

mochte, als Shar ihm den Arm um die Taille legte und ihn durch die Tür zurück ins Labor zog. Er schielte zu ihr hinunter, und sein Gesicht strahlte, als wäre er soeben auf die Geburtstagsparty des coolsten Mädchens der Schule eingeladen worden.

Muh folgte den beiden. Ihr gleichmütiges Alfar-Gesicht verriet bloß eine Spur von Freude, als sie Shar zusammen mit ihrem neuen Halblingsfreund sah. Als sie verschwunden waren, schüttelte Capitola den Kopf und lächelte entschuldigend.

»Ich liebe sie, aber sie sind wirklich vollkommen verrückt. Entschuldigt den kleinen Zwischenfall«, sagte sie, warf einen Blick auf ihre Uhr und erhob sich. »Es ist schon fast halb vier. Ihr solltet euch ein wenig ausruhen. Die anderen Labors könnt ihr morgen noch unter die Lupe nehmen. Und Anyan, dich, Julian und Jane sehe ich ja dann morgen Abend, so um acht?«

Wir standen alle auf, als Anyan nickte. Ryu grummelte in sich hinein, und ich winkte Capitola zum Abschied zu. Sie umarmte Anyan herzlich, und ich beobachtete den entspannten Umgang, den die beiden miteinander hatten, nicht ohne Neid. Dann kam Capitola plötzlich zu mir und nahm auch mich in den Arm. Ihre Umarmung war fest, wohlwollend und herzlich.

»Du wirst erfahren, wer das getan hat, Jane. Das verspreche ich«, flüsterte sie mir entschlossen ins Ohr, bevor sie mich wieder losließ. Zum ersten Mal, seit ich an dem Ort war, an dem meine Mutter gestorben war, musste ich gegen die Tränen ankämpfen.

»Danke«, sagte ich zu ihr, und Anyan legte die Hand auf meine Schulter und schob mich zur Tür.

Diese Worte aus Capitolas Mund ließen mich daran glauben. Wir würden den Mörder meiner Mutter finden. Und diesmal würde Jarl nicht wieder seiner gerechten Strafe entgehen.

KAPITEL 8

Bist du okay«, fragte Anyan. Er musste gesehen haben, wie ich zitterte.

»Ja«, sagte ich. »Es ist nur …«

Als ich verstummte, wartete er einen Moment und nickte mir dann auffordernd zu.

»Ach, nichts«, meinte ich schließlich.

Wir waren in Plano, einer kleinen Stadt außerhalb von Borealis. Dort gab es außer einer großen Kunststofffabrik nicht viel. Abgesehen von der kleinen Reproduktionsklinik, die sich in der hintersten Ecke einer ansonsten weitgehend verlassenen Einkaufspromenade versteckte. Hinter dem winzigen Wartezimmer waren dort fünf Halblingsfrauen in Plexiglaskäfigen gefangen gehalten worden. Doch diese Frauen waren inzwischen alle tot und ihre Leichen zu den Hinterbliebenen überführt worden, wenn es Hinterbliebene gab; oder sie waren verbrannt und ihre Asche verstreut worden. Die Leute, die für dieses Labor verantwortlich waren, hatten sie ermordet und waren dann verschwunden und hatten es der örtlichen Halblingsgemeinschaft überlassen, die Schweinerei zu beseitigen.

Aber ich zitterte nicht deswegen. Schon den ganzen Tag über hatte ich immer wieder das ungute Gefühl, beobachtet zu werden. Ich wusste, dass das leicht paranoid war, nicht zuletzt deshalb, weil die beiden Männer, mit denen ich hier war, im Paranoidsein geradezu wetteiferten. Sie hatten so viele konkurrierende magische Fühler ausgestreckt und Schilde und Auren im Einsatz, dass nur sehr alte und sehr reinrassige Alfar sich davor verbergen hätten können.

»Bist du sicher?«, hakte Anyan nach, und seine tiefe Stimme klang besorgt. Genau in diesem Moment legte sich bei mir das Gefühl, beobachtet zu werden, plötzlich wieder. Wahrscheinlich war es bloß Einbildung.

Also lächelte ich und antwortete nickend: »Ja, wirklich. Ich bin okay.«

Und eigentlich konnte ich mir – nach allem, was Anyan uns am Abend zuvor über die Sensoren gesagt hatte – auch ziemlich sicher sein, dass selbst ein solch altes und reinrassiges Alfar-Wesen eigentlich keine Chance hätte, sich unbemerkt in Borealis aufzuhalten.

Gleichzeitig hatten Anyans Worte mehr Bedenken in mir geweckt als zerstreut, und Julian und ich waren noch lange wach gelegen und hatten darüber gesprochen. Auf der einen Seite erklärte das, was Anyan gesagt hatte, warum es den Alfar nicht gelungen war, hier zu spionieren und warum die Grenzgebiete für sie undurchdringlich, ja, unsichtbar waren. Und warum unser Team hier relativ sicher sein *sollte*.

In Wahrheit blieben wir jedoch auf einem ganzen Haufen beunruhigender Fragen sitzen. Denn wenn es so war, dass unregistrierte Reinblütige sich hier zwangsläufig verrieten, dann musste man sich ernsthaft mit der Frage beschäftigen, wie es gelungen war, dass meine Mutter unbemerkt hierhergebracht und ermordet werden konnte – und wer diese Labors betrieb und wer letztendlich die Morde beging.

Sobald wir letzte Nacht unter uns waren, hatten Julian und ich begonnen, uns diese Fragen zu stellen, wobei wir uns die Grundsätze des guten alten Sherlock Holmes zu Hilfe genommen hatten. Schließlich war Sherlock Holmes berühmt dafür, sich am Sparsamkeitsprinzip von Ockhams Rasiermesser zu orientieren, um seine Kriminalfälle zu lösen. Dabei handelt es sich um eine Theorie, die davon ausgeht, dass die einfachste und hinreichendste Erklärung für ein Phänomen normalerweise auch die richtige sei. Wenn ich das Prinzip von Ockhams Rasiermesser im Falle meiner Mutter anwandte, einer fremden Reinblütigen in einem Territorium, das eigentlich geschützt war vor der nicht registrierten Einreise von Reinblütigen oder Halblingen, dann ergab sich nur eine einleuchtende Erklärung: Unter den registrierten Halblingen im Grenzland musste es einzelne geben, denen nicht zu trauen war.

Es musste vor Ort Leute geben, die sie schützten, oder einige der Sensoren deckten die nicht registrierten Eindringlinge oder beides.

Uns war klar, dass wir Anyan gar nicht erst zu fragen brauchten, ob einer seiner Freunde oder Kontakte hier womöglich zu diesen Leuten zählte. Anyan war weder ein vertrauensseliger Mann, noch war er dumm oder naiv. Er war durch und durch ein Kämpfer, und die Tatsache, dass er Capitola und denjenigen, die für sie arbeiteten, rückhaltlos vertraute, sprach für sich.

Aber Julian und ich wussten, dass aufgrund des Todes meiner Mutter in Borealis irgendetwas nicht stimmen konnte, und Anyan hatte so etwas auch bereits angedeutet. Bevor er Julian und mich letzte Nacht entließ, hatte er zu uns gesagt, wir sollten hier in Borealis sicher sein. Inzwischen hatte ich schon verstanden, dass Anyan normalerweise mehr mit dem sagte, was er nicht aussprach, und der Barghest hatte eben nicht gesagt, dass wir hier sicher waren, sondern dass wir sicher sein *sollten*.

Also hatten weder Julian noch ich besonders gut geschlafen, und deshalb beobachtete ich nun mit kleinen, müden Augen Anyans und Ryus weitere Inspektion des Tatorts zusammen mit dem lokalen Team. Es war nicht zu übersehen, dass Ryu als ein offizieller Mitarbeiter der Alfar hier nicht besonders willkommen war, und so begegnete man ihm schon seit unserer Ankunft mit Misstrauen. Aber er war eben auch verdammt gut in seinem Job, und schon bald war es ihm gelungen, sich bei den anderen Ermittlern beliebt zu machen.

Unterdessen ging Anyan herum und beschnüffelte alles. So sah wohl die Barghest-Variante von Detektivarbeit aus.

Julian und ich zogen uns in eine Ecke zurück. Ich wusste, dass ich an diesem Ort keine große Hilfe sein konnte, und ich denke, mein Mithalbling versuchte bloß, mir eine Stütze zu sein. Dennoch war ich froh, hier zu sein. Teil dieser Ermittlung zu sein, auf welche Weise auch immer, fühlte sich richtig an. Die Sicherheit meines Vaters und aller, die mir lieb waren, hing von dieser Untersuchung ab.

Ich kann unmöglich zulassen, dass Jarl versucht, mich zu treffen, indem er meinen Freunden oder meinen Verwandten schadet, dachte ich gerade, als Julian mich aus meinen düsteren Gedanken riss.

»Wie geht es dir?«, fragte er vorsichtig. »Wie war es in dem Labor heute Morgen?«

»Genau wie Anyan gesagt hat«, erwiderte ich. »Dort war nichts mehr. Aber ich hatte die Gelegenheit, mal zu Hause anzurufen, während er herumstocherte.«

An diesem Morgen waren Anyan und ich Richtung Süden nach Kankakee zu einem der anderen verlassenen Labors gefahren, während Ryu und Julian noch in ihrer seltsamen komaähnlichen Vampirstarre verharrten. Ryu war natürlich total angepisst, als er erfuhr, dass wir ohne ihn gefahren waren, aber Kankakee lag fast zweieinhalb Stunden von Borealis entfernt, und wenn wir die Sache hier irgendwann abschließen wollten, konnten wir nicht auf Dornröschen warten.

Außerdem handelte es sich bei dem Labor um das, das schon seit geraumer Zeit aufgelöst und somit bereits komplett gesäubert worden war. Anyan hatte noch ein wenig herumgeschnüffelt und ich die Gelegenheit genutzt, ein paar Anrufe zu erledigen.

»Das ist gut. Wie geht es deinem Dad?«, erkundigte sich Julian.

»Ach, ganz gut. Nell hat ihn, glaube ich, wieder mit einer Aura belegt. Er denkt, ich bin auf einer Kreuzfahrt in der Karibik.«

»Na ja, das ist wohl nicht das Schlechteste, oder?«

»Ja, denke ich auch. Es nervt mich zwar ziemlich, dass Nell wieder am Gehirn meines Vaters herummanipuliert hat, aber mir ist auch klar, dass ich ein ziemliches Chaos veranstaltet habe, als ich wegfuhr, und so macht sich mein Vater wenigstens keine Sorgen um mich, was er sonst sicher getan hätte.«

»Und wie geht es den anderen?«

»Auch gut. Rockabill ändert sich nie, den Göttern sei Dank.«

Nachdem ich mit meinem Vater und Nell gesprochen hatte, hatte ich noch bei Grizzie und Tracy angerufen. Im Laden war zurzeit sowieso nicht viel los, also wurde ich nicht gebraucht, auch wenn ich trotzdem ein schlechtes Gewissen hatte, weil ich sie hängen ließ. Aber das erzählte ich Julian nicht so genau, denn er brauchte ja nicht jedes Detail meines ach so interessanten Lebens in Maine zu wissen. Und ich behielt außerdem für mich, dass ich nach meinen Telefonaten begierig zurück ins verlassene Labor ging, um den Barghest beim Herumschnüffeln zu beobachten. Und tatsächlich hatte ich Anyan, als ich wieder hineinging, dabei ertappt, wie er genau in der Ecke herumschnupperte, in der ich vorher gestanden hatte. Als ich auf ihn zuging, hatte ich mich der wilden Fantasie hingegeben, er würde sich einen Moment Zeit nehmen, um auch mal an *mir* zu schnüffeln.

Für diese Infos würde Julian sich sicherlich nicht mehr interessieren als für die langweiligen Details aus meinem Alltagsleben.

»Und wie steht's bei dir?«, fragte ich meinen Mithalbling stattdessen und drehte damit den Spieß um.

Julian blinzelte. »Bei mir? Alles okay. Warum auch nicht?«

»Na ja, ich meine ja nur, das muss doch ziemlich viel für dich sein, aus dem Territorium, wo die Halblinge ganz schön beschissen behandelt werden, hierherzukommen, wo sie an der Macht sind.«

Julian wich meinem Blick aus, setzte dann seine Brille ab und fing nervös an, mit dem Zipfel seines T-Shirts daran herumzupolieren.

»Das ist interessant, klar.«

»Interessant?«, fragte ich ungläubig und sah ihn in bester Luchsmanier an.

»Okay«, räumte er leise ein. »Es ist total *genial.*«

Ich kicherte. »Ich weiß.«

»Ich meine, allein diese Frauen gestern …«

»Ja, so was von scharf!«

»Hä?«

»Sie sind total *scharf*, oder?«

Julian kniff wieder nervös die Augen zusammen. »Ich meinte eher, wie stark die waren. Und selbstbewusst.«

»Oh«, sagte ich. »Klar. Sie sind stark und selbstbewusst. Soviel ist mal sicher. Und so was von *scharf*!«

»Ja, vermutlich«, sagte er und sah mich stirnrunzelnd an.

»Du hast es nicht so mit den weiblichen Wesen, was?«, fragte ich ihn grinsend.

»Nein, nicht so«, erwiderte er lachend. »Wie bist du bloß darauf gekommen?«

»Julian, diese Frauen gestern waren umwerfend. Sogar mich haben sie ein bisschen angemacht. Und du? Total gleichgültig. Aber mir ist aufgefallen, wenn ein echt scharfer Kerl in deiner Nähe ist …« Ich wackelte vielsagend mit den Augenbrauen, und Julian lief rot an. »Besonders wenn es sich dabei um einen bestimmten Kerl handelt«, stichelte ich und ließ meinen Blick durch den Raum zu Anyan hinübergleiten, der sich gerade mit einem örtlichen Techniker unterhielt. Mir war bereits aufgefallen, dass der Barghest heute besonders knackig in seiner Hose aussah. Und außerdem hatte ich bemerkt, dass das auch Julian schon aufgefallen war.

Mein Mithalbling machte große Augen. Es sah so aus, als

würde er protestieren, aber dann schüttelte er stattdessen bloß reumütig den Kopf.

»Tja, ich bin hier aber nicht der Einzige, dem dieser Anblick gefällt«, sagte er und sah mich demonstrativ an. Genau wie er wollte auch ich schon protestieren, als mir klar wurde, dass es sowieso nichts bringen würde.

»Okay, es stimmt. Du hast mich erwischt.« Ich kicherte. »Ich kann nichts dagegen tun.«

»Ich weiß. Diese Oberschenkel.«

»Oh ja, die Oberschenkel«, stimmte ich seufzend zu. »Und dieser Hintern.«

»Oh ja«, murmelte Julian, und beide starrten wir Anyan genüsslich an. »Und nicht zu vergessen sein …«

»Paket?«, erschallte eine Stimme vom Eingang her und ließ Julian und mich vor Schreck beinahe aus der Haut fahren. Wir sahen uns panisch an.

»Hallo! Ich bin hier um das Paket abzuholen«, erklang die Stimme erneut. Erst jetzt sahen wir eine Frau im Türrahmen stehen, die eine Art Kurierdienstuniform trug.

Julian und ich starrten erst sie, dann uns gegenseitig und dann Anyan an, bevor wir in hysterisches Gelächter ausbrachen.

»Genial!«, japste ich und wischte mir die Tränen aus dem Gesicht, als unser Gekicher schließlich langsam nachließ. »Total genial: Paket?«, wiederholte ich und schnaubte noch einmal wenig damenhaft vor Vergnügen.

»Zu gut!«, stimmte mir Julian zu, der noch immer vor sich hin kicherte. »Fast so gut wie Anyan.«

»Auch fast so gut wie mächtige Halblinge?«, fragte ich.

Julian machte ein betretenes Gesicht bei meinem Kommentar, und mein Herz setzte einen Schlag lang aus, als ich den Blick in seinen Augen sah. Er sah so todunglücklich und niedergeschlagen aus, selbst wenn ich mir einbildete, auch einen Hoffnungsschimmer darin zu erkennen.

»Nein, nichts ist so gut wie das«, sagte er nachdrücklich und mit sehnsüchtigem Blick. »Jane, ich weiß wirklich nicht, was ich …«

»Hey, Julian«, rief Ryu von der anderen Seite des Raums herüber.

Traurig beobachtete ich, wie Julian alle Gefühlsregungen aus seinem Gesicht tilgte und wieder den gelassenen, nichtssagenden Ausdruck aufsetzte, den ich nun als die Maske erkannt hatte, mit der er seiner Existenz trotzte.

»Ja, Sir!«, rief er und drehte sich zu Ryu um.

»Kannst du uns mal hier helfen?«

Julian nickte mir noch einmal zu und ging dann zu der Gruppe von Technikern hinüber, die um einen kaputten Computer herumstand. Ich runzelte die Stirn über seinen Rückzug und fragte mich, was er wohl ohne Ryus Zwischenruf noch gesagt hätte. Das warf genug Fragen auf, um mich die nächsten paar Stunden darüber nachgrübeln zu lassen.

Als man mit dem Sichern von Beweisen fertig war, war es bereits sechs Uhr abends, und ich für meinen Teil hätte ein Abendessen vertragen können. Meinem Magen ging es genauso, was er mit einem sehr lauten, sehr wütenden Knurren klarstellte, auf das dann noch ein gereiztes Gurgeln folgte. Natürlich hatte mein Magen damit gewartet, bis der Raum fast vollständig ausgeräumt war und alle still ihre Sachen zusammenpackten. Ich starrte hinunter auf meinen Bauch und schwor Rache, als sich jeder zu mir umdrehte und mich anstarrte.

Die fragen sich jetzt bestimmt alle, wo ich den tollwütigen Tasmanischen Teufel versteckt habe, dachte ich. Die Aufmerksamkeit, die ich auf mich gezogen hatte, ließ mich rot anlaufen, und ich verfluchte meinen ungeheuren Appetit.

»Hunger?«, rief Ryu von der anderen Seite des Raums herüber.

Ich zuckte entschuldigend mit den Schultern und widerstand dem Drang, »Schnellmerker« zurückzuschnauzen. Schließlich sollten Anyan und Ryu mittlerweile eigentlich wissen, dass bei dieser Ermittlung nur auf zwei Dinge Verlass war und zwar, dass Jarl der Schuldige war und dass Jane Hunger hatte.

Ryu kam zu mir herüber. Als er sich mir näherte, konnte ich Balsamseife mit einem Hauch köstlichem, moschusartigem Kreuzkümmel riechen.

Er mag ja vielleicht ein Idiot sein, aber trotzdem ist er echt heiß, seufzte meine Libido mit Bedauern. Doch in meinem Körper rührte sich bei Ryus Näherkommen dennoch nichts.

Es ist aus, wurde mir schlagartig klar. *Mit Ryu und mir ist es vorbei, zumindest für mich.* Bei diesem Gedanken überkam mich eine unangenehme Mischung aus Erleichterung und Traurigkeit. Nicht zuletzt deshalb, weil Ryus Blick mir verriet, dass er bei Weitem nicht zu diesem Ergebnis gekommen war.

»Wir sollten dir etwas zu essen besorgen, Jane. Wir könnten doch zusammen essen gehen? Was du willst… Wir könnten reden?«

»Ich denke nicht, Ryu. Abgesehen davon muss ich heute Abend ja mit Anyan und Julian zu dieser Sache…«

Ryu machte ein finsteres Gesicht. »Ich bin wirklich nicht

begeistert von der Idee, dich allein durch Borealis ziehen zu lassen. Wer weiß, was diese Leute im Schilde führen …«

»›Diese Leute‹ sind unsere Gastgeber, und sie lassen dich wider besseres Wissen an dieser Untersuchung teilhaben«, schaltete sich Anyan knurrend ein. Dann trat er zu uns und zwang Ryu damit, einen Schritt von mir abzurücken.

Anyans Lederjacke roch nach Zitronenwachs, und darunter nahm ich den Geruch von Kardamom wahr, den ich mittlerweile schon mit dem Barghest verband.

»Ich weiß, du vertraust diesen Leuten, aber ich habe einfach kein gutes Gefühl dabei, wenn ich zulassen soll, dass Jane sie allein trifft. Wer weiß, was sie von ihr wollen. Also entweder du lässt sie bei mir, oder ihr nehmt mich mit.«

Das veranlasste Anyan zu einer Tirade darüber, dass »diese Leute« nur mich und Julian treffen wollten und ich nicht unter Ryus Kontrolle stehe und dass Ryu sowieso bloß aus Gefälligkeit dabei sei. Ryu erwiderte, dass er die Information, dass Anyan es nur für eine Gefälligkeit halte, einen Repräsentanten des Königspaars dabeizuhaben, nur allzu gern an Orin und Morrigan weitergebe. Und von da an ging es steil abwärts.

Ich hörte die beiden Männer streiten, und es nervte mich zunehmend. Zum Teil lag das einfach daran, dass ich Konflikte generell hasste. Ich hasste es, wenn sich Leute um mich herum stritten; ich hasste es, unter aggressiven Leuten zu sein. Warum konnten wir nicht einfach alle miteinander auskommen?

Die Gerüche von Zitronenwachs und Balsam, von Kreuzkümmel und Kardamom umgaben mich, und wieder knurrte mein Magen. Plötzlich hatte ich Lust auf Curry, und ich war es buchstäblich müde, dass man um mich stritt. Ich schielte zu ihnen hoch, während sie sich ankeiften, und bekam dabei beinahe eine Nackenstarre.

»Anyan, Ryu, Klappe!«, bellte ich schließlich. »Ich habe Hunger, und das hier führt zu nichts. Ryu, du willst doch bloß mitkommen, um zu spionieren. Und Anyan, warum streitest du dich überhaupt mit ihm? Du weißt doch, dass es das ist, was er will, und du weißt auch, dass Julian und ich, ganz gleich, was Ryu davon hält, mit dir zu diesem Treffen gehen.«

Die beiden Männer starrten mich einen Moment lang überrascht an. Schließlich nickte Anyan. »Entschuldige, Jane. Wir besorgen dir jetzt erst mal was zu essen. Julian?« Er rief den anderen Halbling und wies mit dem Kopf zur Tür, um ihm zu sagen, dass es Zeit zum Aufbruch war. »Ryu, du kannst mit Enrique zurück ins Hotel fahren, er wohnt in der Nähe von Borealis. In Ordnung, Enrique?«

Der kleine, stämmige Mann nickte und sorgte damit dafür, dass Ryu noch finsterer dreinschaute. Ich zuckte mit den Schultern, als er mich wütend anstarrte. Ryu hätte eigentlich wissen müssen, dass er diesen Kampf nicht gewinnen konnte, und hätte es besser von vornherein auf sich beruhen lassen sollen.

Julian, Anyan und ich gingen zum Ausgang und hinaus auf den Parkplatz, und diesmal war klar, wer uns beobachtete.

Als wir gerade ins Auto stiegen, klingelte Anyans Handy. Ich setzte mich auf den Beifahrersitz und schnallte mich an, während ich seiner Seite des Gesprächs lauschte.

»Hallo? ... Hey, Cap ... Ja, wir sind auf dem Weg ... Cool, danke für den Anruf ... Dann sehen wir uns in etwa vierzig Minuten.«

Anyan grinste mich an, als wir vom Parkplatz auf die Hauptstraße bogen, die uns aus Plano herausführte. »Das war Cappie. Wir essen bei ihr zu Abend.«

Ich musste an die Essen am Hof der Alfar denken. Für mich waren es immer kurze, aber heftige Spießrutenläufe gewesen, auf der Skala irgendwo zwischen steif und sehr, sehr steif.

»Müssen wir uns vorher umziehen?«, fragte ich Anyan und warf einen Blick auf mein schwarzes T-Shirt, die graue Kapuzenjacke, meine Jeans und die lilafarbenen Chucks. Nichts davon war nach einem langen Tag in verlassenen Folterstätten besonders sauber.

Anyan betrachtete mich vom Fahrersitz aus. »Nein, du siehst doch perfekt aus, Jane.«

Ich schnaubte verächtlich, und sein großer Mund verzog sich zu einem kleinen Lächeln.

»Ich sehe vielleicht perfekt aus, um schnell einkaufen zu gehen, Anyan. In einem Ghettoladen. Einem Ein-Dollar-Laden. Ich habe sowieso nichts Schickes eingepackt, aber ich könnte mich wenigstens ein bisschen frisch machen …«

»Wir können noch mal im Hotel vorbeifahren, wenn du willst, aber ehrlich, du siehst gut aus.«

Ich betrachtete vom Beifahrersitz aus Anyans markantes Profil und setzte meinen skeptischsten Blick auf. Er ignorierte mich.

»Und das aus dem Mund eines Mannes, der ein T-Shirt mit Hundefutterwerbung trägt …«

Anyan lachte glucksend. »Den Smoking habe ich in meiner Satteltasche vergessen, sorry.«

Als ich zu lachen anfing, zuckten seine stahlgrauen Augen zu mir hinüber, und ich empfand seinen Blick wie ein

Streicheln. Mein Lachen verklang, und kribbelnde Erregung sprang auf einmal in mir hoch wie ein kleiner Hund.

Anyans große Hände legten sich fester ums Lenkrad, und ich fragte mich, ob auch er spürte, was da zwischen uns war … dann fluchte er. Und musste lachen.

Nach einem Moment der Irritation merkte ich, dass er in den Rückspiegel blickte. Ich drehte mich um und sah nichts als Scheinwerfer und Julian, der uns in der Dunkelheit anblinzelte.

Wieder einmal hatte ich vollkommen seine Anwesenheit vergessen. Ich musste an mein eigenes Leben nach Jasons Tod denken und daran, wie auch ich mich lange Zeit hinter Unscheinbarkeit versteckt hatte. Wie es schien, waren wir es beide gewohnt, uns zu verstecken, und das machte mich unendlich traurig.

»Ach, Ryu.« Der Barghest gluckste und holte mich damit wieder in die Gegenwart zurück. »Das war so klar. Jane, Julian, haltet euch fest, wir müssen einen Alfar-Spion abhängen …«

Und mit diesen Worten gab Anyan Vollgas. Der gewaltige Geländewagen mochte ja vielleicht gesetzt und korrekt wirken, doch er hatte mächtig Kraft unter der Motorhaube.

Viel zu schnell rasten wir die dunklen Landstraßen entlang. Anyan ging mit Vollgas in die Kurven, wobei ich jedes Mal entweder an seinen massigen Körper oder gegen die Beifahrertür gedrückt wurde.

»Sorry«, murmelte er immer, wenn ich gegen ihn prallte. Aber der Barghest klang nicht so, als täte es ihm wirklich leid, sondern eher so, als bereite es ihm ein diebisches Vergnügen.

Irgendwann merkte ich, dass Anyan mit Ryu spielte. Der

Motor heulte nicht mehr so laut, und ich sah, wie Anyan durch den Rückspiegel spähte, während das Auto langsamer wurde.

»Oh, Ryu ... von allen Autos, die da waren, hast du ausgerechnet Enriques Schrottkiste klauen müssen?«, sagte der Barghest lachend.

Ich konnte es nicht glauben.

»Würdest du bitte aufhören, dich über ihn lustig zu machen?«, schalt ich mit meiner besten Mutterstimme. »Wir müssen zu einer Dinnerparty. Mit wichtigen Leuten. Und du spielst hier Katz und Maus.«

Anyan bemühte sich angemessen kleinlaut dreinzuschauen, auch wenn seine Augen etwas ganz anderes verrieten.

»Na gut«, knurrte er. »Ich erlöse ihn aus seinem Elend.«

Er riss das Lenkrad nach links herum, woraufhin ich wieder gegen ihn fiel, während wir eine Reihe von Haarnadelkurven auf einer wahnwitzig gewundenen Straße nahmen. Schließlich hielten wir hinter einer Scheune, wo Anyan den Motor und die Scheinwerfer ausmachte. Der Motor tickte noch ein-, zweimal und verstummte dann ganz, gerade als ein anderes Auto auf der dunklen Straße an uns vorbeiraste.

Anyan legte den Finger an die Lippen und wartete eine Minute, bevor er den Wagen wieder anließ. Ohne Licht fuhr er die kurvige Straße wieder zurück, bevor er in eine andere Seitenstraße einbog.

Wir fuhren eine Weile schweigend dahin, bevor wir wieder auf einen richtigen Highway kamen. Erst dann schaltete Anyan die Scheinwerfer wieder an und fädelte sich in den dünnen Verkehrsstrom ein.

»Das hat dir jetzt richtig Spaß gemacht, oder?«, fragte ich den Barghest. Er grinste mich an und lachte glucksend.

»Entschuldige, Jane. Das war wirklich unreif von mir. Aber ja, das hat mir Spaß gemacht.«

»Armer Ryu«, sagte ich nachdenklich, denn ich wusste, dass er, ganz gleich, wo er jetzt war, *total* angepisst sein musste.

»Ja, armer Ryu«, wiederholte Julian lachend. Ich drehte mich zu ihm um und zwinkerte meinem Mithalbling zu, was er grinsend erwiderte.

»Warum ist er überhaupt dabei?«, erinnerte ich mich an die Frage, die ich mir schon die ganze Zeit gestellt hatte.

Anyan schnaubte. »Ryu war Teil meines Kuhhandels«, sagte er. Ich wartete darauf, dass er fortfuhr, aber er schwieg.

»Und was heißt das jetzt?«

»Orin und Morrigan waren mehr als verstimmt, dass ich ihnen nichts von meinen Kontakten ins Grenzland erzählt hatte. Sie haben mich nur nicht getötet, weil wir von den verschwundenen Reinblütigen erfahren hatten, schließlich war ich der Einzige, der dort für sie ermitteln konnte. Dadurch wurde ich wertvoll für sie, aber noch lange nicht vertrauenswürdig.«

Ich nickte, denn plötzlich verstand ich, was er mit »Kuhhandel« gemeint hatte. »Also lassen Orin und Morrigan dich ermitteln und haben sich einverstanden erklärt, niemanden von deinen Kontakten zu verraten. Aber sie bestehen darauf, dass du Ryu mitnimmst.«

»Genau. Sie vertrauen ihm. Nicht mir.«

»Das stimmt nicht. Sie vertrauen auf deine Stärke.«

»Aber nicht auf meine Loyalität.«

Ich dachte darüber nach.

»Haben sie denn einen Grund, dir nicht zu trauen?«

»Was meinst du?«

Ich dachte an den Barghest und seine Geheimniskrämerei. Früher hatte er einmal für seine Leute gekämpft und getötet. Aber dann hatte er sich irgendwann in die tiefste Provinz zurückgezogen und der Politik den Rücken gekehrt.

»Wem *gilt* denn dann deine Loyalität?«

Der große Mann fuhr eine Weile schweigend, und ich dachte schon, er würde mich wieder einmal ignorieren. Wir verließen die Landstraße und fuhren ein kurzes Stück auf einer kleineren Straße weiter, bevor wir in einen Stadtteil kamen, den ich als einen in der Nähe der Innenstadt von Borealis erkannte.

Die Häuser waren klein und unauffällig, eher schäbigere Mittelklasse. Ich vermutete, dass sich dahinter irgendwo die Villengegend verbergen musste.

»Ich bin denen gegenüber loyal, die mir am Herzen liegen«, beantwortete Anyan schließlich doch noch meine Frage, als wir an einem Stoppschild hielten. Er starrte durch die Windschutzscheibe hinaus auf die leere Straße, und als er schließlich weitersprach, klang seine Stimme unergründlich. »Ich bin loyal meinen Freunden gegenüber und den Menschen, die ich liebe. Sonst niemandem. Nicht mehr.«

Ich wusste nicht, wie ich auf dieses Eingeständnis reagieren sollte, also schwieg ich. Ich blickte nach rechts aus dem Fenster und bemerkte, dass Julian mich im Seitenspiegel beobachtete. Bei den Worten des Barghest hatte er die Augenbraue hochgezogen, und ich erwiderte seinen Ausdruck mit geschürzten Lippen.

»Wir sind fast da«, sagte Anyan, und seine Stimme hatte einen entschuldigenden Unterton. Er schämte sich wohl für sein Bekenntnis.

Ich sah mich nach einem Gebäude um, das den Machtsitz von Borealis darstellen könnte. Der Hof der Alfar war schließlich eine märchenhafte Mischung aus Escher und Walt Disney gewesen, die zu einem wuchtigen, skurrilen und etwas schaurigen Gebilde verschmolz. Ich erwartete zwar nicht gerade eine solche Pracht, aber genauso wenig erwartete ich das, was ich sah, als wir schließlich in eine der Einfahrten zu unserer Rechten einbogen.

Die Zufahrt endete auf einem Carport, der zu einem kleinen, dunkelbraunen Haus im Ranchstil gehörte. Der kleine Garten dahinter war von einem Maschendrahtzaun umgeben und beherbergte einen ziemlich arthritisch aussehenden Golden Retriever, der hechelnd versuchte, seine Nase durch den Maschendraht zu stecken. In der Mitte des Vorgartens stand eine violette Glaskugel auf einem Sockel aus Zement, und ich glaube, ich sah sogar einen Gartenzwerg – eines dieser Plastikdinger, nicht so eine Zwergin wie die, die gerade auf meinen Vater aufpasste –, der mich von seinem Standort unter einer farnartigen Pflanze in dem kleinen Garten direkt unterhalb des Panoramafensters aus anlinste.

Wir stiegen aus dem Auto, und Anyan musste über meinen Gesichtsausdruck lachen. Julian schaute allerdings genauso perplex drein.

»Ist da noch … mehr?«, fragte ich. »Wie im Verbund?«

Als ich zum allerersten Mal vor dem Verbundsgebäude stand, hatte ich bloß eine riesige Bonzenvilla gesehen. Sie war nämlich mit einer so starken Aura belegt, dass ich nicht mal den Schimmer einer Ahnung hatte, was sich dahinter verbarg, bis Ryu meinen Blick klärte.

Anyan lachte leise, legte mir die Hand an die Taille und führte mich zur Eingangstür.

»Nein. Das ist alles. Willkommen in der Machtzentrale von Borealis, Illinois.«

Kapitel 9

»Anyan«, rief eine große, schlanke Frau mit silbernem Haar, als sie die Tür öffnete. »Wie schön, dich zu sehen.«

Sie schloss den Barghest herzlich in die Arme und ließ ihn dann ins Haus.

»Julian?«, fragte sie meinen Mithalbling und lächelte ihn freundlich an, als er verdutzt nickte. »Willkommen in Borealis und in meinem bescheidenen Heim. Es ist wunderbar, dass ihr hier seid. Fühlt euch bitte wie zu Hause.«

»Und du musst Jane sein«, sagte sie, als Julian an ihr vorbei hineingegangen war. Zu meiner großen Überraschung beugte sie sich zu mir hinunter und umarmte auch mich. Sie hielt mich ganz fest und sagte: »Ich bin Paige. Ich freue mich so, dich kennenzulernen. Es tut mir leid, dass es unter diesen Umständen passieren muss.«

Ich sah blinzelnd über ihre Schulter zu Anyan hinüber, der uns lächelnd beobachtete. Paige und ich befanden uns in einem winzigen Eingangsbereich, der Teil eines kleinen kombinierten Wohn- und Esszimmers war. Anyan stand am anderen Ende des kleinen Raums in einem Durchgang, der zur Küche zu führen schien, neben ihm ein Mann, der wie auch die Frau Mitte fünfzig sein musste. Er war kleiner als Anyan und die Frau, aber sehr kräftig und gut aussehend. Er war Afroamerikaner und seine Haut von einem wunderbaren Schokoladenbraun, das durch sein grau meliertes Haar und den Kinnbart noch schöner wirkte. Aber da war noch etwas an ihm … Genau wie Paige nutzte er keine Superkräfte für sich, und doch war ich mir sicher, dass es sich bei ihm um Capitolas übernatürlichen Elternteil handeln musste, denn die großen, dunklen Augen des Mannes wirkten viel älter, als sein Aussehen erahnen ließ.

Die Frau ließ mich los und führte mich zu Anyan und dem Mann. »Das ist mein Mann, Carl. Unsere Tochter Capitola hast du ja bereits kennengelernt.«

Ich grinste, als sich mein Verdacht bestätigte. »Natürlich«, sagte ich und streckte Carl zur Begrüßung die Hand entgegen. »Capitola ist bezaubernd. Ich freue mich sehr, Sie kennenzulernen.«

Carl nahm meine Hand mit festem Griff und zog mich dann ebenfalls an sich.

»Es sind schlimme Umstände, das kann man nicht bestreiten. Aber es ist wirklich eine Freude, dass wir Jane True endlich kennenlernen«, sagte er grinsend. »Wir kennen da jemanden, der immerzu von dir redet …«

Er verstummte, und er und seine Frau stimmten ein herzliches Lachen an. Ich wurde rot und sah von einem zum anderen.

Wer hat denn bloß von mir gesprochen?, dachte ich irritiert. *Anyan bestimmt nicht.* Ich linste verstohlen zu dem Barghest hinüber. Aber er wirkte genauso ratlos wie ich.

Ich wollte gerade fragen, wovon sie sprachen, als ich ein puffendes Geräusch hörte und plötzlich ein wunderschöner Strauß Wildblumen vor mir schwebte.

Mit großen Augen griff ich danach und wäre vor Schreck beinahe aus der Haut gefahren, als von der anderen Seite des Straußes aus etwas meine Finger packte.

Genau genommen packten mich sechs Hände. Da musste ich lächeln.

»Terk?«, rief ich, als hinter dem Strauß sechs pechschwarze Augen hervorlugten. Er blinzelte mich mit ein paar seiner Augenlider an und winkte mir mit seinen drei rechten Händen freundlich zu.

Ich nahm den Strauß entgegen und musste beim Anblick des kleinen Wichtels, der vor mir in der Luft schwebte, lachen. Terk sah aus wie eine Kreuzung aus einem Miniatur-Ewok, Kali, der hinduistischen Göttin der Zerstörung, und einer Wolfsspinne. Sein zotteliges Fell war lang und dicht und seine Ohren flauschig. Die kleine Kreatur war wirklich niedlich.

Und ganz schön stark, dachte ich, als ich seine Urmagie an meinen Schilden spürte.

Terk hatte schon vorher als unser Bote fungiert, der Nachrichten zwischen Anyan und seinen Kontakten im Grenzland hin und her transportierte. Ich hatte ihn bereits in Boston getroffen. Damals war ich ziemlich überrascht gewesen, ihn zu sehen, allerdings nicht annähernd so überrascht wie meine übernatürlichen Begleiter. Wichtel hatten zuerst den Reinblütigen gedient, dann ausschließlich den Alfar, und inzwischen galten sie als ausgestorben. Doch wie sich herausstellte, waren sie noch ziemlich lebendig, lebten in den Grenzgebieten und dienten denjenigen, die hier an der Macht waren, wer auch immer das sein mochte.

Sie waren Wesen, die noch älter waren als die Alfar; Wesen, die über Kräfte verfügten, die als Urmagie bekannt war. Sie fühlte sich auf jeden Fall ganz anders an als unsere Elementkräfte; immens stark und nicht … natürlich, wie das bei unseren Kräften, die wir aus den Elementen der Natur zogen, eben der Fall war.

Ich lachte, als das kleine Wesen zu mir schwebte und sich an meine Brust schmiegte. Es kuschelte sich an mich wie ein Welpe und blinzelte mich mit seinen schwarzen Augen unschuldig an. Ich konnte nicht widerstehen und kraulte die kleine Kreatur hinter den Ohren und musste kichern, als sie zu schnurren anfing.

»Äh, Jane, ich weiß nicht, ob du das …« Anyan wurde unterbrochen, als sich die Tür hinter uns öffnete.

»Hey, Mom! Dad!«, rief Capitola und trat durch die Fliegengittertür. Sie sah toll aus wie immer, nur dass sie diesmal vollbeladen mit Lebensmitteln war, die sie ihrem Vater und Anyan in die Hände drückte, die sich damit sogleich in die Küche zurückzogen.

»Hey, Lady«, sagte sie an mich gewandt, blieb jedoch wie angewurzelt stehen, als sie mich mit Terk kuscheln sah. Sie hob erstaunt die Augenbrauen. »Äh, Jane …«

»Ist doch nicht meine Schuld, wenn dein Hintern mittlerweile so riesig ist, dass du schon nicht mehr aus dem Wagen kommst«, ertönte Muhs kühle Alfar-Stimme aus dem Eingangsbereich, als sie eintrat.

Eine Magiekugel zischte knapp an ihr vorbei und ritzte dabei ihr Ohr. Terk hatte beim Klang ihrer Stimme aufgehorcht, und als er die Magiekugel erblickte, schnellte eine seiner winzigen Hände vor. Ich spürte einen kalten Kraftstoß durch den kleinen Körper des Wichtels, und die Magiekugel verpuffte, als habe es sie nie gegeben.

Er lehnte sich wieder an mich, und seine kleinen Händchen tasteten auf meinen Brüsten herum, auf der Suche nach einer bequemen Position. Dabei gluckste er wohlig wie ein winziges, haariges, sechsäugiges Baby.

»Hier in meinem Haus wird nicht herumgeschossen, Shar«, schalt Capitolas Mutter sanft. »Und ihr beiden Unruhestifter deckt jetzt gleich mal den Tisch. Julian kann euch dabei helfen. Zeigst du ihm, wo alles ist, Terk?«, fügte sie dann noch hinzu. Eines seiner Augen sah sie groß an, während die anderen fünf mich neckisch anzwinkerten.

»Hilf ein bisschen mit, wenn ich bitten darf, ja?«

Terk seufzte und *verpuffte* aus meinen Armen. Eine Sekunde später hörte ich wieder ein Puffen, diesmal aus der Küche.

»Bier?«, fragte mich Anyan, als wir alle nach nebenan ins Wohnzimmer gingen. Ich nickte und zupfte mir ein paar braune Haarbüschel vom T-Shirt.

Nachdem Anyan, Cappie, Carl und ich mit unseren Getränken Platz genommen hatten, kamen wir zum Geschäftlichen.

»Zuerst einmal, herzlich willkommen in Borealis, Jane!«, sagte Carl. »Ich weiß, dass du, nach allem, was mit deiner Mutter passiert ist, wahrscheinlich nicht gern hergekommen bist, aber Borealis ist und war schon immer ein sicherer Ort für Halblinge und solche Reinblütige, die wie ich in einem … demokratischeren Umfeld leben möchten.«

Ich wusste von Anyan, dass Capitola ein Halbling war,

aber abgesehen von Carls gefühltem hohem Alter hätte ich nicht einschätzen können, wer ihr übernatürliches Elternteil war. Beide wirkten völlig menschlich, und beide waren auf Menschenart gealtert. Aber Übernatürliche alterten nicht wie Menschen; sie wirkten trotzdem eher jung, nur irgendwie müde. Und obwohl Carl gesagt hatte, dass er ein reinblütiges übernatürliches Wesen war, konnte ich dennoch keinerlei magische Kraft bei ihm fühlen. Jetzt, da ich darüber nachdachte, merkte ich, dass die einzige Kraft, die ich im Haus spürte, tatsächlich von Terk ausging.

Capitola sah ihren Vater frustriert an, doch ihr Ausdruck hellte sich sofort auf, als sie merkte, dass ich sie verstohlen beobachtete. Sie lächelte mich an und prostete mir mit ihrem Bier zu. Ich erwiderte ihre Geste.

»Sind alle hier im Grenzgebiet so nett?«, fragte ich, nachdem ich einen Schluck Bier genommen hatte.

Carl runzelte die Stirn. »Kurzum: nein. Die nördlichen Vororte werden von mächtigen Halblingsorganisationen mit geradezu mafiösen Strukturen kontrolliert. In Chicago gibt es ständig Machtkämpfe zwischen verschiedenen Gangs. Aber Borealis hat einen mächtigen Paten, der dafür sorgt, dass in seinem Gebiet alles friedlich bleibt.«

»Einen Paten?«, fragte ich.

»Grim, der Sensenmann«, sagte Capitola, wedelte mit den Händen und machte schaurige Geräusche, als erzähle sie eine Gruselgeschichte.

Carl verzog das Gesicht. »Nicht Grim, der Sensenmann, nur Grim. Sein Name ist Grimauld. Er ist … eine Macht.«

Anyan stieß neben mir ein Grunzen aus, das soviel bedeutete wie: »Wem sagst du das?«

»Er mischt sich eigentlich nie in die Dinge ein. Aber wenn ihm jemand in die Quere kommt, dann wird er zum Sensenmann«, erklärte Cappie.

»Was ist er?«, wollte ich wissen. In meinem Kopf spukten Bilder von einer Art Killernebel wie aus der Geschichte von Stephen King herum. Schließlich war ich aus Maine.

»Das weiß niemand so genau. Außer Anyan«, antwortete Cappie, »und der verrät nichts.«

Ich schaute den Barghest an, aber der zuckte bloß mit den Schultern. »Grim bleibt eben lieber für sich«, war sein einziger Kommentar, was bedeutete, dass Anyan Grim, wenn er es nun mal so haben wollte, den Spaß nicht verderben würde.

»Warum hat er die Labore nicht verhindert, wenn er so mächtig ist?«

»Ich weiß es nicht«, sagte Carl. »Ich glaube nicht, dass er davon wusste. Wie schon gesagt, er mischt sich normalerweise nicht ein. Aber bei so etwas … ich glaube nicht, dass er es einfach ignoriert hätte.«

»Könnte er die Labore nicht betrieben haben?«, fragte ich. Es schien mir eine einleuchtende Frage. »Nicht Grim. Auf keinen Fall«, war Anyans einzige Antwort darauf. Ich machte mir gar nicht erst die Mühe, ihn zu fragen, ob er sich da sicher war. Er sagte nur Dinge, von denen er überzeugt war.

»Aber ich bin mir sicher, auch ihr habt wie ich schon mal eins und eins zusammengezählt«, sagte ich und wählte meine Worte mit Bedacht. »Wenn Reinblütige Borealis nicht ohne euer Wissen betreten können, dann müssen die Labore doch von anderen Halblingen betrieben worden sein. Selbst wenn Jarl sie vielleicht bezahlt hat, es müssen Halblinge vor Ort gewesen sein.«

Carl seufzte und nahm einen großen Schluck Bier. Capitola nickte traurig.

»Deshalb haben sie mich um Hilfe gebeten, Jane. Und deshalb haben sie mir auch erlaubt, Orin und Morrigan einzuweihen, als man die Leichen der Reinblütigen hier fand.« Anyan sprach leise, und ich merkte, dass er Angst hatte, ich könnte alle seine Freunde über einen Kamm scheren. Ganz offensichtlich lagen ihm Capitola und ihre Familie sehr am Herzen, und er hasste die Vorstellung, ich könnte sie und ihre Heimatstadt mit dem Tod meiner Mutter in Verbindung bringen.

»Die Sache ist einfach zu groß, und es sterben Leute«, stimmte Carl zu. »Wir können nicht zulassen, dass unsere Vorbehalte den Alfar gegenüber uns den Blick für die Tatsachen verstellen. Sonst sind wir Ungeheuer genau wie sie.«

»Stimmt!«, rief Shar aus der Küche herüber, wo sie gerade Servietten zu komplizierten Formen faltete. Muh, die gerade an der Theke eine Gurke in Scheiben schnitt, schüttelte den Kopf über ihre vorlaute Halblingsfreundin, als wundere sie sich, wann Shars letzte Gehirnzelle wohl abgestorben war. Julian stand neben Muh, schälte eine Karotte und wirkte völlig bei sich und so ungezwungen, wie ich ihn noch nie gesehen hatte.

»Wie auch immer«, sagte Carl und lächelte nachsichtig über die Freunde seiner Tochter. »Wir haben hier mehr Geheimnisse, als wir bewältigen könnten. Wer betreibt diese Labore? Wie wurden die Verantwortlichen rekrutiert? Für wen arbeiten diese Leute? Und es wäre ja schon schlimm genug, wenn die Opfer Halblinge wären, aber wie um alles in der Welt bekommen sie Reinblütige ins Grenzgebiet? Der einzige Weg wäre, wenn sie ihre Kräfte komplett ausschalteten. Es hat seit Tausenden von Jahren keinen Alfar mehr gegeben, der dazu fähig wäre, und der einzige, der dazu in der Lage war, wurde von seinen eigenen Leuten getötet, als ihnen sein besonderes Talent klar wurde.«

»Also brauchen wir Hilfe. Diesen Leuten muss das Handwerk gelegt werden, und wir können das nicht allein. Und sosehr wir es auch hassen, jemanden, der zu den Alfar gehört, in unser Land zu lassen, müssen wir tun, was getan werden muss.«

Ich stellte mein Bierglas ab und drängte die Tränen zurück. Zum ersten Mal seit ich in Borealis war, hörte ich auf, nur an mich zu denken, und dachte stattdessen an alles, was diese Leute für mich und meine Mutter getan hatten, ohne uns überhaupt zu kennen.

»Ich danke euch sehr, dass ihr uns hereingelassen habt«, sagte ich. »Ihr nehmt so viele Risiken auf euch, obwohl ihr es gar nicht müsstet. Danke.«

Anyan legte mir seine warme, große Hand auf den Rücken, und mit einem Puffen stand plötzlich eine Schachtel Taschentücher neben meinem Ellenbogen. Ich schnäuzte mir die Nase, und Carl gab beruhigende Laute von sich. »Nicht doch, Herzchen, unsere Frauen sterben doch auch. Wir mussten etwas unternehmen. Diese Morde hätten nie passieren dürfen. Aber wir werden herausfinden, wer dafür verantwortlich ist.«

Capitola nickte erst ihrem Vater und dann mir entschlossen zu. Ich spürte, wie die Zuversicht wieder in mir wuchs. Wir würden herausfinden, wer dahintersteckte und diese Leute ihrer gerechten Strafe zuführen.

Aber jetzt könnte ich verdammt noch mal was zu essen gebrauchen, meldete sich mein Magen zu Wort, gerade als

Terk direkt vor uns aufpoppte. Er trug eine winzige Kochmütze und eine Schürze und hatte ein kleines Nudelholz in der Hand. Bei seinem Anblick musste ich kichern.

Terk hielt mir eine seiner sechs Hände hin und stupste mit seinem Nudelholz Anyans Knie zur Seite. Ich lachte und nahm seine winzige Hand. Mir nichts, dir nichts hörte ich ein puffendes Geräusch, und alles um mich herum wurde schwarz. Wir *pufften* die kurze Entfernung in die Küche. In meinem Kopf verschwamm alles, ich taumelte, wurde aber von kühlen, dunklen Händen aufgefangen.

»Wichtel!«, schalt Muh. »Hör auf, die Leute ohne Vorwarnung herumzuapparieren. Alles okay, Jane?«

Muhs schöne dunkle Augen sahen mich an, und ich erkannte Besorgnis hinter ihrer Alfar-Gelassenheit. Ich fragte mich, wie alt sie wohl war. *Was für eine unfassbar schreckliche Geschichte hat sie wohl*, dachte ich, während die Welt um mich herum langsam aufhörte sich zu drehen.

»Ja, danke«, sagte ich nach ein paar weiteren Sekunden. »Das war … heftig.«

»Das erste Mal, als er Muh apparierte, hat sie sich vollgekotzt. *Das* war vielleicht eklig«, sagte Shar, als sie sich auf einen Stuhl am Küchentisch fallen ließ, der ausgezogen worden war, damit wir alle daran Platz fanden.

Ich setzte mich neben die Halblingselbe, Muh nahm zu meiner Rechten Platz und Julian wiederum neben der Halblingsalfar. Cappie setzte sich neben Julian, dem sie freundschaftlich die Hände auf die Schultern legte, bevor sie zwischen ihm und Anyan Platz nahm. Carl stellte einen köstlich aussehenden Salat und ein Schneidebrett mit zwei noch warmen Laiben Brot in die Mitte des Tisches und wollte sich schon neben

Anyan setzen, als er plötzlich mit dem Finger schnippte und noch einmal zurück in die Küche eilte.

Bitte sag mir, dass es Butter und Honig gibt, bettelte mein Magen, als ich begehrlich zu den Broten hinüberschielte und Carl mit einem Schälchen Butter und einem Honigbehälter in Bärenform zurückkam.

Volltreffer!

Einen Augenblick später kam Paige an den Tisch herüber und stellte eine feuerfeste Auflaufform mit einem dampfenden Shepherd's Pie auf den Untersetzer in der Mitte des Tisches.

Sie nahm neben ihrem Mann Platz und breitete eine Serviette auf ihrem Schoß aus. Sie berührte sanft seine Hand und sah ihn mit so liebevoller Zuneigung an, dass mein Herz einen kleinen Satz machte.

Ich musste an meinen Vater und meine Mutter denken und alles, was sie nur für eine so kurze Zeit gemeinsam gehabt hatten. Und ich musste daran denken, dass es nun keine Chance mehr auf ein Wiedersehen für sie gab.

Meine Mutter war tot.

Aber ich lebte, und diese netten Leute hatten mich zu sich nach Hause eingeladen. Sie hatten mich getröstet und ein köstliches Essen für mich zubereitet.

Also kämpfte ich meine Gefühle nieder, und als Shar mich dann mit der Salatschüssel anstupste, hielt ich sie, während sie sich etwas auf den Teller häufte. Dann hielt ich sie Muh zu meiner Rechten hin, damit auch sie sich etwas vom Salat nehmen konnte.

Ich würde das Abendessen überstehen. Und wie ich mein restliches Leben überstehen sollte, das konnte ich mir dann ja noch irgendwann nach dem Dessert überlegen.

»Wäre es dir unangenehm, wenn ich meinen Hosenknopf aufmache?«

Anyan lachte. »Nein, nur zu, Jane. So wie du heute beim Essen zugeschlagen hast, wundert es mich sowieso, dass du noch nicht geplatzt bist.«

Wir waren allein ins Hotel zurückgefahren, nur der Barghest und ich. Julian war bei den Mädchen geblieben. Wenn ich nicht über seine sexuelle Orientierung Bescheid wüsste, hätte ich ihm mit einem Handschlag zu seiner Eroberung gratuliert. So wie die Dinge lagen, wusste ich zwar nicht recht, was er im Schilde führte, aber ich hoffte sehr, dass es etwas Gutes war. Unterdessen hätte ich mich eigentlich ein bisschen flau im Magen fühlen müssen, weil ich mit Anyan allein war, aber mein Magen war viel zu vollgestopft mit Pie, als dass er sich noch wegen irgendetwas anderem flau anfühlen hätte können. Leider.

»Ha ha, du bist ja so witzig, Anyan Barghest. Moment mal!«, sagte ich und machte ein grüblerisches Gesicht. »Es gibt da doch so einen Film, der von Leuten wie dir handelt... Wie hieß der gleich noch mal... Da kam auch ein Mann vor, der gleichzeitig ein Hund war... Ich glaube, den nannten sie Möter, halb Mensch, halb Köter... Ahhh genau, *Spaceballs*! Du bist ein Möter! Bist du verwandt mit Waldi? Die Ähnlichkeit ist wirklich frappierend.«

»Wieder einmal bin ich überwältigt von deinem Grundwissen über die Klassiker der Kinogeschichte, Jane.«

»Du bist doch bloß neidisch, du Möter. Du hättest doch gern auch einen riesigen Wasserhydranten nur für dich allein, so wie Waldi...«

»Und der Schleudersitz ist hier auch gleich irgendwo«,

konterte der Barghest und streckte die Hand nach den Knöpfen am Armaturenbrett aus. Ich kicherte.

»Aber jetzt im Ernst, danke, dass du mich zu Carl und Paige mitgenommen hast. Sie sind der Wahnsinn!«

»Ja, sie sind ein tolles Paar.«

»Wie lange sind sie schon zusammen?«

»Carl hat Paige kennengelernt, als sie zweiundzwanzig war. Seither sind sie zusammen.«

»Wow. Und seit wann haben sie Capitola?«

»Cappie ist gerade erst fünfunddreißig geworden, und sie bekamen sie ungefähr fünf Jahre, nachdem sie ein Paar wurden.«

»Eine wirklich fantastische Familie.«

»Ja, Carl und Paige sind einander zutiefst verbunden.«

Anyans Stimme klang beinahe traurig, als er das sagte, und ich war verwirrt. »Du sagst das so, als wäre das etwas Schlechtes?«, tastete ich mich langsam vor. Der Barghest runzelte bloß die Stirn.

Da wurde es mir klar.

»Er hat auf seine übernatürlichen Kräfte verzichtet, oder?« Es leuchtete ein. Die Tatsache, dass Carl älter aussah als die meisten Übernatürlichen und dass ich den ganzen Abend nichts von seiner Kraft spüren konnte. »Deshalb ist der Wichtel da. Terk beschützt die beiden, weil Carl aufgehört hat, seine Kräfte zu nutzen.«

Anyan nickte. »Er entschied sich dafür, bevor sie Cappie bekamen. Er hat seiner Kraft entsagt, damit sie ein Kind bekommen konnten, und hat dann nie wieder damit angefangen. Er möchte zusammen mit seiner Frau alt werden und sterben.«

»Wow …«, war alles, was ich sagen konnte.

»Ja.«

»Das ist heftig.«

»Ja.«

»Es muss hart sein, wenn man seine Kräfte nicht mehr nutzen darf … überhaupt nicht mehr. Was ist Carl überhaupt für ein Wesen?«

»Nahual.«

»Wie alt ist er?«

»Ungefähr zweihundertfünfundzwanzig, glaube ich.«

»Also schon ziemlich alt.«

»Ja.«

»Aber trotzdem, sich dafür zu entscheiden, zusammen mit jemandem zu sterben …«

Anyan schwieg.

»Das muss schwer für dich sein. Als Freund.«

Anyan zuckte mit den Schultern. Das tat er ganz schön oft.

»Es ist seine Entscheidung, Jane. Und ich mag auch Paige sehr gern.«

»Aber trotzdem …«

Anyan lächelte traurig. »Aber trotzdem ist es hart, ihn altern zu sehen.«

Wir saßen eine Weile schweigend nebeneinander.

»Es überrascht mich, dass du Carls Entscheidung für so radikal hältst, nach dem, wie du auf Jasons Tod reagiert hast«, sagte Anyan schließlich behutsam.

Ich dachte darüber nach. Es hatte keinen Zweck, meine dramatische Reaktion auf Jasons Tod herunterzuspielen. Schließlich hatte Anyan mich sogar in der Klinik besucht. Er hatte mich fixiert daliegen gesehen und auch die Wunden und

Stiche, die ich mir während meiner diversen Selbstmordversuche zugefügt hatte.

»Vor allem war ich nicht ich selbst«, sagte ich. Anyan runzelte die Stirn, aber ich ließ mich nicht beirren. »Im Ernst, Anyan, ich war wirklich verrückt. Ich glaube, bei Jasons Tod war es so, als breche ein Damm. Sein Tod war schlimm genug, aber er hatte mir bisher immer geholfen, alles andere zusammenzuhalten. Die Gefühle meiner Mutter gegenüber, die Sorge wegen der Krankheit meines Vaters, und dass ich mich immer so fehl am Platz fühlte und ... alles eben. Er war nicht bloß mein Freund oder mein Partner, er war mein Prozac. Ohne ihn bin ich einfach ... abgestürzt. Aber das Gute an allem, was passiert ist«, fuhr ich fort und versuchte wieder die praktisch denkende Jane zu sein, denn die war viel angenehmer als die »Spül dich doch gleich selbst im Klo runter«-Jane, »war, dass ich trotzdem nicht wieder die Kontrolle verloren habe. Ich meine, ich habe mich sogar gegen dich und Ryu durchgesetzt ...« Der Barghest knurrte zustimmend, was mich zu einem kleinen Lächeln veranlasste. »... aber ich bin deshalb noch lange nicht durchgedreht. Das ist doch nicht schlecht.«

Anyan lächelte bei meinen Worten. Ich konnte sein markantes Profil gut im Schein der Straßenlaternen sehen. Sein Gesicht hatte so viel Charakter, dass ich ihn stundenlang hätte ansehen können.

»Du bist bemerkenswert wenig durchgedreht, Jane«, brummte er schließlich. »Du bist so stark, du solltest dir selbst mehr zutrauen.«

Ich schnaubte. »Stärke ist, wenn man das tut, was Carl getan hat. Ich habe bloß reagiert. Er hat eine Entscheidung getroffen: eine große, schwere, alles verschlingende Entscheidung, die jeden Aspekt seines Lebens betrifft. Das ist Stärke.«

Daraufhin schwieg Anyan. Und als er schließlich doch den Mund aufmachte, klang seine für gewöhnlich schon raue Stimme noch etwas rauer. »Nein, das ist Liebe. Manchen von uns gibt sie den Mut, aus großer Höhe springen. Und andere zerquetscht sie einfach.«

Und dann verstummte er wieder.

Ich saß neben ihm, und die zugegebenermaßen mit ziemlich viel Bier geölten Räder in meinem Gehirn fingen an zu rattern.

Was ist nur mit Anyan los?, fragte ich mich. *Und was für ein Problem hat er bloß mit der Liebe?*

Und warum will ich plötzlich noch was trinken?

Ich grübelte gerade über diese Mysterien nach, als plötzlich mein Telefon klingelte. Ich zog es aus meiner Tasche und warf einen Blick aufs Display. Es war Amy, unsere Nahual-Kellnerin aus Rockabill.

»Hey, Amy!«, sagte ich, aber ich wurde unterbrochen, noch bevor ich sie irgendetwas fragen konnte.

»Jane? Iris ist verschwunden.«

»Was?«, rief ich und setzte mich kerzengerade auf, als mein Körper von eiskaltem Schrecken erfasst wurde.

»Iris ist verschwunden. Sie ist seit Tagen nicht mehr ans Telefon gegangen, also bin ich zu ihrer Wohnung gefahren. Es ist eingebrochen worden, und es muss ein Kampf stattgefunden haben. Und jetzt ist sie verschwunden.«

»Oh mein Gott ...«

»Kannst du gleich herkommen? Und Ryu und Anyan mitbringen?«

»Natürlich. Wir kommen so schnell wie möglich.«

»Gut. Jane, ich habe solche Angst…«

»Wir sind bald da. Geh zu mir. Bleib so lange bei Nell und meinem Dad.«

»Okay, das mache ich. Kommt schnell, bitte.«

»Alles klar. Tschüss.«

Ich klappte mein Handy zu und wusste, dass Anyan mit seinem scharfen Gehör alles erfasst hatte. Als ich ihn ansah, war sein Blick starr vor Wut.

Ich hielt zitternd mein Handy umklammert. Anyans einziger Kommentar dazu war, dass er die Hand nach mir ausstreckte und mich an sich zog. Ich schmiegte mich an seinen festen Körper und wollte einfach nicht begreifen, dass Iris verschwunden war.

Alles, was ich fühlte, war nackte Angst.

Kapitel 10

Iris' normalerweise ordentliche und gemütliche Wohnung war ein einziges Schlachtfeld. Die Möbel waren umgestoßen worden, die Polster zerfetzt. Magiekugeln hatten die cremefarbenen Wände versengt, und die großen, gerahmten Kunstdrucke von präraffaelitischen, schlafenden Frauengestalten waren rußig. Überall lag zerschlagenes Geschirr und zertretener Krimskrams herum, und die Zimmerpflanzen waren umgeworfen worden.

So eine mutwillige Zerstörung hatte ich erst einmal zuvor gesehen: in Edies Wohnung in Boston. Und die Monster, die für die Zerstörung ihres Apartments verantwortlich waren und später auch für den Tod der beiden damals verschwundenen Frauen, waren Jarls Schergen Graeme, der Vergewaltiger-Elb, und Fugwat, der Spriggan.

Anyan und Ryu untersuchten vorsichtig die Beweise. Ryu schien manche Dinge zu katalogisieren und machte sich Notizen in ein kleines Moleskine-Büchlein, das er immer bei sich trug. Anyan dagegen benutzte seine lange, krumme Nase. Sein Schnüffeln war das einzige Geräusch, das in der stillen Wohnung zu hören war und das auch ich wahrnahm, obwohl mir das Herz bis zum Hals schlug und mir das Blut durch die Adern rauschte und an meinem Trommelfell pulsierte.

»Das alles hier wirkt völlig anders als bei den anderen Entführungen«, sagte Ryu schließlich halb zu sich selbst.

Der Barghest schnüffelte gerade in einer der Ecken herum und knurrte entweder über das, was er da roch oder über den Baobhan Sith. Dann schnüffelte er weiter.

»Die anderen Frauen sind alle kampflos entführt worden, entweder auf offener Straße oder an ihrem Arbeitsplatz. Nur einzelne wurden aus ihren Häusern oder Wohnungen entführt, aber wenn dies der Fall war, dann gab es nie Hinweise auf einen Einbruch oder Spuren von Gewalt.«

Mein Herz fing noch heftiger an zu klopfen, und langsam fing ich an zu verstehen, was es bedeutete, wenn man sagt jemandes Blut beginne zu kochen. Denn genauso fühlte ich mich im Moment. Als würde mein Blut in den Adern zu kochen anfangen, immer stärker, bis es mir schließlich aus den Ohren, den Augen und der Schädeldecke schießen würde.

»Jane, alles in Ordnung mit dir?«, erkundigte sich Ryu.

»Ich bin okay, Ryu. Iris ist verschwunden, nicht ich.«

Ryu sah mich stirnrunzelnd an und kam auf die Seite des Zimmers, wo ich mit geballten Fäusten stand.

»Jane, alles wird gut. Wir werden Iris finden.«

»Ich weiß. Und dann werde ich Jarl kastrieren. Und zwar mit einem Löffel. Oder mit Zahnseide. Auf jeden Fall mit irgendetwas, mit dem die Prozedur sehr lang und unangenehm für ihn wird. Vielleicht auch mit Stäbchen …«

Ryu kniff verwundert die Augen zusammen. »Äh, Jane …«

»Was, Ryu?«, fragte ich meinen Ex-Freund streitlustig.

»Fang jetzt bitte nicht wieder damit an, dass Jarl womöglich unschuldig ist. Iris zu entführen ist eine Provokation gegen uns. Du hast es doch selbst gesagt: Sie haben sie nicht still und heimlich mitgenommen wie die anderen Frauen, weil sie wollen, dass wir wissen, wie mächtig sie sind. Sie haben meine Mutter ermordet, aber das war ihnen noch nicht genug. Jetzt sind sie hinter jedem her, der mir etwas bedeutet.«

Ryu runzelte die Stirn. Ich ließ ihn nicht zu Wort kommen.

»Versuch erst gar nicht, mir zu sagen, ich hätte unrecht. Du weißt genau, dass es hier in diesem Apartment genauso aussieht wie damals bei Edie, abgesehen von den Magiekugeln. Diesmal bemühen sich Fugwat und Graeme gar nicht erst, zu verheimlichen, dass hier Magie im Spiel ist. Also versuch mich nicht zu beruhigen. Ich will mich nicht beruhigen: Ich will handeln.« Meine Stimme wurde immer schriller, und ich spürte, wie meine Elementkraft an die Oberfläche drängte. Die Luft um mich herum flirrte und knisterte vor Magie, und meine Selbstkontrolle fing an zu wanken, als Anyan einschritt.

»Das reicht, Jane«, rief der Barghest mit beschwichtigender Stimme aus der anderen Zimmerecke herüber. »Reißt euch zusammen, beide, damit wir arbeiten können.«

Ich stand mit offenem Mund da und blinzelte verblüfft. Erschöpft und voller Angst wie ich war, dachte ich kurz daran, einen ordentlichen Tobsuchtsanfall zu bekommen, aber Anyan hatte recht. Wenn ich jetzt die Fassung verlor, brachte uns das Iris keinen Schritt näher. Also unterdrückte ich meinen Ärger und meinen Frust und ging mit großen Schritten zu der Treppe hinüber, die von Iris' Boutique zu ihrer Wohnung hinaufführte, um mich kurz hinzusetzen. Ich atmete tief durch, sortierte meine Gedanken und rief dann zu Hause an, um mit Nell zu sprechen. Ich war in fast permanentem Kontakt mit der Zwergin, seit ich von Iris' Verschwinden erfahren hatte – erst nur, um ihr zu berichten, was passiert war, und dann um sicherzugehen, dass sie ein Auge auf alle hatte –, aber nun musste ich mich noch einmal mit ihr in Verbindung setzen, um sicherzugehen, dass immer noch alles in Ordnung war.

»Bei True, was kann ich für Sie tun?«, antwortete eine Stimme mit einem zuckrigen Südstaaten-Überguss. Es war Miss Carol, Nells Nichte. Als noch unreife Zwergin stand es ihr noch bevor, sich ihr eigenes Territorium abzustecken und sich dort fest mit der Erde zu verbinden. Durch diesen Prozess würde sie nicht nur auf Nells Größe zusammenschrumpfen, sondern es würde ihr auch Zugang zur Urmagie verschaffen, einer Kraft, die nicht einmal die Alfar freiwillig herausfordern würden. Doch bis dahin lebte sie noch in Rockabill unter dem Schutz ihrer Tante und gab sich als exzentrische, ältere Südstaatlerin in prächtigen, pastellfarbenen Anzügen mit dazu passenden Handschuhen und Hüten aus. Nur ihre Leidenschaft für schmutzige Literatur und ihre Unfähigkeit, ihre spitze Zunge im Zaum zu halten, fielen dabei etwas aus der Rolle. Hinter ihrer damenhaften Sprechweise lauerte wirklich eine rasiermesserscharfe Zunge.

»Hey, Miss Carol, hier ist Jane. Wie geht's?«

»Mir geht es gut, Süße. Bist du in Eastport?«

»Ja, wir sind gerade angekommen. Wir bringen das hier noch zum Abschluss und kommen dann direkt nach Rockabill rüber.«

»Gut. Dein Daddy vermisst dich.«

»Wie geht es ihm?«

»Ach, gut soweit. Ich glaube, er genießt den ganzen Trubel.«

Mein Zuhause war zu einer Art Ground Zero für etwas geworden, was ich »Operation Entführungsschutz für Übernatürliche« getauft hatte. Sobald Amy Iris' Verschwinden bemerkt hatte, hatte sie alle unter Nells wachsamem Auge versammelt.

»Gut. Ist Nell da?«

»Nein, sie ist gerade im *Read It and Weep* und passt auf Grizzie und Tracy auf. Aber sollte hier irgendetwas vorfallen, dann ist sie blitzschnell wieder hier.«

Ich wusste, dass man das durchaus wörtlich nehmen konnte. Wie Terk, der Wichtel, konnte auch Nell innerhalb der Grenzen ihres Territoriums mit Hilfe ihrer Urmagie apparieren. Augenscheinlich waren diese beiden Wesen sich sehr ähnlich, bloß dass Zwerge an einen bestimmten Landstrich gebunden waren, während Wichtel sich an Domizile und ihre Bewohner banden. Innerhalb ihrer angestammten Territorien waren Zwerge sehr stark, außerhalb jedoch schwach wie Katzenjunge. Wichtel, die von Natur aus Zugang zur Urmagie hatten, verfügten auch außerhalb ihrer Domizile über mehr Kraft. Doch nichts war mit der Kraft zu vergleichen, über die sie verfügten, wenn sie sich in ihrer häuslichen Umgebung befanden.

»Habt ihr es geschafft, Grizzie und Tracy in unser Haus zu locken?«

»Ja, sie glauben, es gäbe Probleme mit der Gasleitung bei ihnen und dass sie hier übernachten müssten, bis sie behoben sind. Dein Vater hat ihnen sein Schlafzimmer überlassen; er schläft im Gästezimmer. Ich bin in deinem Zimmer untergebracht, und die Nahuals und Amy wohnen in Sarahs und Marcus' Wohnwagen, der vorübergehend in der Einfahrt parkt. Wir haben hier mittlerweile ein richtiges kleines Hinterwäldleridyll. Wir müssen umstrukturieren, wenn du heimkommst.«

»Das schaffen wir schon, aber du kannst in meinem Zimmer bleiben. Ich schlafe auf der Couch oder so. Und danke, dass du auf alle aufpasst. Es tut mir leid, dass ich euch das eingebrockt habe …«

»Ach, Papperlapapp, Kindchen. Du hast niemandem irgendwas eingebrockt. Du bist in dieser Sache genauso ein Opfer wie alle anderen auch. Also hör auf, den Kopf hängen zu lassen, oder ich muss dich übers Knie legen.«

Ich musste lächeln. »Ja, Ma'am.«

»Gut. Und jetzt komm erst mal nach Hause, und lass dich bloß nicht von den zwei Männern schikanieren, hast du verstanden?«

Ich musste an mein sehr Jane-untypisches Verhalten in letzter Zeit denken. »Nein, ich fürchte, dass eher ich sie schikaniere.«

Ich hörte ein abruptes, wieherndes Lachen am anderen Ende der Leitung. »Sehr gut! So muss es auch sein. Bis bald, Herzchen.«

»Tschüss, Miss Carol.«

»Mach's gut, Schätzchen.«

Nachdem ich aufgelegt hatte, lehnte ich meine Stirn an die kühle Wand im Treppenhaus. In diesem Moment fühlte ich mich völlig unnütz. Ich hatte keine Ahnung, wie wir Iris finden sollten oder was wir vorfinden würden, wenn wir sie erst einmal aufgetrieben hätten. Was diese Ermittlung betraf, fühlte ich mich völlig überflüssig. Ich schloss die Augen, um meine Gedanken zu ordnen.

Kurz darauf roch ich Zitronenwachs und Kardamom, als eine große Hand mein Haar am Nacken ergriff und es mit einem sanften Ruck zu einem losen Pferdeschwanz zusammennahm.

Als wäre er darauf trainiert, entspannte sich mein Körper sofort. Die sanfte Berührung des Barghest ließ meine überhitzten Gedanken zur Ruhe kommen, und mein Körper reagierte mit einem warmen, sinnlichen Gefühl, das sich von der Wirbelsäule aus in mir ausbreitete und meine Glieder mit einer schweren Mattheit erfüllte.

Ich wusste, dass sich Anyan hinter mir in der Hocke befand. Ich spürte die Wärme, die von ihm ausging, und hörte das raschelnde Geräusch seiner Oberschenkel in der Jeans, die sich an seinen Waden rieb. In diesem Moment hätte ich alles dafür gegeben, mich an ihn zu lehnen, mich wie eine kleine Kugel zusammenzurollen, die der große Mann umhüllen und beschützen konnte. Doch ich hielt still, und das einzige Zugeständnis, das ich angesichts seiner Berührung machte, war ein leiser Seufzer, der mir ungewollt über die Lippen kam.

Seine Fingerspitzen streiften meinen Nacken, als wir das schrille Klingeln von Ryus BlackBerry vernahmen, das aus Iris' Wohnung bis ins Treppenhaus drang.

Ich hörte, wie Anyan sich aufrichtete, und schon raste mein Herz wieder, wenn auch diesmal aus einem völlig anderen Grund als Wut. Doch bevor ich mir klarwerden konnte, was da eben mit mir passiert war, zog Ryus Stimme meine Aufmerksamkeit auf sich.

»Ja, meine Königin … Nein, meine Königin … Selbstverständlich, meine Königin. Ich breche unverzüglich auf.«

Ryu kam ins Treppenhaus gepoltert, und ich drehte mich zu ihm um. Ich vermied es, Anyan anzusehen, unsicher, wie ich das, was da eben zwischen uns vorgefallen war, einordnen sollte.

»Das war Morrigan. Sie verlangt meine Anwesenheit bei Hofe.«

Anyan runzelte die Stirn. »Sie will deinen Bericht aus dem Grenzgebiet.«

»Und ich werde ihn ihr liefern, Barghest. Du wusstest, dass das meine Aufgabe ist. Diese Informationen sind wichtig für unser Volk.«

»Nein, sie sind wichtig für die Alfar. Das ist nicht dasselbe.«

Anyan und Ryu standen sich gegenüber und erdolchten sich förmlich mit Blicken, als der Barghest den Baobhan Sith vom Gehen abhalten wollte.

»Ryu«, sagte ich müde, »geh und tu, was du tun musst. Anyan, lass ihn. Er muss das machen, das weißt du.«

Meine Stimme klang traurig. Ich wusste, Anyan und die anderen hatten dafür gesorgt, dass Ryu nichts Wichtiges in Borealis zu sehen bekam, aber ich wusste auch, dass selbst nichts Wichtiges zu viel war für ein Volk, das so beharrlich auf Geheimhaltung seiner Lebensumstände achtete.

Ryu nickte mir zum Dank zu. »Julian, mach dich bereit. Wir brechen in fünf Minuten auf.«

Eine Sekunde lang huschte ein rebellischer Ausdruck über Julians Gesicht, und ich fragte mich, was er wohl vorhatte. Aber anstatt sich zu weigern, nickte mein Halblingsfreund bloß, machte auf dem Absatz kehrt und sammelte seine Sachen ein.

Dann wandte Ryu sich an mich. »Jane? Kann ich dich kurz sprechen?«

Ich nickte und seufzte, als er die Treppe hinunter und aus der Tür eilte. Es würde kein Spaß werden.

Als wir vor Iris' Boutique standen, wandte Ryu sich um und sah mich an.

»Jane, ich will, dass du mir eine zweite Chance gibst.«

Ich runzelte erst die Stirn, dann schüttelte ich den Kopf. »Ryu, so einfach ist das nicht.«

»Warum nicht? Ich habe einen Fehler gemacht, und schon gibst du uns auf?«

»Es geht nicht nur darum, was du getan hast, Ryu …«

»Was ist es dann, Jane?«

Tatsache war, dass es nicht das *eine* große Ding gab. Das, was rund um den Tod meiner Mutter vorgefallen war, stand bloß symptomatisch für eine ganze Reihe von Unstimmigkeiten, die zwischen uns herrschten; es gab nicht bloß das eine Problem. Aber Ryu dachte offensichtlich, es wäre so, denn als ich nicht sofort antwortete, schüttelte er wütend den Kopf.

Er starrte mich an und fuhr erzürnt fort: »Wo wir schon über Fehler und Verzeihen sprechen, dann möchte ich dich darauf hinweisen, dass ich hier nicht der Einzige bin, der dir wichtige Informationen vorenthalten hat, Informationen, von denen du wusstest, dass sie mich verletzen würden. Oder wie meinst du habe ich mich gefühlt, als ich erfahren habe, dass du mich wegen Jarls Angriff angelogen hast?«

Überrascht von Ryus heftigem Ton, tat ich genau das, was ich lieber hätte lassen sollen: Ich ging darauf ein.

»Das ist nicht dasselbe«, protestierte ich, wohl wissend, dass ich, schon in der Sekunde, als ich die Worte aussprach, einen Fehler machte.

»Ist es nicht? Du hast mir ein Geheimnis vorenthalten, und noch dazu eines, das du ausgerechnet mit Anyan geteilt hast. Aber ich habe dir verziehen, Jane. Ohne lang zu überlegen. Weil ich verstanden habe, dass du mich nicht verletzen wolltest. Und ich mache nur einen kleinen Fehler, und plötzlich ist es, als wären wir zwei Fremde.«

»Es war nicht bloß diese eine Sache, Ryu. Es war … eine ganze Reihe von Dingen. Es war …«

»Was, Jane? Was genau war es denn?«

Ich stand stumm da, unfähig das auszudrücken, was ich zum ersten Mal schon vor Monaten empfunden hatte, als ich bei Ryu in Boston am Boden saß, und was ich als die Wahrheit erkannte, als ich ihm in dieser Pension in Eastport in die Augen starrte. Aber die Worte widersetzten sich mir, und ich druckste nur herum. Was Ryu als Zugeständnis zu seinem Standpunkt verstand.

»Schau, du kannst es mir noch nicht mal beantworten. Und darüber will ich, dass du nachdenkst. Während ich im Verbund bin, möchte ich, dass du lang und genau darüber nachdenkst, warum du dich so verhältst. Du schließt mich aus. Ich weiß, du hast allen Grund, wütend auf mich zu sein, aber was du machst, hat nichts mehr mit Wut zu tun. Du gibst uns einfach auf und schließt mich aus.«

»Das ist nicht …«

»Such jetzt keine Ausflüchte, denk einfach darüber nach, was ich gesagt habe. Weil ich denke, dass du das, was passiert ist, bloß als Entschuldigung dafür verwendest, mich loszuwerden, und zwar aus Gründen, die rein gar nichts mit dem zu tun haben, was vorgefallen ist. Du sagst, ich spiele Spielchen. Gut, ich weiß, dass ich das tue. So bin ich eben. Aber ich glaube, du machst das auch. Du bist dir darüber nur nicht im Klaren. Also denk mal drüber nach. Und sei einmal ehrlich mit dir selbst. Auch wenn du mir gegenüber nicht aufrichtig sein kannst.«

Und damit drehte Ryu sich auf dem Absatz um und ging zu seinem Wagen. Wie aufs Stichwort erschien Julian, folgte ihm und stieg auf der Beifahrerseite ein. Ich beobachtete, wie Ryu ausparkte und wütend in der Abenddämmerung davonpreschte. Eine dünne Linie aus Licht klammerte sich noch eine Weile an den Horizont und wurde dann von der um sich greifenden Dunkelheit verschlungen.

Da stand ich, mit angespannten Muskeln und rasenden Gedanken.

Hat er etwa recht?, fragte ich mich. *Benutze ich das, was rund um den Tod meiner Mutter geschehen ist, nur als Vorwand.*

Aber als Vorwand für was?

Ich schüttelte unwillig den Kopf und versuchte so, all die Zweifel zu vertreiben, die mich durcheinanderbrachten, als ich hörte, wie Anyan aus Iris' Boutique trat und die Tür hinter sich mit seiner Magie versiegelte.

»Ist Ryu weg?«

Ich nickte, noch immer zur Straße gewandt. Anyan kam zu mir herüber, hielt aber inne, als er mein Gesicht sah.

»Alles okay?«

Ich dachte darüber nach. »Ich muss schwimmen gehen«, sagte ich schließlich.

»Verdammt. Hat er irgendwas gemacht?«

»Nein, wir haben bloß… geredet.«

»Oh.«

Wir standen schweigend nebeneinander und sahen zu, wie die Dunkelheit den letzten Schimmer Sonnenschein vom Horizont verdrängte und nur einen helllila unterlaufenen Nachthimmel zurückließ. Als Anyan das Schweigen brach, war seine Stimme noch rauer als sonst.

»Tja, Ryu hat das Auto genommen, also musst du wohl bei mir auf dem Motorrad mitfahren.«

Ich seufzte und starrte hinüber aufs Meer. Allein der Gedanke, mit Anyan auf dem Motorrad zu sitzen, bei all den Gedanken, die mir im Kopf herumwirbelten, war… heftig.

Anyan missverstand mein Zögern und scharrte nervös mit den Füßen. »Oder du schwimmst eben«, sagte er, »wenn dir das lieber ist. Du musst vermutlich auftanken, und wir brauchen dich voll einsatzfähig. Ich kann dich bis zur Küste fahren. Der Meereskodex sorgt ja dafür, dass du im Meer sicher bist, aber ich gebe Trill trotzdem Bescheid, damit sie dich in Empfang nimmt.«

Ich wog meine Möglichkeiten ab. Auf der einen Seite könnte ich während des Schwimmens über Ryus Worte nachdenken.

Auf der anderen Seite, wenn du dich für das Motorrad entscheidest, dann hast du den Barghest endlich da, wo du ihn immer haben wolltest…

Ich blickte auf meine Schenkel hinunter. Sie sahen einsam aus.

Andererseits, dachte ich dann, *vielleicht ist es auch besser, wenn sie das erst einmal bleiben.*

Ich seufzte. »Ich denke, ich sollte schwimmen und auftanken. Zwei Fliegen mit einer Klappe schlagen.«

Anyan nickte. »Aber ich fahre dich lieber bis ans Wasser und sammle dich dann in der Bucht wieder ein. Nell hat dort überall Sprengfallen angebracht, also fliegt jeder, der nicht zu ihrem Zuständigkeitsbereich gehört, in die Luft. Im Wasser bist du ja sowieso sicher, und Trill nimmt dich auf halbem Weg in Empfang. Aber ich mache mir Sorgen um dich an Land, also mach unterwegs bitte keine Boxenstopps.«

Ich nickte, und wir gingen zu seinem Motorrad. »Kannst du meine Klamotten für mich mitnehmen?«

Der Barghest nickte.

»Danke.«

Anyan holte seinen Helm und einen Ersatzhelm heraus. Es waren deutsche Halbhelme, und er gab mir den schlichten mit einer kleinen Spitze oben. Anyans war mit Flammen dekoriert und sah sehr cool aus. Ich sah zu, wie er sich den Helm auf seine borstigen, zerzausten Haare setzte und sich dann lässig aufs Motorrad schwang. Dann winkte er mich zu sich und half mir, meinen Helm anzulegen. Er fühlte sich schwer und seltsam an, und ich bezweifelte, dass ich besonders cool damit aussah. So neben ihm stehend, fiel mir außerdem auf, dass das Indian Motorrad viel größer war als aus der Entfernung gedacht. Es war ausgeschlossen, dass ich auf dieses Ding klettern könnte und gleichzeitig auch nur ein Fünkchen Würde behalten würde.

Doch bevor ich Anyan um Hilfe bitten konnte, hatte er seine großen Hände auch schon um meine Taille gelegt und hob mich mit einer Mischung aus körperlicher Kraft und Magie hoch. Ich musste ein Quietschen unterdrücken, als er mich hinter sich setzte.

»Du kannst deine Arme um meine Taille legen oder dich hinten am Sitz festhalten«, sagte er zu mir und ließ den Motor an.

Da fällt die Wahl ja nicht schwer, dachte ich, aber dennoch schlang ich meine Arme nur zögerlich um seinen muskulösen Oberkörper. Er zog meine Hände noch fester um seinen Bauch und mich damit enger an sich.

»Halt dich gut fest, Jane! Lehn dich nicht in die Kurven. Sitz einfach wie auf einem Stuhl.«

Ich nickte und sagte erst »Okay«, als ich daran dachte, dass er mich ja gar nicht sehen konnte, weil ich hinter ihm saß.

Wir fuhren die Hauptstraße von Eastport hinunter, und ich spürte, wie mein Herz beim Anfahren kurz aussetzte. Ich hatte noch nie auf einem Motorrad gesessen, aber nach einem oder zwei ängstlichen Momenten gefiel es mir eigentlich. Es gefiel mir sogar *richtig* gut.

Uns gefällt's auch, schnurrten meine Schenkel, die sich an Anyans Hüfte schmiegten.

Wir surrten langsam die Straße hinunter zum Hafen. Einen Moment lang überlegte ich, ob ich Anyan nicht doch über die Schulter zurufen sollte, er solle uns den ganzen Weg zurück nach Rockabill fahren.

Dann zieht er mich noch näher an sich, fährt vom Hafen weg und dreht die Maschine so richtig hoch, wenn wir mit hundertneunzig Sachen nach Rockabill heizen. Und ich kreische wie ein Mädchen und muss mich noch fester an seinen Körper klammern …

Mach es!, forderte meine Libido. Mein restlicher Körper, der sich an Anyan presste, konnte dem nur zustimmen.

Aber ich tat es nicht. Stattdessen fuhr Anyan mich zum Hafen. Er drehte mir den Rücken zu, als ich mich auszog und mein Klamotten zusammenfaltete. Ich ließ sie dort liegen, bevor ich schnell zum Wasser rannte und mich graziös wie ein Schwan in den eiskalten Atlantik stürzte – und beinahe gegen eine lose Fischerjolle geprallt wäre.

Der Schock des kalten Wassers, das auf meine von Anyan aufgeheizte Haut traf, brachte mich sozusagen wieder auf den Boden der Tatsachen zurück.

Ich dachte über den Barghest nach: wie alt er wohl sein mochte, was er wohl alles erlebt hatte und über seine ganze Anyanheit.

Er ist einfach nichts für dich, Jane, und das weißt du. Aber ein Mädchen wird doch wohl mal ein bisschen schwärmen dürfen …

Und trotz des eiskalten Wassers träumte ich vor mich hin.

KAPITEL 11

Ich ließ meinen Frust an den Wellen aus und boxte mich durchs Wasser nach Rockabill. Ich war schon immer eine außergewöhnlich gute Schwimmerin gewesen, im Wasser zu so gut wie allem fähig, was ich wollte. Aber jetzt, da ich wusste, dass ich nicht ganz normal – sozusagen außernormal – war, hatte ich aufgehört, mir selbst im Weg zu stehen, indem ich darüber nachdachte, was ich können und was ich eigentlich nicht können dürfte.

Anders ausgedrückt, als ich noch dachte, ich sei ein normaler Mensch, schwamm ich mehr oder weniger auch wie ein Mensch. Ich tauchte ziemlich oft auf, um Luft zu holen, und bahnte mir mit Gewalt meinen Weg durch schwierige Stellen. Natürlich tat ich das mit Armen und Beinen, die mit Elementkraft aufgeladen waren, aber das war mir damals nicht bewusst.

Aber jetzt kümmerte ich mich nicht mehr darum. Eines Tages, kurz nachdem ich vor Monaten aus dem Verbund zurückgekommen war, entschloss ich mich, auszuprobieren, zu was ich im Wasser wirklich fähig war. Es öffnete mir die Augen.

Zum Beispiel das Atmen, dachte ich, als ich noch tiefer ins Meer abtauchte, um einer lästigen Strömung zu entkommen, die an mir zerrte. *Ich dachte immer, ich müsse Atem holen. Jetzt… schwimme ich einfach.*

Nicht atmen zu müssen, war wie eine Offenbarung für mich gewesen. Um keine Missverständnisse aufkommen zu lassen, ich glaube nicht, dass ich *wirklich* nicht atmete. Stattdessen erlaubte mir meine Magie, ähnlich wie bei so manchen Meereswesen mit riesigen Lungen, mehr Luft einzusaugen, oder die Luft reichte einfach länger aus. Ehrlich gesagt, ich hatte keine Ahnung, was ich tat. Ich wusste nur, dass meine Muskeln ganz offenbar noch immer mit Sauerstoff versorgt wurden – und das, auch wenn sie mich bereits mit vollem Einsatz ziemlich weit durchs Wasser getragen hatten. Dennoch musste ich nur gelegentlich an die Oberfläche.

Die andere geniale Sache, die ich jetzt beherrschte, war, unter Wasser zu sehen. Ich war schon immer ziemlich »nachtsichtig« gewesen, aber jetzt, da ich mich nicht mehr selbst beschränkte, konnte ich sogar im dunkelsten Wasser so klar sehen, als sei es Tag. Diese Entdeckung hatte meinen großen, schwarzen Augen eine ganz neue Bedeutung gegeben. Als Kind hatte ich sie immer gehasst, denn sie waren ein sichtbares Zeichen für meine Andersartigkeit; sie markierten mich als Außenseiter. Jetzt, da ich wusste, dass sie einen Zweck hatten, und dass dieser Zweck darin bestand, mir Zugang zu der atemberaubend schönen Welt unter den Wellen zu verschaffen, liebte ich meine schwarzen Augen und achtete darauf, dass mein Pony immer so kurz geschnitten war, dass sie eher betont statt versteckt wurden.

Mittlerweile war es eher, als flöge ich durchs Wasser statt

zu schwimmen. Es fühlte sich so an, als würde ich von dem mich umgebenden Element getragen. Um mich herum pulsierten die Kräfte des Meeres. Es versorgte mich genauso schnell wieder mit seiner Magie, wie ich sie verbrauchte, und so hatte ich im Wasser eine fast unendliche Ausdauer.

Also paddelte ich ziemlich guter Laune weiter. Ich schätzte, dass ich sogar noch vor Anyan in Rockabill sein würde. Er muss sich schließlich an die Verkehrsregeln halten, während ich mir das Wasser zu Willen machen kann, dachte ich und hörte mich dabei mit meiner Superhelden-Stimme sprechen. Ich war so mit meinen Allmachtsfantasien beschäftigt, dass ich beinahe meine Abbiegung verpasst hätte. Aber dann drehte ich noch rechtzeitig scharf ab, um der Küstenlinie in Richtung Nordwesten zu folgen. Nun konnte ich auch wieder näher an der Oberfläche schwimmen, weil ich endlich dieser hinderlichen Strömung entkommen war.

Ich umgab mich mit meiner Aura, sodass Menschen nur einen kleinen Tümmler in mir erkennen würden, und gönnte mir ein paar Faxen. Ich stieß in den schwarzen Himmel vor, nur um dann sogleich wieder ins Meer einzutauchen, und schwelgte in der Freiheit und Geborgenheit, die ich im Wasser immer verspürte.

Außer wenn ich mit Trill zusammen schwimmen ging, war dies hier mein Revier, mein Hoheitsgebiet … Abgesehen von der Kelpie war ich die einzige übernatürliche Schwimmerin in den Gewässern rund um Rockabill.

Das war auch der Grund, warum meine Schilde reflexartig hochfuhren, als ich plötzlich eine fremde Kraft an den äußersten Ausläufern meines Wahrnehmungsvermögens verspürte. Trotzdem erwartete ich aufgrund des Meereskodexes eigentlich nicht, dass ich sie tatsächlich brauchen würde. Ich konnte den Schub von Magie und Wasser, der darauf folgte, auch leicht abwenden, doch ich war alarmiert.

Was zur Hölle ist da los?, wunderte ich mich, als ein weiterer Schub – diesmal mit noch mehr Wucht – an meine Schilde prallte.

Ich hielt abrupt inne und ließ mich etwa einen halben Meter unter der Wasseroberfläche treiben. Ich spähte in die Dunkelheit und hielt nach meinem Angreifer Ausschau, während ich gleichzeitig rätselte, was zu tun war.

Tatsächlich hatte ich noch nie richtig gekämpft, außer unter Trainingsbedingungen, und vor allem hatte ich noch nie im Wasser gekämpft. Wir hatten immer angenommen, im Wasser sei ich sicher, weil ich als Wasserelementwesen akzeptiert war, obwohl ich eigentlich genauer gesagt eher eine Art Amphibie war. Deshalb bestand meine einzig ernsthafte Verteidigungstechnik – abgesehen vom Rülpsen des Alphabets – auch darin, mit Magiekugeln um mich zu werfen. Aber die funktionierten nur auf dem trockenen Festland … *Oder?*, fragte ich mich und musste feststellen, dass mein Trainingswissen ein paar jumbojetgroße Lücken aufwies …

Also tat ich, was Jane am besten konnte. Ich nahm Reißaus.

Das Meer half mir vorwärts, trieb mich durch sein Wasser, als wolle es, dass ich entkam. Aber ich spürte meinen Angreifer hinter mir, der dieselben Kräfte nutzte, um vorwärtszukommen, und ich erinnerte mich an Anyans Worte über die Entführung meiner Mutter …

Meereskodex, von wegen!, dachte ich, als eine Unheil verkündende Welle aus dunklem Wasser an meinem Ohr vorbeischoss.

Anscheinend gab es doch so etwas wie die Wasserversion von Magiekugeln. *Schön blöd, dass ich keine Ahnung habe, wie man die macht …*

Jetzt geriet ich wirklich in Panik, öffnete mich den Kräften des Meeres noch weiter und nahm noch mehr Geschwindigkeit auf. Ich setzte außerdem zu einem Ausweichmanöver an, als ich mindestens zwei Explosionen an den Schilden spürte, die meine Füße schützten. Die Explosionen waren stark, und ich musste alle Energie, die mir zur Verfügung stand, allein auf mein Fortkommen verwenden.

Ich schwamm so schnell wie möglich davon, aber ich wusste, dass das Wesen hinter mir aufholte. Ich spürte die Präsenz von mächtiger Magie stärker als alles andere. Wir waren schon ganz in der Nähe von Rockabill, aber so nah nun auch wieder nicht …

Wo ist Trill, verdammt?, dachte ich, als ich mich plötzlich wieder daran erinnerte, dass Anyan gesagt hatte, er würde sich mit ihr in Verbindung setzen. Da streifte eine dieser dunklen Wasserkugeln das untere Ende meines Schildes. Sie drang nicht hindurch, aber sie war ausreichend stark, und ich schwamm schnell genug, dass ich ins Schleudern geriet.

Ich schlug am Meeresgrund auf. Der Atem wurde mir aus den Lungen gepresst, und in meinem panischen Zustand hätte ich beinahe nach Luft geschnappt. Das hätte mich umgebracht.

Scheiße, reiß dich zusammen, Mädchen!, schalt ich mich und jagte vor einer weiteren dieser schwarzen Magiekugeln davon, die durchs Wasser auf mich zugeschossen kam.

Ich zwang mein Herz ruhiger zu schlagen und brachte meine Schilde wieder in Stellung. Dann versuchte ich auch meine rasenden Gedanken zur Ruhe zu bringen und mich zu konzentrieren.

Du weißt, wie man Magiekugeln macht. Es kann nicht so viel anders sein, die Wasserversion davon zu erzeugen… Denk nach, Jane.

Als wolle man mir ein Beispiel liefern, trafen zwei mächtige magische Schläge auf meine Schilde, nur eine Handbreit von meinem Gesicht entfernt. Mein Verfolger war mir ganz offensichtlich dicht auf den Fersen. Wäre ich nicht unter Wasser gewesen, hätte ich ihm zugerufen, er solle sich zeigen. Da die Möglichkeiten hier unten, meinen Frust verbal zum Ausdruck zu bringen, gering waren, drohte ich der Dunkelheit um mich herum bloß mit geballter Faust.

Das Wasser um mich herum fing an, sich umzuwälzen, und eine Gestalt nahm in meinem Augenwinkel Form an. Sie war klein – nicht so winzig wie Nell, aber ein gutes Stück kleiner als ich – und von vage menschlicher Gestalt, auch wenn sie bucklig zu sein schien.

Als sie näher kam und der wirbelnde Meeressand sich wieder etwas gelegt hatte, konnte ich sie klar erkennen.

Oh, verdammt, stöhnte ich, ein scheiß Kappa…

Ich hatte bereits von den Kappa gehört. Trill hatte mir erzählt, dass die japanische Legende von einem gefürchteten Wassergeist auf die Verwandten der Kelpies, nämlich die Kappa, zurückzuführen sei. Kappa und Kelpies gingen evolutionsgeschichtlich gesehen auf dieselben Wurzeln zurück, aber die Kelpies wurden später zu Formwandlern, und die Kappa blieben humanoid, allerdings mit ein paar speziellen Eigenheiten.

Meine Fresse, Trill hatte recht! Die sehen echt aus wie gottverdammte Teenage Mutant Ninja Turtles.

Und ich hatte noch gespottet, als meine Freundin mir sagte, dass die Kappa diesen Comic-Reptilien mit den Surfertypenstimmen ähnlich sähen. Oder waren es Amphibien? Egal, dieser kleine Kerl war auf jeden Fall ziemlich grün, mit einem seltsamen, leicht schnabelförmigen Gesicht, und er hatte eindeutig einen Panzer auf dem Rücken.

Wenn er jetzt auch noch Nunchakus dabeihat, dann bin ich so was von am Arsch.

Das Wasser um mich herum wogte und drängte immer aggressiver, und ich verstärkte als Reaktion darauf meine Schilde. Doch obwohl ich spüren konnte, was der Kappa tat, und versuchte, es ihm gleichzutun, war ich mit meiner Weisheit schnell am Ende.

Nicht zuletzt, weil das Meer beschlossen hatte, sich gegen mich zu wenden. Zugegeben, seit es Seefahrer gibt, hat es auch immer Matrosenlieder gegeben, über die See als untreue Geliebte, die in der einen Minute freigiebig war und einem in der nächsten nach dem Leben trachten konnte. Aber es war schwer, sich diese Warnung zu Herzen zu nehmen, wenn man Nacht für Nacht im Meer schwamm und es liebte und meinte, dass diese Liebe auch von ihm erwidert wurde.

Also fiel ich aus allen Wolken, als ich feststellen musste, dass *meine See* mich praktisch völlig ignorierte. Sie zeigte sich zwar immer noch zugänglich, aber nicht annähernd so zugänglich wie dem Kappa gegenüber. Denn die See folgte nun seinem Ruf.

Wie macht er das bloß?, fragte ich mich panisch, als er mich weiterhin immer grob davon abhielt, wenn ich versuchte, auf das Wasser zuzugreifen.

Ich zog stärker und sandte meine magischen Fühler aus,

um herauszufinden, wie es ihm gelang, dass er mir mein eigenes Element entzog.

Ach so macht er das!, dachte ich, als ich plötzlich »sehen« konnte, was er mit seinen Kräften anstellte: Wo ich höflich fragte, übte er Zwang aus; wo ich bat, forderte er ein. Und meine See überschlug sich fast, um nach seiner Pfeife zu tanzen.

Untreues Miststück!, fluchte ich, als ich spürte, wie sich einer meiner Schilde unter dem Druck des angreifenden Wassers bog. Ich konnte es nicht fassen, dass ich hier von meinem eigenen Element besiegt wurde wie irgendeine Landratte, vor allem nach dem kleinen Wunder, das ich vollbracht hatte, als wir vor Monaten in Phädras Falle getappt waren.

Hmm ... wo wir schon einmal dabei sind, was vor Monaten passiert ist, dachte ich und gewann Inspiration aus der Erinnerung an Conleths eigene Taktiken. In einem verzweifelten Fluchtversuch wartete ich, bis der Kappa sich zwischen zwei Angriffen befand, und schoss dann davon, wie Conleth es damals mit Hilfe seiner Feuerelementkraft getan hatte. Fairerweise muss man sagen, dass ich mich nicht schlecht anstellte. Wie eine Rakete schoss ich durchs Wasser hinauf, bis mich die Kraft des Kappa wieder zurück auf den Meeresgrund schleuderte, als sei er ein Badmintonspieler und ich der Federball.

Diesmal schlug ich hart auf dem Sand auf. Und die Kraft des Kappa war sofort da, um meine Benommenheit zu seinem Vorteil auszunutzen. Wenn er jetzt auch noch meine Schilde durchbrach, wäre es um mich geschehen.

Da hörte ich die Kavallerie anrücken. Das Geräusch war Musik in meinen Ohren.

Winziges Hufgeklapper, das unter Wasser seltsam dröhnte,

kam immer näher. Ich wusste, dass ich jetzt nur noch einen Moment länger durchhalten musste...

Ich steckte meine letzten Kräfte in meine Schilde und hätte beinahe losgeheult, als ich die Gestalt des kleinen Pferdchens an mir vorbeigaloppieren sah. Sie stieß einen merkwürdigen Unterwasserkampfschrei aus, stürzte sich geradewegs auf den Kappa und trommelte mit Wasserstößen auf ihn ein wie mit dickflüssigen Laserstrahlen.

Ich saß da und sammelte mich kurz, zog Kraft aus dem Wasser um mich herum, während die Kelpie und der Kappa in Angriffstellung gingen. Der Schildkrötenmann fletschte die Zähne und setzte zu einer komplizierten Abfolge von Angriffen an. Als Antwort darauf schlängelte sich Trill wie ein Aal mit Mähne durchs Wasser und feuerte ihre eigenen Geschosse aus Elementkraft ab.

In diesem Moment wurden mir zwei Dinge klar. Erstens, dass das bescheidene, kleine Pony, das ich an Land leicht fertigmachen konnte, unter Wasser zu einem kleinen Ninja-Pony mutierte. Und zweitens wurde mir klar, dass ich, wenn mich der Kappa genauso hart rangenommen hätte wie jetzt Trill, längst geliefert gewesen wäre.

Er wollte mich gar nicht umbringen, dachte ich mir. *Er wollte mich bloß einfangen.*

Und dann traf es mich wie ein Blitz.

Wir hatten uns geirrt. Alle hatten angenommen, dass meine Mutter an Land entführt worden war. *Aber ich wette, so war es nicht... ich wette dieser kleine Wichser hat meine Mutter eingefangen.*

Mit einem zugegebenermaßen ziemlich wässrigen Brüllen sprang ich auf die Füße und schwamm zu Trill hinüber. Ich verband meine Schilde mit ihren und beobachtete sie, bis ich begriffen hatte, was sie tat. Zuerst einmal wurde mir bewusst, was ich im Umgang mit der See falsch machte. Ich hatte mein Element nur zum Krafttanken oder um darin herumzutollen benutzt, ich war es gewohnt, die Kraft, die ich brauchte, gewissermaßen einzusaugen wie ein Staubsauger. Anders ausgedrückt war ich im Wasser umgeben von Elementkraft, die ich nur noch aufzunehmen brauchte, wie es mir gefiel. Aber die Kelpie und der Kappa zapften ihre Kraft auf eine Weise an, die sich genauso zum Angriff wie zur reinen Verteidigung eignete. Sie duellierten sich um den Zugriff auf die See, selbst wenn sie sich gerade aufluden. Ich konnte mit eigenen Augen beobachten, wie effektiv diese Strategie war und wie ausgeklügelt. Ein wirklich mächtiges Wasser-Elementwesen konnte so viel Kraft aus seinem Umfeld ziehen, dass ein Feind sich beim Kräftetanken völlig verausgaben musste und so extrem verletzbar wurde.

Mist, ich muss noch eine ganze Menge lernen. Mein neues tägliches Mantra … Aber jetzt war nicht der Zeitpunkt, über die Schule des Lebens nachzudenken.

Jetzt ist es Zeit, dem Kappa in den Arsch zu treten, dachte ich und legte all meine Power dahinein, die See zu zwingen, ihre Kräfte Trill und mir zur Verfügung zu stellen. Als wir den Atlantik wieder auf unserer Seite hatten und der Kappa langsam ein bisschen panisch wurde, fing ich an, meine eigenen modifizierten Magiekugeln auf den Angreifer abzufeuern. Die ersten paar verpufften, noch bevor sie ihr Ziel erreichten, aber schon bald trafen sie.

Okay gut, sie trafen beinahe, weil es mit meinen Wurfkünsten leider nicht allzu weit her war. Aber was soll's: Jane True war zum Angriff übergegangen.

Ich hatte keinen Zweifel, dass mein so nachdrückliches Einfordern der Gunst des Meeres uns dabei geholfen hatte, den Sieg davonzutragen, aber ich hegte auch keinerlei Zweifel, dass es am Ende Trills erbittertem Einsatz zu verdanken war, dass der Kappa den Schwanz einzog und floh. Mit einem lauten Brüllen schoss die mörderische kleine Schildkröte davon und veranstaltete zur Deckung ihres Rückzugs noch ein heftiges Trommelfeuer.

Als sich der aufgewirbelte Sand im Wasser um uns herum langsam wieder legte, wandte ich mich an Trill, die eine struppige Augenbraue hochzog und deren Pferdezüge große Sorge ausdrückten. Ich lächelte und formte mit den Lippen: »Bin okay. Und du?«, während ich ihr beruhigend über die Flanke strich. Diesmal hat sie wirklich meinen Kopf aus der Schlinge gezogen… oder meinen Cellulitehintern aus dem Whirlpool, was da auch immer treffender sein mochte.

Sie nickte und drehte um, damit wir den restlichen Weg nach Rockabill und in meine Bucht gemeinsam zurücklegen konnten. Wir schwammen schnell, aber nicht so schnell, dass wir unsere Umgebung nicht im Auge behalten konnten. Zum ersten Mal in meinem Leben konnte ich es kaum erwarten, aus dem Wasser zu kommen. Ich spürte den starken Sog der Old Sow und ihrer Nebenstrudel, was mir sagte, dass wir bald zu Hause waren, und plötzlich sehnte ich mich nach dem trockenen Land und der Geborgenheit meiner Bucht. Ich rannte schnurstracks aus dem Wasser und den Strand hinauf, ohne mich umzusehen oder auch nur darüber nachzudenken – und stolperte nass und nackt über Anyans ausgestreckte Beine.

»Jane, was zur Hölle?«

»Mmpf«, nuschelte ich mit dem Gesicht im Sand. Ich versuchte, »Meereskodex« zu sagen, was soviel heißen sollte wie: »Dieser Kodex, der scheißoffensichtlich gebrochen wurde.«

Ich spürte, wie Anyan seine Beine unter meinen herauszog, aber ich blieb einfach bäuchlings im Sand liegen. Denn ich wusste, dass es auf diese Weise (a) weniger wahrscheinlich war, dass ich vor Scham starb, wenn ich dem zweifellos entsetzten Barghest (b) nur meinen bloßen Hintern darbot statt einer kleinen Frontal-Aktion.

»Wir sind von einem Kappa angegriffen worden«, erklang Trills ölglatte Stimme hinter mir. »Warum liegt Jane am Boden?«

»Sie hat manchmal Schwierigkeiten richtig zu laufen«, brummte der Barghest, und ich spürte, wie das Handtuch, das ich immer in der Bucht gebunkert hatte, über meine Hüften gelegt wurde. »Hast du dir wehgetan?«, fragte er mich, und seine warme Hand brannte auf der meereskalten Haut an meiner Schulter.

Ich schüttelte den Kopf und hob schließlich doch den Kopf. Nun trug ich eine Maske aus puderigem, weißem Sand, aber es war mir egal.

Ich setzte mich vorsichtig auf und achtete tunlichst darauf, das Handtuch um mich herumzuschlingen, um weitere nackte Tatsachen zu verbergen. Aber Anyan achtete sowieso nicht darauf.

»Hast du ihn erkannt?«, fragte er die Kelpie.

»Nein, und ich kenne im Umkreis von Meilen alles Wasservolk. Es war ein Fremder. Und aggressiv. Wie er mich einfach so angegriffen hat, und das in meinem Territorium ... das ist wider all unsere Gesetze.«

Ich konnte den Zorn in Trills Stimme hören. Indem er auf

diese Weise Verrat an seinen eigenen Leuten begangen hatte, hatte der Kappa jede Tradition verletzt, die dem Meeresvolk heilig war.

»Kannst du seine Spur verfolgen?«

Das Pony grinste sein gespenstisches Pferdegrinsen. Ich hatte Trill wirklich ins Herz geschlossen, sogar noch mehr, seit sie mir gerade den Arsch gerettet hatte. Aber, verdammt, ich hasste es, wenn sie lächelte.

»Du könntest mich nicht davon abhalten. Ich finde heraus, wohin er verschwunden ist. Aber wenn derjenige, der hinter diesem Angriff steckt, auch nur irgendetwas über uns weiß, dann wird ihm klar sein, dass ich ihm folge. Also könnte es sich genauso gut um eine Falle handeln, um mich wegzulocken. Jane muss vorsichtig sein im Wasser. Ihr werdet sie im Auge behalten müssen.«

Ich runzelte die Stirn, denn die Vorstellung, wieder einmal bewacht werden zu müssen, gefiel mir überhaupt nicht. Ich verzog missmutig das Gesicht, und feiner weißer Sand rieselte herunter, wie um mich daran zu erinnern, dass mein Anblick gerade eine einzige Katastrophe sein musste.

»Okay, wir passen auf sie auf. Waidmannsheil«, sagte Anyan.

Das Pony grinste noch einmal breit, bevor es auf den Hinterhufen kehrtmachte und wieder ins Wasser galoppierte. Ich sah Trill nach, wie sie sich in die Fluten stürzte, und wünschte mir, ich könnte mit ihr kommen.

Anyan wandte sich zu mir. Ich saß noch immer in das Handtuch gewickelt da. Eilig wischte ich mir den restlichen Sand aus dem Gesicht.

Er setzte sich neben mich, und gemeinsam beobachteten

wir, wie die einstmals so friedlichen Wellen, die ich immer für mein zweites Zuhause gehalten hatte, auf den Strand rollten, um sich dann wieder zurückzuziehen.

»Geht es dir gut?«, fragte mich der große Mann schließlich.

Ich grunzte bloß.

Wir saßen eine Weile schweigend da, während ich abwog, was zur Hölle all das für mich bedeutete. Ich *musste* schwimmen und das nicht nur, um bei Kräften zu bleiben. Das Wasser war außerdem meine große Liebe, mein Leben… Und nun hatte Jarl mir auch das noch genommen.

»Es wird alles gut, Jane. Wir sorgen dafür, dass du schwimmen und auftanken kannst.«

Ich grunzte noch einmal eloquent. Wenn ich ehrlich mit mir war, wollte ich eigentlich nur heulen. Und als ich mir das eingestand, traten mir Tränen in die Augen. Ich schniefte geräuschvoll, versuchte verzweifelt den Wasserfall zurückzuhalten.

»Komm, Jane…«, sagte Anyan, der ganz offensichtlich auch nicht scharf auf einen weiteren patentierten Jane-True-Gefühlsausbruch war. »Komm, ich bringe dich erst mal nach Hause.«

Er stand auf und half mir auf die Beine. Dann nahm er einen Zipfel seines T-Shirts und wischte mir damit die letzten Sandkörner aus dem Gesicht.

Er legte mir seine große Hand an den Nacken und führte mich sanft dorthin, wo meine Kleider auf dem alten Block Treibholz lagen, der sich in einer Ecke der Bucht befand.

»Zieh dich in Ruhe an, und wir treffen uns dann draußen. Wir gehen gemeinsam zu dir.«

Ich nickte. Ich fühlte mich noch immer hundeelend, als er sich durch die Felsspalte aus der Bucht schlängelte. Als er verschwunden war, schüttelte ich mein Handtuch aus und zog mich eilig um.

Während ich meine Chucks zuband, hörte ich Anyan leise reden. Ich hielt inne und horchte genauer hin, denn ich war mir nicht sicher, ob er mit mir sprach. Dann schüttelte ich den Kopf. Er wiederholte mit gedämpfter Stimme, verschiedene Nachrichtensprecher imitierend, ein und denselben Satz:

»Haben Sie bisher geglaubt, im Wasser sei es sicher …«

Für den Barghest ging das wohl schon als Humor durch.

KAPITEL 12

Inmitten von Iris' Entführung und der Tatsache, dass ich nicht mehr richtig schwimmen gehen konnte, war die folgende Woche die absolute, blanke Hölle. Bei den Ermittlungen in Boston hatte ich festgestellt, dass echte Detektivarbeit hauptsächlich darin bestand, herumzusitzen und Dinge durchzugehen, die man schon tausendmal durchgegangen war, in der Hoffnung, dass irgendwo vielleicht doch noch ein neues Detail auftauchen möge, das einen weiterbrachte. Unterdessen schickte man seine Späher los, damit sie ihrerseits die Sachen noch einmal durcharbeiteten und nach irgendetwas Neuem Ausschau hielten. Währenddessen konnte man nichts tun, außer herumzusitzen und vor sich hinzuschmoren.

Das war schon schlimm genug gewesen, als die Opfer bloß Namen auf irgendwelchen Listen gewesen waren. Doch jetzt, da ich wusste, dass Iris' Leben in Gefahr war, war es eine Folter, wie ich sie noch nie erlebt hatte.

Aber glücklicherweise hatte Anyan unzählige Späher zur Verfügung. Er rief jeden, aber auch wirklich jeden, an, den er kannte. Er hatte sich sogar Terk ausgeliehen, um Wesen Nachrichten zukommen zu lassen, die so alt und so mächtig waren, dass sie alle modernen Kommunikationstechnologien mieden. Er nutzte die Kräfte, die in den Machtstrukturen der Alfar verhaftet waren, und die Kräfte des Netzwerks der Halblinge, das sich über das Grenzgebiet erstreckte, gleichermaßen.

Doch schließlich musste auch er sich hinsetzen und warten wie der Rest von uns. Und ich konnte noch nicht einmal beim Schwimmen Dampf ablassen, was mir sonst immer beim Stressabbau half. Stattdessen musste ich wie ein Kind unter dem wachsamen Auge von Nell oder Anyan im seichten Wasser herumplanschen. Es war demütigend. Abgesehen davon verbrachte ich die Woche damit, Anyan alle fünf Minuten anzurufen, um zu erfahren, ob es Neuigkeiten über Iris' Verbleib gab. Ich grübelte über den Tod meiner Mutter nach und darüber, wie ich es meinem Vater sagen sollte. Ich versuchte, einen Weg zu finden, mit meiner eigenen, seltsamen Trauer klarzukommen und machte mir Sorgen über einfach alles und jeden, bis ich völlig in Panik geriet und mich dazu zwingen musste, diese Panik wieder unter Kontrolle zu bringen… meist indem ich schlecht gezielte Magiekugeln auf irgendetwas abfeuerte.

Doch es gab eine Sache, die ich völlig vernachlässigte, und das war Schlafen. Und so kam es, dass ich acht Tage nach Iris' Entführung wie ein Zombie hinter der Kasse im *Read It and Weep* stand. Ich versuchte zwar nicht, die Gehirne unserer Kunden zu verspeisen, zumindest noch nicht, aber ich sah aus wie der leibhaftige Tod. Ich hatte riesige Augenringe, nachdem ich eine Woche lang auf unserer beschissenen Wohnzimmercouch campiert und kaum ein Auge zugetan hatte. Aufgrund meiner Albträume über Iris' Schicksal, des Schwimmmangels und der Polsterhügellandschaft, auf der ich lag, hatte ich seit meiner Rückkehr nach Rockabill keine Nacht vernünftig Ruhe gefunden.

Tracy wohnte immer noch bei mir, weil sie noch immer glaubte, bei ihr gäbe es ein wirklich schwer zu reparierendes Leck in der Gasleitung. Aber Grizzie werkelte geschäftig hinter mir im Laden herum und sang dazu Lady-Gaga-Songs. Meine großgewachsene Freundin trug heute hautenge, pinke Jeans mit Glitzerverzierungen, ein lilafarbenes Schlauchtop und ein langärmeliges Bolerojäckchen aus Fellimitat in einem etwas dunkleren Pink als die Jeans. Ihr aktueller Soundtrack passte also perfekt zu ihrer Garderobe.

»Du siehst echt scheiße aus, Süße«, sagte Griz heute schon zum fünften Mal, als sie mich zur Seite schob, um den Ladentisch vor mir abzustauben.

»Vielen Dank auch. Weiß ich zu schätzen.«

»Ist nur die Wahrheit. Du siehst aus, als hättest du, seit du wieder hier bist, kein Auge zugetan. Wir sollten dir eine Luftmatratze besorgen. Miss Carol kann sie mit all ihrer heißen Luft füllen, und du könntest endlich mal eine Mütze Schlaf bekommen.«

Ich grinste. Miss Carol und Grizzie in einen Raum zu packen war, als ob man Ekel Alfred und Al Bundy aufeinander losließ. Wenn die beiden loslegten, dann setzte es wahre Schimpftiraden.

»Ja, aber erst einmal bin ich froh, dass ihr alle hier seid. Ich habe später noch jede Menge Zeit zu schlafen.«

»Ich wünschte bloß, sie würden dieses Leck in der Gasleitung endlich reparieren … es kommt mir vor, als bräuchten sie dafür ganz schön lang …«

Mit einem Seufzer stupste ich die Aura, die Nell Grizzies Gehirn verpasst hatte, ein wenig an. Grizzie verstummte und schüttelte dann den Kopf, als versuche sie sich an irgendetwas zu erinnern.

»Ich mache uns mal Kaffee«, sagte sie mit dem benommenen Lächeln derer, die gerade mit einer Aura belegt wurden.

Ich hatte schon ungefähr sechs Tassen Kaffee getrunken, also die Höchstdosis, die ich ohne Herzrasen vertragen konnte, aber ich hielt sie nicht zurück. Aus irgendeinem Grund fing Grizzie immer mit Kaffeekochen an, wenn man sie mit einer Aura belegte.

Und so saß ich noch den restlichen Arbeitstag ab, bis wir um fünf Uhr den Laden zusperrten und zu mir gingen. Ich aß zu Abend, zog meine Arbeitsuniform aus und nahm dann die Abkürzung durch den Wald zu Anyans Blockhütte, um mein allabendliches Training zu absolvieren. Wenn ich normalerweise auf das Haus zuging, erwartete mich Nell schon in ihrem kleinen Schaukelstuhl auf der Veranda. Aber diesmal war niemand zu sehen. Nachdem ich sicherheitshalber meine Schilde verstärkt hatte, folgte ich dem Geräusch von Sandpapier ums Haus herum und zu Anyans Werkstatt hinüber.

Er saß genau an der Stelle, wo ich ihn auch an dem Tag vorgefunden hatte, als ich kam, um mich bei ihm zu entschuldigen, und wieder schmirgelte er die Kurven derselben Skulptur glatt. Die Werkstatt mit ihrem warmen Licht lag einladend in der Dunkelheit, und das weiche Kratzen des Sandpapiers am Holz lullte mein müdes Hirn ein. Ich lehnte mich an den Türrahmen und schloss die Augen. Das sanft flüsternde Geräusch zusammen mit dem Geruch von frisch geschnittenem Holz und Zitronenwachs umhüllte mich.

»Du schläfst ja gleich im Stehen ein«, knurrte Anyan und ließ mich aufschrecken und mit verschwommenem Blick in den plötzlich grellen Raum blinzeln. Als sich meine Augen wieder an das Licht gewöhnt hatten, sah ich, dass Anyan seine Skulptur abgestellt hatte und nun mit ausgestreckten Beinen zurückgelehnt auf dem Strohballen saß.

Ich malte mir kurz aus, wie ich Matrix-mäßig hochspringen und wie Keanu Reeves über ihm schweben würde, nur um mich dann rittlings auf dem Schoß des Barghest niederzulassen. Eine Sekunde später merkte ich, wie lächerlich das war, und es folgte eine zweite, genauso lebhafte Fantasie, wie ich mit meinen kurzen Beinchen ungeschickt auf Anyan zuhopste, der mich mit einer Mischung aus Irritation und Entsetzen anstarrte.

Ich schüttelte den Kopf, um diesen albdruckartigen Tagtraum abzuschütteln und lächelte schuldbewusst in keine bestimmte Richtung, als mich Nell vom Garten aus rief.

»Trainingszeit!«, rief ich verlegen und viel zu laut, bevor ich ein debiles Grinsen aufsetzte und schwankend auf dem Absatz kehrtmachte, um mich auf die vordere Veranda der Blockhütte zu flüchten.

Was zur Hölle ist bloß los mit mir?, fragte ich mich. *Kann man sich noch idiotischer aufführen?*

Glücklicherweise waren meine Selbstbeschuldigungen nur von kurzer Dauer. Vor allem weil ich, als ich um die Ecke bog, sofort abtauchen musste, sonst hätte Nell mir mit einer Magiekugel das Gesicht weggerissen.

Mistzwerg!, dachte ich, während ich mich abmühte, meine Schilde aufrechtzuhalten, mich aufzurappeln und eine Magiekugel zu bilden, alles in einem Atemzug. Nell liebte diese

»Überraschungen«. Darunter verstand sie einen Angriff, wenn man am wenigsten damit rechnete. Sie war wie Kato aus *Der rosarote Panther*, nur konnte sie mehr Zerstörung anrichten.

Also hetzte sie mich für die nächsten eineinhalb Stunden über die Wiese, durch den Wald und schließlich in meine Bucht, während sie die ganze Zeit über Magiekugeln auf mich abfeuerte, wie ein Segelflieger durch die Luft schwebte und wie eine Irre lachte.

Es gelang mir mit Müh und Not, ein oder zwei Kugeln abzufeuern, aber ich zielte schlecht, also verpasste ich sie zwangsläufig meilenweit.

Als wir in die Bucht kamen, riefen wir einen Waffenstillstand aus, und Nell gab mir Rückendeckung, während ich im seichten Wasser herumplanschte. Nachdem ich mich abgetrocknet und wieder angezogen hatte, gingen wir zurück zur Blockhütte, damit sie meine »Fortschritte beurteilen« konnte. Was nur Nells Chiffre dafür war, mir bis ins kleinste Detail aufzuzählen, was für eine Versagerin ich doch war.

Als wir zu Anyans Haus zurückkamen, war die Nacht schon kühl und feucht geworden. Da er gerade da war und die Tür somit offen stand, bekam ich meine Zurechtweisung in der Blockhütte statt zitternd draußen auf der Treppe zum Eingang wie sonst.

Als wir hineingingen, stand Anyan gerade an der riesigen Kücheninsel, die den Mittelpunkt seiner Küche bildete, und las sich die Berichte durch, die er an diesem Tag bekommen hatte. Doch als ich mich mit strähnigen nassen Haaren hineinschleppte, blickte er stirnrunzelnd auf.

»Nell, sie sieht ja aus wie tot und noch mal aufgewärmt.«

Die Zwergin zuckte mit den Schultern. »Sie muss nun mal trainieren.«

»Ich weiß, aber... sieh sie dir an.«

»Hallo, ich bin auch noch hier«, erinnerte ich die beiden. »Könntet ihr also bitte aufhören, darüber zu diskutieren, wie beschissen ich aussehe?«

»Entschuldige, Jane«, sagte Anyan. »Aber du siehst echt elend aus.«

Ich warf ihm einen giftigen Blick zu.

»Kann ich dir einen Tee machen?«, schickte er entschuldigend hinterher.

»Hast du Kamille?«

»Ja.«

»Klar, das wäre nett. Danke.«

Auch die Zwergin nahm Anyans Teeangebot an, und wir gingen in die Sitzecke hinüber. Nell ließ ihren kleinen Schaukelstuhl von der Veranda hereinschweben und platzierte ihn vor dem prasselnden Feuer in Anyans offenem Kamin. Sie machte es sich im Schaukelstuhl bequem, während auch ich mich dicht am Feuer auf Anyans riesigem, dick gepolstertem Sofa niederließ.

Wieso ist sein Sofa viel bequemer als unseres?, quengelte mein Körper, als ich mich erschöpft an die Armlehne kuschelte.

Tja, erinnerte ich ihn, *Anyan muss auch nicht zwei Leute mit einer Invalidenrente und einem lumpigen Job im Buchladen durchbringen. Also jammer nicht rum.*

Und wo wir schon von Anyan reden... Ich beobachtete den Barghest ein bisschen zu genüsslich, wie er da in der Küche herumhantierte. Ich versuchte zwar, meine Aufmerksamkeit auf Nell zu richten, scheiterte aber kläglich. Teilweise lag das daran, weil ich alles, was ich im Zusammenhang mit den Magiekugeln falsch machte, schon tausendmal gehört hatte. Aber ganz offensichtlich nützte es nichts, meine Fehler immer wieder zu hören, denn trotzdem kapierte ich nicht, was ich tun musste, um besser zu werden.

Ich beobachtete, wie Anyan geschickt zwei im Verhältnis zu seinen Händen winzige Teebeutel auspackte und einen davon in eine normale Tasse gab und den anderen in eine in Zwergengröße. Dann nahm er vom Stapel auf dem Abtropfbrett einen riesigen Becher in Barghestgröße und stellte ihn neben die beiden anderen.

Mamabecher, Papabecher und Babybecher, gluckste mein müdes Hirn, und ich spürte, wie ich lächelte.

»Jane, hörst du mir *überhaupt* zu?«

Ich drehte mich zu der Zwergin um, unfähig auch nur zerknirscht zu erscheinen. Ich versuchte ja so auszusehen, als täte es mir leid, wirklich, aber es gelang mir lediglich, verständnislos mit den Augen zu klimpern.

»Tut mir leid, Nell«, sagte ich, als Anyan mit den drei dampfenden Tassen zu uns herüberkam. Er stellte die von Nell auf dem Boden zu ihren Füßen ab und meine auf dem Beistelltischchen neben mir. Dann setzte er sich neben mich auf die Couch.

»... du versuchst noch immer, die Magiekugeln zu *werfen*. Aber du musst sie *verströmen*«, sagte Nell zum fünfzigsten Mal. Aber ich war zu sehr damit beschäftigt, in die Luft zu schnuppern.

Meiner Nase folgend, setzte ich mich auf und beugte mich zu Anyan. In seinem riesigen Teebecher schwammen sechs kleine Gewürzkörner an der Oberfläche und verströmten ihr himmlisches Aroma.

»Kardamom«, sagte ich freudig. »Deshalb riechst du immer nach Kardamom.«

Der Barghest sah mich blinzelnd an, und ich bemerkte, dass ich mich ziemlich weit in seinen Couchbereich vorgewagt hatte. Also rückte ich wieder von ihm ab und verzog mich in meine kleine Ecke.

»... wenn du erst einmal aufhörst, körperliche Distanz als einen Raum zu sehen, den du *überwinden* musst, dann wirst du auch genauer und energischer schießen können ...«

»Ich rieche nach Kardamom?«, unterbrach der große Mann in seinem tiefen Bass Nells Belehrung.

»Ja. Und nach Zitronenwachs«, fügte ich hinzu und wurde rot, als ein kleines Lächeln um seine Mundwinkel zuckte.

»... und wenn ihr zwei gefälligst aufhören könntet, hier wie kleine Hundertjährige herumzuturteln, dann würden wir Jane vielleicht endlich so weit bringen, dass sie sich auch selbst verteidigen kann!«, schnauzte uns Nell von ihrem Schaukelstuhl aus an. Wir fuhren erschrocken zusammen.

»Entschuldige, Nell«, murmelten wir betreten, während die Zwergin einen genervten Schluck aus ihrem Becherchen nahm und dabei die ganze Zeit leise vor sich hin grummelte. Betreten schweigend saßen wir da, bis der Barghest sagte: »Nell, dürfte ich etwas sagen?«

»Da ihr euch sonst wahrscheinlich gleich auch noch Zettelchen zusteckt, nur zu!«

Anyan hatte mehr Selbstkontrolle als ich und wirkte demonstrativ kleinlaut, als er Nell zunickte. Doch als er sich mir zuwandte, blitzten seine Augen vor Belustigung.

»Okay, Jane, das Problem ist, du wirfst wie ein Mädchen.«

Bevor ich auch nur anfangen konnte nachzudenken, sprudelte es auch schon aus mir heraus. »Erstens bin ich ein Mädchen, Schlaumeier. Und zweitens werfen Mädchen heutzutage ziemlich fest. Hast du dir schon mal ein Mädchensoftballteam angeschaut? Das nenne ich kinetische Geschlechtergleichheit, also erzähl mir nicht, dass ich wie ein Mädchen werfe.«

Anyan seufzte. »Aber du wirfst nun mal wie eins.«

»Anyan!«

»Die Sache ist doch die, dass du eigentlich überhaupt nicht werfen sollst. Du musst dir bloß vorstellen, dass deine Magiekugel sich von Punkt A nach Punkt B bewegt, und dann sorg dafür, dass sie es tut. Hör auf, sie körperlich zu werfen. Weil du wirklich wie ein Mädchen wirfst.«

Ich blickte ihn finster an, obwohl ich gleichzeitig dieses kleine Kribbeln in mir bemerkte, das ich immer verspürte, wenn ich etwas wirklich verstanden hatte.

»Wenn ich die Tatsache, das du ein unverbesserlicher Chauvinist bist, jetzt mal beiseitelasse, dann versuchst du mir also Folgendes zu erklären: Wenn Nell sagt ›verströmen statt werfen‹, dann meint sie damit, dass ich die Magiekugel kraft meiner Gedanken *fliegen* lassen soll, anstatt zu versuchen, sie manuell mit – das gebe ich zu – wenig Präzision und Kraft zu werfen?«

»Ja.«

»Ah«, erwiderte ich, »das ist so, wie wenn ich schwimme ... das wird mir das Magiekugelnwerfen in Zukunft sehr viel leichter machen!«

Nell blickte von einem zum anderen, als frage sie sich, wen

von uns sie zuerst umbringen sollte. »Ist das wirklich alles, was nötig war?«

Ich wollte ihr sagen, dass es nicht ihre Schuld war und dass Anyan eben verstand, wie mein Hirn funktionierte. Aber bei dem Gedanken war ich selbst so überwältigt, dass ich kein Wort mehr herausbrachte und mein Hirn ganz taub wurde.

Ich schlürfte geräuschvoll meinen Tee.

»Tja, wenn das dann alles ist, dann gehe ich jetzt wohl besser«, sagte Nell mit noch immer gereizter Stimme. »Anscheinend konntest du, Anyan, Jane in einem Satz verdeutlichen, was mir in drei Wochen Erklärungsarbeit nicht gelungen ist, also bin ich hier ganz offensichtlich überflüssig.«

Anyan lachte und versuchte dem verletzten Stolz der Zwergin mit beschwichtigenden Gesten zu begegnen. Auch ich machte in meiner Couchecke ein paar besänftigende Laute, aber ich war nicht mit dem Herzen dabei. Nicht zuletzt deshalb, weil, während ein Winkel meines Gehirns noch immer darüber brütete, was ich eben über Anyan gedacht hatte, mein restlicher Körper alles tat, um in dem warmen, gemütlichen Nest auf der Couch einzuschlafen.

»Jane, kommst du?«, bellte Nell vom Eingang aus. Ich fing an mich aufzurappeln, als ich spürte, wie Anyan, der aufgestanden war, mich vom anderen Ende des Zimmers aus sanft auf die Couch zurückdrückte. Ich hatte meine Schilde eingefahren, als wir das Haus betreten hatten, ein Luxus, den ich mir nur in Nells oder Anyans Gegenwart gönnte. Also kostete es mich eine Sekunde der Verwirrung, bis ich verstand, wie er meine Deckung überwinden konnte.

Er musste sie gar nicht überwinden, stellte mein Hirn träge fest, während ich beobachtete, wie Anyan leise etwas zu Nell sagte, die mich daraufhin ansah, nickte, sich dann wieder zeternd an den Barghest wandte, um sich und ihren Schaukelstuhl dann mit einem Puffen nach draußen zu apparieren.

»Anyan, ich sollte …«

»Sch, Jane …«, sagte er und kam zurück zur Couch. »Du bleibst heute Nacht hier. Erinnerst du dich, was ich dir über das Soldatsein gesagt habe? Soldaten brauchen ihren Schlaf. Also bleibst du hier.«

»Äh, aber wo wirst du …?«

»Keine Sorge, ich kann auf der Couch schlafen. Du hast den ganzen oberen Stock für dich. Frische Handtücher findest du in dem kleinen Schränkchen vor der Badezimmertür. Wenn du irgendwelche … Mädchensachen brauchst, dann kann ich sie von Nell rüberschicken lassen.«

»Ähm, solange du Shampoo dahast, damit ich das Salz aus meinen Haaren waschen kann, bin ich ganz pflegeleicht.«

»Ja, und ich glaube, es ist sogar gleichzeitig eine Haarspülung«, erwiderte der Barghest. »Es war im Angebot«, fügte er hastig hinzu, als würde mich ein Shampoo mit Spülung an seiner Männlichkeit zweifeln lassen.

»Super«, sagte ich und musste so gähnen, dass mein Kiefer knackte. »Aber ich habe nichts, was ich zum Schlafen anziehen könnte …«

»Du kannst etwas von mir leihen.«

Anyans Antwort kam direkt und entschieden. Aus irgendeinem Grund musste ich lächeln.

»Außer du willst, dass ich Nell anrufe?«, ergänzte er.

»Nein, das passt. Ich brauche nur ein T-Shirt oder so«, sagte ich und hievte mich aus der Couch hoch.

Anyan sah lächelnd zu mir herunter, und in den Winkeln

seiner stahlgrauen Augen bildeten sich kleine Lachfältchen. Doch bevor ich sein Lächeln erwidern konnte, hatte er sich auch schon umgedreht und steuerte zur Treppe. Ich folgte ihm und musste mich bemühen, mit ihm Schritt zu halten.

Ich atmete tief ein, als wir hinaufgingen. Die Vorstellung, in den Privatbereich des Hundemannes vorzudringen, machte mir Angst … und kam meinem Bild vom Himmel ziemlich nahe. Also sah ich mich neugierig um, als wir schließlich sein Dachetagenschlafzimmer betraten. Der Raum war geräumig und etwa halb so groß wie das gesamte untere Stockwerk mit einem kleinen eigenen Bad. Überall an den Wänden hingen oder lehnten große Gemälde, und hier und da standen auch kleinere Kunstwerke herum. Keines davon war von Anyan selbst, und manche hatten eine verblüffende Ähnlichkeit mit sehr bekannten Stücken, die ich noch aus dem Kunstgeschichteunterricht kannte.

Abgesehen von den Kunstwerken waren überall Bücher. Sie lagen aufgestapelt auf dem Tisch, standen in Bücherregalen oder waren zu wackeligen Stapeln aufgetürmt, so hoch wie der Barghest selbst. Viele lagen verstreut um das riesige, zerwühlte Bett, das in der Ecke stand. Das Bett war das einzige Zugeständnis des Barghest an sein eigenes künstlerisches Schaffen, da er ganz offensichtlich die schmiedeeisernen Verzierungen daran angefertigt hatte; es ähnelte sehr dem kunstvollen Bild im unteren Badezimmer.

Nur sind die Figuren dort *in einen epischen Kampf verstrickt, während* diese *hier … miteinander rummachen*, dachte ich und lief rot an, als ich bemerkte, dass dieses Kunstwerk hier viel mehr mit dem Kamasutra als mit der Bhagavad Gita zu tun hatte.

Ich riss meinen Blick von Anyans ziemlich heißem Bett los (*Wunderbar!*, schnurrte meine Libido) und sah zu, wie der Barghest ein T-Shirt aus einer niedrigen Kommode in der Ecke nahm.

»Lass mich raten, da steht Frolic drauf«, witzelte ich, als er es mir reichte.

Er hielt mit dem T-Shirt in der Hand inne und wurde rot. »Pedigree genau genommen. Ich kann dir auch ein anderes …«

Ich lachte. »Nein, ist schon gut. Alles ist gut.«

Eine peinliche Pause entstand, als wir in seinem Schlafzimmer herumstanden und ich, noch immer mit seinem T-Shirt in der Hand, hinunter auf seine großen, nervös scharrenden Füße schaute.

»Gut, alles im Bad sollte sich von selbst erklären. Wenn du noch irgendetwas brauchst, dann ruf einfach. Ansonsten sehen wir uns morgen früh. Versuch so viel wie möglich zu schlafen«, mahnte er mich sanft.

»Ja, Sir!«, antwortete ich gespielt militärisch. »Und danke«, fügte ich hinzu und meinte es so.

»Keine Ursache. Schlaf gut, Jane.«

»Du auch.«

Ich sah Anyan nach, wie er die Treppe hinunterging, und dann gönnte ich mir ohne Umschweife eine heiße Dusche. Ehe ich michs versah, hatte ich auch schon das T-Shirt übergeworfen – es ging mir bis über die Knie – und schlüpfte unter Anyans weiche, jägergrüne Flanelldecke.

Ich streckte mich auf dem Rücken aus und hörte, wie Anyan unten herumhantierte, während meine Augen den Anblick der Metallkörper aufsaugten, die über mir auf dem

Kopfende des Bettes herumtanzten. Es dauerte nicht lange, bis ich das Knarzen des Sofas hörte. Dann ging unten das Licht aus, und ich lag im Dunkeln allein in Anyans Schlafzimmer. Seine Laken dufteten nach Kardamom und nach etwas anderem, was, wie ich nach einem Moment feststellte, der Geruch seines Körpers sein musste. Bei diesem Gedanken wurde ich wieder hellwach, und ich lag eine Weile mit weit aufgerissenen Augen im Dunkeln, bevor ich mich auf den Bauch drehte und mein Gesicht im Kissen vergrub. Was natürlich auch nach Anyan roch. Ich seufzte und fing an, rückwärts von hundert herunterzuzählen, während ich mit den Fingern die verschlungenen, eisernen Schnörkel vor mir nachfuhr.

Doch bald schon siegte die Müdigkeit, und der Schlaf übermannte mich, aber das bedeutete auch, dass ich anfing zu träumen. Ich träumte davon, dass Iris angegriffen wurde und ich wie eine Salzsäule danebenstand, unfähig ihr zu helfen und unfähig wegzusehen. Als der Albtraum mich erfasste, schrie mein Hirn, ich möge aufwachen. Mein Bewusstsein war hin- und hergerissen, denn es wollte eigentlich nur noch schlafen, aber es konnte die Albträume, die im Schlaf lauerten, nicht ertragen …

Das Bett senkte sich, als die schwere Gestalt eines riesigen Hundes neben mich sprang, sich dreimal im Kreis drehte und sich dann mit dem Kopf an meine Taille geschmiegt niederließ.

»Anyan«, murmelte ich und lächelte im Halbschlaf. Da wusste ich, dass ich in Sicherheit war und ließ mich von der Dunkelheit wieder mit in den Schlaf nehmen.

Als ich diesmal träumte, dass Iris angegriffen wurde, war ein Wolfshund aus weißem Licht an meiner Seite, der nach den Peinigern meiner Freundin schnappte und biss, bis er sie in die Flucht geschlagen hatte, und ich hielt Iris fest in meinen Armen, und sie war in Sicherheit …

KAPITEL 13

Ich drückte meine Wange fest ins Kissen und kuschelte mich wohlig in die schweren Arme, die meine Taille umfingen, aber das Brummen hörte nicht auf…

Die warmen Arme, die mich gehalten hatten, wurden weggezogen, und plötzlich war mir kalt. Wenigstens hatte das Geräusch nachgelassen. Dann hörte ich eine Tür zufallen sowie eine gedämpfte Stimme, und erst da wurde mir bewusst, dass ich mich nicht in meinem eigenen Bett oder auf meiner Couch zu Hause befand.

Arme?, dachte ich und erinnerte mich, dass ich bei Anyan war, und an meinen Traum. *Arme? Hunde haben keine Arme…*

Bevor ich die Tatsache überdenken konnte, dass ich anscheinend gerade in den Armen des Barghest meiner Träume erwacht war, trat dieser große, behaarte Hundemann aus dem Bad und stand mit nichts als einem Handtuch um die Hüften und seinem Handy am Ohr vor mir.

Klamotten ändern sich nicht mit der Form, rief ich mir in Erinnerung und musste nervös schlucken.

»Jane, aufstehen!«, bellte Anyan mit einer Stimme, die ich von einem, mit dem ich gerade, man könnte durchaus sagen, geschlafen hatte, nicht erwartet hätte.

»Mmmmmh«, murrte ich geistreich und spürte, dass ich plötzlich nicht nur ganz dringend einen Kaffee und eine kalte Dusche brauchte, sondern auch ziemlich erregt war und mich am liebsten selbst befriedigt hätte. Dabei war mir durchaus klar, dass das nicht ganz das angemessene Verhalten für jemanden war, der sich in einem fremden Bett befand.

Vielleicht könnte der Barghest dir ja dabei helfen, schlug meine unzähmbare Libido vor, als Anyan bereits meine Kleider von der Kommode, auf der ich sie gestern deponiert hatte, nahm und sie mir zuwarf.

»Trill hat den Kappa bis nach Rhode Island verfolgt, wo es ein weiteres Labor zu geben scheint. Also hat sie den örtlichen Ermittler informiert. In einer nahe gelegenen Hafenanlage haben sie tatsächlich ein weiteres Labor gefunden, und jetzt machen sie sich bereit für eine Razzia. Wir müssen uns beeilen!«, rief er und rannte bereits die Treppe hinunter.

Iris, dachte ich, und alle anderen Gedanken wurden von der Angst um meine Freundin verdrängt. *Bitte lass uns diese Razzia nicht vermasseln.*

Keine zwanzig Minuten später machten wir uns auf den Weg, und nach einer Stunde erreichten wir Orins und Morrigans Privatjet – einer der praktischen Vorzüge der Alfar – auf dem kleinen Flugplatz von Eastport. Wir wurden direkt nach Providence geflogen, wo wir von zwei Mitarbeitern des örtlichen Ermittlers in Empfang genommen wurden.

Während der halben Stunde Fahrt zu dem Ort wäre ich vor Anspannung beinahe umgekommen, weil ich mich die ganze

Zeit fragte, wie es Iris wohl ergangen war. Glücklicherweise lenkte Anyan mich ab.

»Das wird eine Razzia, wie man sie aus dem Kino kennt. Ich will, dass du dabei bist.«

Ich sah den Barghest blinzelnd an, der neben mir auf dem Rücksitz saß.

»Bitte?«

»Ich möchte, dass du bei der Razzia dabei bist, Jane. Du brauchst sowieso mehr Offensivtraining, also können wir genauso gut gleich damit anfangen.«

Ich riss überrascht die Augen auf und runzelte die Stirn, in meinem Kopf überschlugen sich die Gedanken. Einerseits hatte ich ja darum gebeten. Ich wollte mich beteiligen, und der Barghest war bereit, mich teilhaben zu lassen. Gleichzeitig hatte ich »beteiligen« nicht zwangsläufig mit »kämpfen« gleichgesetzt. Ich hatte mir wohl ausgemalt, dass ich Nachforschungen anstellen und Verbindungen knüpfen würde, wie ich es schon mit Ryu zusammen im Verbund und dann später in Boston getan hatte.

Während ich nachdachte, wartete Anyan geduldig ab, bis ich mir über meine größten Bedenken klar geworden war.

»Es ist ja nicht so, dass ich Schiss habe ... Okay, allein beim Gedanken daran, mache ich mir vor Angst in die Hosen. Aber mal ganz abgesehen davon, was, wenn ich es vermassele ... und jemand stirbt?«

Anyan nickte zum Zeichen dafür, dass er mir zuhörte.

»Wenn auch nur die geringste Gefahr bestünde, dass du es vermasseln könntest, dann würde ich dich das nicht machen lassen. Soweit ich über die Situation informiert bin, sollte alles gut unter Kontrolle sein. Du kommst jetzt einfach mal mit. Aber wenn die Situation sich irgendwie verändert haben sollte und die Geiseln durch deine Anwesenheit in Gefahr wären, dann ginge die Sicherheit und das Leben der Geiseln natürlich vor, und wir müssten deine Erfahrungssammlung erst einmal in den Hintergrund stellen.«

Ich nickte, aber meine Augen waren noch immer so groß wie Untertassen.

»Und ich verstehe, dass du Angst hast. Das hatte ich auch, als ich das erste Mal an einer echten militärischen Aktion teilnahm. Aber so lernst du, deine Furcht zu überwinden. Es geht auch nicht darum, keine Angst zu haben, Jane. Es geht darum, trotzdem mutig zu sein. Und ich weiß, dass du das schon jetzt bist.«

Im Auto war es still geworden. Die beiden Ermittler, die uns fuhren, hatten aufgehört sich miteinander zu unterhalten, und Anyans Stimme klang plötzlich überlaut.

Er hat mich mutig genannt, dachte ich, während ich noch nickte. »Danke, aber so fühle ich mich gerade gar nicht.«

»Nun, du verhältst dich aber so. Und das ist es, was zählt.«

Ich schaute nach vorne, als wir vom Highway bogen. Die Stille war drückend geworden, und ich wusste, dass es an mir war, das Schweigen zu brechen. »Also, äh, wie läuft das jetzt genau ab?«

Anyan nickte souverän, wie es sich für seine offizielle Rolle als harter Kerl gehörte, und setzte dann zu einer detaillierten Erklärung an. Offenbar entsprach die Polizeiarbeit der Übernatürlichen dem menschlichen Modell, also gestaltete sich diese Operation wie die Razzia eines menschlichen Sondereinsatzkommandos. Da ich keinen blassen Schimmer hatte, was das bedeutete, legte er mir auch das bis ins Detail dar.

Wir waren auf dem Weg zur Kommandostelle, die sich in gebührendem Abstand zum Einsatzort befand. Dort planten der Einsatzleiter, hochrangige Polizeibeamte, Geheimdienstleute, Nachrichtentechniker und weiteres Personal alles. Genau wie das Labor, in dem Conleth gefangen gehalten worden war, befand sich auch unser jetziges Zielobjekt in einem heruntergekommenen, verlassenen Geschäftskomplex am Rand einer hässlichen Reihe von genauso verlassenen Piers, Lagerhallen und Werften. Die örtlichen Kräfte der Übernatürlichen hatten ein leeres Bürogebäude etwa eine Meile vom Labor entfernt requiriert. Näher am Ort der Razzia – aber dennoch außer Sichtweite – befand sich die taktische Kommandostelle, wo das taktische Team, Heiler und der Befehlshaber der Sturmtruppe sich versammelten und ihre Ausrüstung vorbereiteten. Wir benutzten eine andere Lagerhalle etwa eine Straßenecke von dem Geschäftskomplex entfernt. Sie eignete sich perfekt für unsere Zwecke, denn sie verfügte über eine eigene Zufahrt, sodass unsere Einsatzkräfte ihre Runden drehen konnten, ohne in die Nähe des Zielortes zu kommen, bis wir es wollten. Schließlich war da noch der endgültige Angriffsposten, wo alle sich am Ende versammeln und für den letzten Vorstoß bereitmachen würden. Von dort aus würde unser Team das Labor »aufmischen« … und hoffentlich auch die Geiseln, die in dem Labor gefangen gehalten wurden, retten.

»Ich konnte dir folgen, bis du gemeint hast, dass wir das Labor ›aufmischen‹ werden. Das Einzige, was ich je gemischt habe, waren Karten oder die einen oder anderen Backzutaten.«

Anyans große Nase zuckte. »Na ja, bei deinem ersten Mal

kannst du dich ja darauf beschränken, ihnen leicht auf die Nerven zu gehen.«

Ich kicherte. »Darin bin ich gut.«

»Ja«, war seine einzige Antwort darauf. »Das stimmt.«

Ich wollte gerade mit irgendeiner abfälligen Bemerkung über Anyan kontern, als ich von einem Blick aus dem Fenster abgelenkt wurde. Wir fuhren ganz offensichtlich gerade vor der Lagerhalle vor, in der sich unsere Kommandostelle befand. Große, schwarze Limousinen, die denen von Ryus Mitarbeitern in Boston ähnelten, parkten davor sowie ein paar Vans. Die Rolltore der Lagerhalle waren hochgezogen und gaben den Blick auf eine Reihe von Tischen frei, auf denen allerlei Stadtpläne, Unterlagen, Laptops und Handys herumlagen. Überall liefen angespannt aussehende Übernatürliche herum, manche in Zivilkleidung (oder bloß mit Fell und einem Lächeln im Gesicht), andere trugen die Kluft der Spezialeinheit.

Ich betrachtete das hektische Treiben vor unseren Augen, während unsere Fahrer den Wagen parkten. Anyan hatte mir das Gefühl gegeben, als könne ich das schaffen, als könne ich losgehen und jemanden aufmischen. Aber jetzt, da ich sah, wie professionell sich hier alle im Einsatz verhielten, stellte ich meine Rolle in dieser Sache wieder ernsthaft infrage.

Was zur Hölle mache ich hier?

»Es tut mir leid wegen letzter Nacht«, sagte Anyan mitten in meine Selbstzweifel hinein, sobald unsere Fahrer ausgestiegen waren.

»Was?« Ich starrte ihn blinzelnd und völlig überrumpelt an.

»Das mit letzter Nacht tut mir leid. Manchmal nehme ich im Schlaf meine andere Form an. Das wollte ich nicht, und es tut mir leid, wenn ich dir zu nahe getreten bin.«

Mein Gesicht lief rot an. Es war mir beinahe gelungen zu vergessen, wie wir heute Morgen aufgewacht waren, und ich wollte ihm gerne sagen, dass er mir alles andere als zu nahe getreten war, dass in seinen Armen aufzuwachen wie ein wahrgewordener Traum für mich war. Aber stattdessen sagte ich: »Nein, schon okay. Kein Drama.«

Seine Nasenspitze zuckte ein weiteres Mal, und er stieg aus dem Wagen.

Kein Drama?, dachte ich und war enttäuscht darüber, dass er es für nötig gehalten hatte, sich bei mir zu entschuldigen. *Ja, er muss ja auch gar kein Drama mehr daraus machen… schließlich bin ich diejenige, die diese nichtexistente Beziehung so aufbauscht.*

Seufzend stieg auch ich aus dem Auto und folgte Anyan dorthin, wo unsere beiden Fahrer bereits auf uns warteten, um uns der Einsatzleiterin vorzustellen.

Die Chefermittlerin von Rhode Island – und die Einsatzleiterin dieser Razzia – war eine Baobhan Sith namens Isolde. Sie war eine gut aussehende Frau, groß und kräftig mit harten Gesichtszügen, der ihr eiserner Wille deutlich anzusehen war. Nachdem sie mich und Anyan, den sie offenbar gut kannte, flüchtig begrüßt hatte, informierte sie uns über die Strategie.

»In dem Labor werden fünf Frauen festgehalten. Es ist ziemlich klein, und es gibt nur wenig Personal vor Ort. Der Kappa schien nicht gemerkt zu haben, dass er verfolgt wird, aber sie sind dennoch auf der Hut. Sie bereiten die Räumung des Labors vor, aber sie scheinen sich damit Zeit zu lassen. Es scheint keine Pläne zu geben, sich… der Patienten zu entledigen, also haben wir auf euch gewartet. Aber sollte es auch nur die geringsten Anzeichen für Gewalt geben, sind wir sofort bereit zuzuschlagen.«

Ich fing gar nicht erst an, darüber nachzudenken, warum sie so genau wussten, was im Labor vorging, denn im Umgang mit den Übernatürlichen hatte ich schnell gelernt, dass es besser war, einem geschenkten Gaul nicht ins Maul zu schauen. Also ging ich einfach darüber hinweg und stellte die für mich wichtigste Frage.

»Ist Iris da drin?«

Isolde sah mich stirnrunzelnd an und fragte: »Bitte wer?«

»Unsere Freundin, die entführt wurde. Iris Elbe ... ist sie auch im Labor?«

Die Frau zuckte mit den Schultern. »Ich glaube nicht, aber ...« Sie musterte mich mit stählernem, prüfendem Blick.

»Ist sie in Ordnung?«, erkundigte sich Isolde bei Anyan, ohne ihre Augen von mir abzuwenden. Ich sah hinüber zu Anyan, um ihrem intensiven Blick zu entgehen, nur um den Barghest mit diesem Lächeln zu sehen, das mich bei ihm immer wieder überraschte. Er wirkte immer so grüblerisch, aber wenn er so grinste, sah er richtig fröhlich aus.

Und zum Anbeißen, erinnerte mich meine Libido wenig hilfreich.

»Ja«, sagte Anyan. »Jane ist definitiv in Ordnung.«

Ohne darüber nachzudenken, streckte ich ihm die Zunge heraus, bevor ich mich daran erinnerte, dass Isolde ja auch noch da war. Also zog ich das vorlaute Körperteil eilig zurück und drehte mich wieder zu ihr um. Sie sah Anyan mit hochgezogener Augenbraue und einem überraschtem Ausdruck an, den sie aber sofort aus ihrem Gesicht tilgte, als sie meinen Blick bemerkte.

»Also gut«, sagte sie. »Dann hören wir uns mal den Bericht von unseren Geheimdienstleuten an. Folgt mir.«

Isolde ging zu einem großen Lieferwagen hinter uns. Als sie ihn öffnete, wurde ein Innenleben sichtbar, das den Fahrzeugen von Spezialeinheiten aus Actionfilmen alle Ehre machte, mit Computerausstattung an den Wänden und Bürosesseln davor. Der mittlere Bereich war leer, abgesehen von einer kleinen Frau, die im Schneidersitz und mit geschlossenen Augen auf dem Boden saß.

»Frida, eine kurze Frage.«

Die Frau schlug ein Augenlid auf. »Klar. Aber mach es kurz.«

»Kannst du die Zivilisten beschreiben?«

»Klar. Sie sind alle weiblich und reinblütig. Zwei Selkies, eine ziemlich schwache Kelpie, ein Kappa und eine Havsrå. Ich kann übrigens noch immer nicht glauben, dass sich ein Wasserelementwesen so gegen seine eigene Art wendet. Ich möchte nicht in seiner Haut stecken, wenn ihn seine Leute in die Finger bekommen. Er sollte besser beten, dass wir ihn zuerst erwischen. Ich glaube nicht, dass irgendetwas, was die Alfar mit ihm anstellen könnten, so schlimm ist wie das, was ihm im Meer blühen wird.«

Ich nickte zustimmend bei Fridas Worten, auch wenn ich meinen eigenen Gedanken nachhing. Alles Wasserwesen… der Kappa, der auch mich angegriffen hatte, schien das Labor mit Nachschub versorgt zu haben. Gleichzeitig war er bestimmt mit Jarl im Bunde, und er musste von irgendwem aus irgendeinem bestimmten Grund nach Rockabill geschickt worden sein, also war vielleicht auch Iris hier für ein, zwei Nächte festgehalten worden. Oder es gab dort zumindest Informationen über weitere Labore, wo sie womöglich eingesperrt war.

Und in der Zwischenzeit, erinnerte mich meine Tugend tadelnd, *sitzen in diesem Labor fünf weibliche Übernatürliche fest, die auf Rettung warten. Also vergiss nicht, was hier auf dem Spiel steht.*

Ich ließ den Kopf hängen, beschämt über meine Fixierung auf Iris, obwohl ich selbst dann noch auf Iris fixiert war. Ich konnte nicht anders. Ich liebte diese Elbe nun mal, und ich wollte sie wieder sicher zu Hause wissen.

»Danke. Du kannst dich wieder zurückziehen. Wir gehen jetzt gleich rein.«

Die Frau am Boden schloss die Augen, und ich wunderte mich, was Isolde wohl mit »zurückziehen« gemeint hatte. Doch schon bald beantwortete sich meine Frage von selbst, als ich zusah, wie eine weitere Frau, die genauso aussah wie die am Boden vor uns, körperlos wie ein Geist durch das Dach des Lieferwagens herabschwebte und mit der körperlichen, atmenden Frida verschmolz. Als sich ihre zwei Hälften verbanden, wuchs Frida, bis vor uns eine füllige Frau mit rundem Gesicht saß, die exakt doppelt so groß war wie die Frida zuvor.

»Wow«, staunte ich atemlos und fragte mich, was für ein Wesen sie wohl war.

Frida schenkte mir ein zaghaftes Lächeln und erhob sich mit knirschenden Gelenken. Dann scheuchte sie uns hinaus und murmelte etwas von wegen »Nickerchenzeit«, als sie uns die Lieferwagentür vor der Nase zuschlug.

Ich sah Anyan fragend an, als wir wieder an den Haupttisch zurückkehrten.

»Frida ist eine Drude«, erklärte er mir im Gehen. »Sie können sich in zwei Hälften teilen – eine irdische und eine körperlose. Die körperlose Hälfte eignet sich gut als Spion oder als Bote, und sie kann vorübergehend von Menschen Besitz ergreifen. Daher kommt auch der Mythos von Menschen, die von einem Dämon besessen sind. Aber dass Frida für die Alfar arbeitet, ist streng geheim, also häng es nicht an die große Glocke.«

Ich nickte, noch immer fasziniert von dem, was ich da gerade gesehen hatte. Jedes Mal, wenn ich schon dachte, ich hätte mich an übernatürliche Überraschungen gewöhnt, traf ich wieder ein neues Wesen, oder ich entdeckte eine neue Fähigkeit, die mich sprachlos machte.

Plötzlich fiel mir auf, dass Anyan und Isolde mir schon weit vorausgegangen waren, also eilte ich hinter ihnen her und hörte zu, als Isolde fortfuhr, Anyan über die Mission ins Bild zu setzen. Sie verwendeten jede Menge Fachjargon, und der Plan schien sich so zusammenfassen zu lassen, dass wir die bösen Buben festnahmen und die Frauen befreiten. Dagegen hatte ich nichts einzuwenden.

Nachdem wir noch ein paar schwarz gekleidete Leute – einen weiblichen Satyr und eine Elbe – aus der Kommandostelle eingesammelt hatten, fuhren wir zur taktischen Kommandostelle. Als wir ankamen, sahen wir dort etwa fünfzehn Übernatürliche in Spezialeinheitskluft herumlaufen. Das überraschte mich, vor allem, weil sie die typischen Knarren und schwarzen Schutzschilde hatten, die man aus Filmen kannte.

Knarren?, dachte ich. *Davon hat niemand was gesagt.*

Der Leiter der Einsatzkräfte war Isoldes Stellvertreter, ein Ifrit namens Ezekiel. Ich erschauderte, als ich seine flammende Gestalt erblickte, woraufhin Anyan mir einen skeptischen Blick zuwarf. Ich versuchte, ihn und mich selbst zu beruhigen, indem ich ihn fest anlächelte und mich daran erinnerte, dass Conleth tot war. Ich sagte mir, dass dieser Ifrit nichts damit zu tun hatte, was in der Vergangenheit geschehen war.

Anyan und Ezekiel schüttelten sich zur Begrüßung die Hand, nachdem der Ifrit die Flammen an seinem Arm eingezogen hatte.

»Anyan, Sir, es ist mir eine Ehre, Sie bei uns zu begrüßen. Werden Sie beim Einsatz dabei sein?«

Anyan nickte. »Ja, wir brauchen noch Ausrüstung.«

»Ist der Halbling auch mit von der Partie?«, erkundigte sich der Ifrit und musterte mich abschätzig von Kopf bis Fuß.

»Ezekiel, du weißt verdammt gut, dass das Jane True ist und dass sie zu mir gehört. Also, wie ich schon sagte, wir brauchen noch Ausrüstung.«

Zu Anyans sichtlichem Ärger blickte der Ifrit ziemlich mürrisch drein. Und ich musste resolut gegen das Lächeln ankämpfen, das an meinen Mundwinkeln zerrte.

Ich glaube nicht, dass ich Anyan dieses Wort jemals verwenden gehört habe, bemerkte ich. *Er sagt immer Halb-Mensch oder Halb-Übernatürlicher, aber niemals »Halbling«.*

Als wir zu einem Lieferwagen mit Ausrüstung geführt wurden, fragte ich Anyan erneut, ob es wirklich eine gute Idee sei, dass ich mich an der Razzia beteiligte.

»Du musst lernen. Wir waren alle einmal grün hinter den Ohren, und irgendwann mussten wir alle zum ersten Mal bei so etwas wie dieser Razzia heute dabei sein. Du wirst die ganze Zeit an meiner Seite bleiben, und wir werden in der

Mitte des Sturmtrupps positioniert sein. Es sind nur ein paar Täter, um die wir uns kümmern müssen, und dafür sind wir, ehrlich gesagt, eigentlich sowieso zu viele. Du wirst wahrscheinlich nicht einmal die Zeit haben, eine Magiekugel zu formen, geschweige denn sie auf irgendjemanden abzufeuern. Du musst vor allem dabei helfen, unsere Linien stabil zu halten und die Frauen in Sicherheit zu bringen. Du bist stark, Jane, aber du brauchst noch mehr Vertrauen in dich selbst und in deine Fähigkeiten. Und das erreichst du nur durch Erfahrung.«

Ich schluckte und tat mein Bestes, kompetent auszusehen, während Anyan innehielt, um nachzudenken.

»Allerdings geben wir dir besser keine Waffe in die Hand. Wahrscheinlich würdest du dir damit bloß selbst in den Fuß schießen.«

Ich nickte; er hatte recht. Aber das erinnerte mich wieder an die Frage, die mir schon die ganze Zeit unter den Nägeln brannte: »Was soll das eigentlich? Warum verwendet ihr Waffen statt Mojo?«

»Weil wir als Menschen getarnt hineingehen. Sonst würden sie sofort unsere Magie spüren und wissen, dass wir kommen.«

Um sein Argument zu unterstreichen, ließ Anyan einen Strahl seiner Magiekraft über meine Haut prickeln, sodass ich eine Gänsehaut bekam.

Ich schluckte. Ich hatte schon Angst genug gehabt, als ich noch dachte, es würde ein komplett magischer Einsatz werden, aber beim Anblick all dieser Sturmgewehre wurde ich nervös. Waffen konnte ich wirklich nicht ausstehen.

Aber es blieb keine Zeit, mich weiter mit meinen Vorbehalten Waffen gegenüber zu befassen, denn wir waren bereits bei dem Lieferwagen mit der Ausrüstung angekommen. Der Barghest ging voran und durchsuchte alles, bis er Sachen gefunden hatte, die uns passen würden. Wir hatten beide bereits dunkle Kleidung an, also mussten wir uns darüber schon mal keine Gedanken machen. Er war ungewöhnlich groß und ich ungewöhnlich klein, wir hätten niemals etwas gefunden, das uns passte. Aber der Barghest schnallte mir eine übergroße kugelsichere Weste um (nur für den Fall, dass ich in unsere eigenen Schusslinien geriete, erklärte er) und verpasste mir einen Helm, der mir die ganze Zeit über die Augen rutschte. Ich fühlte mich wie ein kleines Kind, das Verkleiden spielt, aber ich ließ ihm seinen Willen.

Anyan war schließlich der harte Kerl bei unserer kleinen Operation und ich die halbe Robbe. Ich wusste, wann ich nicken und lächeln musste.

KAPITEL 14

Die nächste halbe Stunde war eine bizarre Mischung aus den längsten und den kürzesten Momenten meines Lebens. Der Auftakt zu dem Einsatz kam mir vor wie im Zeitraffer. Wir statteten uns im Ausrüstungsvan aus und eilten an den endgültigen Ausgangsposten für die Stürmung. Alle schwärmten auf ihre Positionen aus.

Das Labor befand sich im hintersten Gebäude des Komplexes und verfügte über zwei Eingänge: einen an der Rück-, einen an der Vorderseite. Vor beiden hielten sich jeweils zwei Teams bereit: Das erste war ein Einbruchsteam bestehend aus je zwei Übernatürlichen, die die Türen aufbrechen würden, und das zweite ein Vorstoßteam, das an der ersten Gruppe vorbeigehen und die Räumlichkeiten stürmen und sichern würde. Wir waren im Tarnkappenmodus und wandten keinerlei Magie an, weshalb die Einbruchteams dieselbe Kombination aus Rammbock und Schutzschilden trugen, wie man es aus dem Fernsehen kennt. Eine Person rammte die Tür, während die zweite ihr mit einem Sturmgewehr Deckung gab. Anyan und ich gehörten zu dem Vorstoßteam, das durch den

Vordereingang eindrang. Beide Teams stürmten das Labor in einer Stabformation – was nur soviel bedeutete, dass sie in einer Reihe hintereinander hineingingen. Ich war irgendwo gegen Ende der Linie, eingeklemmt zwischen Anyan und einer sehr erfahrenen Einsatzkraft, einer kleinen Frau, die ihr Sturmgewehr mit der zärtlichen Vertrautheit einer Geliebten handhabte.

Die Vorstoßteams erreichten beide Einfallpunkte zeitgleich, da laut Frida keiner der beiden Eingänge mit Fallen versehen war. Doch man hatte sich nicht mit nur zwei Einfallpunkten zufriedengeben wollen, also hatte man noch einen weiteren geschaffen: ein »Bullauge« zwischen dem Gebäude, das wir stürmten, und dem leerstehenden angrenzenden Laden. Zuvor waren zwei unserer Leute die Wand auf der anderen Seite des Geschäftskomplexes hinaufgeklettert, hatten sich zu dem Nachbarladen des Labors geschlichen und waren durch ein Oberlicht eingestiegen. Einer der Übernatürlichen aus dem Team, ein Nahual, war ein Sprengstoffexperte und hatte eine Sprengschnur – einen hauchdünnen Schlauch gefüllt mit Plastiksprengstoff in Puderform – kreisförmig an der Wand angebracht, die er zünden wollte, wenn die Vorstoßtrupps das Labor stürmten. Das Loch wäre zwar nicht annähernd groß genug, um hindurchklettern zu können, aber der andere Übernatürliche – ein Steingeist, dessen ruhige Art ihn zu einem perfekten Scharfschützen machte – passte hindurch.

Unsere Instruktionen, was zu tun sei, wenn wir erst einmal drin wären, waren simpel. Unsere Regel für den Einsatz in diesem Szenario lautete »direkter Zugriff«, was bedeutete, dass wir zuerst die Täter ausschalten mussten, um die Gefahr für die Geiseln zu minimieren. In anderen Einsatzszenarios, bei denen keine Zivilisten bedroht waren, hätten wir unsere eigene Sicherheit in den Vordergrund gestellt und wären langsamer vorgegangen. Aber aufgrund der Gefahrenlage, in der sich die im Labor eingeschlossenen Frauen befanden, kam es, wie Anyan mir erklärte, auf Schnelligkeit, den Überraschungsmoment und Schlagkraft an.

Ich war es gewohnt, die Dinge langsam und vorsichtig anzugehen. Für mich, die ich Gewalt um jeden Preis mied, waren Anyans nüchterne Erläuterungen nicht gerade beruhigend.

Nicht dass ich viel Zeit gehabt hätte, lang über meine Situation nachzugrübeln, denn in der einen Minute stand ich noch mit Anyan vor dem Lieferwagen, und in der nächsten fand ich mich schon in einer Reihe mit Leuten wieder, die bis an die Zähne bewaffnet waren. Jedes Mal wenn ich eines dieser Sturmgewehre ansah, zuckte ich buchstäblich zusammen. Und wie um mir einzuhämmern, wie wenig ich hierherpasste, rutschte mir mein Schutzhelm immer wieder über die Augen, und ich musste wirklich, wirklich dringend pinkeln. Ich wusste zwar, dass das bloß meine Nerven waren, aber das half auch nicht.

Wenn ich mir jetzt in die Hose mache, würde mich das echt anpissen, dachte ich in dem Moment, als die Zeit stehen blieb.

Im Ernst, die Zeit blieb einfach – stehen. Es war so, als wäre alles, was geschehen war, bevor wir diese Linienformation angenommen hatten, dreimal so schnell verlaufen, aber sobald wir dort standen, fühlte es sich so an, als wäre irgendein großer Daumen à la Martin Amis aus dem Nichts erschienen und hätte die Zeit abgestellt.

Die uns umgebende Stille trug ihren Teil dazu bei, dieses Gefühl zu verstärken.

Die Fenster des früheren Ladengeschäfts, jetzt Labors, waren alle zugemauert und die Glaseingänge durch große Stahltüren ersetzt worden. Anders als die anderen Labors, auf die wir schon in Boston oder Borealis gestoßen waren, lag dieses so weit ab vom Schuss, dass die Wesen, die es betrieben, sich gar nicht erst die Mühe gemacht hatten, es als Klinik zu tarnen. Mit anderen Worten, wir mussten uns keine Sorgen darüber machen, gesehen zu werden, sondern nur, dass wir gehört würden. Also kommunizierten wir auf dem Weg vom endgültigen Ausgangsposten der Operation zu den Eingängen des Labors alle nur noch mit Hand- und Augensignalen, während wir uns so leise wie möglich heranschlichen.

Noch gespenstischer wurde die Situation jedoch dadurch, dass wir auch alle unsere Magie schweigen ließen. Ich hatte mich bereits so an den ständigen surrenden Unterton der Elementkraft gewöhnt, die durch mich, meine Freunde und alle Übernatürlichen, die mich umgaben, floss, dass die plötzliche Stille irritierend war. Es war wie ein leichter Tinnitus, der sich plötzlich wundersamerweise auflöste und mich staunend darüber zurückließ, wie still die Welt doch sein konnte. Ich war außerdem überrascht darüber, wie menschlich die Übernatürlichen um mich herum – ohne ihre lodernden Magiekugeln oder ihre blauen Flammenschwerter – wirkten, sogar diejenigen wie der Satyr, die eine so andere Gestalt hatten. Mit Sturmgewehren in der Hand und Augen, aus denen angespannte Erwartung sprach, aber ohne dieses Surren von übernatürlichen Kräften, das sie normalerweise umgab, hätten sie jede beliebige Spezialeinheit kurz vor einer Razzia sein können.

Zugegeben, manche waren etwas pelziger und gehörnter … im nicht übertragenen Sinn.

Als die Anspannung zunahm, wurde die Zeit immer langsamer und langsamer und langsamer … und mein Schutzhelm verrutschte immer wieder. Ich schob ihn zurück. Und er rutschte wieder nach vorn. Ich spürte, wie eine Schweißperle unter meinem Pony hervorquoll und sich ihren Weg meine Wange hinunter bahnte, an meinem Kinn kurz zitternd hängen blieb und erst dann zu Boden fiel. Sie schien eine Ewigkeit für diesen Weg zu brauchen. Mein Herz raste, doch aufgrund des Streiches, den die Zeit mir spielte, hörte es sich in meinen Ohren so an, als würde ein unheilvoller Bass irgendwo im Hintergrund ganz langsam vor sich hin wummern. Und die Zeit verlangsamte sich noch immer, bis ich das Gefühl hatte, sie würde ganz stehen bleiben. Aber dann, ganz plötzlich, bewegte sich der große Daumen erneut, drückte einen anderen Knopf, und alles lief wieder in Hypergeschwindigkeit.

Auf einmal gaben die Einbruchteams das Kommando und rammten die Türen ein, und aus dem Gebäudeinneren drang eine Explosion. Bevor ich michs versah, war es offenbar an der Zeit, den Laden »aufzumischen«. Das Einbruchteam war zur Seite getreten und hatte den Weg für die vordersten Reihen unseres Sturmtrupps frei gemacht. Vorne wurde bereits das Feuer eröffnet, und ich spürte, wie mir die Schüsse bis ins Mark fuhren.

Anyans Hand löste ein Kribbeln an meinem Rücken aus, als er mich mit dem Rest unserer Stabformation vorwärts schob. Die Frau vor mir hatte das Gewehr schussbereit im Anschlag, bis wir das kühle, klare Kommando unseres Ifrit-Einsatzleiters hörten, der rief: »Magie!« Geschmeidig steckte sie daraufhin ihr Gewehr zurück in das Halfter auf dem Rücken und formte gleichzeitig mit der anderen Hand eine Magiekugel. Genauso wie die akustische endete auch die übernatürliche Stille mit einer Kakophonie aus Knallen und Surren, als eine heftige Attacke aus Magiekräften sich entlud: Magiekugeln wurden geschleudert, Schilde hochgefahren, und plötzlich war aus einem normalen Einsatz eine paranormale Razzia geworden.

Alle schienen überall gleichzeitig zu sein, und alle riefen durcheinander. Laut unserer vorher festgelegten Einsatzregeln sollten wir versuchen, die Verbrecher lebendig zu erwischen, damit wir sie später befragen könnten. Gleichzeitig hatte Isolde jedoch befohlen, dass die Sicherheit der Geiseln in jedem Fall vorging, und die Scharfschützen waren angewiesen worden, den »Arzt« auszuschalten, dessen Arbeitsplatz sich direkt zwischen den Zellen zweier Geiseln befand, in beunruhigender Nähe zu den Gefangenen, und die Bewacher aus anderen Laboren hatten ja schon früher ihre Vorliebe für das Eliminieren ihrer Geiseln unter Beweis gestellt.

Ich erblickte dann auch tatsächlich einen Mann in einem Arztkittel, der in sich zusammengesunken mit einem sauberen Loch zwischen den Augen auf seinem Bürostuhl saß, die Wand hinter ihm mit Blut und Gehirnmasse bespritzt. Unsere Scharfschützin hatte ganze Arbeit geleistet, und zumindest dieser Teil der Razzia war nach Plan verlaufen.

Leider war der restliche Einsatz nicht ganz so geglückt. Bis wir im Labor waren, waren alle drei Übeltäter bereits tot – und bloß zwei waren durch unsere Hand gestorben. Denn der Kappa hatte, sobald er erkannt hatte, was vor sich ging, den anderen Arzt selbst um die Ecke gebracht. Dann hatte er versucht, die Geiseln aus dem Weg zu räumen. Er jagte ein Loch in die arme Havsrå, doch bevor er sie ganz erledigen konnte, wurde er von den ersten Leuten aus unserem Team niedergestreckt. Eine Gewehrladung aus der einen Ecke des Raums und eine Magiekugel aus der anderen hatten das Ende des Mutant Ninja Turtle bedeutet, und damit war auch unsere Chance dahin, endlich an ein paar wirkliche Informationen darüber zu kommen, was in diesen Labors geschah.

Aber die Havsrå hatte überlebt, und das war wichtiger.

All diese Details erfuhr ich natürlich erst im Nachhinein. Denn an was ich mich tatsächlich erinnerte, war in etwa Folgendes:

Lärm, Gebrüll, Hand am Rücken – dürfte Anyans sein – vorwärts, vorwärts, es geht vorwärts, oh mein Gott, ich will da nicht rein, Scheiße, wir sind drin, vielleicht ist Iris hier irgendwo? Überall Rauch, brennende Augen, oh mein Gott, ich mach mir gleich in die Hose, verdammt, das ist Blut, was, wenn es einen von uns getroffen hat, was, wenn es Iris ist, Laborkittel, oh Gott sei Dank, es ist einer von den Bösen, die Frauen, die armen Frauen, ich kann Iris nirgends sehen, ich wusste ja, dass sie nicht hier ist, aber was, wenn sich die Drudenfrau geirrt hat und sie hier irgendwo versteckt ist, da ist dieser Scheiß-Kappa, er ist auch tot, Meereskodex, Wichser! Oh nein, er hat eine von den Geiseln erwischt, aber jetzt ist er tot und die anderen zwei auch, WO IST IRIS, ich habe ja überhaupt nichts getan, war's das?

Und das war es dann tatsächlich. Denn nach all dem Chaos und der Angst drückte der große Daumen einen anderen Knopf, und die Zeit lief wieder in normalem Tempo. Ich stand mitten im Raum, Anyans eine Hand noch immer auf

Taillenhöhe an meinem Rücken, in der anderen hielt er eine überflüssig gewordene Magiekugel.

Nach einer Weile merkte ich, dass ich zitterte. Alles war erledigt und überstanden, aber ich zitterte noch immer wie eine mittelalterliche Jungfrau in ihrer Hochzeitsnacht. Ich schlotterte sogar so sehr, dass mir der verdammte Helm schon wieder über die Augen rutschte. Aber diesmal ließ ich ihn einfach, denn er blendete alles andere aus, bis Anyan ihn mir schließlich behutsam aus dem Gesicht schob.

»Alles okay?«

Ich sah ihn an und schwieg. Eine Mischung aus Angst und Adrenalin hielt meine Zunge in Beschlag.

»Jane?«

Ich suchte und fand schließlich meine Fähigkeit zu sprechen wieder. »War es das?«, fragte ich immer wieder, denn ich war noch immer nicht in der Lage, weiter zu denken als über die Vorstellung hinaus, dass es vorbei war.

»Ja, Süße, das war's. Und du warst super.«

Ich stand blinzelnd da. »Also, ist jetzt alles vorbei? Und wir sind sicher?«

»Ja, das sind wir«, sagte Anyan sanft. »Alles ist vorbei, und wir sind sicher. Und all die Frauen auch. Aber geht es dir gut?«

Das Herz klopfte mir noch immer bis zum Hals, das Adrenalin ließ mich am ganzen Körper zittern, und ich spürte das Blut durch mein Hirn pulsieren, als bekäme ich jeden Augenblick einen Schlaganfall. Aber abgesehen davon fühlte ich mich … um ehrlich zu sein und trotz des ganzen Chaos um mich herum … fantastisch.

»Das war so cool«, sagte ich schließlich. »Ich meine, ich

habe eigentlich gar nichts gemacht, aber es war so cool. So müssen sich diese Leute fühlen, die aus Flugzeugen springen …«

Anyan lachte, und seine schiefe Nase kräuselte sich vor Vergnügen. »Süße, du warst fantastisch. Und du hast durchaus etwas getan. Als ich zu dir sagte ›Vorwärts‹, bist du vorwärtsgegangen. Weißt du, wie viele Neulinge bei ihrem ersten Einsatz Reißaus nehmen? Außerdem ging es hierbei ja nie darum, dass du gleich jemanden um die Ecke bringst. Es waren ja auch nur ein paar Bösewichte, aber viele Geiseln. Es ging darum, genug Schlagkraft zu haben, damit wir die Frauen lebend da rausholen können. Und dabei hast du geholfen.«

Ich grinste bei Anyans Worten. Plötzlich merkte ich, dass etwas Wahres darin lag, denn irgendwann hatte ich direkt zwischen dem Kappa und der Zelle von einer der Geiseln gestanden.

Ich war ein menschlicher Schutzschild, sagte ich mir ziemlich stolz. *Na ja, gut, ein Halblingsschutzschild … aber wo wir schon einmal von Schilden sprechen, warum hat die Havsrå sich nicht vor der Attacke durch den Kappa abgeschirmt? Und wie ist es überhaupt möglich, dass drei Leute fünf Übersinnliche gefangen halten können?*

Ich stand noch so lange da und starrte dämlich in den Raum, bis die Übernatürlichen, die den Ort nach Spuren untersuchen sollten, nachrückten. Einige Wesen durchwühlten die Arbeitsplätze und die Aktenschränke, während andere die verschiedenen medizinischen Instrumente erfassten und einpackten, die überall wild durcheinanderlagen.

Isolde kam zusammen mit zwei anderen hochrangigen Offizieren herein. Sie blieben immer wieder stehen, um verschiedenen Teammitgliedern zu gratulieren.

»Also, du hast dich wirklich gut geschlagen, Jane«, fasste Anyan noch einmal zusammen, und ich konnte mir ein Grinsen nicht verkneifen.

»Es hat irgendwie Spaß gemacht«, gab ich zu. »Aber ich hatte ganz schön Angst, und ich weiß nicht, wie nützlich ich euch gewesen wäre, wenn ich wirklich hätte kämpfen müssen.«

Ich beobachtete, wie Isolde zu Ezekiel trat, der gerade ein paar Aktenschränke neben einem der Schreibtische durchsuchte. Sie sagte etwas zu ihm, und daraufhin durchforstete er die Akten noch einmal.

»Nun«, sagte Anyan, »daran werden wir als Nächstes arbeiten. Ich wünschte, ich könnte dir sagen, dass es nicht aufs Kämpfen ankommt, dass du nie in die Verlegenheit kommen wirst, jemandem entgegenzutreten, aber nach allem, was passiert ist, ist das leider nicht sehr wahrscheinlich. Jetzt da deine Schilde stabil sind…«, sagte er und erinnerte mich an meinen Gedanken von vorhin. Bevor er mir seinen Masterplan für mich zu Ende darlegen konnte, unterbrach ich ihn.

»Anyan, warum sind die Geiseln nicht einfach ausgebrochen? Wo waren denn ihre Superkräfte? Und…«

Bevor ich weitersprechen konnte, sah ich Isolde aus dem Augenwinkel zu uns treten, Ezekiel an ihrer Seite, einen Ordner in der Hand.

»Zeki hat das hier gerade gefunden«, sagte die Baobhan Sith mit grimmigem Gesichtsausdruck. Sie reichte Anyan die Unterlagen und vermied dabei gezielt, mir in die Augen zu schauen.

Anyan las die Beschriftung des Ordners und schlug ihn dann auf. Ich sah, wie ihm die Gesichtszüge entgleisten und wusste Bescheid. Ich streckte die Hand danach aus, und er starrte sie einen Moment lang an, bevor er mir den Ordner in die Hände drückte.

Auf der Vorderseite stand: »Elbe, Iris.« Darin befanden sich ein paar halbausgefüllte Formulare, die mich jedoch nicht interessierten. Wichtig war das Wort, das quer über die erste Seite gestempelt worden war.

»Erledigt.«

KAPITEL 15

Als ich das Kratzen an meiner Tür hörte, lag ich gerade auf dem Bauch, halb unter dem Bett, und tastete nach meinem Deo. Ich hatte es fallen lassen, und es war davongerollt wie ein gefangenes Tier, dem sich plötzlich eine Möglichkeit zur Flucht bot.

Erst vor ein paar Stunden hatte ich aus diesem Aktenordner von Iris' Tod erfahren. Anyan hatte uns in ein Hotel im Zentrum von Providence eingecheckt, wo wir ein paar Tage bleiben würden. Es gab Zeugen zu befragen, und morgen würden wir Ryus Team treffen. Also konzentrierte ich mich auf das, was vor uns lag, anstatt auf das, was geschehen war. Iris' Tod würde ich später verarbeiten, wenn wir Jarl unschädlich gemacht hatten.

In der Zwischenzeit hatte ich beschlossen, ein paar Sachen mit der Hand zu waschen, um mich zu beschäftigen. Ich hatte einen kleinen Stapel mit dreckigen Sachen, die ich aus meiner Reisetasche gekramt hatte, und ich hatte das Gefühl, die Welt wäre ein klein bisschen besser, wenn ich erst diese dreckigen Klamotten gewaschen hätte.

Aber dann machte sich mein Deo selbstständig, und ich musste es wieder einfangen. Womit ich wieder bei diesem Kratzen wäre …

Was zum Teufel, dachte ich und erstarrte, noch immer halb unter dem Bett. Es kratzte wieder an der Tür, diesmal etwas lauter.

Ich rappelte mich zögerlich auf und ging zur Hotelzimmertür, um hinauszuspähen. Auf Augenhöhe war nichts zu erkennen, aber als ich hinunterblickte, konnte ich die Spitze eines wedelnden Schwanzes erkennen.

Ich dachte, wir wären darüber hinweg, dass er sich hinter seiner Hundeform versteckt, schoss es mir durch den Kopf, als ich die Tür aufsperrte, um Anyan hineinzulassen.

»Jane«, knurrte er, und sein großes Hundegesicht sah zu mir auf.

»Anyan«, erwiderte ich verhalten. Was wollte er bloß?

»Können wir reden?«

Ich seufzte. Anyan hatte schon vorher versucht, mich in ein vertrauliches Gespräch zu verwickeln, aber dazu war ich gerade überhaupt nicht in der Stimmung.

»Ich versuche gerade, mich hier ein bisschen zu organisieren«, erklärte ich ausweichend und zeigte auf die Stapel sauberer und schmutziger Wäsche. »Ich dachte, ich erledige ein bisschen Handwäsche …«

»Super. Ich kann dir ja Gesellschaft leisten«, erwiderte der große Hund, schob seinen riesigen Kopf durch die Tür und trottete an mir vorbei.

»Super«, sagte ich sarkastisch.

Anyan schnüffelte in meinem Zimmer herum. Ich sah mich schon nach einer Zeitung oder irgendeinem Magazin um, mit dem ich ihm eine verpassen könnte, sollte er auf die Idee kommen, meine Wäsche zu beschnuppern. Schließlich sprang er auf das extragroße Bett, drehte sich ein paarmal im Kreis und machte es sich dann bequem.

Ich schloss die Tür und sperrte ab. Dann lehnte ich mich mit dem Rücken dagegen und sah den Barghest fragend an.

»Mach nur weiter und kümmer dich um deine Wäsche; ich liege hier nur so ein bisschen herum.«

Ich sah Anyan mit zusammengekniffenen Augen misstrauisch an. »Du liegst hier einfach nur so herum?«

»Iris war auch meine Freundin, Jane. Du verstehst sicher, dass ich jetzt ungern allein bin.«

Ich spürte, wie sich mein Rücken versteifte und eine Welle der Trauer mich mitzureißen drohte.

Keine Zeit, ermahnte ich mich barsch, ballte die Fäuste und stapfte hinüber zu dem Stapel mit dreckiger Wäsche.

Ich wühlte darin herum und merkte, dass meine Hände zitterten, weil ich ständig etwas fallen ließ. Aber ich fuhr beharrlich fort, nicht bereit, mich von meiner Trauer überwältigen zu lassen. Als ich alles zusammengesammelt hatte, marschierte ich ins Bad, wo das Waschbecken und meine Tube Woolite auf mich warteten.

Als ich fertig war und meine paar Höschen und BHs sauber und ausgewrungen über der Duschvorhangstange hingen, nahm ich mir noch ein paar Sekunden Zeit, um mich zu sammeln. Ich starrte im Spiegel in meine schwarzen Augen und nahm ein paar beruhigende, tiefe Atemzüge, bevor ich wieder ins Zimmer zurückkehrte, um mich Anyan zu stellen.

»Fertig?«, erkundigte sich der große Hund. Er lag auf

dem Bauch, seine Vorderpfoten hingen über die Bettkante, und seine Hinterbeine waren ausgestreckt. Als ich das sah, musste ich lächeln, und als Antwort darauf wedelte er mit dem Schwanz.

»Können wir reden?«, fragte er erneut und ließ mein Lächeln damit erstarren.

»Über was?«

»Über das, was wir heute erfahren haben. Über Iris. Darüber, wie du dich fühlst.«

Ich seufzte. Ich wollte nicht darüber reden. Und ganz sicher wollte ich nichts fühlen.

»Bitte«, sagte er.

»Ich möchte eigentlich nicht«, erwiderte ich. »Ich... will einfach nicht.«

»Okay. Ich würde einfach gern wissen, was du denkst.«

»Ich denke gar nichts.«

Anyans Schnauze verzog sich zu einem Hundegrinsen, und seine Zunge hing ihm aus dem Maul. »Jane, du denkst immer. Bitte, rede mit mir. Nur ein bisschen. Mir zuliebe.«

Seine seltsam menschlichen stahlgrauen Augen in dem struppigen Gesicht erweichten mich.

»Also gut«, sagte ich, »die Wahrheit ist, ich musste an das Buch Hiob denken.«

»Hiob?«

»Richtig«, bestätigte ich wenig hilfreich.

»Und was genau denkst du, wenn du an Hiob denkst?«, hakte der Barghest nach, und seine Stimme strotzte nur so vor Geduld, wie um mich dran zu erinnern, dass er kein Hund war, der leicht aufgab.

Ich rollte meine Schultern, versuchte den Knoten der Anspannung zu lösen, der sich in meinem Nacken gebildet hatte, seit ich den Aktenordner gesehen hatte.

»Setz dich zu mir«, drängte er. »Erzähl es mir.«

Ich setzte mich ans Fußende des Bettes, mein Hintern gleich neben seinem Hundeschwanz. Ich wollte ihm nicht zu nahe sein, nicht in diese grauen Augen schauen müssen.

»Du weißt ja, dass ich nicht religiös erzogen wurde«, erklärte ich, »abgesehen von dem vagen Pseudopaganismus von Jasons Großeltern Nick und Nan.«

Anyans Schwanz schlug sanft an meine Taille, wie um mich zu ermutigen.

»Also haben Jason und ich, als wir so etwa dreizehn waren, beschlossen, zusammen die Bibel zu lesen. Hauptsächlich, um zu verstehen, was der ganze Aufstand darum soll. Und da haben wir uns beide ein bisschen in das Buch Hiob verrannt. Jason fand, dass es eine tolle Geschichte war, und ihm gefiel, wie sie Jehovas Charakter verdeutlichte: ›Gegen Hiob entbrannte sein Zorn.‹ Aber ich konnte nicht verstehen, wie irgendwer, egal zu welcher Zeit, jemals Trost in einer solchen Geschichte finden konnte.«

Ich stockte, versuchte mir darüber klarzuwerden, was ich als Nächstes sagen würde. Anyan nutzte die Gelegenheit, um auf dem Bett herüberzurutschen, damit seine großen Vorderpfoten neben meinen Oberschenkeln zu liegen kamen. So leicht würde er mich nicht davonkommen lassen.

»Und jetzt?«, hakte er nach.

»Und jetzt … verstehe ich es. Ich verstehe jetzt, was es heißt, so lange zu weinen … bis man nicht mehr kann.«

»Du hast eine Menge verloren, Jane. Da ist es nur natürlich, dass man sich fragt warum.«

»Ja, aber wozu soll das gut sein, Anyan?«, fragte ich hitzig. »Hiob hat wenigstens irgendetwas bekommen. Es war zwar bloß eine eindeutig unbefriedigende Nichtantwort auf seine Frage, aber es war zumindest *etwas*. Die Antwort Gottes, der durch einen Wirbelwind mit ihm sprach, mochte ja vielleicht ätzend gewesen sein, aber zumindest hat er zu ihm gesprochen. Allein die Tatsache, dass er etwas dazu sagte, bedeutet ja, dass hinter diesem Sturm, der so viel Unglück über Hiobs Leben gebracht hat, etwas stand. Mit anderen Worten, die Stimme sprach von einem Zweck und untermauerte damit die Vorstellung, dass die Dinge aus einem bestimmten Grund passieren, selbst wenn diese Gründe für Hiob nicht nachvollziehbar waren.

Aber wenn ich gegen den Wirbelwind antobe, bekomme ich nichts, Anyan. Wenn ich trauere, folgt auf meine Tränen bloß Schweigen, und wenn ich wütend werde, dann lacht sich Jarl bloß ins Fäustchen und plant die nächsten Grausamkeiten.«

»Also was willst du jetzt tun?«

»Ich muss aufhören, diese Fragen zu stellen. Ich muss aufhören darüber *nachzudenken*. Ich muss *handeln*.«

»Was meinst du damit, handeln?«

»Ich muss Jarl das Handwerk legen«, antwortete ich. Und bevor Anyan mir widersprechen konnte, fuhr ich fort. »Ich weiß, dass Jarl ein Alfar ist und einer der mächtigsten noch dazu. Mir ist auch klar, dass er, abgesehen von all der Macht, über die er selbst verfügt, auch noch die Unterstützung des Königspaars und aller anderer Alfar am Hof genießt.

Aber all das spielt keine Rolle. Man muss ihn *aufhalten*. Und wenn das bedeutet, dass die Jane True, die ich bin, nicht gut genug ist, tja, ich kann mich ändern – bis ich schlau genug und stark genug und skrupellos genug bin, diesen Mistkerl zu stoppen.«

Meine Stimme war ziemlich laut geworden und schallte sogar für meine eigenen Ohren ein bisschen ungestüm und überspannt durchs Hotelzimmer. Aber ich meinte jedes Wort so, wie ich es sagte.

Ich bin es so leid, schwach zu sein, dachte ich und spürte, wie sich meine Fäuste ballten, während eine Welle aus Schmerz und Wut meine kühle Fassade bedrohte.

Anstatt mir zu widersprechen, wie ich es erwartet hatte, reagierte Anyan, indem er sich auf die Seite rollte, sodass sein Kopf meine Hüfte berührte.

»Kannst du mich mal am Schulterblatt kratzen?«, fragte er zu meiner Überraschung.

»Was?«

»Kannst du mich am Schulterblatt kratzen? Da juckt es mich schon die ganze Zeit. Ich hatte gehofft, du könntest mich da kratzen.«

Ich starrte den Barghest irritiert an. Normalerweise war er der Erste, der mich zurechtwies, wenn ich versuchte die Kampf-Jane heraushängen zu lassen. Aber dann zuckte ich mit den Schultern und fing an, ihn zu kratzen, und als er knurrte und hechelte, gruben sich meine Fingernägel fester in seine Seite. Ich lächelte, doch dann lief ich rot an, denn ich erinnerte mich wieder daran, dass er nicht bloß ein schwarzer Hund war, sondern *Anyan*. Meine Finger wurden zögerlicher und hörten dann ganz mit dem Kraulen auf. Er zuckte daraufhin mit dem Ohr und schielte mit seinem grauen Auge zu mir hoch, als wolle er sagen: »Verdammt, nicht aufhören«, also kraulte ich ihn weiter.

Schließlich brummte er: »Genug.«

Er stand auf, schüttelte sich, und Büschel schwarzer Hundehaare rieselten auf meine vorher makellose Tagesdecke. »Das war wunderbar. Und jetzt reden wir Klartext.«

Ich verzog das Gesicht. Ich hatte wirklich gehofft, er würde mich in Ruhe lassen …

»Du bist wütend«, sagte er.

Ich schnaubte bloß geräuschvoll.

»Aber du kannst doch nicht bloß Wut verspüren?«, versuchte er mich anzustoßen.

»Nein«, antwortete ich. »Das tue ich auch nicht. In Wahrheit drücke ich die Wut weg. Ich will einfach nur etwas tun, Anyan. Zorn und Trauer haben mich noch nie weit gebracht. Sie haben mir weder meine Mutter zurückgebracht, nachdem sie verschwunden war, noch haben sie Jason wieder lebendig gemacht. Und sie werden auch den Mord an Iris und meiner Mutter nicht rächen können.«

»Also ist es das, was du willst? Rache?«

Ich lachte, aber es klang trocken und bitter.

»Ja, Anyan! Ich will *wirklich* Rache«, flüsterte ich schließlich mit einer Stimme, die so kalt und entschlossen klang, es hätte Jarl selbst sein können, der da sprach.

Anyan drehte sich herum, damit er mich direkt ansehen konnte. Eine seiner Vorderpfoten hing unbequem über die Bettkante, denn er war weit genug vorgerutscht, um mir direkt ins Gesicht blicken zu können.

»Was ist los mit dir, Jane?«, fragte er, als hätte ich ihm nicht eben genau gesagt, was ich fühlte.

»Habe ich dir doch erklärt«, sagte ich gereizt.

»Nein, du redest davon, was du willst, aber du hast noch

nichts darüber gesagt, wie du dich wirklich fühlst. Das ist es, was mir Sorgen macht.«

Ich starrte auf den Flachbildfernseher an der Wand vor mir und vermied es, Anyan in die Augen zu schauen. Aber ich spürte das leise Hecheln seines Atems, der die Haare, die mir ins Gesicht hingen, bewegte.

Ich wusste, er würde nicht lockerlassen, bis er bekommen hatte, was auch immer er von mir wollen mochte.

»Ich fühle mich... jenseits vom Fühlen«, ließ ich mir schließlich einfallen.

»Hmm«, erwiderte der Barghest bloß.

»Hmm was?«, fragte ich, als ich merkte, dass das alles war, was ich von ihm bekam.

»Die Vorstellung, dass du nichts fühlst, gefällt mir nicht.«

»Tja, für mich ergibt es aber Sinn, Anyan. Weil alles, was ich in letzter Zeit empfinde, sind schlechte Gefühle. Also arbeite ich lieber. Bin aktiv. Höre auf zu denken und mache Sachen.«

Anyan nahm sich Zeit, um über das, was ich eben gesagt hatte, nachzudenken.

»Funktioniert es?«, fragte er schließlich.

»Funktioniert was?«

»Nichts zu fühlen.«

»Ja. Ich denke schon. Ich weiß nicht. Es fühlt sich zumindest taub an. Taub ist gut.«

»Aber sich taub zu fühlen, ist auch ein Gefühl. Du hast in letzter Zeit jede Menge Schocks erlebt, Jane. Du kannst nicht von dir erwarten, dass du dich so schnell davon erholst...«

»Hier geht es doch nicht um mich, Anyan. Es geht um meine Mutter und Iris. Ich habe versucht, zu trauern, und ich habe versucht, wütend zu sein, aber nichts hilft. Sie sind noch immer tot, und wer auch immer sie auf dem Gewissen hat, der läuft noch immer da draußen rum. Mein Schmerz ist bloß … Schwäche. Und ich muss jetzt stark sein.«

»Ist es ein Zeichen von Schwäche, wenn man sich verletzt fühlt?«

»Natürlich ist es das, Anyan. Oder sehe ich dich vielleicht heulend rumlaufen? Und dich fürchten die Leute; sie tun, was du ihnen sagst.«

»Und ist es das, was du willst? Dass die Leute dich fürchten?«

»Ja. Nein. Ich weiß nicht!« Mittlerweile schrie ich fast, so frustriert war ich. Warum konnte er mich nicht einfach verstehen und in Frieden lassen?

»Die Jane True, die ich kenne, würde nicht wollen, dass die Leute sie fürchten«, setzte Anyan bloß ruhig meinem Frust entgegen.

»Ich habe schon früher der Trauer die Oberhand gelassen. Als meine Mutter fortging und noch einmal, als Jason starb. Und was hat es mir gebracht? Auf dieser Jane wird herumgetrampelt. Die ganze Zeit. Es ist nicht gerade ein Riesenspaß, diese Jane zu sein.«

»Wie also müsste die neue Jane sein?«

»Sie würde sich nichts gefallen lassen. Sie würde zuerst zuschlagen. Sie hätte den Mut, zu tun, was getan werden muss, und ihre Freunde würden nicht wegen ihr sterben müssen.«

»Das klingt nach einer ziemlich krassen Jane.«

»Hör auf, dich über mich lustig zu machen, Anyan.«

»Ich mache mich nicht über dich lustig. Ich will bloß, dass du dich selbst hörst; hörst, was du da sagst.«

»Was ist so falsch daran? Es ist bloß wahr.«

»Es ist eine Version der Wahrheit, ja. Aber nicht die ganze oder die einzige. Du vergisst dabei nämlich, dass es alle möglichen Formen des Mutes gibt, und wenn wir neue Formen annehmen, dann müssen wir uns von anderen verabschieden.«

»Gut, ich würde wirklich gern etwas Mut annehmen, Anyan. Ich bin es leid, machtlos zu sein.«

»Wer sagt denn, dass du machtlos bist?«

»Jarl. Nyx. Phädra. Graeme ...«

»Also, die Bösen denken, du seist machtlos?«

»Genau.«

»Aber wie definieren sie Macht?«

»Ich weiß, was du gerade versuchst, Anyan. Hör auf, den Hobbyphilosophen zu spielen.«

»Das mache ich doch gar nicht, Jane. Wie schon gesagt, ich will bloß, dass du über deine Worte nachdenkst. Sag mir, wie Jarl Macht definiert.«

»Skrupellosigkeit. Durchtriebenheit. Magische Kraft ...«

»Und so willst du auch werden?«

»Ja, Anyan! Das will ich! Meine Güte, was willst du von mir? Willst du, dass ich ewig jemand bleibe, über den man einfach hinwegtrampeln und dessen Freunde man einfach so umbringen kann?«

»Ist das denn alles, was während der letzten paar Monate passiert ist?«

»Ich schwöre bei allen Göttern, wenn du noch eine meiner Fragen mit einer Gegenfrage beantwortest, dann werde ich zu Mike Tyson und beiße dir dein verdammtes Ohr ab ...«

Frust wallte in mir auf, und Tränen der Wut stachen wie Nadelstiche in meinen Augenwinkeln.

»Was würde dein Vater dazu sagen, wenn du plötzlich skrupellos und durchtrieben wärst…«

Mein Kopf drehte sich mit einem Ruck zu Anyan um. »Lass meinen Vater aus dem Spiel, du Arsch!«, zischte ich mit gepresster Stimme, und dicke Tränen liefen mir über die Wangen.

Anyan beugte sich bloß vor und fing an, mir das Nass vom Gesicht zu schlecken. Und als hätte er es gewusst, ließen mich seine sanften Berührungen endgültig weich werden. Schließlich hatte ich mich schon öfter an Anyans Hundeschulter ausgeweint, und das wusste der manipulative Mistkerl nur zu gut.

Sekunden später schluchzte ich fast schon hysterisch in sein Fell, und all die aufgestaute Wut und Trauer und Verbitterung brachen aus mir heraus. Anyan rutschte noch ein Stück weiter vor, das Bein, das über die Bettkante hing folgte ihm wie ein lebloses Etwas, sodass ich meinen Kopf an seinem Hals vergraben konnte.

»So ist es gut«, murmelte seine bellende Hundestimme. »Lass es raus.«

Ich vergrub mein Gesicht noch tiefer in sein borstiges Fell und fing an zu zittern, als mich ein überwältigendes Gefühl der Einsamkeit überkam.

Deine Mutter ist tot, dein Vater krank, flüsterte es heimtückisch in meinem Kopf. *Bald bist du ganz allein… so allein, wie du es dir nicht einmal vorstellen kannst.*

Plötzlich übermannte mich eine schreckliche Angst, und ich zitterte noch heftiger, als die Gesichter von allen lieben Menschen, die ich verlieren könnte, vor meinem inneren Auge auftauchten.

»Jane? Süße?«, flüsterte Anyan sanft, aber seine Stimme verriet auch einen Hauch von Sorge. Er hatte wohl nicht gemeint, dass ich es gleich *so* sehr rauslasse.

»Alle lassen mich allein«, sagte ich schluchzend, obwohl ich kaum zu verstehen war. Anyan schüttelte seinen Hundekopf.

»Bitte?«, fragte er. Ich schlotterte noch mehr, langsam wurde es sogar für mich selbst beunruhigend, und ich bat um die eine Sache, von der ich wusste, dass sie mich beruhigen würde, ohne mir Gedanken darüber zu machen, dass es Anyan war, der neben mir saß. Ich musste mich einfach versichern, dass ich nicht alleine war.

»*Halt mich*«, dachte ich.

»Ltmich«, war, um was ich bat.

Aber diesmal gelang es dem Barghest, mein Kauderwelsch zu übersetzen. Bevor ich mich wiederholen konnte, flirrte die Luft um mich herum von Anyans Kräften, und starke Arme umschlangen mich. Das, was meine Tränen jetzt durchnässten, fühlte sich eher wie das krause Brusthaar von Anyan-Mann an statt wie das struppige Fell von Anyan-Hund.

Ein Schock durchfuhr meinen Körper, als Anyan mich fester an sich zog. Ich hatte Trost gewollt, eine Umarmung, aber mein Körper überraschte mich, indem er mit einer ganzen Palette anderer Gefühle, jenseits von Trost, reagierte. Als hätte jemand einen Ausschaltknopf gedrückt, hörte ich auf zu weinen. Aber Anyan ließ mich nicht los. Ich spürte, wie seine große Hand sich um mein Haar legte und es energisch in meinem Nacken zusammennahm. Er zog meinen Kopf zurück, um mich mit seinen stahlgrauen Augen direkt anzusehen.

»Ich weiß, es tut weh. Ich weiß, dass du am liebsten alles

begraben willst. Aber du musst weiter Gefühle zulassen, Jane. Das ist ganz wichtig. *Du musst Gefühle zulassen.*«

Ich starrte in sein markantes Gesicht und zitterte nicht nur, weil sein Körper mir so nah und so warm war, sondern aufgrund der Tiefe der Gefühle, die ich in seinen Augen erkannte.

Ich dachte an sein langes Leben und an die schrecklichen Dinge, die er schon gesehen und getan hatte.

»Lässt du sie denn noch zu?«, gelang es mir schließlich trotz des Kloßes in meinem Hals zu hauchen.

Anyans Griff in meinem Haar wurde fester – nicht so sehr, dass es wehtat, aber genug, um seine Worte zu unterstreichen, die direkt aus seiner Brust an mein Ohr grollten. Erst Jahre später verstand ich alles, was er mir nun sagte. Aber für den Moment verstand ich genug.

»Natürlich, Jane. Das ist das Einzige, wodurch wir menschlich bleiben.«

Ich musste an die übermenschliche Gelassenheit der Alfar denken und die kalte Bösartigkeit von Jarl und Phädra, und wieder quollen mir Tränen aus den Augen.

Anyan zog mich erneut zärtlich an seine Brust, ich entspannte mich in seinen Armen und ließ meinen Tränen freien Lauf. Ich weinte um Iris und um meine Mutter. Ich weinte wegen meines Vaters und um mich selbst. Und ich weinte, weil ich es konnte – denn unter diesen Umständen etwas anderes zu tun, als zu fühlen, hätte bedeutet, dass ich nicht mehr Jane True wäre.

Die Trauer schmerzte, ja. Aber sie war wahrhaftig, und sie fühlte sich richtig an, und ich wusste, dass Anyan mich beschützen würde, solange ich mich gehen ließ.

Und das tat er auch, bis mein Schmerz schließlich nachließ und diese anderen Gefühle wieder an die Oberfläche kamen. Denn Anyans Haut drückte sich heiß an meine Wange, und ich wusste, dass da noch eine Menge mehr Haut zu spüren war.

Noch einmal zum Mitschreiben: »Die Kleidung änderte sich nicht mit der Form«, bemerkte meine Tugend trocken. *Du musst wirklich anfangen, diese Tatsache nicht zu vergessen.*

Ich habe es nicht vergessen, schnurrte meine Libido und versuchte mich dazu zu bringen, nach unten zu schauen.

Ich spürte, wie ich rot anlief und löste mich schließlich aus Anyans Umarmung, wobei ich tunlichst darauf achtete, nirgendwo sonst als in seine Augen zu blicken.

»Ähm ...«, setzte ich an, unsicher wie ich ihm danken sollte. Oder wie ich mich aus dieser Situation retten sollte, ohne seinen Schwanz zu sehen.

»Eis?«, unterbrach er mich, bevor ich weiterreden konnte.

»Bitte?«

»Möchtest du mit mir Eis essen gehen? Ich würde dich ja zum Hamburgeressen im White Castle ausführen, aber das gibt es hier auf Rhode Island nicht.«

Ich musste lachen. »Äh, ich glaube, ich ziehe ein Eis auch Zwiebelrülpsern vor.«

Anyan grinste, und seine Nasenspitze zuckte. »Banausin.«

»Ja, ja.«

»Okay, meine Klamotten sind in meinem Zimmer. Keine Schuhe, kein Hemd, keine Bedienung, du weißt schon ...«

Ich wurde noch röter und sah auf meinen Schoß hinunter – um zu vermeiden, seinen anzusehen.

»Äh, klar. Sowieso. Ich warte hier.«

Anyan erhob sich vom Bett und ging barfüßig davon. Ich

kniff die Augen zusammen – was mich meine gesamte Selbstbeherrschung kostete –, bis ich hörte, wie er an der Tür stehen blieb, sie vorsichtig öffnete, um zu sehen, ob er freie Bahn hatte, und ich mir vorstellte, wie er da stand …

Mach es nicht, Jane … Wag es ja nicht …

Glücklicherweise war Willenskraft nie meine Stärke. Nachdem ich eine ganze Sekunde brav geblieben war, sprang mein Blick zu Anyans Hinterteil. Ich seufzte zufrieden, als der Barghest um die Ecke und aus meinem Sichtfeld bog.

* * *

Das Mädchen hinter der Theke der örtlichen Ben & Jerry's Eisdiele war die typische magere, aber ansonsten hinreißende Skaterbraut. Sie hatte tolle tätowierte Oberarme, die unter ihrer Uniform hervorblitzten und ein Grübchenlächeln, das man einfach erwidern musste.

Aber wahrscheinlich trug dazu auch die Tatsache bei, dass sie mir gerade reichlich Mint Chocolate Cookie Eis für einen Milchshake in einen Edelstahlbecher schaufelte. Eigentlich mochte ich so gut wie jeden sofort, der mir Essen gab, und mit Eis konnten sich auch Wildfremde meine grenzenlose Liebe erkaufen.

Mit gierigen Augen sah ich ihr dabei zu, wie sie meine Bestellung fertig machte und dann dazu überging, Chubby Hubby für Anyan in einen Becher zu schaufeln. Ich war so damit beschäftigt, sie dabei zu beobachten, wie sie sich durch eine extra dicke Schicht Erdnussbutter grub, dass ich kaum bemerkte, wie Anyan sich entschuldigte und in Richtung Toilette verschwand.

Er hatte gerade erst den Raum verlassen, und das hübsche,

blonde Skatergirl war dabei, die beiden Metallbecher in den Mixer zu stellen, als plötzlich alles schwarz wurde.

Damit meine ich nicht, dass die Lichter ausgingen, sondern dass meine Welt schwarz wurde. Und still. Zwar konnte ich das verräterische Surren der Magiekraft nirgends hören, aber trotzdem fuhren meine Schilde automatisch hoch, und ich ließ in meiner Handfläche eine wirbelnde, stahlgraue Energiekugel entstehen.

»Wer ist da?«, fragte ich bebend in die Dunkelheit.

Keine Antwort.

»Komm schon! Wer ist da?«

Die Dunkelheit fing an zu flimmern, und Muster entstanden in dem Schwarz um mich herum.

Tiefviolette Weinreben schlängelten sich um mich, fingen willkürlich an zu wuchern. Türkise Blüten sprossen an einigen Enden der Ranken, ihre Staubgefäße leuchteten in einem grellen, fluoreszierenden Pink.

Ich ließ mehr Energie in meine Schilde fließen und suchte die Dunkelheit nach einem Angreifer ab, während ich noch auf einen leisen Hinweis auf eine magische Kraft horchte. Aber ich spürte und hörte nichts.

»Wer ist da?«, rief ich, und meine Beherrschung brach langsam unter der drückenden Stille ein. Ich drehte mich im Kreis, bekam langsam Panik, während die Weinreben weiter um mich herumwucherten, mich wie Dornröschen in ihrem Schloss einschlossen.

Ich drehte mich weiter um die eigene Achse, bis ich aus dem Augenwinkel einen Schimmer erhaschte, weißes Licht, das durch das violette Efeu drang. Der Schimmer wurde zu einer Spalte und die Spalte zu einem Lichtstreif, der sich zu einer Öffnung auswuchs, gerade groß genug für ein dürres Mädchen.

Und da trat Blondie auch schon durch den Spalt, nur dass sie jetzt nackt war. Ihr geschmeidiger Körper war über und über tätowiert, und kleine Ringe glänzten an ihren Nippeln. Sie kam auf mich zu und hatte noch immer ihr Grübchenlächeln auf den Lippen.

Ich erhob die Hand mit der Magiekugel, doch das Energiegebilde war plötzlich nicht mehr da.

»Wer zum Teufel bist du?«, rief ich, als sie mich beinahe erreicht hatte.

Ich wich zurück, schirmte mein Gesicht mit den Armen ab, aber nichts geschah. Ich konnte ihr Kichern hören, und schließlich spähte ich hinter meinen Händen hervor. Sie stand vor mir mit zwei Milchshakes, Strohhalmen und Servietten in der Hand.

Ich sah sie blinzelnd an, und ihr Lächeln wurde noch breiter. Schließlich ließ ich meine Arme sinken, und sie kam mit unserem Eis zu mir.

Das unwirkliche Blattwerk um uns herum fing plötzlich an zu zittern, als eine Kraft – aber keine, die ich kannte – um uns herumzuwirbeln begann. Als ich meine Hände nach den Milchshakes ausstreckte, nickte sie mir zu.

Dann, mit einem zweideutigen Zwinkern, wurde alles wieder schwarz.

Ich blinzelte einmal … zweimal …

Und fand mich dann mitten in der Eisdiele auf Rhode Island mit zwei Milchshakes in der Hand wieder, neben mir stand Anyan, der mich anstarrte, als hätte ich nicht mehr alle Tassen im Schrank.

Ich blickte von ihm zu dem Mädchen hinter der Ladentheke. Sie war klein und pummelig, hatte schlechte Haut und strähniges braunes Haar.

Ich sah erst sie an, dann die Milchshakes und dann wieder Anyan.

»Äh … warst du nicht eben noch … blond?«, fragte ich zögernd.

»Hä?«, erwiderte sie und blickte mich an, als sei ich total durchgeknallt.

Ich seufzte und reichte Anyan dann seinen Milchshake. Er zog eine Augenbraue hoch, und seine Nasenspitze zuckte heftig.

»Hier ist dein Eis. Während du auf der Toilette warst, ist hier alles schwarz geworden, und dann ist lauter lila Zeug aus der Dunkelheit gewuchert, und dann kam eine heiße, nackte Braut wie aus einer Tattoowerbung auf mich zu. Die vorher die da war«, sagte ich und zeigte auf das braunhaarige Mädchen hinter der Theke. »Aber sie war blond und hat uns Milchshakes gemacht. Und dann ist sie plötzlich verschwunden und wurde zu der da.«

Das Mädchen wich langsam zurück, während Anyan an seinem Strohhalm saugte und mich neugierig anstarrte.

Schließlich zuckte er mit den Schultern und hielt mir seinen Milchshake mit dem Strohhalm hin, damit ich probieren konnte.

»Tja, ganz einfach, entweder versucht dich jemand zu verarschen, oder du hattest gerade einen Nervenzusammenbruch. Magst du einen Schluck?«

Ich sah ihn blinzelnd an. *Die Freude tröstender Worte. Barghest-Style.*

KAPITEL 16

Also wurde alles schwarz, lila Efeu wucherte, und dann hat sie dir einen Milchshake gegeben?«, kam Ryus Stimme trocken vom Rücksitz, wo er neben Caleb saß. Daoud und Julian klemmten in den ganz kleinen Sitzen im ganz, ganz hinteren Bereich des riesigen Spritfressers, den wir gemietet hatten.

Mein Ex-Freund ließ das Geschehene noch verrückter klingen, und es klang so schon total durchgeknallt. Ryu hatte also doch noch andere Talente.

»Genau«, erwiderte ich vom Beifahrersitz aus und hielt den Blick auf Anyans Hände am Lenkrad unseres Mietwagens gerichtet.

»Und es gab keine Kraftsignatur?«, hakte Ryu nach.

»Nein, nichts. Nur ganz zum Schluss spürte ich … irgendwas.«

»Aber keine Elementkraft?«

»Nein.«

»Urmagie?«

»Wenn sich Urmagie so anfühlt wie das, was Terk macht, dann nein. So war es überhaupt nicht.«

Durch den Seitenspiegel konnte ich sehen, wie Ryu die Stirn runzelte, und sein attraktives Gesicht verfinsterte sich, als er nachdenklich an seiner Unterlippe kaute. Meine Libido, unbedarft wie immer, machte vorsichtige Andeutungen, die ich sofort und entschieden zurückwies.

»Anyan?«, fragte der Baobhan Sith, nachdem er noch eine Weile verdrießlich an seiner Lippe genagt hatte.

»Keine Ahnung«, knurrte der Barghest neben mir, und seine Nase zuckte.

Wir waren unterwegs zu dem sicheren Haus außerhalb von Providence, wo die örtlichen Zuständigen die Frauen untergebracht hatten, die aus dem Labor gerettet werden konnten. In den frühen Morgenstunden waren Ryu, Caleb, Daoud und Julian eingetroffen, um offiziell mit den Befragungen der befreiten Geiseln zu beginnen. Ich hatte mich sehr gefreut, alle aus Boston wiederzusehen, auch wenn ich Julians Mutter Camille vermisste. Sie war Ryus Stellvertreterin, wenn er unterwegs war.

»Könnte es sich um eine wirklich mächtige Aura gehandelt haben?«, brachte Caleb grollend vor.

»Anyan hätte die Magie trotzdem gespürt«, erwiderte Daoud. »Außer die Person war so mächtig, dass sie jede Spur ihrer Kraft verbergen konnte.«

»Und so ein starkes Wesen, Alfar oder nicht, hat es seit dem Dritten Großen Krieg nicht mehr gegeben«, schaltete sich Ryu offensichtlich frustriert ein.

»Ist das schon lange her?«, erkundigte ich mich in gedämpftem Ton bei Anyan.

»Ja. Ungefähr achthundert Jahre.«

»Was redet ihr?«, fuhr Ryus Stimme von hinten dazwischen.

»Nichts!«, antworteten Anyan und ich zu schnell und wie aus einem Mund.

Im Auto wurde es still. Ryus Verärgerung war geradezu greifbar.

Der gute Caleb war der Erste, der sich vorwagte. »Ich glaube, Jane, die Frage liegt nahe, ob es eine Art ... Zwischenfall gewesen sein könnte?«

Ich musste lächeln.

»So was wie ein Nervenzusammenbruch?«

»Na ja ...«

»Ich war schon ziemlich gestresst«, sagte ich trocken. »Aber du hast recht, Caleb. Ich denke, die Möglichkeit besteht durchaus. Immerhin habe ich Blondie gesehen, wo Anyan nur dieses dunkelhaarige Mädchen gesehen hat. Und keiner von uns beiden hat irgendeine Magie gespürt, außer diesen einen kurzen Augenblick lang, aber es war keine ... normale Magie.«

»Könnten es Drogen gewesen sein?«, rief Julian von ganz hinten im Wagen zu mir nach vorne. »Wann genau hat man dir die Milchshakes gegeben?«

»*Wir* nehmen keine Drogen«, schnauzte Ryu schnippisch dazwischen.

Calebs ruhige Stimme setzte sich zu meiner Überraschung über Ryus Einwurf hinweg. »Stimmt, es liegt nicht in unserer Natur, die Wissenschaft oder ihre Nebenprodukte zu nutzen, aber dies sind außergewöhnliche Zeiten. Vielleicht hat Daoud nicht ganz unrecht, Jane?«

»Tut mir leid«, sagte ich, »aber ich habe den Milchshake erst nach meinem ... psychischen Bruch mit der Realität bekommen.«

Anyan schüttelte einmal abrupt den Kopf. »Jane, du hattest keinen Nervenzusammenbruch. Du warst in Ordnung. Irgendetwas Seltsames geht da vor; wir müssen nur herausfinden, was.«

»Und hoffen, dass, wer auch immer die Macht hat, dich Dinge sehen zu lassen, die gar nicht da sind, ohne sich selbst zu verraten, nicht für die Bösen arbeitet«, sagte Daoud grimmig.

Wir verarbeiteten alle schweigend diese Information, nur die ruhige Computerstimme aus dem Navi sagte uns, wo wir auf dem Weg zu unserem Zielort abbiegen mussten. Als wir schließlich bei dem sicheren Haus ankamen, entpuppte es sich als großes, herrschaftliches Anwesen in einem reichen Vorort. Wir packten unsere Sachen zusammen und gingen hinein, wobei wir mehrere Schichten magischer Schilde durchdringen mussten, indem Ryu mit seiner Magiekraft »anklopfte« und durchgelassen wurde.

Im Hausinneren war alles sehr sauber, teuer und wirkte eher wie eine Anstalt. Heiler und Wachen liefen herum, was den Klinikeindruck des ansonsten schönen Umfeldes noch verstärkte. Die Frauen waren im ersten Stock untergebracht, jede in einem eigenen Zimmer. Sie waren alle auf ihre Weise ernsthaft körperlich geschädigt und brauchten medizinische Versorgung.

Und nach allem, was sie durchgemacht hatten, konnte ich nur ahnen, wie viel Hilfe sie brauchen würden, damit sie irgendwann mit den erlittenen Traumata der Gefangenschaft und Folter umgehen konnten.

Wir wurden in ein kleines Empfangszimmer auf der rechten Seite des Flurs geführt, wo wir auf die Ermittler aus Rhode Island warten sollten. Ryu war vor Ort unbeschränkte Autorität eingeräumt worden, aber als Taktiker, der er nun mal war, wollte er niemandem auf den Schlips treten, solange es zu vermeiden war. Also warteten wir auf Isolde, aber es erschien Ezekiel, sein Ifrit-Feuer heruntergedimmt auf einen Flammenschimmer, der seine drahtige Gestalt umgab.

»Entschuldigt die Verspätung. Ich … wurde aufgehalten.«

»Kein Problem«, sagte Ryu aalglatt. »Aber wo ist Isolde?«

Ein nur mühsam unterdrückter Ausdruck der Wut huschte über das Gesicht des Ifrit, und sein Feuer flackerte kurz auf wie ein Geysir, bis er die Kontrolle über sich wiedererlangt hatte.

»Sie ist vom Dienst freigestellt worden«, sagte er mit gepresster Stimme.

»Was?«, bellte Anyan, und seine Stimme klang noch knurriger als sonst.

»Sie ist gefeuert worden, Anyan. Wegen der missglückten Festnahme des Kappas.«

»Aber er hätte doch sonst die Frau umgebracht«, warf ich ein. »Sie hat das Richtige getan.«

Der Ifrit warf mir einen kurzen, abschätzigen Blick zu. »Die Alfar sehen das anders. Für die Alfar sind wir alle entbehrlich, und das Wissen des Kappa ist wichtiger als das Leben von uns allen …«

Ezekiel verstummte, als sein Blick auf Ryu fiel. »Ich bin sicher, sie haben ihre Gründe«, fügte er widerwillig hinzu. »Aber Isolde ist eine gute Ermittlerin und eine verdammt tolle Frau. Sie hat es nicht verdient, einfach so suspendiert zu werden.«

Ryus Gesicht wurde ausdruckslos wie immer, wenn er etwas

im Schilde führte. »Du hast recht, Zeki. Isolde war eine gute Ermittlerin. Aber wir haben nun mal alle unsere Befehle …«

»Befehle, dass ich nicht lache«, unterbrach ihn Anyan, der hinter mir stand.

Ryu fuhr fuchsteufelswild herum, doch der allzeit besänftigende Caleb griff ein.

»Denken wir lieber daran, warum wir hier sind, Leute. Da oben befinden sich ein paar Frauen, die wirklich nicht noch mehr Gewalt zu sehen bekommen sollten.«

Ich hätte Caleb für seine allzeit praktische Vernunft knutschen können.

Anyan und Ryu sahen sich noch einmal finster an und nickten Caleb dann zustimmend zu.

Wir wurden nach oben gebracht, zu einem anderen, kleineren Raum, der wirkte wie ein zwangloses Behandlungszimmer mit ein paar Stühlen und einer Couch. Caleb, Julian und Daoud blieben draußen, aber ich durfte mit Anyan und Ryu eintreten.

Die erste Frau, die hereinkam, war die Kappa. Sie war noch kleiner als der männliche Kappa, und sie hatte die gleiche faltig-grüne Schildkrötenhaut. Auch sie trug einen Panzer auf dem Rücken, und ich fragte mich, ob sie ihn an- und ausziehen konnte wie einen Mantel oder ob er festsaß. Ihre menschlichen Augen in dem Schildkrötengesicht spähten nervös im Zimmer umher. Sie war zwar körperlich geheilt worden, wirkte aber noch immer schrecklich geschwächt und sah erbärmlich aus. Ich konnte außerdem sehen, dass sie darunter litt, nicht im Meer zu sein. Aber noch wichtiger war, dass ihr ruheloser Blick deutlicher als bloße Worte von dem Grauen erzählte, das sie durchleiden hatte müssen.

»Ula Kappa«, stellte sie sich leise vor, als sie Platz nahm.

»Hallo, Ula«, sagte Ryu, und seine Stimme troff vor Wärme und Freundlichkeit. Doch die Kappa ignorierte ihn, zog sich in ihren Panzer zurück und vermied es, sowohl Ryu als auch Anyan direkt anzusehen. Stattdessen hielt sie ihren Blick auf mich gerichtet.

Ich versuchte sie anzulächeln, aber es wollte mir nicht recht gelingen. Stattdessen sah ich ihr in die Augen und versuchte, ihren Schmerz zu würdigen, ohne zu unterstellen, dass ich ihn je wirklich begreifen könnte.

Sie erwiderte meinen Blick, und es fühlte sich an wie Minuten, obwohl es bloß ein paar Sekunden gewesen sein konnten. Dann nickte sie, und als sie zu reden begann, klang ihre Stimme, die aus ihrem schnabelartigen Mund kam, so sanft und hauchig wie die eines kleinen Mädchens.

»Du bist ein Meereswesen«, sagte sie.

Ich nickte. »Meine Mutter ist… war… eine Selkie.«

Mir fiel auf, dass ich das erste Mal in der Vergangenheit von meiner Mutter sprach, und erschauderte.

»Ich möchte zurück ins Wasser«, sagte Ula. Es war keine Forderung, bloß eine Feststellung.

»Ich weiß. Das wirst du auch. Bald.«

»Ja. Jetzt da er tot ist. Ich wäre nie mehr sicher gewesen, wenn mein Cousin noch leben würde.«

Ich vergaß, was ich über das Meeresvolk wusste, also nahm ich ihre Worte wörtlich und wäre vor Erstaunen beinahe erstickt.

»Das war… das war dein Cousin?«, fragte ich entsetzt.

Ihr Lächeln war zaghaft und bitter. »Wir, die wir für die See leben, sind alle Cousins und Cousinen.«

Natürlich, fiel mir wieder ein, als ich an den Meereskodex dachte … und wurde wieder daran erinnert, wie wenig dieser verdammte Kappa sich darum gekümmert hatte. »Aber er …«

»Ja«, war alles, was sie sagte, und in ihrer sanften Stimme schwang die Enttäuschung über den begangenen Verrat mit. »Er hat uns gefangen, was nicht unserer Art entspricht. Aber er war unrecht – er war innerlich verdorben. Und sehr mächtig.«

Ich erinnerte mich noch lebhaft daran, wie der Kappa mein Meer gegen mich aufgewiegelt hatte, und nickte.

»Er ist jetzt nicht mehr da«, sagte Anyan sanft.

Ula zog sich noch tiefer in ihren Panzer zurück, und ihr Blick zuckte zu dem Barghest hinüber.

»Ula«, sagte ich, als mir langsam einiges klar wurde. Mit mir hatte sie kein Problem, denn ich war eine Frau wie sie. Doch ihre Wärter im Gefängnis waren alles Männer gewesen, und langsam begriff ich, von welcher Art einige der »Experimente«, die zweifellos an ihr durchgeführt worden waren, wohl gewesen sein mussten.

»Ula, wir müssen alles wissen, was du uns über die Leute sagen kannst, die dich gefangen hielten, was sie getan haben und wer vielleicht noch in dem Labor ein und aus ging. Wir müssen all das wissen, damit wir die Leute dingfest machen können, die dafür verantwortlich sind, und dafür sorgen können, dass sich so etwas nicht wiederholt. Okay?«

Die Kappa nickte, obwohl ihr Gesicht ihre Qualen verriet.

»Du kannst uns alles erzählen. Bitte …«

Sie nickte wieder, rückte sich in ihrem Panzer zurecht und faltete ihre kleinen, grünen Hände im Schoß.

»Ich wurde vor ungefähr einem Monat entführt. Ich dachte

erst, der männliche Kappa wolle sich bloß mit mir paaren und dass mich der Meereskodex ja beschützt. Also war der Kampf kein richtiger Kampf.«

Die dünne Stimme der Kappa klang mühsam beherrscht, aber ich wusste, wie sehr es sie schmerzte, ihre Schwäche zugeben zu müssen. Sie hüstelte, und ich stand auf, um ihr ein Glas Wasser von einem Beistelltischchen in der Ecke zu holen. Als ich mit dem Glas zurückkam, setzte ich mich auf das Sofa neben sie statt auf den Stuhl, auf dem ich vorher gesessen hatte. Sie nahm das Wasser, trank, und wandte sich dann an mich, als sei sonst niemand im Raum.

»Ich war am längsten von allen im Labor. Die anderen Frauen waren höchstens ein oder zwei Wochen dort. Die Havsrå ist sogar gerade erst entführt worden. Es waren zwar schon vor mir einige dort, und es gab auch noch andere, die nach mir gebracht wurden. Aber … sie haben nicht überlebt.« Sie rang nach Atem, und ich legte ihr tröstend die Hand auf das schrumpelige, grüne Knie.

»Ich habe bloß deshalb überlebt, weil man mich für weniger … interessant hielt als andere Frauen.« Ihre kleine Hand mit den grauen Fingernägeln tastete nach meiner, und ich ergriff sie.

»Ich weiß nichts von den menschlichen Wissenschaften«, sagte sie, »aber was sie dort getan haben, war irgendwie *nichts*. Es war nicht … konnte nicht …«

»Es ergab keinen Sinn?«, schlug ich vor und versuchte mich zusammenzureißen, obwohl ich dieses kleine Wesen am liebsten in den Arm genommen und ihr ein bisschen von ihrem Schmerz abgenommen hätte. Nicht dass ich das gekonnt hätte. Nicht dass das irgendwer gekonnt hätte.

»Nein«, flüsterte sie erbittert. »Es ergab keinen *Sinn*. Manche Dinge wurden vielleicht gemacht, damit es so aussah, als hätten die Versuche einen Zweck, und einige der Männer glaubten wohl auch, dass sie einem höheren Zweck dienten. Aber die meisten genossen es bloß, uns zu quälen. Nein, sie genossen es *alle*, uns zu quälen, nur manchen gelang es besser, so zu tun, als sei es nicht so. Sie nannten sich ›Doktoren‹, wie es bei den Menschen üblich ist, und wir mussten sie auch so ansprechen.«

Ihre Hand fühlte sich heiß und feucht an, und sie zerquetschte mir fast die Finger. Aber ich hätte mich nicht einmal unter Todesqualen darüber beklagt.

»Du hast ja gesehen, was aus deinen Peinigern aus dem Labor wurde, Ula. Sie können niemanden mehr quälen. Aber wir müssen wissen, ob es noch andere gibt.«

»Ja. Einer der sogenannten Doktoren, der bei meiner Ankunft dort war, rastete irgendwann aus und brachte sich um. Erst tötete er eine der Gefangenen, und dann sprengte er sich mit einer Magiekugel selbst den Kopf weg, als die anderen Wachen in die Zelle kamen.«

Ich schluckte. All die Dinge, die diese arme Frau hatte erleben müssen …

»Aber in erster Linie waren es die zwei Doktoren, die ihr getötet habt, der Kappa und … der Heiler.« Die letzten Worte sagte Ula mit so leiser Stimme, dass sie kaum zu verstehen war.

»Ein Heiler? Im Gegensatz zu den Doktoren?«

»Nein, *der* Heiler. So wurde er genannt.«

Als ich Ulas Worten lauschte, fing es in meiner Erinnerung wie verrückt an zu rattern, und ein Déjà-vu trippelte mir mit kleinen Schritten auf dem Rücken herum.

»Wie hat der Heiler ausgesehen, Ula?«

»Er war ein Kobold-Halbling. Groß und mit grünen Schuppen wie ein Kobold, aber mit den Händen und dem Gesicht eines Menschen.«

Als säße er neben mir im Raum, drang Conleths Stimme an mein Ohr: *»... er sah aus wie eine halbe Echse. Seine Nase war ziemlich flach wie die einer Schlange, und er hatte fast überall Schuppen. Aber sein Gesicht war aus menschlicher Haut, und er hatte die Augen eines Menschen. Und seine Hände sahen menschlich aus ... abgesehen von den Krallen ...«*

»Hatte der Heiler Krallen, Ula? Menschenhände, aber mit Krallen?«

»Ja«, keuchte sie. »Woher weißt du das?«

»Ich habe schon einmal jemanden getroffen, der mir von ihm erzählt hat«, sagte ich und hörte, wie Anyan und Ryu unruhig auf ihren Stühlen herumrutschten. »Es klang so, als sei er ein richtig übler Kerl.«

»Er nannte sich zwar Heiler, aber was er gemacht hat ... Er hat uns praktisch bei lebendigem Leibe zerfetzt ...« Zum ersten Mal, seit wir uns unterhielten, füllten Ulas Augen sich mit Tränen. Ich befreite meine Hand aus ihrer Umklammerung, während ich mit der anderen weiter ihre drückte, um sie wissen zu lassen, dass ich sie nicht im Stich ließ, dann reichte ich ihr ein Taschentuch aus meiner Kapuzenjackentasche. Ich warf Anyan einen schnellen Blick zu, und er nickte. Ula hatte für den Moment getan, was sie konnte. Aber da war noch eine letzte Frage ...

»Ula? Liebes? Ich habe verstanden, wie sie dich einfangen konnten, aber wie ... wie konnten sie euch festhalten? Warum habt ihr nicht eure Magie gegen sie eingesetzt?«

»Sie gaben uns Spritzen. Zwei am Tag unserer Entführung und dann jeden Morgen eine. Irgendetwas darin sorgte dafür, dass wir keinen Zugang zu unseren Elementen mehr hatten.« Ula ließ meine Hände los und klammerte sich stattdessen an das Kissen, auf dem sie saß. Ich hörte den Stoff reißen, als sie sich noch mehr verkrampfte. »Und ich kann sie noch immer nicht spüren. Ich fühle … nichts. Was, wenn ich meine Magie nie wieder nutzen kann?« Ihre Augen blickten mich flehend an, und ich konnte ihre zunehmende Panik so deutlich spüren, dass mein Kämpf-oder-Flieh-Reflex geweckt wurde.

»Was, wenn ich für immer zerstört bin?«, fragte sie schließlich, und ihr kleines, grünes Gesicht verzog sich gequält.

»Wir finden heraus, was sie mit euch gemacht haben«, fauchte ich plötzlich voller Wut. »Wir werden herausfinden, was das war, und dann bringen wir euch wieder in Ordnung. Du bist nicht zerstört, Ula. Auf keinen Fall.«

Sie schluchzte einmal heftig auf, und ich umarmte sie. Sie weinte in meinen Armen, und ich sagte ihr wieder und wieder, dass wir herausfinden würden, was man mit ihr gemacht hatte.

Und insgeheim betete ich zu jedem Gott, von dem ich jemals gehört hatte, dem von Hiob eingeschlossen, dass ich der gebrochenen, kleinen Kappa die Wahrheit sagte.

KAPITEL 17

»Gibt es hier auch etwas Stärkeres als Whisky?«, fragte ich benommen aus der Ecke der Sitznische in der Hotelbar.

»Nein. Außer sie brennen es schwarz«, erwiderte Anyan trocken.

»Dann nehme ich auch einen Whisky. Aber einen Doppelten. Das heißt nur für den Fall, dass sie dir nicht gleich die ganze Flasche verkaufen wollen.«

Der Barghest grinste mich an, bevor er unsere Drinks besorgen ging und mich mit Caleb, Daoud, Ryu und Julian zurückließ.

Wir hatten uns in einer der geräumigen, bequemen Nischen in der Bar unseres Nobelhotels breitgemacht, dabei sahen wir alle eher so aus, als kämen wir gerade von einer Beerdigung.

Jede der entführten Frauen hatte eine ähnlich grauenvolle Geschichte zu berichten gewusst, und den richtigen Heilern, die sie nun behandelten, war es noch gelungen, einige Erinnerungslücken zu füllen, die sie vorher nicht offenlegen hatten können. Neben Vergewaltigungen und Schlägen waren alle Frauen bizarren medizinischen Experimenten in übelster Mengele-Manier unterzogen worden. Die Eierstöcke einer Frau waren durch menschliche ersetzt worden; einer war die Gebärmutter herausgenommen worden, und stattdessen hatte man ihr eine seltsame, ballonartige Vorrichtung eingesetzt, und noch einer anderen war ein menschlicher Fötus eingepflanzt worden. Wir belasteten uns erst gar nicht mit Mutmaßungen darüber, was wohl mit der schwangeren Menschenfrau geschehen war. Zu dem Zeitpunkt ihrer Befreiung hatten sich die »Operationswunden« der meisten Frauen bereits so entzündet gehabt, dass sie praktisch vollständig ausgehöhlt werden mussten, und so verloren sie auch noch alle weiblichen Fortpflanzungsorgane, die die »Heiler« im Labor noch nicht zerstört hatten.

Und ich war es, die mit allen Opfern reden musste, denn sie machten verständlicherweise vollkommen dicht, wenn ein Mann mit ihnen sprach. Selbst Ryu, der trotz all seiner Fehler ein Meister darin war, andere dazu zu bringen, ihm zu vertrauen, kam in dieser Situation nicht weiter. Und Anyan mit seiner imposanten Größe und dem einschüchternden Gesicht hatte von vornherein nicht den Hauch einer Chance.

Aber mit mir redeten sie alle. Ich war klein, eine Frau und die Havsrå – ein Schönheit mit perfekten Zügen, abgesehen von ihrem befremdlich ausgehöhlten Rücken – hatte gesagt, sie könne bei mir sehen, dass auch ich verletzt worden war. Als ich ihr erzählte, dass die Leute, die sie entführt hatten, auch für den Tod meiner Mutter und einer engen Freundin von mir verantwortlich waren, versuchte sie sogar, mich zu trösten. Ihre Freundlichkeit hätte meinen Versuch, professionell zu wirken, beinahe außer Kraft gesetzt, vor allem, wenn ich bedachte, dass ihre Schönheit sie vermutlich zu einem bevorzugten Opfer ihrer Peiniger gemacht hatte.

Und trotz der grausamen Erlebnisse war sie tief im Inneren noch voller Warmherzigkeit.

»Diese Mistkerle haben versucht, die Frauen zu brechen«, sagte ich ziemlich unvermittelt. »Aber es ist ihnen nicht gelungen. Die Frauen kommen wieder in Ordnung.« Ich nickte entschlossen, als könnten meine Worte meinen Wunsch wahrmachen.

Die Männer schauten bedrückt zu Boden. Ich glaube, die Tatsache, dass sie bloß tatenlos dasitzen und sich die grausamen Geschichten der Frauen anhören mussten, machte es für sie noch schlimmer, sie zu ertragen. Besonders für Ryu, der es gewohnt war, immer im Mittelpunkt des Geschehens zu stehen. Und trotz ihrer eigenen gewalttätigen Momente im Leben waren beide, der Baobhan Sith und der Barghest, entsetzt von dem, was sie von den Frauen und aus den Berichten unserer eigenen Heiler erfahren hatten. Sie mochten vielleicht an Krieg und bestimmte Formen von Gewalt gewohnt sein, aber es bestand doch ein großer Unterschied zwischen dem Geschehen auf einem Schlachtfeld und dem Wahnsinn, den sich ein krankes, sadistisches Gehirn ausdenken konnte, wenn es die Gelegenheit dazu, eine weibliche Gefangene und jede Menge spitze medizinische Instrumente bekam.

Ryu rückte in der Nische unauffällig näher an mich heran. Ich war einfach zu erschöpft, um von ihm wegzurutschen.

»Jane, du warst heute ganz großartig.«

»Danke, Ryu. Aber ich habe nur getan, was getan werden musste.«

»Nein, es war unglaublich, wie du mit diesen Frauen gesprochen hast. Das war so mutig von dir.«

»Irgendjemand musste ja mit ihnen sprechen. Sie mussten ihre Geschichten loswerden. Und irgendwer musste ihnen zuhören.«

Ryu runzelte die Stirn, sichtlich ratlos, wie er mit mir umgehen sollte. Aber nach allem, was uns heute zu Ohren gekommen war, war Rumgeschleime das Letzte, was ich jetzt hören wollte. Ich war weder besonders mutig noch besonders stark gewesen, sondern hatte einfach nur getan, was wir alle taten: Ich hatte versucht, mein Bestes zu tun, um die nächsten fünf Minuten zu überstehen.

Und menschlich zu bleiben. Dieser Gedanke zauberte mir ein winziges Lächeln auf die Lippen, und meine Augen suchten Anyans große Gestalt an der Bar. Er war in ernsthafte Verhandlungen mit der Bedienung verwickelt. Offenbar versuchte er wirklich, die ganze Flasche zu kaufen. Im Laufe unserer zahlreichen Abenteuer war mir bereits aufgefallen, dass er Menschen nur mit einer Aura belegte, wenn es absolut nicht zu vermeiden war, und die Kellnerin schien es ihm echt schwerzumachen.

»Jane?«, unterbrach Ryu mein Liebäugeln mit dem Barghest.

»Entschuldige, was meintest du?«

»Ich habe gefragt, wie es dir geht. Wegen Iris und allem.«

»Ganz okay, glaube ich.«

»Ihr Verlust tut mir sehr leid. Und deine Trauer.«

»Danke«, sagte ich und wünschte mir nichts lieber, als dass wir über etwas anderes sprechen könnten, ganz gleich was, egal.

»Whisky«, unterbrach uns Anyans knurrige Stimme, als er eine Flasche Black Label und fünf Gläser auf dem Tisch vor uns abstellte.

»Für den Balvenie wollte sie eine Niere, also müssen wir uns wohl damit begnügen«, entschuldigte er sich ein wenig reumütig.

»Danke, Anyan«, sagte ich, während ich bereits nach der Flasche griff. »Ich werde einen ordentlichen Schluck trinken und dann schlafen gehen. Ich fühle mich wie nach einem Spießrutenlauf. Ich bin vollkommen erledigt …«

Doch bevor ich den Satz zu Ende sprechen konnte, spürte ich das seltsame Kribbeln der Urmagie, und Terk apparierte direkt auf meinem Schoß.

Mist, dachte ich, denn ich ahnte, aus welchem Grund der Wichtel auch immer hier war, es würde meinen Früh-ins-Bett-Fantasien ein jähes Ende setzen.

Die kleine Kreatur auf meinem Schoß winkte mir zu und breitete dann die Arme aus. Ich musste lächeln und umarmte den kleinen Kerl vorsichtig. Terk war so winzig, dass ich den armen kleinen Wichtel praktisch mit meinem Busen zu ersticken drohte. Anyan hüstelte.

»Äh, Jane, ich würde wirklich nicht …«

Bevor er zu Ende sprechen konnte, löste sich Terk ein wenig von mir und warf ihm einen verärgerten Seitenblick aus seinen drei rechten Äuglein zu. Dann gestikulierte er und apparierte mit einem lauten *Puffen* einen Brief auf die Tischplatte vor uns.

Terk warf mir noch ein strahlendes Lächeln zu, zwitscherte etwas in Anyans Richtung, das sich ziemlich verstimmt anhörte und *verpuffte* sich dann. Daraufhin saßen wir alle reglos da und starrten den Brief an, als sei er eine Bombe.

Schließlich griff Anyan leise seufzend danach und öffnete ihn. Ein paar Sekunden später fasste er uns den Inhalt zusammen.

»Er ist von Cap. Vor ein paar Tagen haben sie ein weiteres Labor entdeckt, in Wisconsin, aber noch auf Grenzlandgebiet. Terk hat sofort alle zu einer Blitzrazzia zusammengetrommelt, und sie konnten einen der Ärzte fassen. Das restliche Laborpersonal wurde bei der Razzia getötet oder hat sich vorher selbst umgebracht. Diesmal sind die befreiten Opfer alle Halblinge, weshalb sie nicht mit uns sprechen wollen. Aber wir können den Arzt haben, nachdem sie sein Verhör beendet haben. Cap und die Mädels werden noch heute Nacht mit ihm zu uns aufbrechen; wir treffen sie auf halbem Weg, und sie übergeben ihn uns. Karten und alles, was wir sonst noch brauchen, sind vorhanden. Die schlechte Nachricht ist, wir müssen in einer Stunde los.«

»Scheiße«, stöhnte Daoud und fuhr sich mit der Hand übers Gesicht.

Wir nickten alle zustimmend, und Anyan drehte den Verschluss wieder auf die Whiskyflasche. Erschöpft standen wir auf und gingen auf unsere Zimmer um zu packen. Ich war so müde, dass ich für die Verarbeitung eines jeden Gedankens, der über die Tatsache, dass ich völlig erledigt war, hinausging, ein paar Sekunden länger brauchte. Aber dann wurde mir klar, was wir da gerade erfahren hatten: Endlich bekamen wir einen der vermeintlichen Doktoren in die Finger. Endlich würden wir ein paar Antworten bekommen; vielleicht sogar ein paar Hinweise darauf, wer wirklich hinter diesen Labors steckte.

Meine Magie umgab mich knisternd. Beim Gedanken, dass

wir bald Antworten bekommen könnten, wallten die Meereskräfte wieder in mir auf. Endlich würden wir eines der Monster, die für all das Leid verantwortlich waren, von dem wir heute erfahren hatten, in die Finger bekommen.

Einen Moment lang ließ ich mich zu Fantasien hinreißen, wie wir die Zunge des fraglichen Doktors lösen könnten, falls er sich weigern würde zu reden. Dann erschauderte ich und spürte, wie meine Wut verflog, als ich das schöne, sanfte Gesicht der Havsrå wieder vor mir sah.

Stärke ist nicht gleich Gewalt, wurde mir plötzlich klar. Aber dann musste ich daran denken, wie gut es sich anfühlen würde, dem verdammten Heilermonster in die Eier zu treten. Mit einem Paar von Iris' megaspitzen Designerschuhen.

Stärke muss nicht immer gleich Gewalt sein, berichtigte ich mich. *Aber manchmal kann ein bisschen Gewalt sicher nicht schaden.*

»Jane, Anyan … Wie schön, euch beide zu sehen«, sagte Capitola, als sie uns nacheinander umarmte. Die großgewachsene Frau trug ein einfaches Outfit aus Jeans und Stiefeln, einem weißen T-Shirt und einer Lederjacke, aber das ließ sie nur noch mehr aussehen, als sei sie gerade dem Cover eines Abenteuerromans entsprungen. Doch als sie näherkam, fielen mir die dunklen Schatten unter ihren müden Augen auf.

Wir waren in Pittsburgh, auf halbem Weg zwischen unseren beiden Standorten, und seit Capitolas Brief waren etwa zehn Stunden vergangen. Ich hatte etwa vier Stunden geschlafen, während Anyan fuhr, dann tauschten wir, und er machte es sich auf dem Rücksitz bequem, während ich den Rest der Strecke fuhr. Er schnarchte vor sich hin – und bellte zu meiner

Verwunderung von Zeit zu Zeit im Schlaf –, während ich über den Fall nachdachte und darüber, was ich mit diesem »Doktor« anstellen würde, wenn ich ihn in die Finger bekäme.

»Es tut mir leid, dass ihr den ganzen weiten Weg herkommen musstet«, entschuldigte sie sich. Ich sah, wie Muh und Shar ebenfalls aus dem unauffälligen weißen Van ausstiegen, mit dem Cappie hergefahren war.

»Terk hat fast sein ganzes Mojo verschwendet, als er uns alle für die Razzia zusammentrommelte. Er hat es kaum mehr zurückgeschafft, als er euch die letzte Nachricht überbrachte, aber ich wollte lieber kein Telefon benutzen… Wer weiß, wem man noch trauen kann.«

»Keine Sorge, Cappie«, knurrte Anyan. »Wie geht es dem Gefangenen?«

»Er lebt. Quiekte wie ein Schwein, als er gefangen genommen wurde, aber jetzt ist kein Wort mehr aus ihm herauszubekommen. Ich bin mir sicher, ihr werdet zu ihm durchdringen, aber sicherheitshalber habe ich euch die Tonbänder und die Transkripte mitgebracht…«

Capitola redete weiter, aber all meine Aufmerksamkeit galt Ryu, Julian, Daoud und Caleb, die zu dem weißen Van hinübergingen. Muh und Shar begrüßten Julian warmherzig. Er schien ganz aus dem Häuschen, die beiden Frauen wiederzusehen. Er war so erfreut, er wirkte wie ausgewechselt.

Aber Julian war nicht die Hauptattraktion, denn die erwartete uns auf dem Rücksitz des Vans. Gleich würde der Gefangene von dort auftauchen, und wir bekämen endlich einen der Mistkerle in die Finger, die so viel Leid verursacht hatten.

Zorn machte sich in mir breit, wenn ich nur daran dachte, dass ich nun gleich dem Mistkerl gegenüberstehen würde, der eine Frau ihrer übernatürlichen Kräfte berauben und sie dann missbrauchen konnte, als sei er irgendein Gott aus der griechischen Mythologie. Es wurde gerade unruhig im Inneren des Vans, als etwas, das Capitola sagte, meine Aufmerksamkeit erregte.

»... und er ist ein Halbling, wie alle in dem Labor, die Ärzte eingeschlossen. Ein guter Kämpfer und ganz klar ein übler Fanatiker. Jemand, der ›der Heiler‹ genannt wird, rekrutiert sie im Grenzgebiet. Deshalb haben wir nie etwas gewittert. Diese Opfergruppe bestand, wie gesagt, ausschließlich aus Halblingen, aber das ist neu. Vorher waren die ›Patienten‹ anscheinend alles Reinblütige, die innerhalb des Territoriums gefangen und dann von Ihresgleichen an die Grenze geschafft wurden. Deshalb hat nie jemand Alarm geschlagen: Reinblütige haben die Grenze nie übertreten, außer als Gefangene.« Capitola seufzte und strich sich mit der Hand über ihren krausen, kastanienbraunen Afro.

»Und da wird es richtig wild. Wir wittern die reinblütigen Gefangenen nicht, weil ihnen irgendetwas ...«

»Injiziert wird«, knurrte Anyan. »Wir haben diesseits der Grenze ein paar Geiseln retten können, die uns das Gleiche berichtet haben. Hoffentlich baut sich das Zeug, das man ihnen verabreicht hat, mit der Zeit wieder ab, aber bis dahin haben sie keinen Zugang zu ihren Elementkräften.«

Anyan und Capitola verstummten, als müssten sie die grauenhafte Vorstellung von etwas, das einem Wesen seine Magie nehmen kann, erst verarbeiten.

»Weiß euer Doktor, wer hinter all dem steckt? Und warum beteiligen sich die Halblinge daran?«, riss ich sie aus ihren Gedanken. Denn wenn Jarl die Show hier veranstaltete und er die Halblinge von der Welt tilgen wollte, dann ergab es überhaupt keinen Sinn, dass Wesen wie ich ihm bei seinen verrückten Plänen halfen.

Capitola schüttelte den Kopf. »Der Einzige, mit dem der gute Doktor je zu tun hatte, war dieser Heiler. Anscheinend handelt es sich um einen Kobold-Halbling…«

»Ja, von dem haben wir auch schon gehört«, unterbrach ich sie, denn ich wollte, dass sie zurück auf meine Frage kam.

»Wir werden eine Versammlung einberufen, bevor ihr wieder fahrt, Anyan. Sieht so aus, als hättet ihr in den letzten Tagen mindestens genauso viel herausgefunden wie wir.« Anyan nickte, und ich räusperte mich, woraufhin Capitola lächeln musste.

»Um Janes Frage zu beantworten: Unser Gefangener hat gesungen wie Pavarotti, bis wir ihn zu den höheren Tieren befragten. Er meinte, was wir ihm auch antun könnten, wäre nichts gegen das, was sie mit ihm anstellen würden, sie seien Furcht einflößender als wir, das Übliche eben. Danach war nichts mehr aus ihm herauszubekommen; das überlasse ich jetzt eurem König und eurer Königin.

Und was die Frage betrifft, warum jemand bereit ist, sich gegen seine Mithalblinge zu wenden – der Mist, den der Heiler seinen Handlangern versprach, ist total irre. Im Prinzip handelt es sich bei ihm um einen Halbling, der Halblinge hasst und lieber ein Reinblüter wäre. Was natürlich absurd ist, aber offenbar versucht er dieses Defizit irgendwie auszugleichen… vermutlich aus demselben Grund, warum Hitler eine Rasse verehrte, die das genaue Gegenteil von ihm war. Das nenne ich mal Selbsthass. Wie auch immer, was jetzt den ›Doktor‹ da hinten betrifft…«, Cap machte eine vage Geste zum Van, der schwankte, weil Daoud und Caleb gerade hineinkletterten. Julian hielt sich weise abseits und putzte seine Brille mit einem Zipfel seines Hemds. »Anscheinend hat der Heiler jedem, der für ihn arbeitet, einen Platz in der neuen Welt, die sie ›aufbauen‹, versprochen, und dass die kollaborierenden Halblinge, wenn sie erst einmal die Nachwuchskrise in den Griff bekommen hätten, die Gelegenheit bekämen, mit ihnen Kinder zu zeugen, die dann beinahe reinblütig wären … und die Kinder ihrer Kinder könnten sich wieder mit Reinblütern mischen und so weiter. Ihnen wurde erzählt, sie würden an der Entstehung einer neuen Rasse mitwirken. Natürlich funktioniert die Genetik so nicht, aber wer braucht schon Verstand und Logik, wenn man die Gelegenheit bekommt, andere zu foltern und zu quälen?«

Ich nickte. »Ich bin sicher, einige dieser Halblinge sind wie Conleth verkorkst genug, um solche aberwitzigen Ideologien zu glauben. Aber andere finden bestimmt einfach bloß Gefallen daran, anderen Schmerzen zuzufügen.«

Capitola nickte zustimmend. »Genau. Der, den wir erwischt haben, teilt wohl tatsächlich das absurde Weltbild des Heilers. Aber angesichts dessen, was sie ihren Gefangenen angetan haben, denke ich, ging es genauso gut darum, Leuten Leid zuzufügen, wie um alles andere.«

Unsere philosophische Diskussion wurde jedoch abrupt unterbrochen, als Daoud und Caleb aus dem Van gestrauchelt kamen und mit einem Wums auf dem Hintern landeten. Muh schüttelte den Kopf, trat vor und hob in aller Ruhe den Arm. Alfar-Kraft schoss heraus, diese unverwechselbare Mischung aus allen vier Elementen, die durch die Luft zum Van hin rauschte.

Ich ging näher an den Van heran, wohl wissend, dass unser Feind – oder zumindest einer von ihnen – sich endlich zeigen würde.

Doch mir blieb staunend der Mund offen stehen, als ich sah, was da, umgeben vom glitzernden Nimbus von Muhs Kräften, aus dem Van geschwebt kam, es handelte sich um …

… eine Frau.

Sie war von mittlerer Größe und Gewicht und trug einen Arztkittel. Ihr Haar war sandbraun, ebenso wie ihre Augen. Sie sah total durchschnittlich aus.

Und doch war sie bereit gewesen, ihre eigenen Leute zu verraten und danebenzustehen, als andere Frauen vergewaltigt und missbraucht wurden, und das alles nur, weil sie sich vom Versprechen des Heilers ködern ließ, (vielleicht eines Tages) »reinblütigere« Kinder zu haben?

Mir stand der Mund offen, aber weder Anyan noch Ryu schienen sich daran zu stören, dass »der Doktor« eine Frau war. Andererseits war das nur verständlich. Ich war als Mensch aufgewachsen, in einer Welt, in der ein bisschen mehr Körperkraft, ein paar Zentimeter Körpergröße und ein paar Pfund mehr bedeuteten, dass Männer den Frauen in den meisten Fällen körperlich überlegen waren. Das machte uns in manchen Situationen verletzlich, ganz gleich wie ungern wir das zugaben.

Aber wen interessierte es in der übernatürlichen Welt schon, ob man beim Bankdrücken ein paar hundert Pfund stemmen konnte, wenn man mit etwas Magie auch locker tausend heben konnte? Winzige Frauen wie Phädra konnten die meisten muskelbepackten menschlichen Männer, im wahrsten Sinne des Wortes ohne mit der Wimper zu zucken, in Stücke reißen.

Also war Macht und Herrschaft für die Übernatürlichen nicht an das Geschlecht gekoppelt, wie das bei den Menschen oft der Fall war.

Muh setzte die sich windende Gefangene zu ihren Füßen ab, und dann übte die Alfar-Halblingsfrau zu meiner Überraschung genug Druck auf sie aus, dass sie die Ärztin vor sich in die Knie zwang. Mein Blick huschte zu Muhs Gesicht, und ich sah, dass hinter ihrer ruhigen Alfar-Fassade bedrohliche Wut lauerte. Als spürten sie die gereizte Stimmung ihrer Freundin, traten Cap und Shar hinzu und legten ihr beruhigend die Hände auf die Schultern. Die majestätische Frau blinzelte einmal, und ihre Kraft verdichtete sich, dann blinzelte sie ein zweites Mal, und sie zerstreute sich wieder. Dann überließ sie die »Ärztin« zu ihren Füßen der Verantwortung von Daoud, Ryu und Caleb.

Cap strich Muh mit der Hand über die Schulter, und Shar legte ihr den Arm um die Taille. Sie reagierte mit einem weiteren Blinzeln, und eine Sekunde fragte ich mich, ob sie vielleicht Tränen unterdrücken musste. Dann wurde es mir mit einem Schlag klar.

Anyan hat doch gesagt, ihr Vater sei ein Gottkönig gewesen, der sie zu seiner Gemahlin machte … heutzutage würde man so etwas Kindesmissbrauch nennen. Ich erschauderte, und mein Mitgefühl galt der schönen Frau vor mir, die sich bemühte, ihren Schmerz hinter einer Fassade aus Stolz zu verbergen.

Und vielleicht unterscheidet sich die Gesellschaft der Übernatürlichen doch nicht so sehr von der der Menschen. Denn sobald eine Frau verwundbar ist, hat sie für gewöhnlich keine Lust auf Spielchen.

Ich schüttelte den Kopf, um diese unliebsamen Gedanken zu verscheuchen, und sah, dass Caleb die Frau hochzog. Selbst der Satyr, der immer so still und freundlich war, wirkte, als könne er sich nur mit Mühe davon abhalten, gewalttätig zu werden. Dann schleppte er sie zu dem Geländewagen, in dem die Bostoner hergekommen waren, verfrachtete sie auf den Rücksitz und setzte sich dann neben sie. Ryu wandte sich an Capitola und dankte ihr. Dann nickte er auch Anyan zu, bevor er sich hinters Lenkrad setzte. Daoud nahm auf dem Beifahrersitz Platz.

Anyan nahm Capitola zur Seite und berichtete ihr alles, was wir in Rhode Island herausgefunden hatten, und ich nutzte den Moment, um mich dem Fenster zu nähern, hinter dem die »Ärztin« saß. Ich starrte sie an, bis sie mich streitlustig anfunkelte. Aber in Wahrheit wirkte sie verängstigt und verzweifelt, obwohl sie sich bemühte, eine rebellische Fassade aufrechtzuerhalten.

Ich betrachtete die Frau vor mir eindringlich, aber überwältigender als meine Wut war ein tiefes Gefühl der Abscheu für ein Wesen, das jeden auch nur erdenklichen gesellschaftlichen Konsens gebrochen hatte, selbst unter Alfar-Gesichtspunkten, durch seinen Sadismus, seine Verachtung vor dem Leben und eine Selbstsucht, die so weit gingen, dass sie jede Moral oder jeden Anflug von Gewissen, über die es vielleicht einmal verfügt haben mochte, zerstört hatten.

Einmal hatte ich kein ungutes Gefühl dabei, jemanden der Rechtssprechung der Alfar auszuliefern. Und ich weigerte mich, deshalb ein schlechtes Gewissen zu haben.

KAPITEL 18

Wir starrten die Tür zum Zimmer der Ärztin an, als hegten wir … nun ja, Mordgedanken. Ich denke, das kam vor allem daher, weil wir tatsächlich alle ernsthaft Mordgedanken hegten.

Das war einer der Gründe, warum Ryu eine Suite mit drei Schlafzimmern für uns alle gebucht hatte. Wir waren bereits ziemlich ausgepowert gewesen, *bevor* wir nach Pittsburgh gefahren waren, weshalb wir nach einer kurzen Diskussion beschlossen hatten, uns für eine Nacht in der Stadt einzuquartieren. Niemand wusste, wo wir waren oder was wir taten, abgesehen von Morrigan, die von Ryu sofort ins Bild gesetzt worden war, weil er eben ein ergebener, kleiner Ermittler war.

So nervlich angespannt und körperlich erschöpft, wie wir waren, war ich mir nicht sicher, ob die Todesärztin die Fahrt zurück ins Territorium überlebt hätte. Vielleicht würde sie auch unsere Übernachtung in Pittsburgh nicht überleben, aber so lange keiner von uns sie sehen musste, war sie, wenn auch nicht sicher, so zumindest *sicherer*.

Also hatten wir eine große Suite im hintersten Bereich eines großen Hotels gebucht. Wir hatten unsere Gefangene in eines der Schlafzimmer gesteckt und die Tür versiegelt. Dann hatten wir versucht, so zu tun, als sei sie gar nicht da, damit keiner von uns auf die Idee kam, sie umzubringen. Nichtsdestotrotz ertappte ich sogar unseren gleichmütigen Satyr Caleb dabei, wie er wutentbrannt ihre Zimmertür anstarrte.

Als Ryu dann zur Ablenkung ein Kartenspiel vorschlug, waren alle sichtlich erleichtert, außer mir, denn ich war eine miese Kartenspielerin. Also schaltete ich den Fernseher an und tat so, als sähe ich irgendeiner Starköchin gebannt dabei zu, wie sie Butter mit Sauerrahm vermischte, während die Jungs anfingen, die Karten zu mischen. Auch Julian hatte keine Lust auf das Spiel und kam zu mir herüber. Ich beobachtete ihn, wie er neben mir Platz nahm. Er war so schweigsam gewesen, seit er zu uns gestoßen war, um die Gefangene in Empfang zu nehmen – sehr nachdenklich und düster. Wenn mich nicht alles täuschte, sah er tatsächlich etwas verloren aus.

Also beschloss ich nach ein paar Minuten, Jane-mäßig in Aktion zu treten. Ich rutschte näher an Julian heran und kuschelte mich mit der Wange an sein Brustbein. Natürlich hatte diese Geste keinerlei sexuelle Komponente, schließlich machte er sich nichts aus Frauen. Aber ich spürte, dass er Trost gebrauchen konnte, und ich hatte das Gefühl zu wissen, was ihn bedrückte. Julian hatte einen Blick darauf erhascht, wie man als Halbling auch leben konnte, aber jetzt steckte er wieder in seinem »normalen« Leben fest. Ich wusste zwar, dass die anderen aus seinem Team ihn wirklich gern hatten und ihn keiner geringer schätzte, nur weil er ein Halbling war, doch andere Leute aus dem Territorium machten die Akzeptanz seiner Kollegen zweifellos wieder zunichte, indem sie ihn wegen seines gemischten Blutes herabwürdigten. Ich wusste aus eigener Erfahrung, dass stille Diskriminierung genauso schmerzhaft und ausgrenzend sein konnte wie Schmährufe und Beschimpfungen.

Zuerst erstarrte er, als ich mich an ihn schmiegte, aber nach ein paar Sekunden drückte er mir einen Kuss auf den Scheitel, legte den Arm um mich und tätschelte mich zugegebenermaßen ein bisschen linkisch. Schließlich entspannte er sich zum ersten Mal, seit ich ihn wiedergesehen hatte. So saßen wir etwa fünf Minuten schweigend da, bevor ich mich aufsetzte, ihn aber weiter meine Körperwärme spüren ließ, damit er wusste, dass ich noch immer für ihn da war, ohne ihn länger halb zu zerquetschen.

Obwohl es mir gelungen war, dass sich Julian etwas besser fühlte, war er offenbar der Einzige im Raum, der so empfand. Anyan und Ryu spielten noch keine Viertelstunde Karten und schon raunzten sie sich an, während ihre Mitspieler Daoud und Caleb genervt die Augen verdrehten. Unterdessen war ich mehr damit beschäftigt, die Tür der Ärztin anzustarren als die Fettparty im Kochsender vor mir. Ich konnte einfach nicht aufhören, an unsere Gefangene zu denken, und an all das, was sie getan oder unterlassen hatte.

Was, wenn sie eine von denen ist, die meine Mutter umgebracht haben?, dachte ich. *Oder Iris?*

Zu dem Zeitpunkt saß ich mit geballten Fäusten da, und meine ganze Aufmerksamkeit war so fest auf diese Tür gerichtet, dass ich beinahe aus der Haut gefahren wäre, als ich plötzlich eine Hand spürte, die sich um mein Haar legte und daran zog.

»Komm schon, Glubschäuglein. Lass uns rausgehen.«

Anyans raue Stimme beruhigte mich sofort, genauso wie seine Hand, die sich schwer auf mein Haar legte. Bis zu diesem Augenblick war mir gar nicht bewusst gewesen, wie angespannt ich war. Aber verlegen musste ich mir eingestehen, dass ich nur deshalb merkte, wie angespannt ich war, weil mein Körper bei seiner Berührung wie ein Stück Butter auf den frittierten Teigbällchen Paula Deens dahinschmolz.

»Ja ... raus«, stimmte ich leicht außer Atem zu.

Der Barghest lächelte, und seine Nasenspitze zuckte. »Wir könnten ein bisschen an deinen Magiekugeln arbeiten, damit du in Zukunft schneller ziehst, Jesse Jane.«

Ich musste lächeln, als ich mich von der unbequemen, kleinen Couch erhob, auf der ich versucht hatte, es mir gemütlich zu machen. Ryu, der immer noch mit Daoud und Caleb Karten spielte, sah uns auf unserem Weg zur Tür hinterher. Er blickte finster drein, aber er legte die Karten nicht aus der Hand.

Als wir vor das Hotel traten, nahm ich einen langen, tiefen Atemzug von der noch immer kühlen, feuchten Frühlingsluft. Ich spürte, wie sich meine Lunge damit füllte und atmete dann mit einem dankbaren Seufzer wieder aus. Eigentlich war es ein unfreundlicher Tag: feuchtkalt und trist. Aber die Nässe um mich herum und das Gewitter, das sich über uns zusammenbraute, ließ die Wassermagie, von der die Luft erfüllt war, in mir kribbeln.

Anyan lächelte mich an und machte dann eine Kopfbewegung zu dem kleinen Park auf der anderen Straßenseite von unserem Hotel.

»Lass uns hinübergehen. Ein paar Kampftechniken üben.«

Als wir im Park angekommen waren, verstärkten wir unsere Schilde und bildeten Magiekugeln. Ich betrachtete die wirbelnde, grünliche Energie von Anyans Kräften und konnte spüren, wie anders sich seine Mischung aus Erd- und Luftelementen anfühlte im Gegensatz zu meinen rein auf Wasserenergie basierenden Kräften. Die Kugel, die ich bildete, um mich mit ihm zu messen, war stahlgrau mit weißen Kontrasten wie schäumende Gischt auf den Wellen des Meeres.

Meine Kräfte haben dieselbe Farbe wie seine Augen, dachte ich in dem Augenblick, als das Objekt meiner Begierde ein Geschoss in meine Richtung abfeuerte. Meine Schilde absorbierten den Aufprall anstandslos, und mit einem Seufzer feuerte ich eine meiner Magiekugeln auf Anyan ab.

Aber sie flog zu weit, denn wieder einmal hatte sich mein Instinkt über mein Trainingswissen hinweggesetzt, und ich hatte sie nach ihm geworfen. Anyan schüttelte seinen Lockenkopf.

»Verströmen, Jane. Nicht werfen.«

Ich nickte und machte es dann so, wie er gesagt hatte. Diesmal traf meine Magiekugel seinen Schild genau da, wo ich hingezielt hatte: etwa auf Höhe seines Schritts.

Als er mich überrascht ansah, zwinkerte ich ihm zu und ließ weitere Magiekugeln in seine Richtung zischen. Ich musste über seinen verdatterten Gesichtsausdruck lachen, dann fluchte ich, als er das Sperrfeuer auf mich eröffnete und ich eilig meine Schilde verstärken musste. Eine Weile standen wir uns so gegenüber und beschossen uns gegenseitig mit Magiekugeln, bis wir uns schließlich einen Spaß daraus machten, zu versuchen, dass sich unsere Kugeln mitten in der Luft trafen. Wir mussten beide lachen, als wieder zwei unserer Kugeln zusammenprallten und aus irgendeinem Grund nicht gleich verpufften, sondern aneinander kleben blieben, langsam zu Boden sanken und im feuchten Gras noch ein Weilchen vor sich hin zischten, bevor sie sich schließlich auflösten.

Ich betrachtete den Barghest dabei, wie dieser mit einem Lächeln auf den Lippen den Magiekugeln beim Auflösen zusah. In dem Moment hätte ich nichts lieber getan, als diese Lippen zu küssen, aber weil ich wusste, dass ich das nicht tun konnte, verfiel ich wieder auf die Spielplatztaktik und ließ eine Magiekugel in seine Richtung sausen.

Sein Blick wurde plötzlich wie der eines Raubtiers. Er sah mir in die Augen, und sein Lächeln hatte plötzlich etwas Gefährliches. Er erhob eine weitere seiner wunderbaren grünen Magiekugeln, aber diesmal schritt er auf mich zu, statt sie auf mich abzufeuern.

Ich fing an zurückzurudern, feuerte meinerseits Geschosse auf ihn ab, aber er kam einfach weiter auf mich zu. Mit einem kleinen Kreischen nahm ich Reißaus und floh über den hübsch angelegten Weg zu meiner Rechten.

In der vergangenen Woche hatte ich so viel Zeit damit verbracht, in Autos oder Flugzeugen herumzusitzen, dass Rennen sich richtig *gut* anfühlte. Zugegeben, man würde mich nie mit einem kenianischen Läufer verwechseln, aber ich legte mich richtig ins Zeug und genoss die Muskelanstrengung und die Ausdehnung meiner Lunge.

Leider kam ich trotzdem nicht weit, verglichen mit meinem Verfolger. Aus dem Augenwinkel nahm ich seinen Schatten wahr. Aber viel wichtiger war, dass ich den Barghest direkt hinter mir *spüren* konnte.

»Schneller, Jane«, schnaubte er mir beinahe ins Ohr. Ich

kreischte noch einmal auf wie ein Schwein in der Falle, und meine kleinen Beinchen rannten, als sei wirklich der große böse Wolf hinter mir her.

Vielleicht vernascht er dich ja, wenn du einfach mal stehen bleibst, schlug meine Libido, lüstern wie immer, vor.

Bei diesem Gedanken liefen meine Beine tatsächlich ein bisschen langsamer, bevor ich über mich selbst fluchte und wieder einen Zahn zulegte.

Ich konnte hören, wie Anyan hinter mir vergnügt gluckste. Ich kam langsam ganz schön außer Atem, aber für ihn war das Ganze so etwas wie ein gemütlicher Spaziergang.

Verdammte Riesen mit ihren langen Beinen, dachte ich verärgert.

Und mit so herrlichen Oberschenkeln, fügte meine Libido schwärmerisch hinzu.

Die sind wirklich toll, gab ich zu. *Und jetzt sollte ich meine mal ein bisschen mehr anstrengen …*

Dieser letzte Gedanke wurde noch beflügelt von der Tatsache, dass ich Anyans heißen Atem wieder im Nacken spürte. Um ehrlich zu sein, wäre ich am liebsten dahingeschmolzen. Leider jagte der Barghest nicht, um mich zu erwischen, sondern um der Jagd willen.

Aber du könntest wirklich *mal wieder einen guten Fang gebrauchen*, erinnerte mich meine Libido in dem Augenblick, als Anyan wieder etwas sagte und sein Atem mein Ohrläppchen kitzelte.

»Setz deine Kraft ein, Jane. Nutze sie, um zu rennen …«

Bei diesen Worten wurde mein Kopf plötzlich erst ganz leer, und dann fingen die Gedanken darin an zu toben. Was, wenn ich wirklich tun könnte, was er gerade gesagt hatte?

Was, wenn ich meine Kraft so zum Rennen nutzen könnte, wie ich es beim Schwimmen tat?

Aus dem Weg, Kenianer!, dachte ich mir, als ich versuchsweise meine Elementkräfte zum Rennen einsetzte.

Es dauerte ein Weilchen, bis ich es kapiert hatte, und es war nicht annähernd so effektiv wie beim Schwimmen im Meer. Im Meer konnte ich das Wasser praktisch sensengleich durchschneiden. An Land war ich immer noch einen Meter fünfzig und hatte kurze Beine, und meine Lunge schmerzte noch immer, und meine Muskeln taten weh. Nichtsdestotrotz war ich viel, viel schneller als vorher. So schnell, dass, obwohl die Bäume nicht wie in *Twilight* um mich herum verschwammen, sie doch immer schneller an mir vorbeizogen und ich mich für ein, zwei Sekunden etwas vom Barghest absetzen konnte.

Ich lachte laut und wäre aus Sauerstoffmangel beinahe umgekippt, aber ich folgte weiter dem Pfad, der eine Schleife zurück zu der kleinen Wiese machte, wo Anyan und ich ursprünglich trainiert hatten. Zum ersten Mal, seit ich vom Tod meiner Mutter erfahren hatte, fühlte ich mich fast wieder ganz. Tief in meinem Herzen tat es zwar noch immer weh, und ich vermutete, dass dieser Schmerz auch nie ganz vergehen würde. Aber in diesem Augenblick fühlte ich mein eigenes Leben so intensiv, dass ich nicht anders konnte, als meinen Körper, mein pulsierendes Blut und meinen Atem in vollen Zügen zu genießen.

Mit einem Jauchzen lief ich langsamer, fühlte, wie meine Kraft in mir mit einer leicht schmerzhaften Gegenreaktion nachhallte. Aber sie ließ meine sowieso schon sensibilisierten Nervenenden nur noch mehr kribbeln. Ich wurde übermütig und schlug ein ziemlich kraftloses Rad, bevor ich eine

Radwende wagte. Man bedenke, dass ich das seit der sechsten Klasse nicht mehr gemacht hatte, also war ich irre stolz auf die saubere Drehung, die ich mitten im Radschlagen hinlegte und nach der ich mit beiden Beinen fest auf dem Boden landete – vor Anyan. Bis ich völlig das Gleichgewicht verlor und mit weit aufgerissenen Augen in das lachende Gesicht des Barghest blickend anfing, mit den Armen zu rudern, zu schwanken und schließlich mit einem dumpfen Laut auf dem Allerwertesten landete.

»Uff«, vermeldete ich und spürte, wie mein Hintern gegen die grobe Behandlung protestierte.

»Allerdings«, sagte Anyan lachend und trat zu mir, um mir aufzuhelfen. Er streckte mir seine große Hand entgegen, die ich, staunend darüber, wie klein meine Finger in seinen aussahen, ergriff, damit er mir aufhelfen konnte.

Allerdings nur, um mich dann mit einem Ruck herumzudrehen, mein Rücken an seiner Brust, sein Arm schwer an meiner Taille, sein muskulöser Bizeps quer über meine Brüste und eine riesige Hand um meinen Hals gelegt.

»Wenn ich dir einen Rat geben darf, Süße«, sagte er an meinem Ohr. »Wenn du vor jemandem davonläufst, lass das Bodenturnen und fall nicht auf den Hintern.«

Ich hatte aufgehört zu atmen, als Anyan mich gepackt hatte, mein zweiter Fehler nach dem Hinfallen. Nach der ganzen Rennerei, mit oder ohne die Hilfe von magischen Kräften, japste ich bereits wie ein Cockerspaniel, als ich wieder auf der Wiese angekommen war. Als ich mich schließlich wieder entsann, dass ich Sauerstoff zum Leben brauchte, nahm ich einen tiefen, rasselnden Atemzug, der den unnachgiebigen Arm des Barghest gezwungenermaßen noch fester gegen meine Brüste drückte. Eine Tatsache, die genauso gezwungenermaßen eine ganze Reihe anderer Gefühle in meinem bereits bebenden Busen auslöste.

Wenn meine Nippel noch härter werden, bohre ich ihm Löcher in den Arm. Sogar meine Libido wurde bei diesem Gedanken panisch.

»Du bist gefangen, Jane. Was machst du jetzt?«

Die Stimme des Barghest grollte aus seiner Brust an meinen Körper, und ich zwang mich, nicht zu erbeben.

Das hier ist bloß Arbeit für ihn, Jane, Training. Erinnere dich mal daran, bevor du dich vollkommen lächerlich machst.

Nicht dass das meine Brüste nicht schon längst für mich erledigten, indem sie sich aufrichteten und praktisch um Aufmerksamkeit bettelten ...

»Komm schon. Du wärst schon tot, wenn das hier ernst wäre. Ich lasse dich nur los, wenn du dich selbst befreist. Denk nach, Jane.«

Ich starrte blind quer durch den Park zum Hotel hinüber, das wir vorhin verlassen hatten, und versuchte einen klaren Gedanken zu fassen.

Oh mein Gott, reiß dich zusammen, oder du bekommst nie wieder einen Keks, ermahnte ich mich. Dann dachte ich scharf nach und legte mir einen großartigen Plan zurecht.

Und das war er auch. Ich begriff, dass ich es so anstellen könnte, wie es mir schon einmal mit Phädras Alfar-Netz gelungen war. Ich könnte es mit meinen Schilden schaffen, uns auseinanderzuzwingen. Vielleicht könnte ich Anyan dabei auch auf den Fuß stampfen, als kleine Rache für seine gemeine, sexuelle Folter.

Unglücklicherweise war das nicht das, was ich tat. Oh

nein! Denn schließlich bin ich Jane, und ich mache mich gern freiwillig zum Affen.

Zugegeben, was als Nächstes geschah, war nicht ganz allein meine Schuld. Anyan bewegte sich, sodass seine Arme genau an den Stellen rieben, die am sensibelsten waren.

Also reagierte ich instinktiv. Immerhin befand ich mich in den Armen des Mannes, mit dem ich furchtbar gerne mal vögeln wollte. Er hatte die Arme um mich gelegt. Ich war genau da, wo ich sein wollte … und dann bewegte er sich …

Und ich wackelte.

Mit meinem Hintern.

An seinem Schritt.

Um jeden falschen Eindruck zu vermeiden: Es war nicht so, dass ich eine Trockenbumsübung an ihm vollführte oder ich anfing, mich an ihm zu reiben wie irgendeine Schlampe aus einem Rapvideo. Aber ich wackelte definitiv mit meinem *Hintern* an seinem *Schritt* herum. Okay, ich bin so verdammt klein und er so verdammt groß, dass ich meine Pobacken hauptsächlich an seinen Kniescheiben rieb, aber gut. Da war mein Hintern, an ihm dran, und ich dachte, ich müsste gleich sterben.

Anyan erstarrte hinter mir, und mir schoss das Blut in den Kopf. Ich wusste, ich war rot wie eine Tomate, und ich dachte ernsthaft, ich würde vor Scham (oder aufgrund eines Aneurysmas) im Boden versinken, als plötzlich der Teufel los war.

Zuerst hatte ich keine Ahnung, was geschah. Plötzlich sprang Anyan fluchend von mir weg. Glücklicherweise zeigte er fast gleichzeitig zum Hotel hinüber, sonst wäre ich vor Schmach gestorben, weil ich natürlich gedacht hätte, es läge an mir.

Aber stattdessen fluchte er, weil es an diesem Abend ganz offenbar einen Gefangenenausbruch gab.

Zwei elegante Gestalten mit Flügeln schwebten vor dem Fenster, das zu unserer Hotelsuite gehören musste. Sie waren weit weg und sehr weit oben, aber ich hatte keinen Zweifel, wer diese schlanken, androgynen Wesen waren.

Scheiß Harpyien dieser verdammten Phädra, dachte ich.

Anyan hatte bereits sein Handy gezückt und rief Ryu an. Dummerweise sah ich Ryu genau in diesem Moment über die Straße auf uns zu rennen.

»Ich wollte nur mal nach euch sehen«, sagte der Baobhan Sith und zog sein klingelndes Handy heraus und sah erst das Telefon und dann Anyan stirnrunzelnd an.

Anyan fluchte wieder, klappte sein Handy zu, öffnete es aber sofort wieder und wählte erneut.

»Caleb, Kaya und Kaori sind am Fenster …«

Ich hörte lautes Rufen aus Anyans Telefon, dann rannten wir auch schon über die Straße und an die Stelle vor das Gebäude, wo oben die beiden Harpyien unsere Gefangene befreiten. Ryu fuhr genau in dem Moment mit quietschenden Reifen in seinem gemieteten Geländewagen vor, als die Harpyien mit einer weiteren Gestalt, die zwischen ihnen baumelte, davonflogen.

Wir sprangen in Ryus Auto, ich nach hinten und Anyan auf den Beifahrersitz. Aber schon bald trugen sie mir auf, meinen Kopf durch das Schiebedach zu strecken, damit ich sie lotsen konnte. Wahrscheinlich hätten sie das für eine weniger gute Idee gehalten, wenn sie gewusst hätten, dass ich manchmal Schwierigkeiten hatte, links und rechts zu unterscheiden.

»Links, scharf links, *jetzt*!«, rief ich und klammerte mich am Rand der Öffnung fest, als ginge es um mein Leben. Doch da schlang Anyan seinen Arm um meine Taille, damit ich besser Halt fand.

»*Rechts*, sie drehen nach rechts ab! Jetzt geradeaus ... sie fliegen immer noch geradeaus ... Warte, jetzt fliegen sie ... ich glaube links? Ja, fahr nach links! Jetzt rechts! Sie sind über dem Gebäude da vorne ... schneller und dann rechts!

Warte ... sie kommen runter, glaube ich, sie gehen tiefer ...«

»Kannst du auf sie feuern?«, bellte Anyan mir von unten aus dem Auto zu.

»Ähm ... ich glaube schon ... wenn sie ein bisschen ...«

Ich hob die Hand, eine Magiekugel schussbereit, aber ich war nicht sicher, ob ich damit so weit käme.

Nicht werfen, Jane. Verströme das verdammte Ding einfach ... Die Distanz sollte keine Rolle spielen.

Ich kniff die Augen zusammen und visierte das graubraune Gefieder eines meiner meistgehassten Feinde an, ohne mich darum zu kümmern, ob es sich nun um Kaya oder Kaori handelte. Ich wollte sie einfach nur runterholen und unsere Gefangene zurück ... Mit diesem Gedanken im Kopf brauste meine Kraft durch mich hindurch wie eine Welle, und ich konzentrierte mich mit meiner Magie und mit meinem Willen auf mein Ziel.

Die fliegenden Gestalten waren noch immer so weit weg, dass ich meine Magiekugeln nicht bis zu ihrem Ziel mit den Augen verfolgen konnte, aber ich sah, wie sich eine der Gestalten krümmte, ins Straucheln geriet, dann abstürzte und die anderen beiden Gestalten mit sich riss.

»Ich glaube, ich habe eine erwischt!«, schrie ich triumphierend und vergaß dabei, dass ich nicht nur für die Artillerie zuständig war, sondern auch für die Navigation. »Und jetzt fahr links! Links! Scheiße!«, brüllte ich und hämmerte aufs Autodach.

Ryu riss das Lenkrad herum, als ich die Harpyien mit unserer Gefangenen in eine Gasse stürzen sah. Leider fuhr das Auto so scharf um die Kurve, dass auch ich hinfiel, aber vorher schrie ich noch: »Rechts! In die Gasse! Rechts! Autsch!«

Ich war mit dem Kopf an den Rand des Schiebedachs geknallt, als ich zusammensackte und halb auf dem Barghest landete.

Hör auf, immer auf dem Barghest zu landen, dachte ich benommen. In diesem Moment war ich mir selbst nicht mehr sicher, ob ich einfach bloß tollpatschig war oder ihn sexuell belästigte. Ich wollte mir nicht mal ausmalen, was er gedacht haben musste.

Wir bogen in eine Seitenstraße, gerade als unsere Beute am anderen Ende verschwand. Ryu ließ den Motor aufheulen, während Anyan mich erstaunlich behutsam wieder auf den Rücksitz verfrachtete und dabei beide Hände fest an meine Pobacken presste.

Ich hätte schwören können, dass er sie drückte, als er mich nach hinten schob, aber ich zweifelte auch nicht daran, dass es nur meine schmutzige Fantasie war, die mal wieder Überstunden machte.

Wir rasten um die Ecke aus der Seitenstraße heraus und bogen dann in eine breite, aber leere Straße. Es war Samstag, und wir befanden uns im Geschäftsviertel von Pittsburgh, also hätten wir genauso gut in einer Geisterstadt sein können.

Leider war die Straße nicht annähernd so ausgestorben,

wie ich es mir gewünscht hätte. Denn am Ende parkte frech quer über die Kreuzung ein uns wohlbekannter Escalade.

»Verdammte Phädra«, knurrte Anyan, und wir fuhren alle beinahe gleichzeitig unsere Schilde um das Auto herum hoch.

Aber es war bereits zu spät. Phädra ließ eine Kraftwelle auf uns zurollen, die unsere Reifen platzen ließ, bevor wir unsere Schilde in Stellung gebracht hatten. Der Geländewagen buckelte, geriet ins Schlingern und kam erst zum Stehen, als Ryu heftig auf die Bremse trat.

Wir hechteten aus dem Auto, als auch Phädra aus dem Escalade stieg. Die winzige, glatzköpfige Alfar trug wie immer ihre Biker-Ledermontur, die Griffe verschiedenster spitzer Waffen standen von ihr ab, sodass sie einem tollwütigen, rotäugigen Stachelschwein ähnelte. Kaya (oder Kaori) zerrte Kaori (oder Kaya) die Straße entlang und wurde dabei von unserer früheren Gefangenen unterstützt. Sie hatten bereits den halben Weg zur Alfar geschafft.

Was bedeutete, dass wir noch dreißig Sekunden hatten, um unsere Dr. Tod lebend zurückzubekommen.

KAPITEL 19

Ich war nicht besonders gut in Mathe, aber ich hatte das Gefühl, dass unsere Chancen gar nicht *so* schlecht standen. Zugegeben, Phädra war eine Alfar, aber ich wusste, dass sie auf der Alfar-Machtskala angesichts ihrer Lakaientätigkeit ziemlich tief angesiedelt sein musste. Außerdem war eine der Harpyien offensichtlich verletzt, und sie hatten eine Zivilistin zu schützen. Außerdem hatte Anyan es in der Vergangenheit schon mit mächtigeren Alfar locker aufgenommen.

Das könnte funktionieren, dachte ich, während ich meine Wasserkräfte mit Anyans Erd- und Luftkräften verflocht und spürte, wie unsere Schilde noch durch Ryus elixiergeladene Magie verstärkt wurden.

Im Vorrücken sahen wir, wie sich Kaya und Kaori ihrer Herrin immer weiter näherten. Sobald sie konnte, stieß die unversehrte Harpyie unsere Ärztin zu Phädra und schleppte ihre Schwester dann allein weiter, vermutlich um sie abseits der Schusslinie zu heilen.

Ich konnte hören, wie die Ärztin Phädra, die die Arme ausgebreitet hatte, zurief: »Hilf mir!«

Die Harpyien sind schon mal raus, dachte ich und sah, wie Kaya (oder Kaori) ihre verletzte Schwester in den Escalade schaffte.

Und Phädra wird gleich alle Hände voll zu tun haben, eine sadistische Halblingsärztin zu beschützen, schnurrte mein Hirn zufrieden.

Leider laufen die Dinge selten nach Plan. Denn in dem Moment, als unsere Gefangene sich Phädra näherte, hatte die Alfar plötzlich ein Messer in der Hand.

Phädra grinste uns an unserer früheren Gefangenen vorbei an und rammte ihr die Klinge tief ins Fleisch. Dr. Tod zuckte einmal, dann noch einmal und sackte schließlich zu Phädras Füßen zusammen.

Soviel zu Plan A, dachte ich, aber da ging auch noch unser Plan B in die Hose.

Denn gerade waren wir noch allein auf der Straße gestanden, als plötzlich ein kleiner Sportwagen um die Kurve gerast kam. Wie ein Zirkusclown aus einem Spielauto faltete sich Fugwat Spriggan aus der Beifahrertür. Bange sah ich zu, wie auch der Fahrer selbst zum Vorschein kam. Es war Graeme, der Elben-Vergewaltiger, dessen böses, schmerzgetränktes Mojo sofort flutartig gegen unsere kombinierten Schilde wallte.

»Ich hätte sie am Leben gelassen«, sagte Phädra mit ihrer glatten Alfar-Stimme, die jedoch trotzdem ihr Vergnügen am gegenwärtigen Geschehen verriet. »Graeme hätte ein bisschen mit ihr spielen können. Es wäre interessant gewesen, was Ratten wie sie wissen, und wir hätten erfahren können, wer zu viel wusste. Aber ihr müsst uns ja immer wieder in die Quere kommen.« Dann ließ sie eine Kraftwelle direkt auf uns zurollen.

Graeme und Fugwat gesellten sich zu ihr, und nun bekam ich den Vergewaltigerelben auch wieder einmal frontal zu Gesicht. Als ein Opfer von Graemes sadistischer Grausamkeit hatte Conleth seine beeindruckenden Kräfte darauf verwendet, Graemes Gesicht wegzusengen, als sich die Gelegenheit dazu bot. Und obwohl ich wusste, zu was Magie alles fähig war, war das, was Con mit Graeme angestellt hatte, eine ganz neue Definition von ultrabrutal.

Graemes Gesicht war tatsächlich … weg. Aber nicht so, wie das bei einem menschlichen Brandopfer vermutlich aussähe, sondern fast so, als wären seine einst schönen (wenn auch grausamen) Züge durch ein befremdlich wirkendes, fleischiges Wachs ersetzt worden. Er sah abstoßend aus, und ich konnte mir ein Lächeln darüber nicht verkneifen.

Jetzt passt sein Äußeres endlich zu seinem Inneren, dachte ich, als seine Augen meine suchten und er mir einen wutentbrannten Blick zuwarf.

Da hätten wir noch einen Reinblüter, der nicht dem Jane-True-Fanclub beitreten wird, mutmaßte ich und versuchte die Angst zu unterdrücken, die in mir aufstieg, als ich den Hass in Graemes Augen sah.

»Drei gegen drei.« Die kleine Alfar lächelte, als sie eine weitere Welle ihres Elementkräfte-Mixes losließ. Wir knickten nicht gleich unter dem Ansturm ein, aber wir wichen einen Schritt zurück, als unsere Schilde einen Stoß wie vom Arm eines Riesen abbekamen.

Ich fürchte, wir sind geliefert, dachte ich und zog meinen vorherigen Optimismus zurück.

Doch da hörte ich glücklicherweise ein weiteres Auto mit quietschenden Bremsen hinter uns halten. Es waren Daoud,

Caleb und Julian, die mit Anyans Mietwagen vorfuhren. Erleichterung machte sich in mir breit, auch wenn ich mir keineswegs sicher war, ob wir selbst mit unserer Verstärkung gegen die Alfar ankämen.

»Ausschwärmen!«, rief Anyan, und wir gehorchten umgehend. Oder zumindest versuchte ich es, denn Ryu zog mich an seine Seite und verursachte so eine große Lücke in unserer Linie, und das war genau der Fehler, auf den Phädra gewartet hatte.

Ich versuchte die ganze Zeit, mich von Ryu loszumachen, als die Alfar mit einem bösartigen Grinsen etwas abfeuerte, das aussah wie eine Magiekugel, aber wie eine Granate explodierte, als es zwischen Caleb und mir landete.

Die Wucht der Explosion erwischte die Ränder meiner Schutzschilde, die ich sofort verstärkte, um mich vor den herumwirbelnden Asphaltsplittern zu schützen.

Das entpuppte sich jedoch als nicht der schlauste Zug, denn es hatte gleichzeitig zur Folge, dass die Druckwelle, die auf meine Schilde traf, mich ein gutes Stück zurückschleuderte, sodass ich nach hinten schlitterte, auf dem Hintern aufkam und mir die Handflächen aufschürfte.

Und dann ging es erst richtig los. Ryu and Julian griffen Graeme an, während Anyan nach vorne schnellte und seine Attacke auf Phädra konzentrierte. Magiekugeln und Magiegranaten und Magie-ich-weiß-nicht-mal-was zischten durch die Luft, die von Kräften und Schreien erfüllt war. Ich erschauderte, als die unverwechselbare Kraft des Barghest aus ihm heraustoste, mit ihrer ungezähmten, rauen Wirkung, die in ihrer Heftigkeit beinahe den kontrollierten Schlägen der Alfar entsprach.

Unterdessen maßen Daoud und Caleb ihre Kräfte mit dem Spriggan. Der Satyr schleuderte seine Energie nach Fugwat, während Daoud, dessen Hände mal wieder in seinem Hosenbund kramten, sich hinter ihn schlich. Bei jedem anderen hätte ich mich über die Notwendigkeit, mitten in einem Kampf an sich selbst herumzufummeln, doch sehr gewundert. Aber als Dschinn war Daoud in der Lage, alles Erdenkliche aus seinen Hosen zu zaubern. Und tatsächlich zog der Dschinn, nachdem er einen Moment lang mit recht angespanntem Gesicht herumgewühlt hatte, eine ganze Handvoll irrer Klunker heraus. Riesige Schmuckstücke und Juwelen glitzerten in der Sonne: Diamanten, Perlen, Rubine, Smaragde. Ihr Schein tanzte über Fugwats Gesicht, der wie ein Süchtiger darauf starrte, den man mit einer Nase Koks lockt. Ich erinnerte mich, dass Ryu mir einmal gesagt hatte, Spriggans seien wie Elstern, aber wir waren gerade mitten in einem Kampf. Bestimmt konnte er nicht *so* besessen von glänzenden Dingen …

So kann man sich täuschen, dachte ich staunend, während Fugwat mit offenem Mund den Schmuck anstarrte, der von Daouds Hand baumelte und den der Dschinn vor seiner Nase wie ein Metronom pendeln ließ. Ich spürte, wie die hervorragende Defensivmagie des Spriggan ins Stocken geriet und immer schwächer wurde. Während Daoud den Trick mit den Juwelen anwandte, hatte Caleb bereits mit den Hufen gescharrt, und sobald Fugwat ohne körperliche und magische Deckung war, schlug der Satyr zu. Caleb stürmte stampfend und mit gesenktem Kopf vorwärts und rammte Fugwat mit einer Kombination aus brutaler Muskelkraft und seiner Erdenergie, als Unterstützung zu seinen eindrucksvollen Hörnern. Der Spriggan wurde in hohem Bogen durch die Luft geschleudert, bevor er fünf Meter weiter geräuschvoll auf dem Boden landete.

Da hatten sich Daoud und Caleb auch schon auf ihn gestürzt und hielten ihn mithilfe ihrer Magie und ihrer Körperkraft fest, bis sie ihn vollständig im Griff hatten. Dann überließ Caleb es Daoud, den Spriggan in Schach zu halten, und eilte Ryu bei Graeme zu Hilfe. Der arme Julian saß ein gutes Stück von dem ganzen Tumult weg und wiegte sich benommen hin und her. Mein Mithalbling, der noch nie ein großer Kämpfer war, hatte eine ziemlich üble Schnittwunde an der Stirn, aus der ihm Blut in die Augen lief.

Und ist das da, was aus seiner Jeans heraussteht, etwa sein Oberschenkelknochen?, grübelte mein Hirn und zwang mich, eine Welle der Übelkeit zu unterdrücken, damit ich mich noch auf das Kampfgeschehen konzentrieren konnte. Ein gebrochener Knochen würde in wenigen Minuten heilen; es gab größere Fische zu braten.

Wie zum Beispiel einen Riesenpiranha namens Phädra, dachte ich und sah mich nach Anyan um, der sich gerade energisch der Alfar widersetzte.

Du könntest aber auch einfach davonlaufen, schlug der feige Teil meines Hirns vor.

Kommt nicht infrage, dachte ich grimmig und huschte näher dorthin, wo Anyan tapfer Widerstand leistete. *Go-Go-Gadget-o-Jane …*

Der Barghest hielt weiter wacker stand, aber Phädras unermüdliche Angriffe drängten ihn langsam zurück. Er schlängelte sich nach links, und ich wartete, bis er selbst das Feuer auf Phädra eröffnete – und ihres sich legte, da sie sich abschirmen musste –, bevor ich zu ihm hinüberrannte. Er sah mich kommen und ließ mich hinter seine Verteidigungslinie, woraufhin ich seine Schilde sofort mit meinen Kräften stärkte.

»Was soll ich tun?«, rief ich.

»Wir müssen sie irgendwo in die Ecke drängen; sie wird einfach so lange weiterkämpfen, bis wir erschöpft sind. Wir müssen sie irgendwie in eine dieser Gassen locken, einen Weg finden, ihre Schilde zu umgehen und sie mit unserer Körperkraft angreifen …«

Anyan knurrte, als Phädra uns heftig angriff, während sie mich mit zusammengekniffenen Augen anstarrte. Mich zu töten, wäre das ultimative Mittel für sie, Jarls Gunst zu gewinnen, also war meine Einmischung ein bisschen wie die Karotte, die man dem Esel vor die Nase hält.

Vielleicht können wir uns das zunutze machen, dachte ich, als Anyan nach meiner Hand griff und mich weiter nach links zog.

»Anyan, ich bin für Phädra so wie die Juwelen für Fugwat!«, rief ich über den Lärm hinweg. »Das können wir ausnutzen! Wedel ihr einfach mit mir vor der Nase herum, und sie wird irgendetwas Dummes tun!«

Anyan sah mich an, als hätte ich ihm gerade vorgeschlagen, er solle ein Neugeborenes zertrampeln, und verdrehte die Augen. Er war mir gegenüber vollkommen auf Beschützer programmiert, aber wir mussten uns jeden Vorteil zunutze machen, den wir zusammenkratzen konnten.

Bevor der Barghest jedoch auf meinen Vorschlag reagieren konnte, wurden wir vom Anblick eines durch die Luft fliegenden Daouds abgelenkt. Fugwat hatte nun doch den Bann der Juwelen abschütteln und sich befreien können.

Caleb kehrte sofort geschickt um und rannte zurück, um es

mit dem Spriggan aufzunehmen, und half auf dem Weg noch dem Dschinn hoch. Daoud wirkte benommen, aber unverletzt, und er wühlte schon wieder in seiner Hose nach mehr Klunkern.

Somit musste es Ryu wieder einmal allein mit Graeme aufnehmen. Da ihr Kampf mit Magiekugeln noch nicht zu einem befriedigenden Ergebnis geführt hatte, hatte Ryu mittlerweile ein Schwert aus loderndem, blauem Licht herbeigezaubert. Graeme unterdessen hatte sich mit einem Wagenheber aus dem Geländewagen bewaffnet, und seine Kraft verlieh dem Stahl ein mattrotes Glühen.

Die beiden bei ihrem Duell zu beobachten, war wie eine Szene aus *Star Wars* anzusehen, und in Gedanken fügte ich jedes Mal die passenden Geräuscheffekte hinzu, wenn ihre Waffen durch die Luft sausten.

Indes schlichen Anyan und ich uns weiter in Richtung der Seitengasse zu unserer Linken, während wir unsere Schilde gegen Phädras Angriffe so geschlossen und stabil wie möglich hielten. Sie zeigte keinerlei Anzeichen von Erschöpfung, wenn überhaupt verstärkte sie ihr Sperrfeuer auf uns noch. Ich verstand jetzt, was Anyan damit gemeint hatte, als er sagte, wir müssten sie in eine Ecke drängen, denn hier auf der Wiese würde sie uns erst völlig auslaugen und dann erledigen.

Glücklicherweise war die Deckung nicht mehr weit, und wir hatten gerade begonnen, in die Gasse zurückzuweichen, als ich Kaya (oder Kaori) aus dem Van steigen sah.

Scheiße, dachte ich. *Welche es auch sein mag, ich hoffe, es ist nicht Graemes Freundin.*

Doch leider eilte die Harpyie sofort dorthin, wo der Elb gerade von Ryu in die Mangel genommen wurde, und drehte damit erfolgreich den Spieß zu Ungunsten des Baobhan Sith um. Caleb und Daoud waren noch immer mit dem Spriggan beschäftigt, der seine Schwäche damit ausglich, dass er sich mit der einen fleischigen Hand die Augen zuhielt und mit der anderen wie ein Karatekämpfer durch die Luft schlug. Zwar war diese Strategie eher weniger effektiv, aber die wellenartige Wucht, mit der er seine Kraft auf uns jagte, umso mehr.

Fugwat ist vielleicht dumm und ziemlich ungeschickt, aber er ist stark.

Und noch wichtiger, der große Brutalo beschäftigte weiterhin seine beiden Angreifer. Ohne den Klunkerköder konnten Caleb und Daoud seine unglaublich starken Schilde nicht durchdringen. Und obwohl die beiden nicht ernsthaft in Gefahr schwebten und ihn noch immer erfolgreich festhielten, konnte sich doch keiner von beiden abseilen, um Ryu zu helfen.

»Ryu braucht Hilfe!«, rief ich Anyan zu, als ich sah, dass Ryu den Schwertkampf aufgab und zurückwich, um sich mit seinen beiden Feinden wieder mithilfe von Magiekugeln zu duellieren. Im echten Leben griffen einen Feinde leider nicht einer nach dem anderen an oder standen im Kreis um einen herum und warteten geduldig darauf, dass man sie nacheinander fertigmachen konnte. Sie kamen alle auf einmal, Vollgas. Und sie wollten uns töten und nicht bloß eine Actionszene ausschmücken.

»Wir auch!«, knurrte der Barghest. Er hatte natürlich recht, aber ich konnte den Blick nicht von Ryu abwenden. Er konnte zwar manchmal ein echter Mistkerl sein, aber das hieß nicht, dass er mir völlig egal war.

Ich versuchte, mir gerade eine Möglichkeit zurechtzulegen,

wie ich ihm helfen konnte – vielleicht könnte ich dabei helfen, Fugwat außer Gefecht zu setzen, damit Caleb oder Daoud frei waren, um Ryu beizustehen –, als Anyan mich ganz in die stinkende Gasse voller Müll zog. Er sah sich um, auf der Suche nach irgendetwas, das wir zu unserem Vorteil nutzen könnten, als ich meinen Ex-Freund zu Boden gehen sah.

Er hatte seinen beiden Angreifern wacker standgehalten, bis die andere Harpyie – mit seltsam abstehender Schwinge – ihm unerwartet in den Rücken gefallen war. Ich hatte gar nicht gemerkt, dass sie überhaupt aus dem Auto gestiegen war, allerdings war ich auch ziemlich abgelenkt gewesen. Sie kam ihm nahe genug, um ihn mit einer von Phädras verfluchten Macheten zu erwischen. Der Schmerz störte Ryus Konzentration, und seine Schilde gerieten ins Wanken. Die andere Harpyie und Graeme erkannten sofort ihre Chance und griffen Ryu gleichzeitig mit einem Energiestoß an, der ihn durch die Luft schleuderte. Ich glaube, er prallte mit einem dumpfen Schlag auf den Escalade – aus der Gasse heraus konnte ich es zwar nicht sehen, aber ich erkannte es am Geräusch.

Trotz allem, was zwischen uns vorgefallen war, blieb mir beim Anblick des durch die Luft fliegenden Baobhan Sith beinahe das Herz stehen. Auch wenn ich mir keine gemeinsame Zukunft mit ihm vorstellen konnte, hieß das noch lange nicht, dass ich mir gleich eine Welt ganz ohne ihn wünschte.

Verflucht noch mal, Jarl wird nicht noch jemanden, der mir nahesteht, auf dem Gewissen haben, dachte ich, als der Zorn in mir wuchs, und ich legte mich noch mal *richtig* ins Zeug.

Diesmal ging ich in die Offensive. Ich war noch immer ziemlich aufgetankt vom letzten Schwimmen, und es lagen Frühlingsgewitter in der Luft, die ich anzapfte. Ich ging mit aller Kraft auf Phädra los und rief Anyan zu: »Denk dir was aus, während ich sie festhalte! Schleich dich von hinten an oder so!«

Einen Augenblick lang sah er mich nur an, und ich wusste, er wollte mich nicht allein lassen.

»Geh!«, brüllte ich. »Jetzt!«

Während ich Phädra immer weiter bombardierte, machte meine Libido mich mit einem kleinen Räuspern darauf aufmerksam, dass der Barghest neben mir seine Kleider abstreifte. Aber Alfar-Angriffe stellen nicht gerade die besten Rahmenbedingungen zum Gaffen dar, weshalb ich dem undeutlichen Bild von gebräunter Männerhaut, das sich mir aus dem Augenwinkel darbot, leider wenig Aufmerksamkeit schenken konnte.

Dann war Anyan auch schon verschwunden und ich auf mich allein gestellt. Gegen eine Alfar. Die mich angrinste, als sei sie Garfield und ich ein Teller Lasagne.

»Endlich allein«, säuselte sie, und ihre roten Augen glühten fast vor Macht.

Verdammt, ich hasse dich wirklich, Phädra, dachte ich, als ich weiter Kraft aus der Luft um mich herum zog. Ich drang bis zu den Regenwolken hoch über mir durch, mithilfe der winzigen Dunsttropfen, die mich mit ihnen verbanden.

Zusammen mit meiner Kraft ließ ich all meinen Gefühlen freien Lauf. Ich wusste, die Alfar predigten immer, man müsse seine Emotionen beiseiteschieben, um die Kontrolle zu erlangen, aber ich wusste aus erster Hand, dass das bloß eine Art war, die Dinge anzugehen. Es war sicherer, weil man weniger Gefahr lief, sich an die Macht zu verlieren, aber manchmal war »sicher« einfach nicht die beste Option.

Die Augen meiner Feindin weiteten sich fast unmerklich angesichts der Kräfte, die ich entfesselte. Doch gleichzeitig und trotz meines Wagemuts wusste ich, dass ich auf einem schmalen Grad wanderte. Mit beinahe desaströsen Folgen hatte ich mich vor Monaten dem Atlantik überantwortet, als ich mich mit ihm verband, um Phädras Falle zu entkommen. Die Gewitterwolken über mir waren definitiv anders als der Ozean, aber auf ihre Weise genauso mächtig.

Halt die Augen fest auf das Ziel gerichtet, rief ich mir in Erinnerung und zwang immer mehr Kraft in meine Angriffswellen. *Ich muss sie weiter ablenken.*

Also unterdrückte ich meine Sorge um Ryu und Anyan, der sich in diesem Moment womöglich bereits an Phädra heranschlich, und versuchte mich voll und ganz darauf zu konzentrieren, die Aufmerksamkeit der Alfar auf *mich* zu ziehen.

Glücklicherweise konnte ich andere ziemlich gut nerven. Während ich mich weiter auf meine Kraft konzentrierte, gelang es mir, meine Arme hochzunehmen, meine Daumen in die Ohren zu stecken, um Geweihe nachzuahmen, und dann Phädra die Zunge herauszustrecken. Als einzige Reaktion darauf wurden ihre Augen zu dünnen Schlitzen, aber in der Alfar-Sprache war das so, als würde ein Mensch Zeter und Mordio schreien.

Mittlerweile beschossen wir uns gegenseitig so heftig, dass ich meine Schilde fast alle vor mir hochgefahren hatte.

Wenn sich jetzt jemand von hinten an mich anschleicht … Aber genau in diesem Moment, wie um ein paar meiner Befürchtungen zu zerstreuen, stolperte Ryu, halb gestützt von Caleb, an der Mündung der stinkenden Gasse vorbei. Der Satyr und der Baobhan Sith waren in einen erbitterten Kampf gegen beide Harpyien und Graeme verwickelt.

Vorübergehend abgelenkt von dem Tumult hinter sich, sank Phädras Aufmerksamkeit ein winziges bisschen, und ich nutzte die Gelegenheit, um hoch, hoch in die Wolken hinaufzugreifen und noch einen Schluck Kraft aus dem Himmel zu tanken. Zu meiner eigenen Überraschung wurde er von einem Blitzschlag begleitet, der mich beinahe selbst getroffen hätte, bevor ich ihn reflexartig auf die Alfar umleitete. Er schnitt mitten durch ihre Schilde hindurch, versetzte sie in einen ziemlichen Schock und wirbelte sie herum wie einen Kreisel …

… direkt in Anyans Hinterhalt. Ich hatte erwartet, dass er um das Gebäude herumging, aber irgendwie war es ihm offenbar gelungen, hinaufzuklettern, und nun stürzte er sich, abgefedert von seiner Erdmagie, von oben auf die Alfar.

Nun, theoretisch hätte er auf ihr landen sollen. Aber weil sie herumgeschleudert wurde, sah sie ihn herunterspringen. Der Blitzschlag hatte sie zwar sicher ziemlich geschwächt, aber nicht so sehr, als dass sie keinen direkten Angriff hätte parieren können.

Mit schmerzverzerrtem Gesicht entfesselte Phädra eine wilde magische Explosion, die Anyan zur Seite schleuderte. Er fiel gegen die Hauswand, sein Hundekörper rutschte nach unten und landete wie ein Häufchen Elend auf dem Boden. Ich hörte mich selbst aufschreien, Panik und Wut überkamen mich.

Mein einziger Gedanke galt Anyan, ich musste zu ihm, musste mich versichern, dass er okay war, musste ihn heilen, *musste, musste, musste*, also griff *ich* …

Eine Sekunde lang fühlte ich mich wie im Vorspann von *Matrix*, mit allen diesen Computercodes, die auf mich zu strömten … Nur dass es statt der Codes Wassertröpfchen waren, die mich über ihre Atome mit jedem anderen Wassertropfen des Planeten verbanden. In diesem winzigen Moment wurde mir klar, dass wir alle miteinander verbunden waren und dass wir tatsächlich, wie Gus, der Steingeist, es vor gar nicht allzu langer Zeit ausgedrückt hatte, »hässliche Wassersäcke« waren.

Wenn ich nur danach greife, dachte ich und sah, wie alle Fäden zusammenliefen, *wenn ich nur danach greife* … Doch dann klappte sich etwas über mich, das sich wie eine Glasglocke anfühlte und mich sauber von all den hübschen Wassertropfen abschnitt. Mein Körper wurde erschüttert, als all die Kraft wieder in mich zurückbrauste, und ich spürte, wie weit ich mich ausgedehnt hatte.

»Mach das nie, Mädchen!«, ertönte die Stimme einer Frau neben mir. »Das wäre dein Ende.«

Ich fuhr herum, wohl wissend, dass sich Phädra hinter einer magischen Wand verbarg, hinter der auch Anyan zusammengesackt am Boden lag. Mehr als alles andere wollten mich meine Beine zu ihm tragen, aber ich musste wissen, wer da hinter mir stand.

Blondie, erkannte ich, als mein Blick auf die spindeldürre Frau aus der Eisdiele fiel. Sie trug ein weißes Männerunterhemd, ihre tätowierten Arme und der Oberkörper schimmerten hell im Licht von Phädras Attacken, die auf ihre Schildwand trafen. Ihre Jeans war viel zu groß, saß ziemlich tief und entblößte spitze, tätowierte Hüftknochen.

»Wir haben alle unsere Grenzen«, sagte sie und tätschelte mir sanft die Wange. Ich war so perplex, sie wiederzusehen, dass ich noch nicht einmal meine Schilde gegen sie einsetzte, aber angesichts der Kraft, die sie verströmte, wusste ich von vornherein, dass es sinnlos gewesen wäre, wenn ich es auch nur versucht hätte. Blondie hätte mich plattgemacht wie die Erde im Mittelalter.

»Jetzt geh zu deinem Freund«, sagte sie und schnippte mit dem Finger lässig in Richtung Anyan. Ich spürte, wie eine Kraftwelle durch die Luft zu ihm floss, und plötzlich war es mir egal, dass ich sterben könnte.

»Lass ihn!«, brüllte ich und ließ die vielleicht läppischste Magiekugel meines Lebens entstehen.

Sie lächelte. »Es war nur Heilmagie, Schätzchen. Und jetzt geh. Ich kümmere mich um die da.«

Und Blondie ging und öffnete ihren Schild dabei. Ohne auch nur darüber nachzudenken, stürzte ich zu Anyan, schirmte ihn mit meinem Körper ab, falls Phädra diesen Moment abgewartet hatte, um wieder anzugreifen. Aber Blondie kümmerte sich bereits um die Alfar.

Sie stand in der Gasse, sodass niemand von den anderen sie sehen konnte, und hob Phädra vom Boden auf. Gleichzeitig machte meine Retterin mit Phädra das Gleiche, was sie zuvor mit mir gemacht hatte, und schnitt sie sauber von ihrer Magiekraft ab, auf dieselbe Weise, wie man eine Fliege in den Handflächen fängt.

Dann schleuderte, nein, feuerte Blondie Phädra weg, mit mehr Kraft, als ich jemals gespürt hatte. Und dabei zuckte sie nicht einmal mit der Wimper. Aber Phädra flog durch den Nachthimmel wie die Kuh in Monty Pythons *Ritter der Kokosnuss*. Sie flog in hohem Bogen über das nächste Gebäude und war verschwunden.

Ich beobachtete, wie die unverwundete Harpyie ihr sofort

nachsetzte. Anyans Magiekräfte begannen unter mir zu flimmern, und ich lag auf der Männerhaut, die ich ein paar Minuten zuvor so gerne begafft hätte.

»Was ist passiert?«, sagte er ächzend und legte den Arm um mich, damit er sich in eine sitzende Position bringen konnte. Es kostete mich meine gesamte Selbstkontrolle, damit ich mich nicht einfach an diese warme, gesunde, nicht mehr verletzte Haut schmiegte. Stattdessen rückte ich von ihm ab und wandte wieder einmal den Blick von seinem Hauptgewinn da unten ab.

Ich blickte mich um, denn ich wollte Blondie zu uns rufen, damit sie die Situation aufklären konnte, aber sie war verschwunden.

Das kann ja heiter werden, dachte ich finster, während ich die kurze Distanz zu Anyans Kleiderhaufen kroch. Nachdem ich sie ihm zugeworfen hatte, stand ich unsicher auf und ging zur Gassenmündung. Caleb war gerade dabei, Ryu und Daoud zu heilen, trotz eines tiefen Schnitts an seiner eigenen Stirn, der stark blutete.

Wie durch ein Wunder waren alle am Leben. Mit Ausnahme des zusammengesunkenen Körpers der Ärztin, die tot in der Mitte der Straße lag.

Und mit ihr war unsere einzige Chance, an Jarl heranzukommen, beim Teufel.

KAPITEL 20

»... hab dich auch lieb, Dad«, sagte ich, bevor ich mich verabschiedete und mein Handy zuklappte. Ich war im Schlafzimmer unserer neuen Hotelsuite – denn die alte hatte jetzt ein ziemlich großes Loch in der Außenwand – und nahm mir einen Moment Zeit, um mich zu vergewissern, dass es allen zu Hause gutging.

Ich streckte mich kurz erschöpft auf dem Bett aus. Wir waren die ganze Zeit herumgereist und hatten so viele Spuren verfolgt und so viele Informationen zusammengetragen, doch im Grunde hatten wir *nichts*. Die Ärztin zu verlieren, hatte uns wieder ganz zurück an den Anfang katapultiert.

Meine Mutter und Iris waren immer noch tot, die Labore noch immer in Betrieb, und wir waren keinen Deut näher daran, Jarl festzunageln, als vor unserer Abfahrt aus Rockabill. Mittlerweile wollte ich nur noch *nach Hause*.

Doch stattdessen gesellte ich mich zu den anderen im Wohnzimmer unserer Suite. »Es geht allen gut«, berichtete ich. »Sie übernachten noch immer bei mir, und mein Vater denkt, dass ich gerade in den Anden unterwegs bin.«

Ich faltete mich auf ein freies Zweiersofa, das etwas abseits stand, so weit weg von allen anderen wie nur möglich, und fing an, mein nasses Haar zu kämmen. Anyan hatte mich zum Schwimmen begleitet, damit ich auftanken und er mich über Blondie befragen konnte. Der Barghest drehte fast durch über der Frage, wer sie sein könnte. Selbst jetzt stand er am Fenster und starrte hinaus, mit einem Ausdruck, der sehr an Miss Marple erinnerte, wenn sie strickt und Hinweise kombiniert.

Dann stellte ich mir Anyans große, geschickte Hände vor, die emsig strickten, und wünschte mir von ganzem Herzen, wir wären in einer anderen Zeit an einem anderen Ort.

Unterdessen war Ryu in seinem Schlafzimmer, wo er mit seinem König und seiner Königin kommunizierte. Caleb und Daoud schauten CNN, obwohl Daoud so schläfrig aussah, dass er in ein paar Minuten sicher nur noch die Innenseite seiner Augenlider betrachten würde. Julian arbeitete an seinem Laptop und bestellte Ausrüstung, die wir für die weiteren Ermittlungen benötigten.

Somit konnte ich in Ruhe auf meinem Zweiersofa vor mich hin grübeln, was ich auch tat. Bis Anyan sich umdrehte und zu mir herüberkam.

Ein Teil musste sich einfach darüber freuen, dass er seinen großen Körper neben mich auf den kleinen Zweisitzer quetschte. Aber der andere Teil von mir wusste genau, was er wollte.

»Bist du sicher, dass du die Kraft nicht erkannt hast?«

Ich seufzte. Wenig überraschend war der Barghest, was dieses Thema betraf, wie ein Hund vor einem Knochen: Er verbiss sich so lange darin, bis er an das Mark herankam.

»Anyan, ich habe dir doch schon gesagt: nein. Es fühlte

sich irgendwie nach Elementkraft an, aber es war einfach so stark.«

»Hmpf«, erwiderte er, und seine lange Nase zuckte heftig, während er nachdachte.

»Und sie war nicht feindselig?«

»Nein, sie war wirklich nett. Nannte mich ›Schätzchen‹ und hat dich geheilt. Dann rettete sie mich vor Phädra. Sie war einfach nur ... nett.«

»Nett ...«, knurrte Anyan skeptisch.

Ich nickte. »*Ja.*«

»Hmpf. Vielleicht ist sie eine abtrünnige Alfar«, mutmaßte er nach ein paar Minuten.

»Wenn ich nicht wüsste, dass sie nur in den Sagen existieren, würde ich meinen, sie sei ein Original«, schaltete sich Caleb von seiner Couch aus ein. Anyans Gesicht verfinsterte sich nachdenklich.

»Ein Original?«, fragte ich. Davon hatte ich noch nie gehört.

»Sie sind bloß ein Mythos«, sagte Daoud matt und ohne sich die Mühe zu machen, die Augen zu öffnen.

»Was denn für ein Mythos?«

Schließlich beantwortete Anyan meine Frage. »Die Originale sind wie das Missing Link bei den Menschen. Sie sollen die allererste Generation der Alfar gewesen sein, noch bevor sie wirklich Alfar wurden.«

»Und wie unterscheiden sie sich von den Alfar?«

»Die Legende besagt, dass sie alle unsere übernatürlichen Fähigkeiten in sich vereint hatten, sogar das Formwechseln. Also nimm jede nur erdenkliche Gattung, ganz gleich wie ominös, und wenn du alle zusammenpackst, hast du die Originale. Sie können sich entzünden wie Ifrits, formwandeln wie Nahuals, ihre Kraft aus allen Elementen ziehen wie die Alfar und sogar Elixier sammeln wie die Baobhan Sith.«

»Wow«, sagte ich, »das ist aber ganz schön viel Mojo!«

»Ja, aber sie sind bloß ein Mythos«, murmelte Daoud wieder. »Ammenmärchen, die wir unseren Kindern erzählen, um ihnen Angst einzujagen.«

Wenn ich daran dachte, was man mir da gerade erzählt hatte, musste ich scharf nachdenken.

»Sie hat nichts gemacht, was nicht… normal gewesen wäre. Ich meine, natürlich war nichts, was sie tat, *normal*, aber es war nichts, was ein Alfar mit großer Macht nicht auch könnte.«

»Ja«, sagte Caleb. »Kein Zweifel, sie ist eine abtrünnige Alfar.«

Ich zuckte mit den Schultern. Ich hatte keine Ahnung, was sie war, aber die Erklärung »abtrünnige Alfar« war so gut wie jede andere auch.

»Vielleicht spürt sie Zwietracht im Territorium, denkt, sie könnte einen Vorteil daraus ziehen«, fuhr der Barghest mit seinen Vermutungen fort, unfähig von diesem Knochen abzulassen.

Ich sah ihn bloß an.

»Also, bist du *ganz* sicher, dass du die Kraft nicht erkannt hast?«

Ich stöhnte und vergrub mein Gesicht in den Händen, gerade als Ryu zurück ins Zimmer kam.

»Also, Wally zufolge ist Jarl überpräsent im Verbund. Er lässt sich bei jedem Bankett und jedem Event blicken… damit auch ja jeder merkt, dass er nicht abwesend ist.«

»So stellt er sicher, dass alle denken, dass er unmöglich in die Sache verwickelt sein kann«, brummte Daoud, und seine Lider hingen noch immer auf Halbmast.

»Genau«, sagte Ryu und setzte sich Anyan und mir gegenüber. »Außerdem hat er Phädra, Graeme und Fugwat zurückgerufen und öffentlich verkündet, sie hätten bei einer Spionagemission im Grenzland ihr Leben riskiert und jede Menge wichtige Informationen mitgebracht.«

»Und weil Jarl auch der Oberste Spion ist, kann er einfach jede ›Information‹, die seine Behauptungen untermauert, frei erfinden«, fügte Anyan hinzu. »Was ist mit den Harpyien?«

»Deren Verbleib ist noch immer ungeklärt. Jane hat Kaya schwer verletzt. Oder war es Kaori? Egal, sie haben sich bestimmt zusammen irgendwo verkrochen und lecken ihre Wunden. Aber ich bin mir sicher, dass sie zurückkommen, um uns auszuspionieren, sobald sie wieder ganz bei Kräften sind.«

»Also, was machen wir jetzt?«, fragte ich niedergeschlagen.

Ryu runzelte bloß die Stirn, aber Anyan sagte: »Wartet. Telefoniert herum. Kontaktiert noch mehr Leute. Wir finden schon einen neuen Hinweis.«

»Ich habe das ewige Warten satt«, sagte ich, wohl wissend, dass ich ziemlich bockig klang, aber das kümmerte mich nicht mehr.

»Ich weiß«, sagte Anyan beschwichtigend, »so geht es uns allen.«

Ryu, der unseren Wortwechsel beobachtet hatte, schaute noch finsterer drein. Er wollte gerade etwas sagen, als wir ein vertrautes Kribbeln in der Luft spürten: Urmagie.

Ein paar Sekunden später landete Terk vor mir und Anyan auf dem Teppich. Doch statt seiner sonst üblichen bühnenreifen Auftritte stolperte er diesmal und stürzte. Einerseits sicher bloß, weil er wieder ein großes Kuvert bei sich trug, aber ich erinnerte mich auch daran, dass Capitola gesagt hatte, er sei sehr ausgelaugt von seinem letzten Einsatz.

Mit einem besorgten kleinen Aufschrei sprang ich auf, um dem kleinen Wichtel auf die Füße zu helfen. Er hielt sich an meinen Fingern fest. Ich zog ihn wieder auf die Beine, aber er sah mich mit seinen vielen Augenpaaren so traurig an, dass ich ihn hochhob, um ihn in den Arm zu nehmen. Er schmiegte sich an mich und gurrte leise, als ich mit ihm zur Couch hinüberging, um Anyan den Umschlag zu überreichen.

Während der Barghest Capitolas Schreiben öffnete, sah er mich skeptisch an.

»Jane«, fing er an. »Du solltest wirklich nicht… Verdammt.«

Was auch immer er gerade sagen wollte, war vergessen, als er die Papiere in seinen Händen betrachtete.

Er stand auf und verließ eilig den Raum. Noch im Gehen zog er sein Handy aus der Gesäßtasche.

Ich blickte lächelnd zu der wuscheligen kleinen Kreatur in meinen Armen hinunter, und Terk lächelte zurück, zwinkerte mir mit seinen sechs schwarzen Augen zu und setzte dabei seine langen Wimpern in Szene. Ich lachte, und er zwitscherte etwas in dem, was die Übernatürlichen »Alte Sprache« nannten, die uralte Sprache, die von den Urmagiewesen gesprochen wurde.

»Kann ich irgendetwas für dich tun?«, erkundigte ich mich. »Hast du Durst?«

Terk zwitscherte weiter vor sich hin, winkte mit einer seiner kleinen Hände vor meiner Brust herum und nickte.

»Äh, das nehme ich mal als ein Ja … Möchtest du Wasser? Oder Limo?«

Terk zwitscherte wieder und winkte weiter mit seiner kleinen Hand.

»Ähm … Also bringe ich dir mal ein Wasser, und ich nehme eine Cola … ich hole mal besser beides.«

Behutsam setzte ich den kleinen Wichtel zu meinen Füßen ab und ging ihm dann etwas zu trinken holen. Ich konnte Anyan aus seinem Schlafzimmer fluchen hören und fragte mich, was wohl los war. Gerade als ich zur Couch zurückgekehrt war und mich hingekniet hatte, um die beiden Gläser, die ich für Terk geholt hatte, vor ihm abzustellen, kam der Barghest ins Wohnzimmer zurück und ließ sein Handy zuschnappen.

»Im Grenzgebiet ist die Kacke am Dampfen«, sagte er. »Cap fürchtet, dass wir eine undichte Stelle haben, deshalb hat sie Terk geschickt. Irgendetwas hat das feindliche Lager in Panik versetzt. Die paar übrigen Labore, die von unseren Einsatztruppen überwacht wurden, die dort Razzien vorbereiteten, sind uns zuvorgekommen und haben sich letzte Nacht selbst aufgelöst. Alle sind tot: Insassen, Ärzte, alle.«

Ich überflog die Papiere, die Anyan mir gereicht hatte: körnige, gefaxte Fotos von Räumen, in denen Leichen herumlagen, eine Karte des Grenzgebiets mit ein paar kleinen, roten Kreuzen, die die Standorte der Labors anzeigten, und eine Nachricht von Capitola, die lautete: *Jemand scheint die Nerven zu verlieren. Habt ihr neue Erkenntnisse gewonnen? Und hat sie jemand eurer Gefangenen weitergegeben? Ruft mich an, wenn die Leitung sicher ist.*

Wut loderte in mir auf. Ich sah Anyan an. »Er versucht,

die Beweise zu zerstören. Er weiß, dass er kurz davor ist, aufzufliegen, also zerstört er alle Beweise. Er wird einfach alles niederbrennen und jeden töten, dem er nicht traut, und dann wird es für ihn so sein, als sei nichts davon je passiert.«

Im Raum herrschte angespanntes Schweigen; alle starrten Anyan und mich an.

»Wir können ihn doch nicht einfach damit davonkommen lassen, Anyan«, sagte ich, und vor Empörung klang meine Stimme tiefer als sonst. »Er muss bezahlen für das, was er getan hat …«

Die Augen des Barghest starrten mich an, sein Blick war voller Verständnis und Mitgefühl. Dann fiel sein Blick etwa auf meine Kniehöhe, und mir fiel auf, dass auch alle anderen an mir vorbeistarrten.

»Was zur Hölle?«, sagte ich gereizt und spähte über meine Schulter hinter mich.

Da war nichts. Also schaute ich nach unten.

Dort sah ich, wie der »niedliche«, kleine Wichtel mit der Hüfte Stoßbewegungen in meine Richtung machte und in bester Pornostar-Manier eine Hand erhoben hatte und so tat, als würde er mir den Hintern versohlen.

»Du kleiner *Mistkerl*«, fluchte ich und fuhr herum, um ihn zur Rede zu stellen. Doch er sah mich bloß blinzelnd an und grinste schelmisch. Mit einem letzten Zwinkern und einer einzelnen, winzigen Kusshand apparierte er mit einem Puffen.

Ich starrte dorthin, wo der kleine Wichtel eben noch gestanden hatte, und so viele Gefühle wetteiferten in mir, dass ich gar nicht mehr wusste, wo ich mit dem Sortieren anfangen sollte.

»Oh. Mein. Gott«, sagte ich und ballte die Fäuste. »Noch

jemand, der sich hinterrücks über mich hermachen will? Sonst noch jemand? Irgendwer?«

Ich starrte in die Runde. Da standen die Jungs und schauten mich an, als sei ich eine lebendige Handgranate. Verdammt, ich fühlte mich auch so.

Denn ich sah es schon vor mir. Genau wie nach meinem ersten Besuch im Verbund richtete Jarl im Leben der Leute Chaos und Verwüstung an – Mord, Entführung, Verstümmelungen –, und dann würde er einfach ein paar seiner Spießgesellen die Schuld und die Strafe dafür auf sich nehmen lassen, aber ihm würde wieder *nichts passieren*. Er würde weiterhin seine Machtposition bekleiden und sein bequemes Leben bei Hofe weiterführen, wo vielleicht ein paar Leute Verdacht hegen, aber niemand etwas gegen ihn unternehmen würde.

Doch meine Mutter war tot, Iris ebenso und all diese anderen Frauen auch. Oder sie waren im Krankenhaus, Opfer von Abscheulichkeiten, und wussten nicht, ob sie jemals wieder ihre magischen Kräfte zurückerlangen würden.

Und es war auch nicht so, dass dieser Rückschlag ihn stoppen würde. Jarl lebte schon seit Jahrhunderten. Er würde einfach warten, bis sich der Wirbel um die Sache gelegt hätte – oder mit den Betroffenen ausgestorben wäre –, und dann würde er einfach weitermachen. Oder er würde einen anderen halbgaren, irren Plan aushecken, der das Leid und den Schmerz von weiteren Leuten bedeuten würde.

»Wir müssen etwas unternehmen«, ließ ich nicht locker und war selbst überrascht über den Schmerz, der dabei aus meiner Stimme klang. Ich hatte so lange die Fassung bewahrt. Bis jetzt. Hatte versucht, mich nur auf das Ziel zu konzentrieren: Jarl zu fassen. Jetzt wo ich sah, dass alles vielleicht umsonst gewesen war, fing meine Fassade an zu bröckeln. Ich wusste nicht, wie lange ich mich noch zusammennehmen könnte.

Anyan und Ryu traten beide vor, aber ich war der tröstenden Worte, der beschwichtigenden Gesten müde. Also wich ich vor beiden zurück.

»Nein«, sagte ich mit jetzt wieder festerer Stimme. »Wir *müssen* etwas unternehmen.«

Die beiden Männer sahen erst mich an, tauschten Blicke untereinander und sahen dann wieder zu mir.

»Jane«, sagte Ryu, aber ich schüttelte unwirsch den Kopf.

»Nein, Ryu. Keine Ausflüchte. Wir müssen uns überlegen, was wir tun können.«

»Und das werden wir auch«, sagte Anyan. »Aber gib uns ein bisschen mehr Zeit. Wir sind alle erschöpft, besonders du …«

Das war der Moment, in dem mir klar wurde, dass sie nie etwas unternehmen würden. Jeder in diesem Raum außer mir, sogar Anyan, war so sehr ein Teil der Machtstrukturen, dass niemand hier *jemals* etwas unternehmen würde. Einen Alfar wie Jarl anzugreifen, war für sie wie ein Angriff auf das Pentagon, und sie waren sich dieser Tatsache nicht einmal bewusst.

Sie glauben zwar, sie würden etwas unternehmen, aber sie kneifen, sobald es kompliziert wird, weil sie sich gar nicht vorstellen können, wirklich Staub aufzuwirbeln …

Als ich dort stand, hatte ich einen plötzlichen Moment der Klarheit. Oder zumindest hielt ich es damals dafür. Rückblickend stellte ich jedoch fest, dass es die Art von »Klarheit« war, die in Wahrheit bloß die Auswirkungen eines Katers waren, der von einem starken Cocktail aus Schlafmangel, Stress und übertriebener Angst herrührte.

Ich werde es wohl selbst in die Hand nehmen müssen, stellte ich fest. *Ich muss es wohl selbst mit Jarl aufnehmen.*

Mit diesem Gedanken stellte sich auch ein seltsames Gefühl der Ruhe ein. Ich bin ein echter Bücherwurm, und einer meiner Lieblingsautoren ist James Joyce. Es kostete mich eine halbe Ewigkeit zu begreifen, um was es wirklich ging, als ich zum ersten Mal seine *Dubliners* las. Es sind sehr coole Kurzgeschichten, die alle damit enden, dass die Hauptfigur eine Offenbarung, Epiphanie genannt, erlebt: einen dieser Momente der Erleuchtung, in denen einem alles klar wird. Aber in einigen der Kurzgeschichten, wie in »Arabia«, ist dieser Moment zwar definitiv wichtig für die Hauptfigur, aber auch nur eine kurzsichtige Reaktion auf ein Ereignis, und zwar eine, die die Figur auf lange Sicht in Schwierigkeiten stürzen wird.

Später las ich Joyces *Ein Porträt des Künstlers als junger Mann*. Das Buch besteht aus fünf Kapiteln, und jedes dieser Kapitel endet mit einer großen Offenbarung, die Stephen Dedalus' Sichtweise auf die Welt und seinen Platz darin völlig verändert. Er hat diesen transzendenten Moment und dann *zack*: Das nächste Kapitel beginnt damit, dass er all die Schwierigkeiten, Probleme und Rückschläge durchlebt, die ihm die Wahl, zu der ihn die Offenbarung im Kapitel davor verleitet hatte, eingebrockt hat. Schließlich wurde mir klar, dass Joyces Offenbarungsmomente weder falsch noch richtig sind: Es *gibt* sie einfach. Sie bringen eine Art vorübergehende Klarheit mit sich, die sich zwar schon bald wieder zerstreut, aber für den Moment allumfassend ist.

Das war die Art von Ruhe, die ich in diesem Moment verspürte. Ich hatte das Gefühl, als hätte ich etwas so Fundamentales erkannt, dass es für mich in etwa so wichtig war wie die Erkenntnis, dass sich die Erde um die Sonne dreht. Zugegeben, ich hätte dem Gefühl misstrauen sollen, nachdem ich Joyce gelesen hatte, aber egal. Die Krux an der Epiphanie ist schließlich, dass man erst merkt, dass die Erkenntnis bescheuert war, wenn man schon entsprechend gehandelt hat.

Es hängt alles von mir ab, war meine Epiphanie, mein Moment der Klarheit. Und mir wurde auch bewusst, dass ich niemanden wissen lassen durfte, was mir da soeben klargeworden war.

Sie werden bloß versuchen, dich aufzuhalten, sagte ich mir. Ich war zwar noch nicht sicher, wobei sie mich aufhalten wollten, aber ich wusste, dass sich etwas in meinem überreizten Hirn zusammenbraute. *Also verhalte dich ganz normal.*

Und das tat ich. Ich entschuldigte mich, setzte mich hin und schaute mit Daoud und Caleb fern. Ryu und Anyan besprachen noch eine Weile die weitere Strategie, und dann gingen die beiden hinaus, um ein paar Anrufe zu tätigen. Anyan versuchte noch, mich zu einem gemeinsamen Training zu überreden, aber ich bat um eine Auszeit und schob es auf meine Erschöpfung. Ich ging früh in mein Zimmer, mit der Begründung, dass ich duschen und mich dann schlafen legen wollte. Und ich duschte wirklich, aber ich packte auch meine Tasche mit allem, was ich für meine heimliche Flucht geeignet hielt.

Ich wartete lauschend, bis alle ins Bett gegangen waren. Dann schlich ich mich aus dem Zimmer. Auf Zehenspitzen huschte ich durch den stillen Gemeinschaftsbereich und bemerkte erst auf halbem Weg, dass Daoud auf der Couch lag, wo er offenbar eingeschlafen war, und mit seiner großen Habichtnase vor sich hin schnarchte.

Ich atmete einmal tief durch, um mein wild klopfendes Herz zu beruhigen, und schnappte mir die Schlüssel für einen unserer Mietwagen, Ryus Navi und eine Schachtel Müsliriegel (ein Mädchen muss schließlich essen, auch wenn sie auf der Flucht ist). Dann schlich ich aus dem Wohnzimmer in den Flur. So leise wie möglich zog ich sehr, sehr langsam die Tür hinter mir zu, die mit einem fast unhörbaren Klicken zuschnappte. Als ich draußen stand und lauschte, ob Ryu oder Anyan mir aus ihren Schlafzimmern nachstürzten, wurde mir klar, wie wahnsinnig diese Aktion war. Aber ich war eben wahnsinnig, also hielt diese Erkenntnis nicht lange an.

Und schon stand ich da: wartete auf den Aufzug, mit meiner alten, halbleeren Reisetasche über der Schulter. Es fühlte sich seltsam an, auf den Aufzug zu warten, wo ich mich doch auf dem Weg zu etwas befand, das so oder so zum Höhepunkt meines Rachefeldzuges werden sollte. Aber ich nehme an, selbst der härteste harte Typ muss hin und wieder auf ein Transportmittel warten.

Dann stand ich in der Tiefgarage und drückte den Öffnen-Knopf am Autoschlüssel, um herauszufinden, mit welchem unserer Mietautos ich wohl das Vergnügen hatte. Als ich die Lichter des Geländewagens links von mir aufleuchten sah, ging ich hin und warf meine Tasche auf den Beifahrersitz. Und hätte mir vor Schreck beinahe in die Hosen gemacht, als ich hörte, wie sich jemand hinter mir räusperte.

Meine Hand krallte sich an mein rasendes Herz, und ich fuhr herum. Ich rechnete schon damit, entweder von Ryu oder Anyan angebrüllt zu werden, doch stattdessen stand da ruhig und seine Brillengläser polierend – Julian.

»Ziehst du los, um dich schnappen zu lassen?«, fragte er milde, bevor er seine Brille wieder aufsetzte.

»Nein.« Ich machte ein finsteres Gesicht. »Ich ziehe los, um Rache zu nehmen!«

Meine Stimme hallte dumpf durch die beinahe leere Tiefgarage, während Julian und ich uns anblinzelten. Und dann zu kichern anfingen.

Als wir genug über mich gelacht hatten und ich meine Tasche wieder vom Beifahrersitz genommen hatte, setzten wir uns auf die hintere Stoßstange, um zu reden.

»Es wird nichts passieren, Jules. Kann ich dich Jules nennen?«

»Nur wenn ich dir dann jedes Mal eine reinhauen darf.«

»Hmm. Klingt fair. Aber im Ernst, es wird rein gar nichts passieren. Jarl wird wieder einfach davonkommen.«

»Ich weiß.«

»Wir *müssen* einfach etwas tun.«

»Das müssen wir auch. Und, ob du es glaubst oder nicht, ich denke, du hast die richtige Idee.«

»Was?«, fragte ich und sah ihn blinzelnd an. Jetzt, da man mich gestoppt hatte, war mir auch klar geworden, wie völlig lächerlich mein toller »Plan« gewesen war.

»Du bist Jane. Und Jane macht übereilte, dumme Dinge, damit sie geschnappt wird. Du bist unser schwächstes Glied, zumindest denkt das jeder. Ist nicht böse gemeint.«

»Schon gut«, erwiderte ich trocken.

»Ernsthaft, denk mal drüber nach. Alle haben die ganze Zeit davon geredet, wie man dich als Köder einsetzen könnte, dass man dich im Auge behalten muss und so weiter. Ich glaube, noch mehr als zu Rachezwecken ist das der Grund, warum Jarl hinter den Leuten her ist, die dir nahestehen. Okay, Jarl hasst dich, aber er ist nicht dorthin gekommen, wo er ist, weil er sich nicht unter Kontrolle hat.«

Ich blinzelte bei Julians Worten. Ich war an den Gedanken gewöhnt, dass Jarl hinter mir her war, aber selbst ich musste zugeben, dass Julians Gedanken durchaus Sinn ergaben.

»Jarl denkt, wenn er an dich herankommt und dich aufscheuchen kann, dann wirst du leichte Beute für ihn sein. Du bist stark, und was du mit Ryu und Anyan gemacht hast, beweist deine Stärke. Aber dein größter Vorteil ist, dass die Leute dich immer unterschätzen. Sogar solche, die es eigentlich besser wissen müssten, wie Ryu, auch er kann sich von dem Gedanken nicht freimachen, dass du klein und verletzlich bist. Es ist, als würde dich irgendeine Robbenbaby-Aura umgeben, die jeden dazu bringt, dich beschützen zu wollen. Das könnten wir zu unserem Vorteil nutzen.«

Ich kicherte, denn ich wusste, dass er recht hatte. Und der Gedanke, etwas auszunutzen, das mich schon immer genervt hatte – die Vorstellung der Leute, ich sei schwach –, begeisterte mich.

»Also, was wollen wir tun?«, fragte ich.

»Wir ziehen auf eigene Faust los: Team Halbling.«

»Aber was machen wir konkret? Außer uns gleich ein paar schicke Mannschaftstrikots zu bestellen?«

»Wir tun, was die andern nicht tun werden. Wir benutzen dich als Köder. Aber wir haben einen Plan und schicken dich nicht einfach raus in die Nacht mit nichts als ein paar Müsliriegeln.«

»Müsliriegel sind sehr nahrhaft. Und lecker.«

Julian lachte. »Du bist vermutlich die Einzige, die für ihren Rachefeldzug ein paar Snacks einpackt.«

»Nicht frech werden. Also, an was hast du gedacht?«

»Ich dachte, wir könnten uns vielleicht einen Weg überlegen, wie wir deine Spur verfolgen können. Mit moderner Technik, das sollte kein großes Problem sein. Dann warten wir, bis wir sicher sein können, dass die Harpyien zuschauen, und wiederholen deine Flucht von heute Nacht. Bloß clever und mit einer richtigen Strategie statt völlig planlos.«

»Du bist heute wohl auf Ärger aus, was, Jules?«

»Logisch, Miststück, ich bin auf Krawall gebürstet.«

Wir lachten beide, nicht nur aus der Laune heraus, sondern aus Vorfreude. Ich hatte ein gutes Gefühl dabei, einen Plan zu haben und mit Julian zusammenzuarbeiten.

»Ich glaube, das könnte klappen«, sagte ich nach einer Weile.

»Ja«, stimmte Julian mir zu und sah mich mit seinen meeresgrünen Augen an. »Ich glaube auch.«

In diesem Moment erinnerte ich mich an mein Gespräch mit Iris. Es fühlte sich an, als sei es schon Jahre her, aber in Wahrheit lag es bloß ein paar Wochen zurück, als sie zu mir sagte: »Deine Pläne sind wie immer Schrott, Jane.« Und sie hatte recht. Meine Pläne *waren* Schrott. Aber diese Tatsache konnten wir zu unserem Vorteil nutzen, indem wir die Leute in dem Glauben ließen, ich sei eine kleine Idiotin und diese Außenwirkung mit Julians kühlem, strategischem Kopf kombinierten. Mit anderen Worten, das »Team Halbling« konnte all die Vorurteile, die es nun mal gegenüber Halblingen gab, zu seinem Vorteil nutzen, indem wir es gegen diejenigen verwendeten, die am meisten von diesem Vorurteil überzeugt waren.

Das Einzige, was ich noch lieber mochte als die Vorsehung, war Schokoladenkuchen. Oh, und Käse. Und Austern. Oh, und… äh, egal, …was ich sagen will, ist, dass mir die Idee eines »Team Halbling« richtig gut gefiel.

KAPITEL 21

Während der darauffolgenden Woche hielten Julian und ich uns bedeckt. Ich tat ein, zwei Tage noch so, als schmollte ich und begab mich dann zurück an Bord der Ermittlungen. Unterdessen tat Julian, was er immer tat: Er bestellte allerlei technische Spielereien, recherchierte am Computer und blinzelte eulenhaft durch seine Brillengläser.

Aber in Wahrheit plante er, was wir heimlich Team Halblings Operation Premier Coup nannten. Wir fühlten uns unheimlich international, als wir unserer Mission diesen Namen gaben, als würden wir Chimay-Bier trinken.

Die Berichte, die uns aus dem Grenzgebiet und dem Territorium erreichten, blieben unterdessen düster. Es tauchten immer wieder Labors auf, ausgebrannt, voller Leichen. Ryu fuhr jedes Mal gewissenhaft hin, um Spuren zu sichern, stieß aber nie auf verwertbare Hinweise.

Die einzige gute Nachricht, die wir in dieser Zeit bekamen, war, dass die übernatürlichen Kräfte von Ula Kappa und den anderen geretteten Frauen sich langsam regenerierten. Ula würde bald ins Meer zurückkehren können, was mich sehr freute. Ansonsten saßen wir nur herum und warteten ab. Und immer, wenn ich anfing, den Mut zu verlieren, erreichte uns ein neuer Bericht, der meinen Kampfgeist wieder in ungeahnte Höhen schraubte. Wir brauchten unbedingt einen neuen Anstoß in dieser Sache, und ich war entschlossen, für diesen Anstoß zu sorgen.

Aber gleichzeitig fing ich langsam an, den Glauben daran zu verlieren, dass wir unsere Chance dazu je bekämen, bis Caleb eines Tages mit Kaffee in unsere Suite kam.

»Die Harpyien sind zurück«, verkündete er. »Ich habe eben eine von unseren fiesen, gefiederten Feinden auf dem Dach gesehen.«

Ich fühlte, wie ich vor Aufregung rot wurde, und zwang mich, nicht zu Julian zu blicken.

»Tja, wir wussten ja, dass sie sich mittlerweile wieder irgendwo in der Nähe herumdrücken mussten.« Anyan seufzte. »Jetzt haben wir nur noch die Bestätigung. Aber dass sie wieder da sind, ändert nichts.«

Wenn der wüsste, dachte ich, doch dann überkam mich das unkontrollierbare Gefühl, ihn zu hintergehen. Der Barghest und ich hatten jeden Tag zusammen trainiert, gemeinsam gelacht und unser Zusammensein genossen. Ich fühlte mich schrecklich, weil ich etwas vor ihm verbarg, aber ich wusste, er würde sich niemals mit dem Plan, den Julian und ich ausgeheckt hatten, einverstanden erklären. Und selbst wenn ich mir, um an die Beweise gegen Jarl zu kommen, auf lange Sicht meine Chancen bei Anyan verbaute, dann war es eben so.

Idiotin!, fauchte mich meine Libido an, und wenn ich ehrlich war, musste ich ihr recht geben. Die Vorstellung, Anyans Vertrauen zu missbrauchen, gefiel mir überhaupt nicht. Aber es gab nun mal Dinge, die wichtiger waren als ich und meine Sehnsüchte.

In dieser Nacht ging ich früh schlafen, und es gelang mir tatsächlich, ein paar Stunden zu dösen, bevor ich gegen drei Uhr morgens ein leises Klopfen an der Tür vernahm.

»Sie schlafen alle«, flüsterte Julian und schob sich in mein Zimmer, nachdem ich die Tür einen Spalt weit geöffnet hatte. Hinter ihm zog ich sie vorsichtig wieder ins Schloss. »Und Ryu ist draußen auf Streifzug. Das ist unser Moment.«

Es war ein Beweis für meine Nervosität, dass ich nicht einmal zuckte, als Julian sagte, dass Ryu draußen auf Futtersuche war.

»Lass uns keine Zeit verlieren. Ich habe die Vorrichtung bereits getestet – ich habe sie in Daouds iPod-Armhalter installiert, bevor er Joggen gegangen ist, und wusste in jeder Sekunde, wo er gerade war – ich weiß ja nicht, ob ein Zwischenstopp bei Dunkin' Donuts wirklich sinnvoller Bestandteil eines ernsthaften Trainingsprogramms ist, aber es ist ja sein Körper.«

Ich kicherte, aber mein Kichern verwandelte sich schnell in ein Schlucken, als Julian plötzlich eine riesige Spritze herauszog.

»Was zur Hölle?«, fragte ich mit weit aufgerissenen Augen.

»Das ist die einzige Möglichkeit, dir die Vorrichtung schnell zu implantieren«, erklärte er mit einer recht vernünftigen Stimme für einen, der etwas in der Hand hielt, das wie eine Betäubungsspritze für Elefanten aussah. »Diese Spritze ist gefüllt mit einem winzigen GPS-Peilsender, etwa in der Größe eines Reiskorns. Wir müssen es dir unter der Haut anbringen, und das ist die beste Möglichkeit dazu.«

Ich sah erst Julian blinzelnd an, dann die Spritze und dann wieder Julian.

»Komm schon, Jane. Mit diesem kleinen Gerät weiß ich genau, wo du bist, jede Sekunde, die du weg bist. Die Sache ist nicht verhandelbar.«

Ich biss die Zähne zusammen und nickte einmal kurz. »Gut. Dann los. Wohin willst du es setzen?«

»Irgendeine weiche Stelle. Vielleicht dein Bauch?«

»Ich fasse es nicht, dass du meinen Bauch gerade ›weich‹ genannt hast. Er ist nicht weich, höchstens ein bisschen *kuschelig*. Und sexy!«

»Ja, ich bin sicher, er ist sehr sexy. Shirt hoch!«

»Kann ich mich aufs Bett legen?«

»Nur zu.«

Ich legte mich hin, zog mein langärmeliges Oberteil ein Stückchen hoch und kniff die Augen zusammen, während Julian mit seiner grauenhaften Spritze auf mich zukam.

Unterm Strich habe ich schon viel schlimmere Dinge erlebt, als einen GPS-Chip injiziert zu bekommen – aber nicht viele. Als Julian fertig war, wischte er mit einem Desinfektionstuch über die schmerzende Stelle. Dann half er mir, mich aufzusetzen und hielt meine Hand, während er mir fest in die Augen sah. »Wir drehen eine Testrunde ums Hotel, bevor du gehst, aber es sollte klappen.«

Ich schluckte. Jetzt, da unser erster Coup seinen Lauf nahm, starb ich beinahe vor Angst.

»Bist du bereit für das hier, Jane?«

»Nein«, erwiderte ich.

»Gut, ich werde, im wahrsten Sinne des Wortes, die ganze Zeit nur einen Schritt hinter dir sein.«

Er steckte sich einen kleinen Bluetooth-Empfänger ins Ohr und klappte seinen Laptop auf, während ich mir schon meine Tasche griff, die ich neu gepackt hatte, diesmal mit einer Garnitur Kleidung zum Wechseln, Ryus Navi, das ich vorher schon stibitzt hatte, und meinen Müsliriegeln.

»Ich bleibe hier. Geh du runter, hol das Auto, und ruf mich dann gleich an. Wenn ich dir das Go gebe, dann fahr in Richtung Alfar-Verbund. Ich lasse dich sofort wissen, falls der Chip nicht richtig funktionieren sollte, und in dem Fall kommst du unmittelbar zurück. Verstanden?«

Ich nickte. »Verstanden.«

»Bereit?«

»So bereit ich eben sein könnte.«

Wir blickten uns quer durch das Zimmer noch einmal fest in die Augen: Er saß auf meinem Bett mit dem Laptop, und ich stand mit meiner Tasche an der Tür.

»Los, Team Halbling!«, sagte ich und versuchte meine Angst wegzugrinsen.

»Los, Team Halbling!«, stimmte er ein und erwiderte mein Lächeln. »Ich passe auf dich auf, Jane.«

Ich nickte. Ich wusste, dass er das tun würde.

Auf der menschenleeren, nächtlichen Straße vor dem Hotel hielt ich den Kopf gesenkt und tat so, als würde ich in meiner Tasche herumwühlen. »Kannst du mich hören?«, flüsterte ich ins Leere. In der Hoffnung bereits von spähenden Augen beobachtet zu werden, achtete ich darauf, meine Lippen und den Bluetooth-Empfänger unter meinen langen Haaren zu verstecken.

»Laut und deutlich«, kam Julians Antwort. »Und bisher

kann ich dich auch gut auf meinem Monitor verfolgen. Bist du bereit?«

»Klar«, antwortete ich, bevor ich aufblickte. Ich scrollte durch Ryus Navi, bis ich gefunden hatte, was ich suchte: Verbund. Ich drückte auf »Route berechnen« und fuhr dann dorthin, wohin es mich lenkte.

»Ich lasse dich wissen, falls der Chip aus irgendeinem Grund versagen sollte. Aber für den Moment ist alles klar. Und lass das Ohrstück so lang wie möglich drin, okay?«

Ich gab nur einen unbestimmten Laut zur Antwort, weil ich meinen Kopf oben halten und mich auf die Straße konzentrieren musste.

»Gut. Ich höre jetzt mal auf zu reden, nicht dass noch jemand aufwacht.«

Ich verzog das Gesicht bei der Vorstellung, was los wäre, wenn Anyan oder Ryu aufwachen und meine Abwesenheit entdecken würden, während Julian auf meinem Bett saß und meine Fahrt auf dem Laptop verfolgte.

Ich hoffe, sie bringen ihn nicht gleich um, dachte ich. Dann deutlich nervöser: *Ich hoffe, sie bringen ihn nicht wirklich um …*

Ich schüttelte den Kopf und versuchte, mich auf das Hier und Jetzt zu konzentrieren. Sie würden Julian schon nicht gleich töten, und in der Zwischenzeit musste ich dafür sorgen, dass unsere Mission ein Erfolg würde.

Apropos Mission, ich musste wieder an meinen eigenen stümperhaften Racheversuch letzte Woche denken. Jetzt da ich in einer *richtigen* Mission unterwegs war, konnte ich nur erschaudern, wenn ich daran dachte, wie dumm ich mich beim letzten Mal angestellt hatte.

Was da alles hätte schiefgehen können, dachte ich, und grauenvolle Bilder überschwemmten meinen Kopf wie Wellen bei Sturmwarnung. *Und selbst wenn du es bis zum Verbund geschafft hättest, was zum Teufel hättest du dann dort tun wollen? Etwa kaltblütig einen Mann ermorden? Wärst du dazu wirklich in der Lage?*

Ich hasste Jarl mit jeder Faser meines Körpers. Ich verabscheute ihn, hielt ihn für einen wahren Schandfleck auf Erden, einen Tumor, den es herauszuschneiden galt. Und doch, wenn ich ehrlich mit mir war, wusste ich, dass ich niemals fähig gewesen wäre, auf diese Art Selbstjustiz zu üben.

Abgesehen davon, wie hättest du ihn eigentlich umbringen wollen? Indem du ihn mit einem Müsliriegel erstickst? Du hast noch nicht einmal eine richtige Waffe, geschweige denn, dass du wüsstest, wie man damit umgeht.

Ich musste an Conleths Gesicht denken, als er mir das Messer in die Hand rammte. Aber er war ein kaltblütiger Mörder, und aus gehörigem Abstand Magiekugeln auf jemanden abzufeuern, war eine ganz andere Nummer, als jemandem ein Messer in den Rücken zu rammen.

Meine Güte, dachte ich. *Was müsste ich wohl anstellen, damit ein echter Killer aus mir wird?*

Ich grübelte darüber nach, während ich durch die finstere Nacht fuhr, mein Kopf voll finsterer Gedanken.

Ich war bereits zwei Stunden unterwegs, als mein Handy plötzlich klingelte. Es zeigte Julians Namen auf dem Display, also nahm ich den Anruf an, indem ich so tat, als würde ich mich an der Wange kratzen. »Ich kann dein Signal noch immer deutlich empfangen«, sagte Julian. »Und die anderen schlafen alle noch. Haben sich die Harpyien blicken lassen?«

Ich befand mich gerade auf einem sehr waldigen, sehr verlassenen Abschnitt irgendeiner Landstraße. Ich hatte Schwierigkeiten, das GPS zu lesen und festzustellen, wo ich mich genau befand. Aber so lange es mir sagte, wohin ich als Nächstes fahren musste, war mir das ziemlich egal. Ich sah mich um, streckte den Hals vor und spähte nach draußen.

»Mm-mm«, nuschelte ich ohne die Lippen zu bewegen.

»Okay«, sagte er. »Vergiss nicht, mich sofort anzurufen, wenn sie auftauchen. Für den Fall, dass der Chip versagt, müssen wir wissen, wo du erwischt wurdest, damit wir dich vor Ort suchen können. Verstanden?«

Ich gab nuschelnd meine Zustimmung, und er wollte sich gerade verabschieden, als ich zischte: »Warte!«

Ich war mir nicht sicher, ob ich mir schon Sachen einbildete, aber ich hätte schwören können, dass ich einen seltsamen Schatten im Rückspiegel gesehen hatte.

»Es ist soweit«, sagte ich, als ich schließlich unter einer der spärlichen Straßenbeleuchtungen durchfuhr und feststellte, dass der Schatten meines Wagens, wie erwartet, ein bisschen größer geworden war. Und flügeliger.

»Das Spiel ist eröffnet«, murmelte ich. »Falls ich mich getäuscht haben sollte, rufe ich dich noch mal an. Ansonsten geh davon aus, dass ich entführt wurde. Ich lege jetzt auf«, sagte ich. »Verlier mich nicht.«

»Werde ich nicht, Jane. Viel Glück.«

»Danke«, sagte ich und unterbrach das Gespräch über den Ohrhörer, indem ich ihn unauffällig abnahm und unter dem Sitz versteckte.

Jetzt geht es wirklich los, dachte ich und versuchte all meinen Mut zusammenzunehmen.

Trotz meiner Versuche, mich darauf vorzubereiten, überkam mich eine bizarre Mischung aus Angst, Adrenalin und gespannter Erwartung, als etwas auf dem Dach des Geländewagens landete. Und als eine Faust durch das Fenster zu meiner Rechten stieß, erinnerte ich mich gerade noch daran, dass es nicht so aussehen sollte, als wolle ich entführt werden, und fuhr einen Schild hoch.

Durch die Fenster auf beiden Seiten spähten nun zwei umgedrehte glänzende Harpyienaugenpaare über kleinen habichtartigen Schnäbeln zu mir herein.

Das Gute war, dass keiner aus Phädras Truppe dabei war, als es mir vor Monaten in Boston gelang, uns aus dem magischen Alfar-Netz zu befreien. Also wusste niemand außer meinen Verbündeten genau, wie viel Macht ich wirklich hatte. Und da ich ein Halbling war, nahmen die meisten an, dass ich nicht gerade viel davon haben konnte. Um ihre Annahme noch zu untermauern, feuerte ich ein paar läppische Magiekugeln auf die Köpfe der Harpyien ab, die sie verächtlich beiseitewischten und mir mit einem Zeichen zu verstehen gaben, ich solle an den Straßenrand fahren.

Ich täuschte Angst und Schrecken vor (hey, es war zum größten Teil vorgetäuscht, wirklich!) und tat, wie sie mir befohlen hatten. Dabei zwang ich mich, meine Schilde auf der schwächsten Stufe zu halten, als wäre das alles, was ich aufzubieten hätte. Ich bremste den Wagen ab, fuhr rechts ran und hielt mich dann mit den Händen am Lenkrad fest.

»Kaya«, sagte ich mit neutraler Stimme, als die graubraun gefiederte Harpyie zu meiner Linken sich zu Boden ließ und meine Tür öffnete. »Oder Kaori«, verbesserte ich mich, denn ich hatte keine Ahnung, welche von beiden sie war.

Die andere Harpyie kam um den Wagen herum und gesellte sich zu ihrer Schwester, ihre Augen allerdings glühten vor Zorn.

Graemes Freundin.

Die Harpyie, die mir weniger nach dem Tod trachtete, bedeutete mir mit einer Kopfbewegung, dass ich aus dem Auto aussteigen sollte. Ich folgte ihrer Aufforderung, und meine Knie gaben beinahe nach, als ich schließlich zum Stehen kam.

Und dann, mit einem leisen Kichern, das sich selbst in meinen eigenen Ohren mehr als ein bisschen durchgeknallt anhörte, nahm ich die Hände hoch.

»Bringt mich zu eurem Anführer«, sagte ich. Doch da holte die wütende Harpyie schon mit ausgestreckter Faust nach mir aus.

Dann sah ich nur noch Sterne …

Und dann sah ich gar nichts mehr.

KAPITEL 22

Ich erwachte in einem fahrenden Fahrzeug, mit einem schmerzenden Kiefer und ohne etwas sehen zu können. Glücklicherweise war meine Blindheit keine Nachwirkung des Schlags; ich hatte lediglich einen rauen Sack über dem Kopf, der mir die Nase wund scheuerte. Meine Handgelenke waren hinter dem Rücken gefesselt, und ich lag auf dem rechten Arm. Die Harpyien mussten den Rücksitz vorgeklappt haben, damit sie mich ausgestreckt hinlegen konnten. Leises Flüstern kam von vorne, und im Auto war es kalt und zugig. Ich kombinierte, dass die Harpyien mich einfach in mein eigenes Auto gepackt hatten.

Ich war mir nicht sicher, wie lange ich bewusstlos gewesen war, aber ich war ziemlich steif am ganzen Körper – der Arm, auf dem ich lag, war komplett eingeschlafen –, und ich hatte einen Geschmack im Mund, als sei irgendetwas darin gestorben. Also musste es eine ganze Weile gewesen sein.

Nachdem die Benommenheit in meinem Kopf sich weiter gelegt hatte und es mir gelungen war, mich ein wenig herumzuwälzen, um etwas Druck von meinem absterbenden Arm zu nehmen, versuchte ich zu hören, was die Harpyienzwillinge sagten. Außerdem war ich neugierig, weil ich sie noch nie sprechen hatte hören. Ihre Stimmen waren flüsternd und befremdlich mit viel Schnabelgeklapper.

»... sie einfach jetzt umbringen! Phädra wird sie behalten wollen. Aber ich will sie tot sehen.«

Das muss dann wohl Graemes Freundin sein, bemerkte ich.

»Phädra wird *uns* umbringen, wenn wir sie töten. Also gedulde dich.«

»Aber ich will sie tot sehen«, nölte Kaya (oder Kaori).

Und ich wünschte, ich hätte mich nicht bewegt, denn nun bohrten sich die brennenden, schwertgroßen Cousins von Stecknadeln in meinen jetzt sehr wachen Arm.

Ich biss vor Schmerz die Zähne zusammen und versuchte, weiter zu lauschen. Leider ging es im Gespräch der Harpyien hauptsächlich darum, wie, nicht ob, ich einen grauenhaften Tod sterben würde. Die eine Schwester forderte meinen grauenvollen Tod jetzt *gleich*, während die andere Schwester ihr versicherte, dass mein Tod noch *viel grauenvoller* sein würde, wenn sie sich nur geduldeten, bis ich *ihm* in die Hände fiel.

Komischerweise war ich bis jetzt noch recht gefasst angesichts ihrer Diskussion. In meinem verwirrten Zustand klammerte ich mich an die Vorstellung, dass das alles Teil des Plans war, dass Julian wusste, wo ich war, und dass Anyan Köpfe rollen lassen würde, wenn er mich holen käme. In diesem Sinne drehte ich mich noch weiter herum, damit die Seite meines Bauchs, auf der sich der Chip befand, nach oben zeigte und seine Daten samt und sonders noch besser abrufbar wären. Die Haltung war extrem schmerzhaft, und ich wusste eigentlich, dass das gar nicht nötig, dass es völlig bescheuert von mir war. Aber je mehr ich zu Bewusstsein kam, desto panischer wurde ich …

Nicht zuletzt, weil mit dem Gedanken an den Chip noch weitere Erinnerungen in mir hochkamen: die an die Frauen, die wir in Rhode Island vernommen hatten. Ich spürte die Panik immer schneller in mir hochkriechen, und ich hoffte, dass man mir nicht irgendwelche fremden Körperteile implantieren würde, bevor Anyan mich fand.

Anyan, dachte ich und konzentrierte mich auf den Gedanken an den Barghest. Ich dachte an seine Stärke, seine Entschlossenheit, seinen unerschütterlichen Beschützerinstinkt.

Er wird mich finden, er wird mich finden, er wird mich finden …

Als ich dieses Mantra vor mich hinsagte, während ich mir die kräftige Hundegestalt des Barghest vorstellte, rollte ich mich herum, bis ich flach auf dem Bauch zum Liegen kam und halbwegs bequem lag. Dann versetzte ich mich in meinen klinikerprobten Einschlafmodus, denn ich wusste, dass ich noch all meine Sinne beieinanderhaben musste, wenn wir erst einmal an unserem Ziel angekommen waren.

Eine ganze Weile später wurde ich zu vollem Bewusstsein aufgeschreckt, als jemand den Kofferraumdeckel zu meinen Füßen aufriss und mich unsanft an den Knöcheln herauszog. Dabei rutschte der Sack etwas hoch, und für den Bruchteil einer Sekunde nahmen meine Augen ein paar undeutliche schwarze Gestalten wahr. Aber dann wurde die Kapuze auch schon wieder heruntergezogen, und alles war wieder schwarz.

Ich atmete heftig, Angst durchflutete mich. Jetzt, da ich mich ein wenig erholen hatte können und Zeit gehabt hatte, zu realisieren, was ich da gerade tat, zeigten sich die Schwächen in unserem brillanten Plan.

Was, wenn sie dir einfach in den Kopf schießen, Idiot? Ich schüttelte mich, nicht bereit zu glauben, dass das geschehen würde.

Julian und ich haben das genau durchdacht. Ich muss doch irgendwem irgendwas wert sein. Zumindest so viel, dass man mich am Leben lässt, bis irgendwer, der mich wirklich töten will, kommt und es mit eigenen Händen erledigt … Und für die anderen bin ich hoffentlich mehr als bloß ein guter Köder.

Also unterdrückte ich mein Zittern und zwang mich ruhig zu atmen, während ich Leute um mich herumschlurfen hörte. Ich wurde grob vorwärtsgeschubst und dann noch ein paar Schritte weitergezogen, die ich natürlich stolperte, sodass ich beinahe hinfiel.

Was auch immer es war, das mich auffing, bevor ich auf dem Boden landete, hatte sehr kräftige Hände mit sehr, sehr scharfen Krallen. Diese Hände richteten mich mit beunruhigender Behutsamkeit auf, bis ich wieder fest auf den Beinen stand.

Dann griffen diese Hände an meinen Hals, und die scharfen Krallen streiften meine Schlagader, als mir der Sack vom Kopf gezogen und weggeworfen wurde.

Blinzelnd stand ich da und zwang meine Augen, sich auf die neue Situation einzustellen. Schließlich wurde die schwarze Gestalt vor mir scharf, und die Identität meines Geiselnehmers offenbarte sich.

Der Heiler, wurde mir bewusst, denn bei dem Wesen, das da vor mir stand, konnte es sich bloß um den berüchtigten Kobold-Halbling handeln.

Wir standen im hellen Sonnenschein auf einer niedrigen

Treppe vor einem herrschaftlichen alten Haus. Sonst konnte ich absolut nichts sehen, auch wenn meine Sicht von meinem steifen Hals eingeschränkt wurde und von der Tatsache, dass ich so dicht vor meinem Geiselnehmer stand.

Der Heiler starrte mich mit menschlichen Augen in einem ausdruckslosen menschlichen Gesicht an. Nur dass die menschliche Haut entlang seines Kiefers, vor den Ohren und an der Haarlinie endete. Von dort an war er ganz und gar ein Kobold: grüne Schuppen, spitze Ohren und so weiter. Außer, dass seine Schuppen am Unterarm immer weniger wurden und wieder in bleiche, leicht sommersprossige Haut übergingen. An den Spitzen seiner ansonsten menschlichen Finger schimmerten dicke, schwarze, nadelspitze Krallen.

»Jane True. Es ist mir eine Freude, deine Bekanntschaft zu machen«, raunte der Heiler mit einem charmanten schottischen Akzent, der überhaupt nicht zum Rest von ihm passte.

Ich nickte ihm zu und versuchte, unbeeindruckt zu wirken.

»So viele Leute haben versucht, so ein kleines Ding in die Finger zu bekommen. Da fragte ich mich doch, was die ganze Aufregung soll. Trotzdem müssen wir Vorsichtsmaßnahmen ergreifen ... Avery?«

Ein weiterer Kobold trat hinzu, nur dass es sich bei diesem um einen Reinblüter handelte. Und anders als der Heiler, der Anzughemd und Hosen unter einem Labormantel trug, hatte Avery eine Arztkluft an.

»Dr. Avery hier wird dir eine kleine Spritze geben. Ich fürchte, es wird ein bisschen pieksen.«

Die Hände des Heilers zogen meine Unterarme nach unten, drückten sie fest an meine Seiten und hielten mich so fest. Da wurde mir klar, was gleich passieren würde ...

Sie verpassen mir die Spritze, die mir meine Magie nimmt.

Eine Sekunde lang wäre ich beinahe in Panik ausgebrochen. Der Gedanke, plötzlich machtlos und meiner einzigen Waffe beraubt zu sein, entsetzte mich.

Ganz ruhig, Mädchen, ermahnte ich mich. *Du hast deine übernatürlichen Kräfte ja erst ungefähr ein paar Minuten deines Lebens. Sie sind nicht deine einzige Waffe, und du hast schon jede Menge Scheiß überlebt, bevor du überhaupt etwas von diesen Fähigkeiten wusstest. Unterschätz dich also nicht.*

Also beruhigte ich meinen Körper wieder einmal, indem ich alle Entspannungstechniken anwandte, die ich während meines Aufenthalts in der Psychiatrie gelernt hatte. Ich starrte in die braunen Durchschnittsaugen des Heilers, während der andere Kobold, Avery, die Nadel an meinen Hals hob. Einen Moment später spürte ich auch schon einen scharfen Schmerz gleich neben meinem Schlüsselbein.

Als Avery den Kolben hinunterdrückte, fühlte es sich an, als würde er Feuer in mich spritzen. Der Schmerz war so beißend, dass ich aufschrie und zusammenzuckte, als der Kobold die Spritze wieder herauszog und die Haut rund um den Einstich einriss. Blut lief mir den Hals hinunter und in mein Shirt, und der Heiler sagte: »Tss tss tss!« Er zog ein blütenweißes Taschentuch aus seiner Tasche und drückte es mir an den Hals.

»So empfindliche Haut … Die wollen wir doch nicht verunstalten, oder, Miss True? Zumindest noch nicht …«

Der Heiler grinste süffisant, und seine ansonsten so normalen Augen fixierten mich. Was ich in ihnen verborgen sah, zeugte von solcher Bosheit, dass ich doch noch die Haltung verlor und mich zu sträuben begann. Er lachte und hielt mich mit seinen Armen und seiner Magie umklammert. Reflexartig versuchte ich meine Schilde hochzufahren und das zu tun, was ich im Park mit Anyan geübt hatte: meine Abwehr als eine Art Mauer zu nutzen, um den Kobold abzudrängen. Aber nichts passierte; es war, als würde ich in einen Abgrund greifen.

Meine Magie ist weg, wurde mir klar. Mit dieser letzten Niederlage gab ich meine Gegenwehr auf.

»So, das war's. Braves Mädchen«, sagte der Heiler und ließ die Rückseiten seiner Krallen meine Wange hinuntergleiten. »Jetzt gehörst du uns, Liebchen. Es hat keinen Sinn, dagegen anzukämpfen. Und jetzt kommst du erst mal mit hinein ins Warme.«

Bietet er mir jetzt vielleicht noch eine Tasse Tee an?, fragte ich mich und wunderte mich darüber, wie so ein Monster so schrecklich … britisch … sein konnte.

Als wir das herrliche, großzügige Anwesen betraten, war es, als ginge man durch die Tür zu einer anderen Dimension. Gerade war man noch von gepflegtem Rasen, akkurat zugeschnittenen Büschen und strahlend weiß getünchtem Holz umgeben gewesen, und im nächsten Moment standen wir in einem grausigen medizinischen Labor, wie man es aus Konzentrationslagern kennt.

Die Fenster waren mit schwerem, schwarzem Stoff verhangen, und dort, wo früher zweifellos einmal Kronleuchter die Decken geschmückt hatten, waren nun Neonlichter angebracht worden, die alles in schaurig grelles Licht tauchten. Der Raum zu unserer Linken, der einst vielleicht ein Speisesaal gewesen sein mochte, beherbergte nun eine blutverspritzte Bahre, auf die noch die Reste von … etwas … geschnallt waren. Was auch immer es gewesen sein mochte, nun war es nichts weiter als ein Haufen gemarterter Körperteile. Allein dieser Anblick war schrecklich genug, aber als die Glieder sich dann auch noch bewegten und ich begriff, dass, was auch immer dort lag, noch am Leben war, drehte es mir fast den Magen um, und beinahe hätte ich mich übergeben.

Auf der rechten Seite der einst prachtvollen Eingangshalle befand sich noch ein Raum, der nun als eine Art Pausenraum zu dienen schien. Mehrere Übernatürliche in der Kleidung von medizinischem Personal standen oder saßen dort herum und plauderten, als sei es eine Krankenhauscafeteria statt einer Todesfabrik.

Ich wurde durch eine Reihe weiterer, einstmals sicher prächtiger Zimmer geführt, voll mit Folterinstrumenten, die sich als medizinisches Gerät tarnten. Hier und da sah ich Opfer in verschiedenen Stadien des Verfalls. In einem Zimmer saß, an einen Stuhl gefesselt, eine Frau, die mich aus klaffenden Augenhöhlen blind anstarrte und die wortlos weinte, mit einem Mund, in dem keine Zunge mehr war. Zwei Jungen – beide wahrscheinlich menschlich, obwohl das nur schwer zu sagen war –, deren Hände amputiert und die dann an den Armstumpen zusammengenäht worden waren, starrten mich aus emotionslosen Augen durch die Türöffnung eines der Zimmer an. Als wir vorbeigingen, war der Fäulnisgeruch ihrer Wunden so penetrant, dass ich mich wieder beinahe übergeben hätte. In einem Raum, der einst eine Küche gewesen sein musste, lag ein Haufen abgetrennter Köpfe neben einem blubbernden Suppentopf auf einem edlen Herd. Der geöffnete Kühlschrank enthielt abgetrennte Arme, gestapelt wie Klafterholz – die Finger standen heraus wie grausige Zweige. Der

Gefrierschrank enthielt noch einen ähnlichen Stapel amputierter Beine.

Am anderen Ende der Küche befand sich eine Tür, neben der ein Tisch stand. Auf diesem lag ausgestreckt der Körper einer Frau, die von der Taille abwärts nackt war. Man hatte ihr die Kehle durchgeschnitten.

Die Küche war es, die mich schließlich doch noch dazu brachte, mich zu übergeben. Ich wandte mich von dem Heiler ab, der mich rechts festhielt, beugte mich nach links vornüber und kotzte mir die Seele aus dem Leib. Der Heiler verdrehte mir die Arme so heftig auf dem Rücken, dass der Schmerz mich durchzuckte und mir die Tränen in die Augen traten, während ich noch würgte.

»Es schickt sich aber nicht, sich auf den Boden seines Gastgebers zu übergeben«, sagte der Kobold-Halbling mit einem Seufzen, als hätte ich ihn schwer enttäuscht.

Er hielt mich fest, bis ich zu Ende gespuckt hatte, dann drehte er mich zu sich um. Er zog ein weiteres sauberes Taschentuch heraus und wischte mir penibel den Mund ab.

»Ich dachte wirklich, du seist nicht gar so leicht zu erschüttern, Liebchen«, sagte er. »Nach all den Schwierigkeiten, die du uns bereitet hast, muss ich nun feststellen, dass du nichts als eine weitere schwache Frau bist …« Er sah mich missbilligend und abschätzig an. »Aber wenigstens bist du ein hübsches, kleines Ding. Wenn wir den Befehl für deine Behandlung bekommen, werden meine Jungs sicher viel Freude mit dir haben. Es gehört schließlich zu meinen Aufgaben, meine Leute bei Laune zu halten.«

Er nickte wie zur Bestätigung seiner eigenen Worte, öffnete die Tür vor mir und führte mich eine Treppe hinunter. Ich hatte bereits den Rundgang durchs Haus grauenvoll gefunden, aber ich hätte wissen müssen, dass es nur schlimmer werden konnte, je weiter wir nach unten kamen. Es hat schließlich einen Grund, warum die Hölle unter der Erde liegt.

Das Erste, was mich traf, als wir die Stufen hinunterstiegen, war der Gestank. Kotze, Pisse, Kot, Blut, Schweiß und Angst kämpften gegeneinander um die Vormachtstellung in meiner Nase. Vom Grundriss her war es der typische Keller eines alten Gemäuers, wie es sie zu Tausenden gab: mit den gleichen niedrigen Decken wie mein Keller zu Hause in Maine, aber dieser hier war in alle Richtungen verzweigt wie ein Kaninchenbau. Doch alles, was ich dort unten erkennen konnte, waren Zellen. Viele davon standen leer, aber es waren so viele, dass trotzdem Platz für Dutzende von Gefangenen war. In den meisten Zellen saßen Frauen, obwohl ich auch hier und da ein paar Männer entdeckte. Verdreckte Gesichter mit gequälten Augen starrten mich an, als wir an den einzelnen Zellen vorbeigingen, und mir wurde schlagartig klar, wie groß diese Operation hier überhaupt war. Und wie irrsinnig.

Sie leiden unter Bevölkerungsschwund, und trotzdem zerstören sie ihresgleichen wie Kinder, die auf einem Ameisenhaufen herumtrampeln. Völlig irre … und das ist wohl auch der Punkt. Jarl und seine Handlanger sind irre. Und wenn sie glauben, sie könnten den Geburtenrückgang aufhalten, dann können sie sich wahrscheinlich auch selbst glauben machen, dass die zukünftige freie Vermehrung die paar Opfer jetzt wert sind.

Außerdem waren die Opfer Leute wie meine Mutter und Iris, die Halblinge zur Welt gebracht hatten.

Also Feinde in Jarls Augen.

Ich wurde tiefer und tiefer in den Keller hineingeführt, bis wir auf eine Reihe von niedrigen Türen stießen. Bevor wir sie passierten, bekamen wir noch eine weitere Wache zur Seite gestellt, die uns folgte und der die Neugier ins Gesicht geschrieben stand. Sie hatte die gleiche eigentümliche Biegsamkeit wie Elspeth, die Nymphe, die mir im Verbund zur Hand gegangen war, also nahm ich an, dass sie wie sie ein Waldgeist war. Als wir alle vier den weißgefließten Bereich hinter den niedrigen Türen betraten, standen wir plötzlich in einem viel kleineren Raum voller Zellen. Diese Zellen waren außerdem viel sauberer und hatten Pritschen statt bloß schäbige Decken auf dem Boden, außerdem richtige Toiletten und Waschbecken.

Der Heiler führte mich zu der ersten Zelle, schloss die Tür mit einem großen Schlüsselbund auf und schob mich hinein. Ich wich in die hinterste Ecke zurück, als der Wächter die Zelle hinter mir betreten wollte, die Hand bereits am Hosenbund. Doch der Kobold-Halbling hielt ihn zurück.

»Nein, mein Sohn. Nicht sie … zumindest noch nicht. Mit ihr haben wir noch Pläne.«

Der Wächter trat zurück, ließ aber noch einen letzten fiebernden Blick über meinen Körper schweifen, bevor er sich umdrehte und den kleinen Raum verließ. Der Heiler schüttelte den Kopf, als Avery vortrat.

»Avery, Sie sind vorerst für sie verantwortlich. Rühren Sie sie nicht an; wie ich schon sagte, ist sie noch nicht zu verwenden. Aller Voraussicht nach ist diese Kleine als Köder gedacht. Sie hat ein paar mächtige Freunde, die schon seit Monaten ein lästiger Störfaktor für uns sind. Anscheinend ist sie der anderen Seite aus irgendeinem Grund sehr teuer, und der Anführer meint, sie würden so gut wie alles tun, um sie zurückzubekommen. Wenn sie erst einmal erledigt sind, können wir sie immer noch für unsere Experimente verwenden.« Der Heiler grinste erst mich an und dann Avery. »Lassen Sie sie ausruhen, aber vergessen Sie nicht, ihr heute Abend noch die Nachfolgedosis zu spritzen. Oh, und denken Sie daran, noch unsere andere kleine Überraschung zu organisieren.«

Damit klopfte der Heiler Avery auf die Schulter wie ein Vater, der seinen Lieblingssohn aufs Fußballfeld schickt, und wandte sich dann zum Gehen.

»Oh, wo ist bloß mein Benehmen«, sagte er und hielt im Gehen noch einmal inne. »Danke, Jane True. Genieß deinen Aufenthalt in unserem bescheidenen Domizil. Wir werden uns sehr gut um dich kümmern, das kann ich dir jetzt schon versichern.« Dabei lächelte er mich so freundlich an, dass mir beinahe wieder schlecht wurde. Als er diesmal ging, wandte er sich nicht noch einmal um.

Avery stand in der Zellentür und betrachtete mich. Seine eidottergelben Kobold-Augen waren undurchdringlich und sein Gesicht ausdruckslos. Ich hatte keine Ahnung, was in ihm vorging, aber ich nahm an, dass es nichts Gutes sein konnte, also legte ich all meinen Hass und meinen Stolz in den Blick, mit dem ich zurückstarrte.

Er starrte mich einfach weiter an, bevor auch er sich umwandte und den weißgekachelten Bereich verließ. Ich blieb mit zitternden Beinen zurück und ließ mich auf die Pritsche fallen. Ich fragte mich, was zum Teufel wir uns dabei gedacht hatten, als wir unseren schäbigen, kleinen Plan ausheckten.

Die darauffolgenden Stunden waren die Hölle. Ich weiß nicht, wie lange ich dort lag und an die Decke starrte, aber es war ziemlich lang. Als ich schließlich ein Klappern an der

Haupttür vernahm, sprang ich von meiner Pritsche auf, bereit, jedem entgegenzutreten, der da auftauchen würde.

Es war Avery, der in der einen Hand eine Spritze trug und in der anderen einen Teller mit einem Sandwich und einem Apfel darauf. Er stellte den Teller auf dem kleinen Tisch neben der Eingangstür ab und holte mit der nun freien Hand eine Einwegflasche Wasser aus seiner Tasche, die er dann auch auf dem Tischchen abstellte. Er kam zu meiner Zelle hinüber, die Spritze in der Hand, als die Haupttür sich klappernd öffnete und der übereifrige Wächter vom Nachmittag auftauchte.

»Brauchen Sie Hilfe?«, fragte der Waldgeist Avery, und ich sah, wie der Kobold unwillig die Stirn runzelte, bevor sein Gesicht wieder einen nichtssagenden Ausdruck annahm und er sich zu seinem Mitarbeiter umdrehte.

»Also, Derek, warum sollte ich Hilfe mit dieser kleinen Halblingsfrau brauchen?«

Der Wächter blinzelte leicht verunsichert.

»Warum gehst du nicht und spielst mit jemand anderem? Oder noch besser, mach ein paar der anderen Käfige sauber. Es ist verdammt eklig da draußen.«

Derek knurrte etwas und sah zu Boden.

»Nun?«, sagte Avery betont und klang zunehmend verärgert.

»Also, *er* hat gesagt, ich soll zusehen. Sicherstellen, dass sie ihre zweite Dosis bekommt.«

Der Kobold vor mir sah den Waldgeist mit zusammengekniffenen Augen an, und sein kalter Blick sprach Bände.

»Gut. Nur … steh mir nicht im Weg rum.«

»Ja, Sir«, sagte Derek und trat unbeholfen von einem Fuß auf den anderen.

Avery schloss die Tür zu meiner Zelle auf und trat ein. Die Spritze hatte er vorher vorsichtig in die Tasche gesteckt. Ich wusste, ich hatte keinerlei Chance, von diesem höllischen Ort zu entkommen, nicht bei all den Wachen, die hier herumliefen. Aber der Gedanke, dass er mir gleich die zweite Dosis verpassen würde, die offenbar wichtig war, entsetzte mich so sehr, dass ich reflexartig reagierte. Ich holte aus und versuchte auf Avery loszugehen, aber ich endete bloß im eisernen Griff des Kobold-Doktors.

»Bleib zurück, Derek«, bellte Avery, während er seine Kobold-Kraft benutzte, um mich unsanft auf meine Pritsche zu befördern. Dann positionierte er sich so, dass er mit dem Rücken zur Tür stand.

Was er als Nächstes tat, war völlig unerwartet. Er beugte sich zu mir hinunter und presste seine schuppigen, grünen Lippen an mein Ohr.

»Schrei«, flüsterte er. »Du weißt ja, dass das hier wehtun soll.«

Und dann führte er die Nadel an meinen Hals, spritzte jedoch den Inhalt unter mein Shirt, sodass mir die Flüssigkeit den Rücken hinunterlief. Zum einen weil er es mir befohlen hatte, aber zum anderen auch weil es eiskalt war, stöhnte ich auf und schickte zur Sicherheit noch ein Wimmern hinterher.

Dann sah ich ihm in seine gelben Augen und neigte den Kopf fragend zur Seite. Er beugte seine Lippen noch einmal an mein Ohr.

»Ich will raus aus diesem Höllenloch …«, flüsterte er. »Und du, kleines Halblingsmädchen, bist mein Freifahrtschein aus dem Gefängnis.«

KAPITEL 23

In der folgenden Nacht schlief ich unruhig und war fast erleichtert, als Avery in aller Frühe in meine Zelle kam, um mir Frühstück zu bringen und mir eine weitere Spritze zu geben. Genau wie beim letzten Mal spritzte er auch diese Dosis harmlos hinter mich.

»Benutz auf keinen Fall deine Magie«, wiederholte er in gedämpftem Ton. »Oder das Spiel ist aus.«

Ich nickte, noch immer verunsichert, ob ich diesem Kerl trauen konnte. Auf der einen Seite konnte ich verstehen, dass man selbst als einer der Aufseher aus diesem Gefängnis wegwollte. Auf der anderen Seite war Sadismus für diese Leute hier ganz offensichtlich ein Hobby, also konnte er mich glauben lassen, ich hätte einen Verbündeten, nur um meine Träume von Freiheit dann platzen zu lassen, bloß das Beispiel von Seite hundertachtundneunzig aus ihrem Handbuch *Foltern für Dummies* sein.

Aber warum sollte er riskieren, mir meine Kräfte zu lassen?, dachte ich. Dann zog ich die Stirn in Falten.

Eigentlich weißt du ja überhaupt nicht, ob du deine Kräfte wieder hast, denn wenn du sie einsetzt, bist du verloren. Also kannst du nur annehmen, dass sie da sind… und zwar weil der feindliche Arzt, der dir aus keinem ersichtlichen Grund hilft, sagt, dass es so ist.

Ich starrte den vor mir knienden Doktor an und versuchte dahinterzukommen, warum er mir half, aber in diesen gelben Augen konnte ich rein gar nichts lesen. Als er sich erhob, um zu gehen, legte ich mich wieder auf meine Pritsche. Ich hatte vor, den Tag in dem hypnotischen Dämmerzustand zu verbringen, in dem ich es vor Jahren, als ich zwangseingewiesen worden war, zur Meisterschaft gebracht hatte.

Doch kurze Zeit später – es war vielleicht eine Stunde vergangen – hörte ich, wie die Haupttür wieder geöffnet wurde. Ich ging davon aus, ich sei bereit für alles, mit dem sie mich konfrontieren würden, aber auf das, was dort durch die Tür kam, war ich ganz und gar nicht vorbereitet.

»Iris!«, rief ich in einer Mischung aus Freude und Entsetzen: Freude, meine Freundin lebend wiederzusehen, Entsetzen über den Zustand, in dem sie war.

Ihr einst so traumhaft schönes, blondes Haar war strähnig und stumpf, ihr Körper völlig ausgemergelt und nur mit einem zu kurzen, dreckigen T-Shirt bekleidet. Aber es war ihr gequälter Blick, der mich beinahe vernichtete.

»Iris, Iris, Iris!«, rief ich immer wieder. Ich wollte unbedingt, dass sie mich ansah, wollte unbedingt sehen, dass sich noch etwas von meiner Freundin hinter dieser leeren, zerstörten Maske befand. Aber sie blickte kein einziges Mal auf, als sie in die Zelle mir gegenüber geschoben wurde.

Der Aufseher, der sie führte – ein kleiner, drahtiger Satyr –, schubste sie unsanft in die Zelle, und nachdem er die Tür hinter ihr geschlossen hatte, blieb er noch kurz stehen und schüttelte den Kopf.

»Es hat so viel Spaß mit ihr gemacht, als sie hergebracht wurde. Aber dann lassen sie sich leider immer gehen«, erklärte er mir beiläufig. Genau wie der Heiler hatte auch er einen britischen Akzent. Seiner war jedoch sehr vornehm. Das Benehmen des Satyrs war allerdings alles andere als vornehm, als er seinen Blick über meinen Körper wandern ließ. »Sie kommen hier immer ganz bezaubernd an, aber nachdem wir uns mit ihnen vergnügt haben, enden sie wie zerfledderte Puppen bei einem Kofferraumverkauf.«

Was zum Teufel ist ein Kofferraumverkauf? Ich stopfe ihn gleich in einen Kofferraum!, dachte ich und starrte ihn wutentbrannt an. Er hatte sich nicht die Mühe gemacht, seine Schilde richtig zu aktivieren. Ich könnte ihn mit einer Magiekugel kalt erwischen, gleich jetzt, und es gäbe ein Monster weniger, das im Dunkeln lauert …

Und damit wären deine Chancen, Iris hier rauszuholen, beim Teufel, und zwar komplett. Also halt dich bloß zurück.

Mein Gesichtsausdruck war voller Hass, aber es gelang mir, sowohl meine Wut als auch meine Magie zu kontrollieren. Der Satyr betrachtete mich aufmerksam, und erst dann begriff ich, dass er mich gerade auf die Probe stellte.

Das hier ist ein Test. Und ich habe ihn bestanden. Sie wollten sichergehen, dass der Kobold seinen Job erledigt hat, und mit Iris' Anblick wollten sie mich provozieren, kein Zweifel. Aber jetzt denken sie, dass sie mich neutralisiert haben.

Zum ersten Mal, seit der Kobold die Dosis an meinem Hals vorbeigespritzt hatte, fing ich an zu glauben, dass er es ehrlich mit mir meinte; dass wir hier herauskommen würden.

Der Satyr betrachtete mich noch immer still, wartete darauf, etwas von mir zu spüren, aber ich hielt meine Kräfte verschlossen. Da ich so lange wie ein normaler Mensch gelebt hatte, fiel es mir relativ leicht, in den nicht-magischen Modus zurückzuschalten. Ein paar Minuten später nickte er, machte auf dem Absatz kehrt und stolzierte hinaus. Sobald er weg war, wandte ich mich an meine Freundin.

»Iris, Süße, schau mich an …«

Doch sie starrte weiterhin zu Boden. Ich konnte kein Anzeichen erkennen, dass sie meine Anwesenheit registrierte.

»Iris! Iris? Süße, ich bin da …« So ging das ein paar Minuten weiter. Schließlich schüttelte sie kaum merklich den Kopf.

»Ja«, sagte ich und musste ein Schluchzen unterdrücken. »Ja, Süße. Ich bin da.«

Ihre einzige Reaktion darauf bestand in weiterem Kopfschütteln.

Warum? Warum nur sagt sie nichts? Vor Erschütterung und Schmerz krampfte sich mein Hirn zusammen, angesichts des plötzlichen Wiederauftauchens meiner tot geglaubten Freundin, ihres Zustands und ihrer Weigerung, mich wahrzunehmen. Dann musste ich an meine eigene Reaktion auf die Hilfe des Kobold-Arztes denken, meine Angst, irgendjemandem oder irgendetwas hier zu trauen.

Wahrscheinlich denkt sie, ich sei bloß irgendeine Illusion, um sie zu quälen … Also änderte ich meine Taktik, und statt Iris immer wieder zu versichern, dass ich wirklich hier war, fing ich an, ihr von zu Hause zu erzählen.

»Erinnerst du dich noch an das erste Mal, als wir uns gesehen haben, Iris? Als ich mit Ryu zusammen in deine Boutique kam, um im Mordfall Peter Jakes zu ermitteln? Ich war total beeindruckt von dir. So selbstsicher und schön. Ich glaube, ich hatte sogar ein bisschen Angst vor dir.« Obwohl ich meine Tränen unterdrücken musste, als ich an die strahlende Frau von damals dachte und sie mit dem gebrochenen Körper vor mir verglich, fuhr ich fort. »Ryu und ich hatten uns gerade erst kennengelernt, und ich erfuhr Schritt für Schritt von eurer Welt. Es war so aufregend, aber ich hatte auch ganz schön Angst. Erinnerst du dich?«

Iris reagierte noch immer nicht auf meine Worte, aber sie hatte aufgehört, den Kopf zu schütteln.

Sie hört mir zu, sagte ich mir und betete insgeheim, ich möge recht haben.

»Erinnerst du dich, wie du mich in all diese verrückten Outfits gesteckt hast? Dieser breite, rote Gürtel direkt unterhalb meiner Brüste? Und diese Hose? Bis dahin hatte ich immer nur Jeans und T-Shirts getragen. Ich hatte noch nicht mal eine Ahnung, wie ich die meisten der Klamotten anziehen sollte. Die Schärpe von diesem Kimonokleid hätte ich vermutlich als Haarband verwendet, wenn du mir nicht geholfen hättest.«

Iris hatte den Kopf fast unmerklich geneigt. Wenn ich sie nicht beobachtet hätte, als hinge mein Leben davon ab, hätte ich es nicht bemerkt. Aber es war da … eine winzige Krümmung ihres Halses.

Sie hört mir zu, dachte ich und jubelte innerlich und erzählte weiter. »Und dann diese Schuhe. Ich habe mir mindestens viermal beinahe den Hals gebrochen auf diesen Absätzen. Erinnerst du dich noch, wie ich dir von meiner Bauchlandung bei Hofe erzählt habe? Wir waren zusammen im *Schweinestall*. Es war erst das zweite oder dritte Mal, dass wir zusammen aus waren. Ich habe mich erst nicht getraut, es dir zu erzählen, weil ich nicht wollte, dass du glaubst, ich würde deine Mode-Entscheidungen infrage stellen. Aber dann haben wir ein bisschen zu viel getrunken, und ich habe dir erzählt, wie ich gestürzt bin, und du hast Wodka aus der Nase über die Salzbrezeln geschnaubt vor Lachen, und es brannte so sehr, dass dir die Tränen in die Augen geschossen sind und dir die Wimperntusche verschmiert ist, und ich habe dir gesagt, du sähst aus wie ein Waschbär.«

Schweigen.

»Tja, du hast es mir heimgezahlt, als ich dann die Brezeln aß. Du hast gemeint: ›Und du hast gerade meinen Rotz gegessen.‹ Wir haben uns bestimmt zwanzig Minuten lang totgelacht.«

Schweigen. Langsam verlor ich die Hoffnung.

»Nun ja, ich habe dir jedenfalls von meiner Bauchlandung bei Hofe erzählt. Aber wenigstens habe ich mich in Jimmy Choos blamiert, oder? So haben alle die roten Sohlen sehen können …«

»Louboutin«, kam ein heiseres Flüstern von gegenüber.

Ich erstarrte. »Bitte?«

»Keine Choos. Es waren Louboutins.«

»Ach, genau.« Ich war völlig aus dem Häuschen, dass ich überhaupt irgendeine Reaktion von ihr bekam, aber ich wusste, dass Iris noch immer nicht von meiner Echtheit überzeugt war.

»Es waren Louboutins, stimmt's, Iris? Und weißt du, was das Lustigste daran ist?« Diesmal plapperte ich nicht einfach weiter. Ich wartete, bis sie meine Frage zur Kenntnis nahm. Schließlich tat sie es; nur ein winziger Blick in meine Richtung: sie sah hoch und sofort wieder zu Boden.

»Damals machte ich mir so viele Gedanken, weil Ryu mir all diese Sachen kaufte, aber es fühlte sich total seltsam für mich an, weil wir uns noch kaum kannten. Ich wusste, dass alles ziemlich teuer war, aber jetzt kommt das Witzigste: Ich dachte damals, solche Schuhe würden ungefähr hundert Dollar kosten.«

Ich zwang mich zu lachen, als würden wir uns gemütlich im *Stall* gegenübersitzen und wären nicht hier in dieser Hölle. »Hundert Dollar! Für Louboutins! Stell dir vor! Und selbst bei dem Preis fühlte ich mich schuldig…«

»Jane?«, flüsterte Iris. Mein Herz machte einen Sprung, und ich vergaß zu atmen.

»Ja, Iris. Ich bin es wirklich.«

Dann fing sie an zu weinen. Herzzerreißendes Schluchzen brach aus ihrem malträtierten Körper, und ich reagierte wie eine panische Glucke. Ich sprang auf und schlug flatternd mit den Armen.

»Oh, Iris, nicht weinen! Es ist okay! Ich bin ja da!«

»Ich will aber nicht, dass du hier bist«, sagte sie schluchzend. »Sie werden dir wehtun… die Dinge, die sie mit einem machen…« Ihre Stimme war nicht mehr honigsüß wie sonst, sondern leer und wund.

»Sch, Iris. Sch… Wir kommen hier raus. Vertrau mir… Sch…«

Aber ganz offensichtlich vertraute sie mir nicht, denn sie schluchzte, bis sie sich völlig ausgeweint hatte. Dann trank sie einen Schluck aus dem Wasserhahn, wohl um aufzutanken, und weinte weiter. Die ganze Zeit über sagte ich ihr, wie gern ich sie hatte und dass alles wieder gut würde. Aber irgendwann hatte ich genug. Unter normalen Umständen und wenn es das gewesen wäre, was sie gerade brauchte, hätte ich sie weinen lassen, bis sie ausgetrocknet gewesen wäre wie eine schrumpelige Rosine, aber wir hatten jetzt Wichtigeres zu tun.

»Iris? Iris? Du musst aufhören zu weinen … Du musst mit mir reden. Iris? Du musst wirklich mit mir reden.« Nachdem ich das ungefähr vierhundertmal wiederholt hatte, blickte sie schließlich auf.

»Iris, du musst mir alles von diesem Ort hier erzählen. Sag mir, was hier vor sich geht und wann, und was du über den Aufbau des Gebäudes weißt …«

Zuerst zögerte sie noch, voller Angst, zu viel zu sagen. Ich denke, sie rechnete noch immer halb damit, dass ich plötzlich die Gestalt eines der Aufseher annehmen würde oder die des Heilers, und dass sie feststellen müsste, dass man sie hinters Licht geführt hatte. Oder dass ich einfach wieder ganz verschwinden würde, bloß eine Illusion war. Aber als sie dann zu reden begann und ich ihr kommentarlos zuhörte, wurde sie immer mutiger, bis die Worte nur so aus ihr herausströmten.

Eigentlich sollte es mich nicht wundern, wie viel sie wusste, denn Iris war von Natur aus eine unübertreffliche Klatschtante und saugte alles um sich herum auf wie ein Schwamm. Sie hatte zwar nicht immer ganz den Blick fürs Wesentliche, aber ihr entging wirklich nichts. Und sie erzählte mir auch alles: die Geschichte des Anwesens selbst, wie sie sie durch das Gerede der Aufseher aufgeschnappt hatte, die Sicherheitsmängel, dass sie, was das Wachpersonal betraf, gerade etwas dünn besetzt waren …

Offenbar hatte das Anwesen, in dem wir uns befanden, über die Jahre ungefähr tausend verschiedene Zwecke erfüllt. Zuletzt, aber nur sehr kurz, war es ein Luxushotel gewesen, das dann pleiteging. All die verschiedenen Inkarnationen des Gebäudes machten es in gewisser Weise zu einer idealen Folterkammer: oben jede Menge einzelner Räume, die als Quartiere für die Wachen und Ärzte, aber auch als Zellen für Gefangene dienen konnten, große Salons im Erdgeschoss, die sich gut für Labors eigneten und so weiter. Aber es bedeutete auch, dass es viele unübersichtlich angeordnete Anbauten gab, die die heutigen Brandschutzbestimmungen erfüllen mussten. Also war das Anwesen architektonisch ein ziemliches Durcheinander: jede Menge Treppenhäuser, labyrinthische Räume und unzählige Ausgänge. All das hatte zur Folge, dass es von vornherein schon große Schwierigkeiten bereitete, es richtig zu bewachen, aber mit einem Mangel an Wachleuten war es besonders kompliziert. Niemand hier wusste so genau, warum das Sicherheitspersonal so knapp war, weil sie keinerlei Kenntnis darüber hatten, wie viele Labors Jarl und seine Schergen draußen gerade auflösten. Aber ich wusste verdammt gut, dass das erklärte, warum die Kräfte hier so ausgedünnt waren.

Ich hörte Iris zu, die mir alles erzählte, was sie wusste, gesehen oder gehört hatte. Das Schlimmste betraf das Essen: Die Körperteile in der Küche waren nicht nur makabre Dekoration. Nichts quälte die Insassen mehr als das Wissen, dass sie Eintopf aus früheren Zellengenossen aßen.

Ich war sehr erleichtert, dass mein Sandwich gestern mit Schinken belegt gewesen zu sein schien. Zumindest hoffte ich, dass es Schinken war.

Ich schob diesen Gedanken schnell beiseite und hörte Iris weiter mit einem Ohr zu, während ich schon anfing, die Informationen, die sie mir bereits gegeben hatte, zu sortieren.

Der Keller ist der Schlüssel, dachte ich. Es leuchtete ein, warum sie die Zellen hier unten eingerichtet hatten: Der Keller war schauderhaft, ziemlich weit ab vom Schuss; die niedrigen Decken machten das Einbauen von Zellen unkompliziert, und damit blieb der (viel hübschere) Teil des Hauses für die Aufseher und Ärzte. Aber der Keller war anscheinend auch ein Kaninchenbau voll unheimlicher, kleiner Räume, Treppenhäuser, die zu verschiedenen Stockwerken führten, eingebaut für diverse Generationen von Dienern, Personal und aus Brandschutzgründen, und viele von ihnen führten hinaus.

Wir befanden uns in einem Bereich ohne Ausgang nach draußen, aber anscheinend war es einer der wenigen, dem eine solche Verbindung zur Außenwelt fehlte. Iris war aufgefallen, dass viele der anderen Ausgänge zugemauert worden waren, aber das bedeutete nicht, dass sie auch für jemanden mit funktionierenden magischen Kräften verschlossen waren … jemanden wie mich.

Hoffentlich, rief ich mir, noch immer auf der Hut, in Erinnerung.

»Also, wann kommen die anderen?«, flüsterte Iris und riss mich damit abrupt aus meinen Gedanken.

»Bitte?«

»Du hast gesagt, wir kommen hier raus. Also wann kommen die anderen?«

Ich presste die Lippen zusammen und versuchte mir darüber klarzuwerden, was zu tun war. Ich wollte Iris sehnlichst verraten, dass alles nur eine schlaue List war, die vom Team Halbling ausgeheckt worden war – dass die Operation Premier Coup in vollem Gange war. Aber ich wusste auch, dass ich das nicht tun konnte … ich konnte nicht riskieren, irgendwelche lauschenden Ohren vor unseren Plänen und ihrem drohenden Niedergang zu warnen.

Also setzte ich, statt meiner gebrochenen Freundin Mut zu machen, ein betretenes Gesicht auf und hasste mich dafür.

»Na ja, ähm, ich weiß nicht genau, wann sie kommen. Ich bin sicher, sie kommen irgendwann ... aber wir müssen so bald wie möglich hier ausbrechen.«

Iris sah mich an, und mein Herz zersprang beinahe beim Anblick ihres entsetzten Gesichts.

»Du meinst, die anderen sind nicht gleich da draußen? Und warten bloß auf dein Signal?«

»Ähm ... nein. Eigentlich nicht. Ich bin mehr oder weniger ... weggelaufen. Und dann geschnappt worden«, log ich.

Wieder liefen Iris dicke Tränen die Wangen hinunter. »Jane! Nein! Sie werden dich töten! Erst werden sie dich foltern, und dann werden sie dich töten! Wir kommen hier nie raus ...«

In diesem Moment wollte ich nichts lieber, als ihr alles zu erzählen, sie zu beruhigen, dass das nicht passieren würde. Dass ich noch immer über meine Kräfte verfügte, dass ich einen Chip unter der Haut trug und dass wir hier drinnen vielleicht sogar einen Verbündeten hatten, der uns helfen würde. Aber ich traute unserem Umfeld nicht, und wenn ich ehrlich war, traute ich noch nicht einmal Iris ... ich rief mir in Erinnerung, dass sie mich für eine Art Spitzel hielt, der nur eingesetzt wurde, um sie zu quälen.

Aber dasselbe gilt auch für sie.

Also speiste ich sie, anstatt sie mit der Wahrheit zu trösten, mit dem Unsinn ab, den unsere Geiselnehmer hören wollten, nur für den Fall, dass sie mithörten oder Iris nicht wirklich Iris war oder so gebrochen, dass sie als Spion für sie arbeitete.

Ich sagte ihr, Anyan werde mich schon finden, dass Anyan uns holen kommen würde... Bei diesen Worten blickte sie ruckartig auf.

»Nicht Ryu?«

»Na ja, der auch. Ryu wird zusammen mit Anyan kommen.«

»Aber du hast gesagt, *Anyan* wird dich retten. Nicht Ryu. Was ist denn zwischen euch beiden vorgefallen?«

Ich zögerte, denn ich konnte es kaum glauben, dass sie trotz allem den neuesten Klatsch von mir wissen wollte, als säßen wir *wirklich* bloß plaudernd im *Schweinestall*.

Okay. Sie ist tatsächlich Iris.

»Ähm...«, antwortete ich. »Es ist... kompliziert?«

Da lächelte Iris, und mein Herz wäre beinahe zersprungen. Es war nur ein winziges, gebrochenes, zögerndes Verziehen der Mundwinkel, und es hielt sich bloß eine Millisekunde. Aber es war ein Lächeln. Und es war wirklich Iris' Lächeln.

Trotz allem schafft sie das noch, dachte ich und bewunderte die Widerstandskraft dieser missbrauchten Frauen, während mir gleichzeitig Tränen in die Augen schossen. Aber ich zwinkerte sie entschieden weg. Iris brauchte wirklich nicht noch mehr Kummer; das Einzige, was sie brauchte, war ein Weg hier raus.

»Ja, na ja, du kennst mich... es ist *immer* kompliziert...«

Iris wollte gerade etwas erwidern, als wir einen Besucher bekamen. Als Avery hereineilte, huschte sie wieder in die hinterste Ecke der Zelle und kauerte sich dort zusammen. Er ignorierte sie.

»Deine Freunde wurden gesichtet. Sie sind nicht mehr weit; schon ganz nah. Niemand hat sie kommen sehen, ich weiß nicht, wie sie so schnell hergekommen sind. Das ist unsere Chance.«

Ich nickte und stand auf. »Ich habe eine Idee«, sagte ich zu ihm, als er die Tür zu meiner Zelle öffnete und hastig zur Haupttür zurückging. »Gut. Ich auch. Also los ...«

Ich blieb in der Tür meiner Zelle stehen, als mir klar wurde, dass er vorhatte, nur mich allein zu befreien.

»Ich gehe nicht ohne Iris.«

Die gelben Augen des Arztes schnellten zu meiner Freundin hinüber, die noch immer in der Ecke kauerte.

»Das ist keine Option. Sie wäre bloß eine Belastung.«

Daraufhin wäre ich beinahe ausgerastet. Ich hielt meine Magie sicherheitshalber noch immer unter Verschluss, aber meine Stimme wurde so spitz, es war ein Wunder, dass ich den guten Doktor damit nicht aufspießte.

»Sie ist *keine* Belastung. Sie ist meine Freundin. Und eine Person. Sie mögen die Leute ja vielleicht behandeln wie das sadistische Arschloch, das Sie nun mal sind, aber ich lasse Iris nicht hier zurück!«

Der Kobold sah erst mich, dann Iris an. Schließlich biss er merklich die Zähne zusammen und eilte zu ihrer Zelle hinüber.

»Also gut. Sie kommt mit. Aber verurteile mich nicht vorschnell; du hast keine Ahnung, was ich durchgemacht habe. Ich wollte das alles hier nie.« Ich starrte ihn rebellisch an und konnte es nicht glauben, dass er seine Taten entschuldigen wollte.

»Sie sind Teil des Ganzen hier. Nichts, was Sie tun, wird Sie je davon reinwaschen.« Es wäre vermutlich vernünftiger gewesen, den Einzigen, der uns der Freiheit einen Schritt näher bringen konnte, nicht zu kritisieren, aber ich wollte mir nicht anhören, dass *er* hier das Opfer war.

Er starrte auf mich herunter, seine Augen funkelten vor Wut. »Du hast ja keine Ahnung, Halbling! Du weißt nichts über meine Familie, über unsere Angelegenheiten. Ich bereite das Serum. Das ist alles. Ansonsten habe ich all diese Frauen nicht angerührt. Ich habe mich zu wertvoll gemacht, als dass sie mich umbringen würden, indem ich mir eine Sache angeignete, die sonst niemand wusste, und dann habe ich jeden direkten Befehl verweigert, abgesehen von diesen Spritzen.«

»Die Spritzen, die Ihre Gefangenen all dem schutzlos auslieferten, was ihnen hier zugefügt wird.«

Er zuckte zusammen. Ich hatte ins Schwarze getroffen.

»Du hast recht, Halbling. Und ich werde mit meiner Schuld leben müssen. Aber ich habe auch gerettet, wen ich konnte. Wie deine Freundin hier ... Es war meine Idee, sie am Leben zu lassen, für den Fall, dass du gefangen würdest. Ich habe vorgeschlagen, eine gefälschte Akte in allen verbleibenden Labors zu hinterlegen, nur für den Fall. Ich argumentierte, dass dich das treffen würde, aber nichts würde dich mehr mitnehmen, als wenn sie vor deinen Augen gefoltert würde.«

Ich blinzelte, unfähig seine Worte zu verarbeiten. »Also, soll ich Ihnen auch noch dankbar dafür sein, dass Sie einen Plan ausgeheckt haben, der miteinschließt, dass meine Freundin vor meinen Augen gefoltert wird?«

Er nickte vehement. »Ich dachte nicht, dass du je gefasst würdest! Ich dachte, von diesem Ermittler und von Anyan Barghest würdest du gut beschützt. Ich habe ihr das Leben gerettet, verdammt.«

Ich sah von dem »Doktor« hinüber zu meiner Freundin, zu

ihrem misshandelten Körper, der in der Ecke der Zelle kauerte.

»Tut mir leid, aber ich würde nicht auf ein Dankesschreiben warten. Sehen Sie doch nur, was Sie ihr *angetan* haben!«

Er runzelte die Stirn. »Aber sie lebt!«

»Das tut sie. Und ich habe mir vorgenommen, dass das auch so bleibt. Also holen Sie sie da raus! Ich habe mir überlegt, dass wir doch einen der zugemauerten Ausgänge hier unten aufbrechen könnten. Und es ist an Ihnen, uns zu einem zu bringen, der sich in einem relativ unbewachten Teil des Gebäudes befindet.«

Er sah mich mit zusammengekniffenen Augen an. Ich war sehr sachlich, und ich war selbst beeindruckt von dieser Sergeant Jane.

»Lassen Sie sie raus und dann los!«, befahl ich abschließend. Er nickte und schloss Iris' Zelle auf. Es dauerte ein bisschen, bis ich sie dazu überredet hatte herauszukommen, aber schließlich stand sie neben mir und vermied es, unseren Aufseher, der sich in unseren Fluchthelfer verwandelt hatte, anzusehen.

»Wir tun so, als würde ich euch raufbringen ... zur Behandlung«, fügte er mit einer Stimme, die von Gewissensbissen zeugte, hinzu. Ich stimmte seinem Plan mit einem Nicken zu. Dasselbe hatte ich auch gerade vorschlagen wollen.

»Ja. Ach, und ich möchte noch hinzufügen, wenn Sie versuchen sollten, uns zu linken oder wenn Iris etwas zustößt, dann werde ich dafür sorgen, dass meine letzte Handlung auf Erden darin besteht, Sie zu kastrieren. Egal was auch passiert, ich werde Sie Ihrer Männlichkeit entledigen. Völlig egal wie, auch wenn Sie mich töten. Selbst wenn es bedeutet, dass ich draufgehe, ich hole mir Ihre Eier. Verstanden?«

Er nickte, und ich könnte schwören, dass sein Adamsapfel unter der schuppigen, grünen Haut hüpfte.

Ich habe ihm gerade mächtig Angst eingejagt, stellte ich stolz fest und verlor keine Zeit, die Tatsache zu analysieren, dass ich das mit dem Kastrieren todernst gemeint hatte.

Zu wissen, dass Iris' Leben in meiner Hand lag, konnte nur eines bedeuten …

Jane True macht ernst.

KAPITEL 24

Ich bringe sie nach oben«, sagte der Kobold zu dem Aufseher, der ein paar Meter von dem weißgekachelten Raum postiert war, in dem wir festgehalten worden waren. Ich bemühte mich, so klein und verängstigt auszusehen wie möglich, was nicht besonders schwer war. Trotz meiner großen Klappe *war* ich klein und verängstigt. Iris dagegen war genauso überzeugend, so wie sie sich an mir festklammerte.

Der Aufseher antwortete mit einem Nicken und ließ uns passieren. Wir gingen bis fast ans Ende des Trakts aus stinkenden Zellen, durch den man mich auch auf dem Hinweg geführt hatte, aber anstatt über die Treppe in die Küche hinaufzugehen, führte der Kobold uns nach links, und wir gingen durch einen schmalen Gang zwischen zwei Zellen, an dessen Ende ein weiterer Aufseher saß, der auf seinem Stuhl vor sich hin zu dösen schien. Er winkte uns durch die Tür, die er eigentlich bewachen sollte, ohne sich groß die Mühe zu machen, auch nur die Augen zu öffnen.

Danach gingen wir durch ein Wirrwarr aus Gängen und kleinen Räumen, von denen manche vollgestopft waren mit

Kitteln oder medizinischen Instrumenten, andere standen leer, abgesehen von irgendwelchen Rohren und Boilern und Ähnlichem. Ich wollte schon meine Kastrationsdrohung wiederholen, kam aber zu dem Schluss, dass es unglaubwürdig wirkt, wenn man seine Absicht, jemandem die Eier abzuschneiden, immer wieder wiederholt.

Wir kamen nur noch an zwei weiteren Aufsehern vorbei, und jedes Mal packte uns der Kobold am Genick, als würde er uns vorwärtsschieben, und sagte etwas wie, dass er uns »durch den Hintereingang« hinaufbringen wolle, was einen der Aufseher dazu veranlasste, ein paar witzige Bemerkungen über erzwungenen Analsex zu machen.

Können wir den auch gleich kastrieren?, maulte meine Libido, zutiefst beleidigt darüber, dass jemand Sex als Drohung benutzte.

Ja, sagte ich beschwichtigend. *Sobald Iris frei ist, komme ich mit den Truppen zurück, und dann gibt es hier eine Runde Kastration für alle.*

Meine Libido schnurrte zufrieden, während ein Teil von mir sich wunderte, seit wann ich bloß so blutrünstig war.

Dir ist schon klar, dass du das todernst meinst, hinterfragte dieser kleine vernünftige Teil meines Hirns meine Gewaltfantasien. Aber ich war gerade zu beschäftigt damit, die Zusammenfassung meiner Libido von möglichen Entmannungstechniken zu genießen, um mich groß um diesen Einwand zu kümmern. Tatsächlich war ich sogar so abgelenkt, dass ich beinahe in den Kobold hineingelaufen wäre, als dieser abrupt stehen blieb.

Wir befanden uns in einem Raum, der bis auf einige Gartengeräte leer war. Zu meiner Erleichterung sah ich, dass der

Raum Fenster hatte und eine Tür, die offenbar zugemauert worden war.

»Diese Tür führte früher zur hinteren Seite der Garage gleich beim Küchengarten. Es ist der Ausgang, der sich am weitesten vom Hauptgebäude entfernt befindet und unsere beste Chance zu entkommen. Aber wir werden ihn sprengen müssen.«

»Kein Problem.«

»Bist du sicher?«

Ich neigte den Kopf und sah erst zur Tür und dann ihn an. »Ja, kein Problem. Wir können unsere Schilde wie einen Rammbock benutzen ... sie mit unserem Mojo unterstützen. Kein Ding.«

»Ja, nun, ich fürchte, das musst du machen«, sagte Avery.

»Bitte?«

»Ja, wirklich. Das ist keine gewöhnliche Fähigkeit, Halbling. Man braucht viel magische Kraft, um seine Schilde zu verfestigen.«

»Ähm ... jeder, den ich kenne ...«

»Jeder, den du kennst, ist auf seine Art ein Krieger. Ermittler, Soldaten, Spione ... die Mehrheit von uns beherrscht solche Sachen nicht. Ich war nutzlos, bis ich die Wissenschaft und der Heiler mich entdeckte.«

Ich dachte über die Worte des Kobolds nach. Mir war es immer so erschienen, als sei *jeder* viel mächtiger als ich. Aber dann überprüfte ich meine Erinnerungen noch einmal. Ja, es stimmte, Ryu und seine Mitarbeiter, Nell und ihresgleichen waren alle sehr stark. Und als die Nagas vor Monaten im Verbund angriffen, entbrannte ein großer Kampf, in den sich viele Wesen mit Begeisterung gestürzt hatten. Aber viele waren auch herumgerannt und hatten sehr ängstlich gewirkt, und einige waren in jener Nacht sogar gestorben.

Das würde erklären, warum die Leute dir immer wieder sagen, du seist stark. Dieser Gedanke traf mich wie ein Hammerschlag. Ich hatte verschiedene Wesen, Anyan eingeschlossen, sagen hören, ich hätte große Macht. Aber ich hatte ihnen nie geglaubt, zum Teil sicher auch, weil ich mich immer nur mit außergewöhnlichen Übernatürlichen wie dem Barghest oder Ryu verglich.

Ich hatte immer geglaubt, die Wesen wie Iris, von denen ich wusste, dass sie relativ schwach waren, wären Ausnahmen. Die Vorstellung, dass sie und ihre Fähigkeiten die Norm waren, machte mich sprachlos.

Ich bin voll knallhart, dachte ich. *Oder so*.

»Äh, na gut«, sagte ich. »Wenn Sie kurz zurücktreten könnten … ich werde ziemlich viel Kraft brauchen. Können Sie sich abschirmen? Und Iris?«

Der Kobold nickte. »Das schaffe ich gerade noch«, sagte er trocken und zog Iris von mir weg. Sie wimmerte und streckte die Hand nach mir aus. Ich lächelte meine Freundin an und versuchte dabei so beruhigend wie möglich zu wirken.

»Es ist okay, Iris. Ich werde jetzt die Tür sprengen, damit wir hier herauskommen. Der Kobold schirmt dich bloß ab. Es dauert nur eine Sekunde.«

Ich wartete noch, bis sie in Deckung gegangen waren, bevor ich angriff. Eine Sekunde lang geschah gar nichts, und ich hatte gedacht, dass ich noch vor Tagesende ein paar Kastrationen durchführen würde. Aber dann war es wie eine Riesenexplosion, und meine Kraft strömte durch mich, scharf und ungeduldig, nachdem sie so lange verschlossen war.

Der erste Versuch misslang, als ich die zugemauerte Tür traf und sie sich bloß leicht wölbte.

»Ups«, sagte ich kleinlaut und versuchte es erneut. Diesmal sprengte ich nicht bloß die Ziegelsteine aus der Tür, sondern riss gleich noch einen Teil des Rahmens mit.

Grinsend betrachtete ich mein Werk, bevor ich mich vorwagte – eine Magiekugel in der Hand und die Schilde hochgefahren –, um aus meinem improvisierten Ausgang hinaus in die Dämmerung zu spähen.

»Die Luft ist rein«, rief ich eine Minute später. »Lasst uns hier rauoooooaaaaa!«

Meine Worte gingen in einem Schrei unter, als es eine gewaltige Explosion gab, die die Fundamente des Anwesens erschütterte. *Die Kavallerie ist hier*, dachte ich, und ein berauschender Cocktail aus Angst, Stolz und Aufregung überkam mich. Ich war stolz auf meine Freunde, die mich aufgespürt hatten, und aufgeregt, weil sie zu meiner Rettung kamen (auch wenn ich das mit der Rettung bereits selbst in die Hand genommen hatte), aber ich hatte Angst davor, was Anyan mit mir machen würde, wenn er mich zu Gesicht bekäme.

Vielleicht versohlt er dir den Hintern?, meldete sich wenig hilfreich meine Libido zu Wort.

»Okay, lasst uns von hier abhauen«, sagte ich in dem Augenblick, als die Tür, die wir hinter uns verriegelt hatten, aufgebrochen wurde und ein Aufseher auf einer Welle aus Magie und Adrenalin hereingestürmt kam.

Und schon lag er am Boden, niedergestreckt von der Magiekugel, die ich ihm zischend ins Gesicht geschleudert hatte. Er hatte sich nur hinten abgeschirmt, weil er keinen Angriff von vorne erwartet hatte.

Als er stürzte, trampelte eine kleine Gruppe Wachen über ihn hinweg, die hinter ihm durch die Tür gestampft kamen. Sie starrten die neue zum Abschuss bereite Magiekugel in meiner Hand an und warfen sich zitternd zu Boden.

»Töte mich nicht!«, rief einer der Wachen.

»Ruf deine Alfar zurück!«, bettelte ein zweiter.

Die anderen beiden wimmerten bloß.

»Äh, ja«, sagte ich. »Bleibt, wo ihr seid! Oder ich werde… meine Alfar herbeirufen!«

Meine Alfar?, dachte ich. *Was zum Teufel soll das… Muh!*

Plötzlich begriff ich. Das Halblingstrio war gekommen, um mich zu retten. Ich hätte beinahe einen Freudentanz aufgeführt, aber ich hatte nicht das Gefühl, dass es die Männer zu meinen Füßen besonders eingeschüchtert hätte, wenn ich angefangen hätte, herumzutänzeln wie ein Vollidiot.

Ich hielt meine Magiekugeln im Anschlag, bereit, jedem Mann die Eier wegzuschießen, der auch nur einen Muskel bewegte. Wir lauschten allesamt, wie eine weitere Serie von Explosionen das Anwesen erschütterte, gefolgt von unschönen Schreien und ohrenbetäubendem Krach. Schließlich hörte man im Stockwerk über uns Getrampel und Kampfgeräusche. Offenbar wurde soeben jede Ecke des Gebäudes von dem Abschaum, der hier arbeitete, gesäubert.

Es war, als höre man die Freiheitsglocke läuten, als Rufe aus dem Keller erklangen. Es waren auch ein paar wütende Schreie der Wachen zu vernehmen, die aber schnell zum Schweigen gebracht wurden, und dann das Geräusch von Schritten, die langsam, aber stetig durch den Kaninchenbau aus Räumen zu uns vordrangen.

»Hallo?«, rief ich. »Wir sind hier!«

Und dann sah ich ihn.

Anyan, dachte ich, und mein ganzes Wesen fing beim Anblick seines großen Körpers an zu zittern. Er schritt vorwärts, eine große Magiekugel in der Handfläche, in der anderen ein Sturmgewehr. Dann sah auch er mich. Die Magiekugel verschwand, das Gewehr wurde nach hinten zu Capitola gereicht. Und was seinen Gesichtsausdruck betraf ...

Verdammt, er sieht wirklich angepisst aus ...

Da kam der Barghest praktisch durch den Raum geflogen, packte mich am Ellenbogen und schleifte mich durch das Loch hinaus, das ich in die Wand gesprengt hatte. Ich protestierte, weil ich in Iris' Nähe bleiben wollte, bis ich aus dem Augenwinkel sah, dass Capitola sich ihrer annahm. Sie legte den Arm um meine Freundin, und dann rief die einzige Person außer mir selbst und Anyan, der ich Iris anvertraut hätte, nach einem Sanitäter und führte die Elbe zu einem umgedrehten Eimer, damit sie sich setzen konnte. In dem Wissen, dass meine Freundin sich in guten Händen befand, ließ ich mich fortziehen.

»Äh, Anyan«, sagte ich und versuchte seine Aufmerksamkeit zu gewinnen, während er mich weiter mit sich zog. Mittlerweile war es tiefe Nacht, und ich stolperte in der Dunkelheit, aber er zerrte mich zu einem Schuppen am Rand des kleinen Gartens.

Er wird uns den Hintern versohlen!, jubelte meine Libido begeistert.

Wohl eher umbringen, du dumme Kuh, erwiderte meine Tugend trocken.

»Anyan, können wir bitte darüber reden ...«

»Nein«, knurrte er und drehte mich energisch zu sich

herum. Wir standen jetzt hinter dem Schuppen, vor Blicken geschützt, aber ich konnte noch hier und da eine Explosion hören.

»Scheiße, Jane! Hast du auch nur eine Ahnung, was ich wegen dir durchgemacht habe? Was zur Hölle hast du dir dabei gedacht?« Erschrocken starrte ich in das rote, wutentbrannte Gesicht des Barghest. Seine Hände umklammerten meine Unterarme, und er schüttelte mich bei seinen Worten grob. Sein Griff schmerzte, aber nicht so sehr wie der wütende Ausdruck auf seinem Gesicht.

Er schreit mich richtig an, dachte ich, plötzlich voller Furcht.

»Hast du überhaupt nachgedacht? Auch nur ein bisschen? An irgendjemanden gedacht außer an dich selbst? Was hätte ich deinem Vater sagen sollen, wenn dir etwas zugestoßen wäre? Was hätte ich getan, Jane? Was hätte ich getan?«

Inmitten von Anyans Gebrüll, nachdem er meinen Vater erwähnt hatte und ich ein winziges Stocken in seiner Stimme gehört hatte, als er dieses zweite »Was hätte ich getan?« sagte, tat ich, was jede Kriegerin, die etwas auf sich hält, tun würde, nachdem sie entführt worden war, sich selbst und ihre Freundin gerettet und auf eigene Faust den ersten Haufen böser Jungs gefangen genommen hatte.

Ich fing an zu heulen.

Bitterlich.

Da hörte Anyan auf zu brüllen. Dann ging er zu meiner Überraschung vor mir in die Knie, schlang die Arme um meine Hüften, zog mich an sich und schmiegte seinen Kopf an meine Brüste. Aber darin lag nichts Sexuelles, es war ganz einfach eine Geste des Trostes. Nach ein paar Schocksekunden wurde mir bewusst, dass er sich selbst mindestens genauso beruhigen wollte wie mich.

Zaghaft strich ich ihm mit der Hand über die struppigen Locken und stellte fest, dass sie sich wirklich ziemlich struppig anfühlten. Aber es waren Anyans Locken, und sie waren schön.

Meine Faust klammerte sich in sein Haar, und mein freier Arm schlang sich um seinen Kopf, zog ihn fester an mich. Ich spürte etwas Nasses an meiner Brust, und falls kein verwirrter Gott seine Finger im Spiel hatte und ich angefangen hatte, Milch abzusondern, konnte das bloß eines bedeuten: Anyan weinte. Was auch mich wieder losheulen ließ.

»Es tut mir leid«, flüsterte ich. »So leid… entschuldige…«

Als Reaktion darauf brummelte er immer wieder irgendetwas Undeutliches, was sich schließlich als »Nie wieder« entpuppte.

»Was nie wieder, Baby?«, flüsterte ich. »Was nie wieder?«

»Ich lasse dich nie wieder allein aus dem Haus«, erwiderte er eigensinnig.

Wenn du es wirklich mit dem Barghest versuchen willst, dann musst du noch ein bisschen an seiner sozialen Kompetenz arbeiten, stellte mein Hirn trocken fest.

Jetzt zieht euch endlich aus!, forderte meine Libido, die es kaum fassen konnte, dass der Barghest sich an meine Brust presste und wir immer noch unsere Klamotten anhatten.

»Zumindest lasse ich dich bestimmt nie wieder aus Rockabill weg«, räumte Anyan schließlich ein und löste sich von mir. Er zog geräuschvoll die Nase hoch und nahm dann einen Zipfel seines T-Shirts, um sich das Gesicht abzuwischen (wobei er seinen kräftigen, sexy behaarten Oberkörper enthüllte), und setzte sich dann auf die Fersen und starrte mich an.

»Du hast mich zu Tode erschreckt, Jane. Solche Angst hatte ich nicht mehr seit… ach, noch nie«, sagte er, und seine Stimme klang noch immer gepresst.

»Es tut mir leid«, sagte ich. »Aber ich musste einfach etwas tun.«

»Aber *so* etwas nie wieder. Nicht einfach weglaufen. Ich hätte fast einen Herzinfarkt bekommen, als ich merkte, dass du weg warst. Außerdem hätte ich Julian beinahe umgebracht, im Ernst«, gestand er, und seine Nasenspitze zuckte im Affekt.

»Lebt Julian noch?«

»Ja. Mit knapper Not, aber ja.«

»Gut«, murmelte ich, und dann, ohne darüber nachzudenken, hob ich meine Hand, um seinen Ärger zu besänftigen, bevor ich zögerte.

Ist das jetzt endlich meine Chance, ihn zu berühren?, fragte ich mich. *Ist es wirklich* so *einfach?*

Als wisse er, was mich zögern ließ, nahm Anyan meine Hand, legte sie sich an die Wange und neigte den Kopf, so dass seine große Nase sich an mein Handgelenk schmiegte.

Ich gebe ihm noch mehr zu drücken!, tönte meine unverbesserliche Libido. Diesmal hatte meine Tugend ausnahmsweise einmal nichts Vernünftiges, Negatives oder Bissiges einzuwenden.

Wenn es so einfach ist, ihn zu berühren, schlug ich vor, um meine Libido zu schockieren, *wie wäre es dann mit einem Kuss?*

Ich trat auf ihn zu. Anyan witterte meine Absicht und half nach, indem er mich an sich zog, und seine Daumen streichelten sanft die Schrammen an meinen Handgelenken.

Mit plötzlich butterweichen Knien stand ich vor ihm ... ich beugte mich vor, und ganz langsam, schrecklich nervös sah ich ...

... wie Ryu um die Schuppenecke stürmte und schlitternd zum Stehen kam, als er mich mit Anyan erblickte. Sein Gesichtsausdruck schlug von Erleichterung, mich lebend zu sehen, in Irritation und schließlich in Wut um.

»Oh, Mist«, sagte ich und veranlasste Anyan, der die Augen geschlossen hatte wie ein jungfräuliches Schulmädchen, das gleich zum ersten Mal vom Schulschönling geküsst würde, dazu, die Augen erschrocken wieder aufzuschlagen.

»Hä?«, fragte er, wandte sich um und sah Ryu, als ich mich aus seiner Umarmung löste.

»Ryu!«, rief ich und fluchte erneut, als er davonstürzte. »Verdammt, ich muss gehen ... es ihm erklären ...«

Anyans Gesichtsausdruck war gequält, aber er ließ mich los. »Es ist nicht ... Es ist ... Ach, Mist«, sagte ich eloquent, bevor ich dem Baobhan Sith nachlief.

»Ryu!«, rief ich, als ich hinter dem Schuppen vorkam und sah, wie er wütend über den Rasen davonstapfte. »Ryu!«

Daraufhin blieb er stehen, hatte mir aber weiterhin den Rücken zugewandt, während ich aufholte.

Warum genau rennen wir jetzt noch mal hinter ihm her?, fragte meine Libido entsetzt darüber, dass ich gerade Anyan zurückgelassen hatte, um hinter Ryu herzulaufen. Zum zweiten Mal an diesem Abend hatte meine Tugend nichts einzuwenden.

Weil ich ihm mehr schulde als das, schnauzte ich. *Ich schulde ihm ... ein Ende.*

Erst dann wurde mir wirklich klar, warum ich hinter Ryu herjagte.

»Ryu«, sagte ich, als ich keuchend zu ihm trat.

»Jane«, erwiderte er, und seine Stimme war mit Eis überzogen.

»Hör mal«, sagte ich. »Es tut mir leid, wirklich, aber …«

»Spar es dir. Den Rest kann ich mir denken.«

»Ich habe das doch nicht geplant …«

Ryu hob verärgert die Hand und unterbrach mich. Seine haselnussbraunen Augen funkelten in der Abenddämmerung, und seine Fänge waren hervorgetreten – allerdings nicht aus Lust –, als er schließlich weitersprach.

»Warum, Jane? Warum? Ich hätte dir die *Welt* zu Füßen gelegt.«

Mein Herz krampfte sich zusammen, als er in Worte fasste, was mir so schwerfiel auszudrücken.

»Das ist ja das Problem, Ryu. Ich *will* gar nicht die Welt. Wollte ich nie.«

Er starrte mich voll Unverständnis an. Er würde es nie verstehen; oder falls doch eines Tages, dann würde es bis dahin noch lange dauern.

Dann wandte Ryu sich energisch von mir ab und schritt in die Dunkelheit, allein.

Das war es dann wohl, dachte ich und bestätigte mir damit noch einmal, dass Ryu und Jane Geschichte waren. Während ich zusah, wie sich seine Gestalt entfernte und dann in der Dunkelheit verschwand, verspürte ich eine unerklärliche Traurigkeit über etwas, von dem ich wusste, dass es enden hatte müssen.

Dann sah ich eine große Blase aus Magiekraft durch die Luft schweben, eine wabernde Masse aus lebendigen Körpern, die meisten davon in Kittel gekleidet. Darunter ging

Muh, die Arme hochgestreckt, und spielte mit ihrer Kugel voll mit Ärzten und Aufsehern und schüttelte sie wie eine Rumba-Rassel gefüllt mit Wüstlingen.

Neben ihr tänzelte Shar, lachte schallend, jubelte und reckte triumphierend die Fäuste in die Luft. Als ich die blendend weißen Zähne in ihrem dunklen Gesicht aufblitzen sah, merkte ich, dass selbst Muh lächelte, trotz ihres Alfar-Gleichmuts.

Wenigstens manche haben heute Nacht ihren Spaß, dachte ich, als ich umkehrte, um nach Anyan Barghest zu suchen, noch einem Mann, der momentan wohl eher ziemlich schlecht auf mich zu sprechen war.

KAPITEL 25

Vielen, vielen Dank«, nuschelte ich in Muhs Seite. Nach einer Weile spürte ich, wie mich ihre schlanken Arme zurück umarmten und sie mir verlegen die Schulter tätschelte.

»Es war mir ein Vergnügen, Jane«, sagte die Halblingsalfar, und ich wusste, dass sie die Wahrheit sagte: Sie hatte die Gefangenen mit noch mehr Begeisterung aus dem Schreckensanwesen befreit, als sie die Aufseher hochgehen hatte lassen. »Es tut mir bloß leid, dass wir den Heiler nicht erwischt haben.«

Ich löste mich von ihr und nickte. »Diese verdammten Harpyien … Aber am Ende erwischen wir ihn auch noch.«

Sie lächelte mich an. Es war ein blutrünstiges Lächeln, das mich einerseits freute und mir andererseits einen kalten Schauer den Rücken hinunterlaufen ließ.

»Ich bin dran! Ich bin dran!«, krähte Shar und warf sich geradezu auf mich. Ich lachte und erwiderte ihre Umarmung. Ich zuckte zusammen, als sie mir in den Po kniff. »Lecker«, sagte die Halblingselbe und löste sich seufzend von mir.

Ich musste kichern. »Du bist aber auch ganz schön lecker, Shar«, sagte ich, bevor ich mich Capitola zuwandte.

»Und danke dir«, sagte ich und umarmte die hochgewachsene Frau ebenfalls.

»Gern geschehen, Jane. Wirklich, es war uns ein Vergnügen. Es hat sich angefühlt wie ... etwas Bedeutendes.«

Ich grinste zu ihr hoch. »Das hat es, oder?«

Cappie lachte und tätschelte mir den Kopf. »Aber es ist noch nicht vorbei. Das weißt du, oder?«

»Natürlich«, sagte ich. »Es hat gerade erst angefangen.«

»Was sind deine Pläne?«

»Alle Gefangenen werden letztendlich in den Verbund gebracht werden, aber Anyan und ich nehmen den Kobold-Doktor gleich jetzt mit dorthin. Er kann Jarl belasten. Und noch wichtiger ist, dass der Vater des Kobolds, der ihn erst in diese Sache hineingezogen hat, einer der mächtigsten Kobolde überhaupt und Jarl absolut ergeben ist. Wenn wir ihn zum Reden bringen, dann müssen selbst Orin und Morrigan zuhören.«

Die hochaufgeschossene Frau legte die Stirn in Falten. »Ist das eine sichere Methode?«

Ich zuckte mit den Schultern. »Wer weiß? Aber im Moment ist sowieso niemand sicher. Es muss etwas geschehen.«

Das war eine Tatsache, in der wir alle übereinstimmten, selbst die vorsichtigsten unter den Übernatürlichen, die in die Razzia des Anwesens involviert waren. Das Ausmaß der Operationen, die dort stattfanden, hatte allen verdeutlicht, wie dringend all dem ein Ende gemacht werden musste.

»Aber seid vorsichtig. Beide. Ich gäbe meine Eckzähne dafür, mit euch zu kommen, aber wir können nicht ...«

»Nein, dieses Risiko könnt ihr nicht eingehen«, stimmte ich ihr zu. »Ich bin mir sicher, die Alfar würden euch nur allzu gern in die Finger bekommen, um mehr über die Grenzgebiete herauszufinden. Genaugenommen solltet ihr besser so bald wie möglich von hier verschwinden, bevor noch jemand zwei und zwei zusammenzählt…«

Cappie nickte, beugte sich noch einmal zu mir hinunter und umarmte mich.

»Du bist ein tolles Mädchen, Jane! Komm uns besuchen, wenn alles vorbei ist. Und pass auf dich auf.«

Die große Frau richtete sich wieder auf und sah sich dann um. »Ich verabschiede mich nur noch schnell von Anyan… Ach, und Jane?«

»Ja?«

»Hab Geduld mit ihm. Er kann manchmal etwas langsam sein. Besser noch, sei mutig.«

»Mutig?«

»Mutig.«

»Ähm… Okay, ich versuch's.«

Capitola lachte, tätschelte mir noch einmal die Wange und ging dann, um sich von Anyan zu verabschieden.

Mutig sein?, dachte ich. *Bei Anyan?* Selbst meine Libido wurde bei dem Gedanken ziemlich nervös.

Ich beobachtete, wie der Barghest sich von Cappie verabschiedete, und konnte mir nicht verkneifen, mich selbst mit der schönen Halblingsvampirin zu vergleichen.

Mit so jemandem sollte er zusammen sein… mit jemandem, der so stark ist wie er…

Anyan sah hoch und fing meinen Blick auf. Seit der Szene hinter dem Schuppen hatte er mich hauptsächlich ignoriert. Dieser verrückte Vorfall war ganz offensichtlich bloß eine Folge von Adrenalin, Stress und tiefer Verärgerung (er über mich) gewesen, und ich wusste, ich musste vergessen, was auch immer da zwischen uns vorgefallen war.

Anyan hat es ganz offensichtlich schon, stellte mein Hirn traurig fest.

Ich beobachtete, wie das Trio sich verabschiedete, bevor es sich auf den Weg in den Wald machen wollte. Sie hatten Terk angefordert, der sie zurück nach Hause apparieren würde. Denn falls noch irgendwelche Reinblütigen zurückgeblieben waren und die Urmagie des Wichtels spürten, dann würden sie uns vermutlich für verrückt erklären.

Aber bevor sie gingen, hatten sie noch eine letzte Überraschung parat.

»Julian?«, rief Capitola. »Bist du soweit?«

Mein Halblingskumpel stand bei seiner Bostoner Ermittlercrew, aber als Capitola ihn rief, trat er heraus.

»Julian, was soll das, verdammt?«, fauchte Ryu und starrte seinen Mitarbeiter an, als hätte er ihn nackt beim Stepptanz erwischt.

»Tut mir leid, Sir, aber ich kündige. Ich gehe.«

Ryu wirkte betroffen, und ich machte einen Schritt zurück, während das Trio und Anyan vortraten.

»Wie kannst du dein Volk nur so hintergehen?«, fauchte Ryu, und vor Wut traten seine Fänge heraus.

Der Blick, den Julian Ryu daraufhin zuwarf, war stolz und traurig zugleich.

»Ich habe mich immer gut behandelt gefühlt, Sir. Auch von dir, Caleb, und dir, Daoud. Ihr habt mich alle wie einen Gleichwertigen behandelt, immer. Aber solange ich im Territorium lebe, werde ich nie gleichwertig sein. Ich werde immer bloß ein Halbling sein. Zwar einer mit viel Kraft und einer, der bei allen gern gesehen ist, aber nie ein Gleichwertiger.«

Ryu sah so aus, als wolle er anfangen zu diskutieren, aber Caleb hielt ihn davon ab, indem er ihm die Hand auf die Schulter legte.

»Ich habe sehr gern mit euch gearbeitet und in unserer Bostoner Blase war ich auch immer glücklich. Aber es war eben auch nicht mehr als das: eine Blase. Sobald ich sie verlassen habe, wurde ich zurück auf meinen Platz verwiesen. Ihr habt das ja alle miterlebt.«

Ryus Fänge waren langsam wieder zurückgegangen, er ließ die Schultern sinken und gab sich geschlagen.

»Das haben wir«, gab er schließlich widerwillig zu.

»Ich bin es müde«, flüsterte Julian, so leise, dass wir uns anstrengen mussten, ihn zu verstehen. »Und ich will mich endlich zu Hause fühlen.«

»Und bei ihnen hast du dich zu Hause gefühlt?«, fragte Ryu und machte eine Kopfbewegung zu Capitola und ihren Freunden hinüber.

»Ja.«

Ryu seufzte und fuhr sich mit der Hand über das müde Gesicht und durch das mittlerweile längere, messingfarbene Haar. »Dann geh«, sagte er. »Halt uns auf dem Laufenden, wenn du kannst«, fügte er resigniert hinzu.

»Danke, Sir. Bitte sagt meiner Mutter … sagt ihr, dass ich sie liebe. Dass wir uns wiedersehen. Dass ich endlich frei sein werde, und das Gleiche gilt für sie. Sie hat so lange ein Auge auf mich haben müssen … Sie ist es bestimmt auch müde.«

Ryu nickte einmal schroff. »Ich werde es ihr ausrichten. Mach's gut, Julian. Ich habe gern mit dir gearbeitet.«

Er trat vor, streckte die Hand aus und ergriff Julians ebenfalls ausgestreckte Hand. Nachdem sie sich die Hände geschüttelt hatten, rückte Ryu wieder von ihm ab. Er warf mir noch einen harten Blick zu, bevor er zu seinem geparkten Auto ging. Dann fuhr er davon und ließ seine Mitarbeiter bei uns zurück.

Ich hatte keine Ahnung, wohin er wollte.

Ich fühlte einen Stupser an meinem Ellenbogen und sah, dass Anyan neben mir stand und mir ein Taschentuch in rotem Paisleymuster hinhielt. Erst jetzt merkte ich, dass ich wie ein Baby über Julians Seitenwechsel weinte.

»Es ist sauber«, raunte er, »... relativ.«

Ich nahm es vorsichtig entgegen und achtete darauf, dass ich mir das Gesicht nicht mit Barghest-Schnodder verschmierte, bevor ich mir damit die Tränen abwischte. Dann schnäuzte ich mich noch geräuschvoll damit.

Julian kam zu mir, umarmte mich und versicherte mir, dass er mich anrufen würde. Dann schüttelte er allen anderen noch die Hand und ging mit Capitola, Muh und Shar in den Wald. Ich freute mich so für ihn. Und noch mehr darüber, dass ich nun eine gute Entschuldigung dafür hatte, mit dem fabelhaften Trio in Kontakt zu bleiben.

»Bist du dann so weit?«, erklang diese raue Stimme hinter mir. Ich drehte mich um und sah den Barghest an.

»Ja.« Ich nickte, wischte mir die letzten Tränen ab und schnäuzte mich noch einmal gründlich. Dann blickte ich fragend vom Barghest zu dem Taschentuch.

»Du kannst es behalten.« Er grinste, und ich musste sein ansteckendes Lächeln einfach erwidern.

»Was ist mit dem Doktor?«

»Er ist soweit. Zwar nicht gerade erfreut darüber, seinem Vater oder Jarl gegenüberzutreten, aber er macht es.«

»Als hätte er eine Wahl.« Ich grinste, als ich an meine Kastrationsdrohung dachte.

»Er hat einiges wiedergutzumachen …«

»Was passiert mit den restlichen Häftlingen?«

»Ihr Transport wird gerade vorbereitet. Wir trommeln gerade ein paar Busse zusammen.«

»Was mit den Gefangenen?«

»Sie werden in Kliniken überall im Territorium gebracht. Unsere Heiler werden eine Weile alle Hände voll zu tun haben. Ist Iris schon weg?«

Ich nickte bedrückt. Das war das Schwierigste für mich gewesen: mich von Iris zu verabschieden. Die Elbe wollte mir eigentlich nicht von der Seite weichen, aber sie musste dringend medizinisch versorgt und in Sicherheit gebracht werden. Was sie jetzt wirklich nicht gebrauchen konnte, war eine verrückte, selbstmörderische Mission in Jarls Höhle des Löwen.

Also hatte ich sie wieder und wieder umarmt und dann zugesehen, wie sie mit einem der örtlichen Ermittler ins Auto stieg. Statt des schrecklichen, verdreckten T-Shirts trug sie einen Kittel und sah so verloren und verletzlich aus, dass ich mich zusammenreißen musste, sie nicht wieder aus diesem Auto zu zerren und mit zu mir nach Rockabill zu nehmen.

Aber das wäre natürlich völlig kurzsichtig von mir gewesen. Denn diese Sache musste so oder so zu Ende gebracht werden. Wir bekamen die Möglichkeit, Jarl auffliegen zu lassen, und wir mussten sie ergreifen. Jetzt war der Moment gekommen, den Terror von Orin und Morrigans Sekundanten zu beenden.

Also hatte ich mich, bevor ich den drei Mädels zum Abschied zugewinkt hatte, von Iris verabschiedet, wohl wissend, dass sie sich jetzt unbedingt sicher fühlen musste. Danach lud ich den Kobold-Doktor in einen Mietwagen, damit wir aufbrechen konnten, sobald das Trio sich aus dem Staub gemacht hatte. Das Mietauto, das ich gestohlen hatte, war kaputt, weshalb wir neue Fahrzeuge von den regionalen Ermittlern beschafft hatten. Daoud und Caleb fuhren mit dem einen Wagen, Anyan, der Kobold und ich mit dem anderen. Ryu mochte sich ja vielleicht verpisst haben, aber seine Mitarbeiter zogen die Mission bis zum bitteren Ende mit uns durch. Doch schon bald gaben sie Gas, weil sie in Boston noch Camille und ein weiteres Auto einsammeln wollten. Wir würden uns alle in Montreal wiedertreffen, wo wir dann einen Konvoi aus drei Fahrzeugen bilden würden.

Aber kein Team Halbling mehr, dachte ich, gleichzeitig glücklich für Julian und traurig, weil er nicht mehr dabei war, um das Ende dieser Mission mitzuerleben. *Ach, was soll's, im Kampf hat er sowieso nicht viel ausrichten können.*

Als wir alle zur Abfahrt bereit waren, setzte sich Anyan ans Steuer, und ich nahm neben ihm auf dem Beifahrersitz Platz, der Kobold-Doktor saß auf dem Rücksitz. Endlich waren wir auf dem Weg, die Sache dort zu Ende zu bringen, wo alles angefangen hatte: am Hof der Alfar außerhalb von Quebec, wo wir Jarl und seinen Schergen entgegentreten würden.

Aber zuerst würden wir uns noch ein bisschen ausruhen.

Das Anwesen entpuppte sich als ein verlassenes Überbleibsel aus Pennsylvanias industrieller Vergangenheit, gleich am Rand von Allentown. Ich hatte nicht einmal daran gedacht, zu fragen, wo wir uns befanden, bevor ich ein Schild am

Highway entdeckte. Sobald wir etwas halbwegs Anständiges sahen, nahmen wir uns Hotelzimmer – eines für mich und eines für Anyan und den Kobold. Als Erstes nahm ich eine lange, heiße Dusche und versuchte den Schmutz von diesem Horrorort loszuwerden. Ich legte mich voller Bedenken hin, denn ich fürchtete die Bilder, mit denen mich mein Hirn quälen würde, nach all dem Grauen, das ich während der letzten vierundzwanzig Stunden erleben hatte müssen. Aber zu meiner Überraschung war ich, sobald ich das Kissen berührte, auf der Stelle weg und schlief tief und traumlos bis zum nächsten Morgen.

Nach einem schnellen Frühstück und einer weiteren superheißen Dusche machten wir uns wieder auf den Weg. Die Fahrt nach Montreal war leicht surreal. Ich fühlte mich nicht so entspannt mit unserem Häftling im Nacken, und Anyan schien keine Lust zu haben, sich zu unterhalten. Also schwiegen wir die meiste Zeit, abgesehen von der Bitte um einen Boxenstopp oder einer kurzen Debatte darüber, in welchem Restaurant am Straßenrand wir zu Mittag essen sollten.

Ich redete mir ein, es läge bloß daran, dass Avery dabei war, dass Anyan und ich kaum miteinander sprachen, aber ich wusste, dass mehr dahintersteckte. Er sah mich kaum an, und ich konnte die Spannung zwischen uns spüren.

Warum ist er bloß so distanziert?, klagte meine Libido. Nach dem, was hinter dem Schuppen vorgefallen war, war sie überzeugt gewesen, dass wir jetzt schon längst rummachen würden. Doch stattdessen wechselten wir kaum ein Wort.

Er wollte eigentlich gar nicht so reagieren, sagte ich mir und wappnete mich gegen die Enttäuschung, die mich packte. *Und jetzt weiß er nicht, wie er es wieder zurücknehmen soll.*

Er will mich nicht verletzen, fühlt aber nun mal nicht so, wie er sich verhalten hat. Es war für uns alle eine Stresssituation …

Also tat ich, was ich immer tue, wenn jemand nicht allzu begeistert von mir zu sein scheint: Ich stellte mich schlafend. Das war gar nicht so schwer, hauptsächlich, weil ich wohl wirklich einschlief. Nach all der Aufregung, der ich ausgesetzt war, fühlte ich mich noch immer ziemlich erschöpft. Ich musste dringend bald schwimmen gehen.

Als es Abend wurde, waren wir in Montreal, in einem noblen Hotel, und warteten auf Verstärkung. Anyan redete noch immer nicht mehr als nötig mit mir, was mich zunehmend nervte. Ich hatte kapiert, dass er sein Verhalten bereute, aber es war *seine* Entscheidung gewesen. Er musste sich mir gegenüber nicht wie ein Arsch benehmen, nur weil ihm sein eigenes Verhalten nicht gefiel.

»Möchtest du zu Abend essen?«, fragte er und wollte mir die Karte des Zimmerservice geben.

»Mir egal«, brummelte ich und weigerte mich, sie zu nehmen.

»Na ja, hast du Hunger oder nicht?«

»Ist mir total egal«, fauchte ich. Aber mein Magen verriet mein typisches passives Aggressionsverhalten, indem er knurrte wie eine Wildkatze.

»Du hast Hunger. Wir essen«, sagte der Barghest und ließ die Speisekarte auf meinen Schoß fallen.

»Wie du meinst«, antwortete ich bockig seinem Rücken und rieb mir meinen illoyalen Bauch.

Wir bestellten und aßen schweigend. Sogar der Kobold – eigentlich versunken in seine eigene Angst und Schuld – schien zu bemerken, dass irgendetwas zwischen Anyan und mir nicht stimmte, denn er sah immer wieder verstohlen von einem zum anderen.

Erst nachdem die anderen zu uns gestoßen waren, redeten wir wieder frei.

»Camille«, begrüßte ich Ryus Baobhan-Sith-Assistentin beklommen, weil sie auch Julians Mutter war.

»Jane«, sagte Camille und lächelte. »Wie geht es dir?«

»Mir geht es gut«, antwortete ich. »Aber wie geht es dir? Wegen Julian und allem?«

Sie lächelte. Traurig zwar, aber immerhin war es ein Lächeln. »Ich freue mich für meinen Sohn. Und ich weiß, dass ich ihn bald wiedersehen werde. Er hat mir auch schon gemailt. Nicht einmal unsere Grenzen können E-Mails aufhalten«, sagte sie und zwinkerte mir zu.

»Gut«, erwiderte ich, überglücklich darüber, dass sie den Seitenwechsel ihres Sohnes gut verkraftete.

»Und jetzt wollen wir dich erst mal zum Schwimmen bringen. Du siehst aus, als würdest du gleich umkippen, und ich kenne da einen perfekten Ort ...«

Camille brachte mich zu einem der zahlreichen Seen rund um Montreal, wo ich dann gute zwei Stunden schwamm. Gründlich aufgeladen fühlte ich mich wieder pudelwohl, als wir ins Hotel zurückkehrten. Nach einer kurzen Strategiebesprechung verteilten wir uns dann alle auf die verschiedenen Schlafzimmer. Wir hatten zwei Suiten gemietet, die jede über zwei Schlafzimmer verfügte und eine Ausziehcouch im Wohnzimmer. Nach ein wenig Hin und Her hatte jeder ein Bett gefunden. Caleb landete mit dem Kobold auf der Schlafcouch. Nachdem wir schon einmal einen Häftling verloren hatten, wollten wir kein Risiko mehr eingehen.

Aber auch diese Nacht verlief friedlich, und nach zwei Nächten Schlaf und einer Runde Schwimmen fühlte ich mich fast schon wieder wie ich selbst. Anyans Verhalten mir gegenüber nervte mich zwar noch immer, aber gut. Ich sagte mir immer wieder, es sei besser, *jetzt* herauszufinden, dass der Barghest ein Gefühlstrampel war, als später. Nicht dass das wirklich half. Denn jedes Mal, wenn ich daran dachte, wie er seine Arme um mich gelegt hatte, war es wie ein Schlag in die Magengrube.

Und mein Magen rumorte sowieso schon, weil die Konfrontation mit Jarl immer näher rückte. Erstaunlicherweise geriet ich wegen der ganzen Sache nur ein bisschen in Panik. Denn ein großer Teil von mir hatte das Gefühl, dass es einfach das Richtige war; es war unausweichlich. Wir hatten zu viele Leute gefangengenommen, die zu viel wussten; jetzt war der Zeitpunkt gekommen, dass Jarl seine wohlverdiente Strafe bekam.

Wir waren nur noch etwa viereinhalb Stunden vom Verbund entfernt, als wir in Quebec noch einmal anhielten, um zu Mittag zu essen und uns zu beraten. Wir waren noch auf keinen Widerstand gestoßen, aber das war sicher bloß noch eine Frage der Zeit. Uns war von Anfang an klar gewesen, dass ein Hinterhalt, wenn es ihn denn geben würde, erst ganz in der Nähe des Verbundes auf uns lauern würde. Jarl wusste bestimmt, was passiert war, da die Harpyien mit dem Heiler entkommen waren, und seine letzten Vertrauensleute waren mit ihm am Hof.

Zweifellos würden sie uns beobachten und abwarten, bis wir dort ankämen.

Also setzten wir uns wieder in unsere Autos. Wir hatten beschlossen, in einer Kolonne zu fahren, bis wir den Highway, der Richtung Verbund führte, verlassen hatten. Wenn wir erst einmal auf dem letzten Wegabschnitt, einer zweispurigen Straße, angekommen waren, die sich rasch zu einer einspurigen Schotterpiste verjüngte, würden wir leicht angreifbar sein. Also mussten wir uns auf alles gefasst machen.

Ich fuhr noch immer mit Anyan. Lieber wäre ich bei jemand anderem mitgefahren, aber ich wollte keine große Sache daraus machen, indem ich mit irgendjemandem Platz tauschte. Also schwiegen Anyan und ich uns auch weiterhin an, als wir vom Highway auf die zweispurige Straße abbogen. Von da an hatten wir noch etwa eine halbe Stunde, bis sie zur Schotterpiste wurde und wir jeden Augenblick mit einem Angriff rechnen mussten.

Erstaunlicherweise schlief der Kobold. Er hatte schon erschöpft gewirkt, seit wir Pennsylvania verlassen hatten, und offenbar hatte er seither keine Nacht richtig geschlafen. Und jetzt, da die Gefahr unmittelbar drohte, pennte er einfach ausgestreckt auf dem Rücksitz. *Wie er jetzt schlafen kann, begreife ich nicht*, dachte ich, denn ich war angespannt wie die Feder in einer Mausefalle. Was auch der Grund war, dass ich vor Schreck beinahe aus meinem Sitz gesprungen wäre, als Anyan plötzlich etwas zu mir sagte.

»Tja, jetzt scheint es bald vorbei zu sein, Jane.«

»Ja«, sagte ich, unsicher, worauf er hinauswollte.

»Und ich glaube, wir werden auch Erfolg haben. Ich glaube, es wird funktionieren ... das schlafende Dornröschen da hinten und sein Vater dürften mehr als genug Beweise gegen Jarl in der Hand haben. Ganz abgesehen von all den anderen, die wir einkassiert haben, von denen manche noch so einiges wissen dürften ...« Er verstummte wieder, und ich nickte.

»Ja, wir haben gute Arbeit geleistet. Danke für deine Hilfe.« Anyan sah stirnrunzelnd zu mir hinüber. »Bedank dich nicht bei mir, Jane. Es war etwas, das ich genauso dringend tun musste wie du.«

Was ich dazu sagen sollte, wusste ich nicht, denn ich war mir nicht sicher, wie ich seine Worte interpretieren sollte.

»Und schon bald kannst du in dein altes Leben zurückkehren. Wieder zurück an die Arbeit...«

»Na, den Göttern sei Dank«, unterbrach ich ihn, »bevor ich noch gefeuert werde.«

»Und zu deinem Vater«, fügte Anyan hinzu.

Ich nickte, aber der Barghest war noch nicht fertig.

»Und zu Ryu.«

»Zu Ryu?«, fragte ich verwundert.

»Ja«, sagte er und seine Nase zuckte. »Zu Ryu.«

»Ähm, ja. Na ja, das wird wohl nicht passieren. Ryu und ich haben uns getrennt.«

Anyan umklammerte mit beiden Händen das Lenkrad, sodass seine Knöchel weiß hervortraten.

»Getrennt? Aber als du ihm nachgelaufen bist, neulich Nacht...«

»Na ja. Ich musste ihm ja nachlaufen... ich meine, ich hatte das Gefühl, ich müsste. Weil wir uns zwar gestritten, es aber noch nicht richtig beendet hatten. Ich meine, wir haben uns schließlich mal wirklich etwas bedeutet«, stammelte ich und sah, wie Anyans Nase wieder zuckte. »Also gab es noch ein paar Dinge, die geklärt werden mussten, damit es offiziell war. Und so.«

Der Barghest hielt inne und schürzte die Lippen, als wähle er seine Worte.

»Und habt ihr es jetzt offiziell gemacht? Und so?«

Ich musste lächeln. »Ja, verdammt offiziell. Und so.«

»Hmpf«, grummelte er, und ich wandte mich wieder ab und starrte nach vorne.

War er deshalb *die ganze Zeit so ein pissiger kleiner Arsch?*, wunderte ich mich. *Weil er dachte, ich hätte mich wieder mit Ryu vertragen?*

Ich beobachtete den Barghest aus dem Augenwinkel.

Er trommelte unentschlossen mit der rechten Hand auf dem Lenkrad, bevor er sie bewegte und dann über der Gangschaltung verharrte ... und sie weiter bewegte und über meinem Knie verharrte ... Dann ließ er sie sinken, ganz langsam, bis seine Handfläche auf meiner Jeans lag.

»Jane, ich ...«, fing er an und blickte mich vom Fahrersitz aus an.

»Sag es nicht«, unterbrach ich ihn atemlos, und meine Augen waren wieder starr auf die Fahrbahn vor uns gerichtet. »Sag *nichts*.«

»Was? Warum nicht? Jane ...«

»Phädra auf zwölf Uhr«, kam die Stimme des Kobolds vom Rücksitz, und sein knochiger, grün geschuppter Finger schoss zwischen uns hindurch und zeigte auf die Straße.

»Genau«, sagte ich und tätschelte Anyans Hand. »Phädra auf zwölf Uhr.«

Anyan nahm die Hand von meinem Knie, und gleichzeitig fuhren wir starke Schilde um unser Fahrzeug herum hoch. Er bremste scharf ab, sodass noch jede Menge Platz blieb, als wir vor der kleinen Frau in Lederkluft hielten, die offenbar allein mitten auf der Schotterpiste stand.

Verdammte Phädra ...

KAPITEL 26

Wir standen mitten auf der Schotterpiste, während Camille und Caleb ihre Wagen neben unserem anhielten. Es wurde ziemlich eng auf der schmalen Straße, die zu beiden Seiten von Bäumen gesäumt wurde.

Phädra stand einfach nur da und sah unbeeindruckt zu, wie wir uns berieten.

»Stellung beziehen und kämpfen?«, schlug Camille vor, als ginge es um die Wahl des Restaurants fürs Abendessen.

»Jedes Mal, wenn wir das machen«, wandte Anyan ein, »verlieren wir unsere Zeugen.«

Der Kobold auf dem Rücksitz holte geräuschvoll Luft.

»Ihr drei müsst es in den Verbund schaffen. Lass uns hier bleiben und Phädra beschäftigen«, sagte Daoud von Calebs Beifahrersitz aus.

»Aber wie kommen wir an ihr vorbei?«, fragte ich. Mir war klar, dass Phädra zwar bei Weitem nicht die mächtigste Alfar da draußen war, sie aber trotzdem über ein ziemlich starkes Mojo verfügte.

»Großer Schild«, knurrte Anyan. »Und Vollgas.«

»Und Jane kann diese eine Sache mit ihrer Wasserelementkraft«, rief Camille aus ihrem Wagen herüber.

»Was für eine Sache?«, fragte ich verwirrt.

»Wie du die Lücken in unseren Schilden praktisch mit deiner Kraft stopfst«, sagte Anyan. »Keiner von uns hat so etwas zuvor schon mal gesehen.«

»Echt?«, meinte ich und wollte mich plötzlich stolz in die Brust werfen.

Anyan lächelte. »Ja, Jane. Echt. Du machst die ganze Zeit Sachen, die wir noch nie gesehen haben. Wir wurden alle trainiert. Du machst manche Dinge einfach.«

»Und die Sache mit den Schilden ist heiß«, rief mir Daoud mit einem unartigen kleinen Zwinkern zu.

Ich wurde rot. »Danke, Leute. Aber wir sollten mal loslegen. Phädra sieht aus, als würde sie sich langweilen.«

Wir schauten alle zu der glatzköpfigen, kleinen Frau, die angefangen hatte, ungeduldig mit ihrem Zeh in den Boden zu hämmern, und ein gereizter Zug um den Mund zeichnete sich auf ihrem sonst so gleichmütigen Gesicht ab.

Verdammte Phädra, dachte ich wieder und konnte es plötzlich kaum erwarten, diese Sache durchzuziehen.

»Sichern und laden«, brummte ich, als Anyans Kraft losbrach und sich mit denen der anderen verband.

Ich fühlte mich ein bisschen befangen, als ich meine eigene Kraft als eine Art Dichtungsmasse verwendete, mit der ich unseren Schild fugenlos und stark machte. Ich hatte nie gemerkt, dass das, was ich tat, etwas Besonderes war; es hatte sich immer so natürlich angefühlt.

Wasser ist schließlich flüssig, philosophierte ich, als Anyan mich anlächelte. Ermutigt von seiner Aufmerksamkeit, versuchte ich noch etwas anderes und fügte noch eine weitere Wasserkraftschicht *hinter* unsere Schilde …

Wie zweilagiges Klopapier, dachte ich und musste innerlich kichern. *Und damit werden wir ein paar Alfar-Ärsche abwischen …*

»Nicht schlecht«, brummte Anyan anerkennend, als er den Motor hochdrehte.

»Wrumm Wrumm«, ergänzte ich, bevor ich mich zum Rücksitz umdrehte. »Wenn Sie sich vielleicht anschnallen wollen?«, sagte ich zu dem Kobold. »Wir geben jetzt Gas.«

Und schon rasten wir los. Wir blieben auf gleicher Höhe, drei Autos Seite an Seite, und pumpten Kraft in unseren magischen Rammbock.

Sofort konnte ich den Druck spüren, der von Phädra ausging. Er war so stark, dass unsere Mietwagen ein wenig bockten, und ich leitete noch mehr Kraft in unsere Abwehr, versuchte sie so offensiv wie möglich zu machen.

Wir nahmen immer mehr Fahrt auf, benutzten die kinetische Energie unserer schlingernden Fahrzeuge, um unsere eigenen Schilde zu verstärken und uns noch mehr Schwung zu verleihen, aber Phädras Kraft war erdrückend. Alle drei Autos wurden ausgebremst, die Motoren drehten hoch, aber die Fahrzeuge wurden immer langsamer, bis wir schließlich kaum noch vom Fleck kamen. Ich fing an zu schwitzen, vor Anstrengung und vor Angst … Wir waren so nah dran! Der Gedanke, es nicht in den Verbund zu schaffen, wo wir so weit gekommen waren und so viel gesehen hatten, machte mich fertig.

Aber dann tat sich eine Öffnung in Phädras Kraft auf. Sie war gerade groß genug für unser Auto, und es sah ganz klar nach einer Falle aus. Abgesehen von einer Sache …

»Das ist keine Alfar-Kraft«, sagte Anyan, und seine Nase zuckte einmal heftig.

»Nein. *So* fühlt sich Blondies Kraft an«, sagte ich zum Barghest. Er runzelte die Stirn, aber aus irgendeinem Grund war ich nicht überrascht. Es war nicht das erste Mal, dass sie auftauchte, wenn wir sie brauchten. Ganz offenbar hatte sie ein Interesse an unserer Mission; ich wünschte bloß, sie würde uns sagen, was für ein Interesse das war.

»Vertrauen wir der Sache?«, fragte Anyan.

»Ich sehe keinen Grund, warum nicht«, sagte ich. »Sie hätte mich schon mindestens zwei Mal töten können und dich auch. Aber sie hat es nicht. Außerdem habe ich bei ihr ein gutes Gefühl.«

»Du hast ein gutes Gefühl?«, fragte der Barghest skeptisch.

»Ach, komm schon, Großer.« Ich grinste. »Vertrau mir.«

Anyan zog eine Augenbraue hoch, und ich konnte es mir nicht verkneifen. »Komm schon, Hündchen, vertrau mir… dann bekommst du später auch eine Belohnung.«

Der Blick, den Anyan mir daraufhin zuwarf, war heiß und leidenschaftlich und ließ meinen ganzen Körper kribbeln. Meine Libido fiel beinahe in Ohnmacht, und meine Tugend hob geschlagen die Hände.

Und dann trat er aufs Gas, sodass unser Geländewagen durch die schmale Bresche hindurchschoss, die Blondies seltsame Kraft in Phädras Absperrung geschlagen hatte.

Ich hielt den Atem an, bis wir hindurch waren. Dann stieß ich einen triumphierenden Jauchzer aus. Phädra stand da und sah verwirrt und verärgert aus, während unsere Freunde ihre Autos zum Stehen gebracht hatten und ausstiegen, um Phädra zu beschäftigen, während wir davonjagten.

Am Straßenrand, gleich nach der Stelle, wo Phädra Widerstand leistete, war Blondie. Sie trug wieder das Muskelshirt und weite Jeans, und ihr Haar war zu einer blonden Irokesenfrisur mit pinkfarbenen Spitzen aufgestellt.

Sie hielt den Daumen hoch. Dann wandte sie sich wieder zu Phädra und ging federnd auf die Alfar zu.

Ich grinste und scheuchte Anyan weiter, als er Anstalten machte zu bremsen.

»Wir sollten anhalten und herausfinden, was sie ist«, knurrte er.

»Nicht jetzt. Später. Jetzt müssen wir uns erst mal um Jarl kümmern.«

Meine Stimme war unnachgiebig, und Blondie war schon weitergegangen. Also gehorchte der Barghest seufzend mit einem letzten Blick zurück.

Braves Hündchen, dachte ich, und es juckte mir in den Händen, ihn zu streicheln. Aber ihn berühren zu können, kam mir noch immer wie ein Traum vor, sodass ich noch nicht darauf vertraute, mir solche Freiheiten nehmen zu können.

Also fuhren wir weiter und hielten schon bald vor dem Verbundsgebäude.

Die erste Kugel hätte mir beinahe das Ohr abgerissen, so nah zischte sie an mir vorbei. Ich saß schockstarr da – noch nie im Leben war auf mich geschossen worden –, bis Anyan mich hinunter in den Fußraum zog.

»Schilde, Jane … und manifestier sie.«

Und das taten wir dann auch: Wir manifestierten einen stabilen, kugelsicheren Schild um unseren Wagen herum, das den nächsten Kugelhagel absorbierte. Die Patronen blieben in der Luft hängen. In ihrer stumpfnasigen Physikalität waren sie ein beängstigenderer Anblick als jede Form der Magie, die ich bisher gesehen hatte.

Ich hasse Schusswaffen, dachte ich müde, als Anyan schließlich zu einer Gruppe Ziersträucher zeigte.

»Graeme!«, rief er, und dann wehte seine starke Luftelementkraft an uns vorbei, die einen Impuls übertrug, der die Sträucher in Brand setzte. Der wachsgesichtige Elb sprang hinter den Büschen hervor, wo ich ihn mit meiner kleinen Kraftdemonstration in Empfang nahm.

Wenn ich meine Magie mit unseren Schilden verschmelzen lassen kann, dachte ich, *was würde passieren, wenn ich das Gleiche mit Graemes machen würde?*

Also versuchte ich es, und das Ergebnis war großartig. Wo meine Kraft sich in kleine Risse in unseren Schilden fügen konnte, um eine undurchlässige Abwehrbarriere zu bilden, benutzte ich sie jetzt wie eine Art Sirupfalle für Fliegen, als ich mich durch Graemes Schild fädelte. Dabei ließ ich mich ein wenig von Phädras mächtigem Alfar-Netz inspirieren, das sie vor Monaten in Boston angewandt hatte, und webte meine Kraft durch seine, manifestierte sie und zog dann fest an. Der Elb erstarrte, unfähig sich zu bewegen, und ich strahlte wie ein kleines Kind am Weihnachtsmorgen.

»Beeindruckend«, brummte Anyan. »Wie lange wird es halten?«

»Nicht lang. Wir sollten hineingehen. Bereit, Avery?«

Der Kobold nickte mir vom Rücksitz aus zu, drehte sich dann um und stöberte im Kofferraum des Geländewagens. Nachdem er den Wagenheber herausgekramt hatte, grinste er: »Jetzt bin ich soweit.«

Wir stiegen aus dem Wagen und eilten die breiten Stufen

zum Verbundsgebäude hinauf. Als wir durch die Tür traten, verspürte ich wieder dieses seltsame Gefühl, beobachtet zu werden, wie bei meinem ersten Besuch hier. Aber diesmal erkannte ich es als das, was es war: ein magischer Fühler, der abschätzte, ob wir Freund oder Feind waren.

Die Magie legte sich ziemlich schnell wieder, nachdem sie festgestellt hatte, dass wir Freunde waren. Bei mir verweilte sie ein bisschen länger, als wäre sie unsicher, was sie mit meiner Halblingszusammensetzung machen sollte. Aber schon bald zog sie sich zurück, und wir konnten uns frei weiterbewegen.

Abgesehen von dem wütenden Spriggan, der sich uns in den Weg stellte.

»Verflucht, Fugwat«, knurrte Anyan, »warum haust du nicht einfach ab?«

Ich fand, dass das eine verdammt höfliche Art war, jemanden zu begrüßen, der uns umbringen wollte, aber ich rügte Anyan nicht dafür. Schließlich war es gegenüber Kindern oder Erzfeinden immer eine gute Idee, Geschlossenheit zu demonstrieren.

»Ja, warum haust du nicht einfach ab!«, wiederholte ich und hörte mich dabei ziemlich albern an.

Anyan warf mir einen genervten Blick zu, als Fugwat nach vorne schnellte. Aber er kam nicht weit, denn Avery zog ihm besonnen und mit enormer Wucht den Wagenheber über. Der Spriggan ging zu Boden.

»Gut gemacht«, sagte ich und sah den Kobold anerkennend an.

Er zuckte mit den Schultern, seine eidottergelben Augen blieben völlig ungerührt. »Wir sind die körperlich stärkste aller Gattungen«, sagte er mit belehrender Stimme.

»Trotzdem«, murmelte ich, als wir an dem hingestreckten Körper des Spriggan vorbeischlichen.

»Ja, war nicht so schlecht«, sagte er trocken.

Kurz darauf befanden wir uns im Verbundsgebäude und gingen durch den weißen Raum mit dem Elementmosaik, das ich beim ersten Mal so bewundert hatte. Dann öffneten wir die Tür zum großen Hofsaal.

Es war Abendessenszeit, und es schien, als platzten wir mitten in ein festliches Galadiner. Viele der Bewohner des Verbunds litten unter der Langeweile einer Unsterblichkeit in Dienerschaft, also gaben die Alfar ständig Partys, um sie bei Laune zu halten. Bei meinem ersten Besuch war ich so beeindruckt von all der Pracht gewesen und so beflissen zu gefallen. Aber jetzt? Es wirkte bedauernswert auf mich: Alle hatten sich herausgeputzt, nur um wieder einmal an genau demselben Tisch mit genau denselben Leuten zu sitzen, neben denen sie schon seit Generationen von Menschenleben saßen.

Wir traten möglichst unauffällig ein, aber allein den Mittelgang entlangzulaufen, bescherte uns so viel Aufmerksamkeit, als würden wir nackt Tango tanzen.

Und wir gaben ein ziemlich unstimmiges Bild ab. Inmitten von all dem Glanz des Alfar-Hofes wirkte Anyan wie ein ruppiger Biker, während ich neben ihm hertippelte und aussah wie eine Collegestudentin, die man direkt aus der Bibliothek entführt hatte, wo sie für die Abschlussprüfungen büffelte.

»Avery?«, ertönte eine Stimme vor uns, und ein Kobold drängte sich durch die Menge zu uns.

»Vater«, erwiderte die seltsame Stimme unseres »Doktors«.

»Was soll das? Was tust du hier?« Averys Vater stand die Panik ins Gesicht geschrieben, seine gelben Augen waren groß wie Untertassen, und seine Hände mit den schwarzen Krallen zuckten nervös.

»Es muss endlich ein Ende haben, Vater«, war alles, was sein Sohn darauf antwortete. »Du bist mein Vater. Ich habe dich immer geliebt und dir vertraut. Ich bin dir in die Hölle gefolgt und zu jemandem geworden, den ich hasse. Deine Überzeugungen, Vater, sind *falsch*. Und sie sind wie ein Geschwür, das nichts als Verwesung bringt und sich ausbreitet. Es muss endlich ein Ende haben, und wir sind hier, um es zu Ende zu bringen.«

Averys Vater verzog das Gesicht zu einer Grimasse, und dann kam er auf seinen Sohn zu, als wolle er ihm die Stirn bieten. Doch Anyan ließ ihn mit einem Blick innehalten, woraufhin er wieder zurückwich. Und dann rannte er aus dem Saal und vermutlich aus dem Verbundsgebäude hinaus. Ich hoffte inständig, dass ihn jemand aufhalten möge, da wir den Vater womöglich noch als Zeugen brauchen würden, der die Aussage des Sohnes stützen konnte.

»Anyan Barghest!«, rief der Herold, als wir uns dem Thronpodest näherten. »Avery Kobold! Und Jane True!«

Das Alfar-Königspaar sah uns mit reglosen Gesichtern an, als wir auf sie zugingen. Bloß Jarl, mein Erzfeind, verriet seine Gefühle mit Augen, die so voller Hass und Wut waren, dass sie mich praktisch durchbohrten. Aber das konnte ich auch: All die Feindseligkeit, die ich für den Reinblutfanatiker empfand, triefte mir aus den Poren.

»Welchem Umstand verdanken wir diese Freunde, Anyan Barghest?«, verkündete Morrigan mit ihrer schläfrigen Alfar-Stimme.

Der Barghest ließ sich vor seinen Monarchen auf ein Knie

fallen. Ich dachte scharf darüber nach und blieb dann stehen. Morrigans Blick wanderte zu mir, aber sie lächelte bloß matt.

»Wir Ihr wisst, meine Königin«, sagte Anyan, noch immer kniend, »habe ich in Eurem Auftrag die jüngste Entführungsserie in unserem Territorium untersucht.«

Die Königin nickte, während ihr Ehemann wie eine Statue neben ihr saß. Ich fragte mich, ob er überhaupt wahrnahm, was um ihn herum geschah.

»Und du hast neue Erkenntnisse?«, fragte Morrigan. »Gibt es neue Entwicklungen?«

»Ja, Hoheit. Darf ich mich erheben?«

Morrigan nickte, und Anyan stand auf.

»Wir haben eine Razzia in dem Labor durchgeführt, das wir für die Zentrale der Operation halten, und wir haben einen Zeugen mitgebracht. Es handelt sich um einen der sogenannten ›Ärzte‹ dort.«

»Ein Labor? Ärzte?« Orins Stimme ertönte knarzend aus seiner unbeweglichen Gestalt, als wäre er es nicht gewohnt zu sprechen.

»Ja, mein König. Die Entführungen, die unser Territorium heimgesucht haben, wurden begangen, um Versuchspersonen zu bekommen. Es ging um reinblütige, weibliche Übernatürliche und in einigen wenigen Fällen auch um männliche, die sich erfolgreich mit Menschen fortgepflanzt haben.«

»Versuchspersonen?«, wiederholte der König. Ohne Zweifel war er mit solchen Worten nicht vertraut.

»Ja, Versuchspersonen. Diese Labors wurden unter dem Deckmantel eingerichtet, die Fortpflanzungsprobleme angeblich mithilfe von Methoden aus der menschlichen Wissenschaft zu lösen. Was dort jedoch stattfand, war bloße Folter.

Die Opfer wurden grausam gequält: entsetzlicher Missbrauch, Schläge, Vergewaltigung …«

»Grausigste Morde«, warf ich ein.

»Und Mord«, bestätigte der Barghest.

»Wissenschaft …«, sinnierte Orin, ganz offenbar zog ihn allein dieser Gedanke in den Bann.

»Ja, Wissenschaft. Oder Pseudowissenschaft, genau genommen. Und diese Übergriffe beschränkten sich nicht allein auf unser Territorium, Hoheit. Mithilfe eines besonderen chemischen Serums wurden die magischen Kräfte von Reinblütern betäubt. Ihrer Macht beraubt wurden sie ins Grenzland verschleppt, wo viele dieser Labors unter der Führung von Halblingen betrieben wurden, denen man als Gegenleistung reinblütige Partner versprach.«

»Das sind ziemlich ernste Vorwürfe, Anyan Barghest. Und noch wurden keine konkreten Beschuldigungen erhoben. Weißt du, wer für diese verräterischen Machenschaften verantwortlich ist?« Morrigans Stimme war ruhig, aber hinter ihren Worten lag eine gewisse Anspannung.

Mich schockierte die Tatsache, dass Anyan ihr berichtet hatte, dass ihre Untertanen vergewaltigt, gefoltert und ermordet worden waren, und alles, was Morrigan in solch monströsen Taten sehen konnte, war die Tatsache, dass »Verrat« begangen worden war.

Anyan schwieg einen Moment, zweifellos unsicher, wie er Jarl am besten ins Spiel bringen sollte, als Avery vortrat.

»Als einer der Entwickler des Serums, das dazu benutzt wurde, die magischen Kräfte der Entführten zu blockieren, habe ich den Anführer dieser Operationen persönlich getroffen. Ich kann seine Identität bezeugen.«

Ich würde Avery nie für seine Rolle in der ganzen Sache vergeben können, aber ich musste zugeben, dass es mutig von ihm war, jetzt vorzutreten. Dies war seine Welt; es waren seine Herrscher. Und doch hatte er den Mumm, eine Beschuldigung vorzubringen, die ihn das Leben kosten könnte, genauso wie er Verbrechen zugab, die soeben als verräterisch bezeichnet worden waren.

»Avery«, fauchte Jarl hinter Morrigan, und seine Stimme klang bedrohlich.

»Nein, Jarl. Jetzt ist Schluss. Ich wollte das nie, nichts davon, und jetzt habe ich genug. Nach allem, was ich gesehen, wozu ich beigetragen habe, kann nichts als der Tod mir noch Frieden bringen. Also sind deine Drohungen völlig nutzlos.«

Während dieses Schlagabtauschs blickten sich alle gegenseitig an, in dem Versuch, das, was da gerade geschah, einzuordnen.

»Mein König, meine Königin. Ich bedaure, Euch mitteilen zu müssen, dass es sich bei demjenigen, der für die Labors, die Entführungen und die Versuche verantwortlich ist, um niemand Geringeren als Euren Stellvertreter handelt: Jarl.«

Averys Stimme klang kräftig und klar und schallte durch den totenstillen Saal. Seine Worte hallten nach, wie um sicherzustellen, dass sie auch wirklich jeder gehört hatte. Dann brach das Chaos los.

Wesen drängelten durcheinander, wiederholten, was soeben gesagt worden war und stießen sich gegenseitig an, um sich näher ans Thronpodest zu zwängen, weil sie sehen wollten, was weiter geschah, oder sie flohen aus dem Saal, weil sie einen Gewaltausbruch erwarteten. Ich hoffte, dass meine sanftmütige Nymphen-Zofe unter Letzteren war.

Jarl stürzte vor, sein Gesicht eine Maske aus Wut. Vermutlich hätte er Avery auf der Stelle getötet, wenn Orin ihn nicht mit einer simplen Geste zurückgehalten hätte, in Kombination mit einem Impuls seiner Kraft. So rein und mächtig, dass Jarl ruckartig stehen blieb, als hätte man ihn an die Leine genommen.

Deshalb ist Orin König, dachte ich, *und sein älterer Bruder bloß sein Diener.*

Der König legte eine magische Blase um Jarl und hielt ihn so nur wenige Schritte von unserem Kobold-Zeugen entfernt fest.

»Das sind ernste Beschuldigungen«, sagte Orin feierlich, seine Stimme klang gefasst, obwohl er soeben vom Verrat seines Bruders erfahren hatte. Unterdessen saß die Königin ungerührt wie immer neben ihm. »Kannst du irgendwelche Beweise außer deiner eigenen Zeugenaussage vorbringen?«

»Mein Vater hat eng mit Jarl zusammengearbeitet. Ihn mögt Ihr befragen«, sagte Avery.

Verdammt, fluchte ich. *Papa ist geflüchtet …*

Doch da kam Bewegung hinter mir auf, als Ryu vortrat und Averys Vater vor sich her schob. Ryu sah mich an, als er vorbeiging, aber es war nicht gerade ein flirtender Blick. Wenn überhaupt, dann sagte Ryu mir damit, dass er nicht wegen mir hier war.

Orins schwere Augen wanderten zu dem gefangenen Kobold.

»Winston Kobold, dein Sohn hat schwerwiegende Vorwürfe gegen meinen Stellvertreter vorgebracht. Er behauptet außerdem, dass du in dieser Sache als Zeuge aussagen kannst. Was hast du dazu zu sagen?«

Averys Vater presste die Kiefer zusammen und wich rebellisch dem Blick seines Königs aus. Orin reagierte darauf mit einem weiteren Fingerschnippen; ein Zauber, der Winstons Zunge löste und ein weiterer, der ihn nichts als die Wahrheit sagen ließ.

Und es funktionierte: Alles, und damit meine ich wirklich *alles*, strömte aus dem Kobold heraus. Wie es dazu kam, dass Jarl so besessen wurde von der Idee, die menschliche Wissenschaft für seine Zwecke zu nutzen, nachdem er Conleth in einem Labor entdeckt hatte; wie er seine Nagas losgeschickt hatte, um die Leichen von Halblingen für seine Experimente zu beschaffen; wie Conleths Flucht dazu führte, dass Jarl eigene lebende Versuchspersonen einsetzte. Alles kam ans Licht. Wenn die Nagas und später Phädra und ihre Truppe Jarls Muskeln waren, dann war Winston Kobold ganz offensichtlich seine rechte Hand, wenn es um die Strategie und die Ausführung der Operation ging.

Der ganze Hofstaat verfolgte stumm Winstons fieberhafte, magiebefeuerte Zeugenaussage. Die meisten Wesen sahen schockiert aus – einige auch schuldbewusst –, andere wirkten, als könnten sie gar nicht glauben, was sie da zu hören bekamen. Es klang auch wirklich verrückt: die Machenschaften von Irren, deren unbegrenzte Macht ihnen erlaubte, ihre bizarrsten Fantasien zu verwirklichen.

Tatsächlich genoss ich es beinahe, die Gesichter der Anwesenden zu sehen, bis es an mir war, blass zu werden und den Mund aufzusperren.

»Und dann entführten und töteten wir aus Versehen die Mutter der Halblingsselkie«, plauderte Winston aus, und mein Herz sackte mir bis in die Schuhe.

»Wir wussten, dass die Selkie Halblingskinder hatte, aber uns war nicht klar, dass sie Jane Trues Mutter war. Das stellten wir erst nach ihrem Tod fest. Uns war klar, dass das ein Fehler war – denn nun würde Anyan Barghest nie mehr lockerlassen, nachdem sein Halblingsliebling betroffen war. Also entführten wir ihre Elbenfreundin, eine weitere Menschengeliebte, in der Hoffnung, sie abzuschrecken. Doch dann schlug mein Sohn vor, die Elbe stattdessen als Druckmittel einzusetzen …«

In meinem Kopf herrschte gähnende Leere, als die Worte des Kobolds mich überrollten.

Versehen?, dachte ich. *Der Tod meiner Mutter war für diese Mistkerle nichts weiter als ein Versehen?*

Und Kinder? Plural? Heißt das, ich habe noch Geschwister?

Mein Gesicht wurde heiß, als mir das Blut in den Kopf stieg. Ich fing an zu schwanken, fühlte mich einer Ohnmacht nahe, als würden die Worte des Kobolds direkt mein zentrales Nervensystem angreifen.

Eine schwielige Hand ergriff meine und drückte sie sanft. Ich blickte flehend zu Anyan hoch, und er sah mit seinen grauen Augen tief in meine schwarzen. Er drückte erneut meine Hand, fester diesmal.

Reiß dich zusammen, befahl ich mir und beherzigte so seine stumme Ermahnung. Jetzt war nicht die Zeit, durchzudrehen. Das konnte ich später noch zur Genüge, aber der Verbund war ein viel zu gefährlicher Ort, um zusammenzubrechen. Also wappnete ich mich und konzentrierte mich wieder auf die Zeugenaussage von Winston Kobold.

Als er fertig war, sank er auf die Knie und rang nach Atem.

Irgendwann während Winstons Bericht hatte Orin sich erhoben, während die Königin auf ihrem Thron sitzen geblieben war. So wie Orin dort stand, als sei er unfähig sich zu rühren, war das wohl einem Gefühlsausbruch, wie ich ihn noch nie bei ihm erlebt hatte, am nächsten. Bisher hatte er immer mit völlig unerschütterlicher Gefasstheit gehandelt. Jarls Nagas hatte er ohne mit der Wimper zu zucken zum Tode verurteilt, und nun stand Orin vor seinem Bruder, als sei er nicht in der Lage fortzufahren. Aber schließlich ergriff er doch das Wort.

»Jarl, mein Bruder. Die Beweislast, die mir soeben unterbreitet wurde, von einem, der auf mein Wirken hin nichts als die Wahrheit sagen konnte, ist erdrückend. Hast du irgendetwas zu deiner Verteidigung vorzubringen?«

Orins Bann ließ nur so viel von Jarl ab, dass er sprechen konnte.

»Was ich tat, habe ich für unseresgleichen getan, *Bruder*«, spie Jarl geradezu heraus. »In deiner Gleichgültigkeit hättest du mitangesehen, wie wir alle aussterben. Du bist kein König; du bist nichts als die Galionsfigur all dessen, was uns überhaupt erst in unser aktuelles Dilemma gebracht hat. Allmächtig und doch völlig machtlos: Du hockst auf deinem Thron aus Lügen.«

Da hat wohl jemand Buddy – Der Weihnachtself *gesehen*, dachte ich zynisch, während Orins Gesicht noch weißer wurde angesichts dessen, was sich sein Stellvertreter herausnahm.

»Mein Bruder …«, flüsterte der König, bevor seine Stimme wieder fest wurde. »Mein Bruder, du lässt mir keine Wahl. Mit großem Bedauern beschuldige ich dich des Verrats. Knie nieder und nimm deine Strafe hin.«

Ich konnte nicht glauben, was ich da sah. Nach allem, was wir durchgemacht hatten, nach allem, was geschehen war, sollte es das jetzt gewesen sein? Jarl wäre endlich weg, und ich könnte endlich mein Leben leben?

Als spürte er, wie durcheinander ich war, nahm Anyan meine Hand wieder in seine riesige Pfote und drückte sie sanft, um mir zu zeigen, dass er da war. Ich drängte mich näher an den großen Mann, unsicher, ob ich mitansehen konnte, wie jemand – selbst wenn es sich um Jarl handelte – hingerichtet wurde.

Orins Kraft wogte, zwang Jarl in die Knie. Morrigan saß immer noch da, und ich bemerkte, dass sie mit beiden Händen die Lehnen ihres Throns umklammerte.

Das muss auch für sie ein Schock sein. Ich meine, sie hat ihren Schwager zwar verdächtigt, aber trotzdem ..., dachte ich und verfolgte, wie Morrigan sich von ihrem Prunksessel erhob und von hinten an ihren Mann herantrat.

Was als Nächstes geschah, wird für immer bloß verschwommen in meiner Erinnerung sein. Im einen Augenblick stand Orin noch mit erhobener Hand da, um sein eigen Fleisch und Blut zu zermalmen; im nächsten rang er nach Luft. Der Alfar-König sank auf die Knie, und dann lag er auch schon ausgestreckt, mit dem Kopf nach unten am Boden, das plötzliche Fehlen seiner gewaltigen Kraft hinterließ eine spürbare Leere im Saal.

Aus seinem Rücken ragte ein edles Messer mit verziertem Griff, wo es zwischen den Rippen des Königs eingedrungen war und sein Herz durchbohrt hatte.

Und dann streckte die Frau des Königs und seine Mörderin dem Bruder ihres Mannes die Hand entgegen. Jarl erhob sich und ergriff Morrigans Hand, verbeugte sich würdevoll und drückte ihr einen feurigen Kuss auf die Fingerknöchel.

Das war ungefähr der Moment, in dem Tumult ausbrach und es Lord und Lady Macbeth ermöglichte, durch eine Geheimtür im Gobelin an der Wand hinter ihnen zu fliehen.

Das *hätte ich nie erwartet*, bemerkte mein Hirn beeindruckt, bevor es hinter einem Nebel aus purem Adrenalin verschwand.

KAPITEL 27

Das erste Mal, als ich in einen Kampf im Verbund verwickelt war, war ich völlig wehrlos gewesen. Ich schlich mich davon, versteckte mich und versuchte mich aus der Schusslinie zu halten.

Diesmal lag die Sache anders.

Eine Gruppe ergebener Anhänger hatte dafür gesorgt, dass ihr Herr und ihre Herrin genug Zeit hatten, sich davonzumachen. Die meisten davon waren relativ schwache Alfar, die auf dem Thronpodest Position bezogen hatten und von dort aus Widerstand leisteten. Orins Leiche war kurzerhand zur Seite gestoßen worden und lag nun auf dem Rücken, in einem eigenartigen Winkel abgestützt von dem Griff des Messers, das ihn getötet hatte.

Anyan führte den Angriff an, Ryu an seiner Seite, und beide Männer kämpften so erbittert wie Löwen. Wenn sie ihre Differenzen hintanstellten, waren sie ein bedrohliches Team. Sie wurden von weiteren mächtigen Wesen unterstützt. Morrigans übrige Truppe würde nicht mehr lange standhalten, aber ich ging davon aus, dass Jarl einen guten Fluchtplan in petto hatte.

Also tat ich, worin ich am Besten war: Ich bewachte eine Gruppe Verbundsbedienstete und umgab sie mit einem meiner ausgedehnten Schutzschilde, damit niemand zu Schaden kam. Langsam aber sicher fügten sie ihre eigenen Kräfte hinzu, und wie schwach diese Schilde auch im Einzelnen sein mochten, ich stopfte die Lücken mit meiner Wasserkraft, bis unsere Abwehr nahezu undurchdringbar war.

Unterdessen hatte ich aus meiner gut bewachten Ecke der Haupthalle heraus eine gute Übersicht über das Kampfgeschehen, und Morrigan war nicht die Einzige, die mich überraschte.

Zum Beispiel war die Person, die am schockiertesten über den Verrat der Königin zu sein schien, Nyx. Immer wieder hatte man mir gesagt, dass Morrigan Nyx in der Hand hatte, dass Nyx Morrigans Jarl war. Also hatte ich zweifellos erwartet, dass sie Teil der Gruppe wäre, die Morrigans und Jarls Rückzug decken würde. Schließlich war die Baobhan Sith immer für einen Kampf zu haben, und natürlich war sie ihrer Königin ergeben. Doch bei diesem Zusammenstoß rührte sie sich nicht vom Fleck. Sie stand einfach nur da und starrte dorthin, wo Morrigan zuvor gesessen hatte, als würde sie dort wieder auftauchen, wenn sie es nur fest genug wollte.

Die Meisterin der Manipulation ist selbst manipuliert worden, stellte ich fest. Aber dann beschloss ich, dass ich nicht so hart mit Nyx sein sollte.

Morrigan war wirklich gut, dachte ich und erinnerte mich an all die freundlichen Worte der Alfar-Königin und ihre kontrollierte Art. Auch wenn es mir immer so vorgekommen war, als würde unter dieser vordergründigen Gelassenheit mehr brodeln, so hatte ich das doch allzu leicht genauso interpretiert, wie Morrigan es zweifellos wollte. Ich musste daran denken, wie ich während meines ersten Besuchs mit ihr über das Verbundsgelände spaziert war und sie von den Schwierigkeiten mit der Fortpflanzung sprach. Die Art und Weise, wie sie das Thema aufbrachte, dann aber so entschlossen in ihrer Behauptung war, dass schon alles gut ausgehen werde, hatte mich glauben lassen, dass sie von *anderen* Leuten umgeben war, die ihr in diesem Zusammenhang Sorgen machten. Aber es mussten die ganze Zeit über ihre eigenen Gefühle gewesen sein, die sie bloß elegant verschleierte.

Und ihr scheinbares Misstrauen Jarl gegenüber? Die Königin wandte wohl die Grundsätze aus einer Lektion an, die man vermutlich schon in der dritten Klasse lernt und die von Ehebrechern überall auf der Welt verfeinert wurde: Tu so, als hättest du eine Abneigung gegen das Objekt deiner Zuneigung.

Ich beobachtete, wie der Kampf sich ausweitete, und feuerte von Zeit zu Zeit eine Magiekugel auf jeden ab, der zu nah an uns herankam, ohne seine Absichten offenzulegen. Die meisten waren weitere Bedienstete, die hinter unserem Schild Schutz suchen wollten, aber es gab auch einige, die Jarls Schergen sein mussten und dachten, ich sei leicht zu schlagen. Ein finster dreinblickender Kobold kam mir beinahe nahe genug, um uns gefährlich zu werden, aber stattdessen sah ich zusammenzuckend mit an, wie er sauber geköpft wurde. Hinter dem zu Boden fallenden Körper des Kobolds tauchte daraufhin ein grinsender, dicker Mann auf, der weiße Pluderhosen und Schnabelschuhe trug.

Wally, ich grüße dich, dachte ich und legte die Finger an die Stirn.

Der Dschinn, Daouds Onkel, setzte daraufhin ein noch breiteres Grinsen auf und warf mir eine Kusshand zu, bevor er sich umdrehte und sich wieder ins Gefecht stürzte.

Nach etwa einer halben Stunde erbitterten Kampfes waren Jarls Anhänger entweder tot oder überwältigt. Aber erst als Anyan zu mir kam – blutverschmiert, voller Schrammen und mit grimmigem Blick –, ließ ich meine Schilde sinken.

»Geht es dir gut?«, fragte er.

»Ja. Und dir?«

Er nickte, und wir standen uns unbeholfen gegenüber und sahen uns an. Ich war noch ziemlich aufgedreht von all dem Adrenalin der heutigen Ereignisse und wusste, dass es bei Anyan nicht anders sein konnte. Aber was sollte ich jetzt damit anfangen?

Sei mutig, flüsterte mir Capitolas Stimme zu. Also versuchte ich es.

Ich machte einen Schritt nach vorne und lehnte mich an Anyan, denn ich wollte wirklich spüren, dass er stark war und heil und gesund. Er war so groß, dass ich meine Stirn praktisch an seinen flachen Bauch presste, aber das war okay.

Er legte seine langen Arme um mich und hielt mich behutsam fest. So standen wir lange da, aber in Wahrheit waren es wohl nur ein oder zwei Minuten. Schließlich blickte ich zu ihm auf.

»Was passiert jetzt?«

»Chaos. Jarl war Orins Thronerbe. Jetzt gibt es niemanden, der ihn ablöst; das heißt keinen Alfar. Die meisten Alfar-Höflinge sind mit Jarl geflohen oder wurden getötet. Unter den Unschuldigen, die hiergeblieben sind, haben wir einen Gelehrten, einen Historiker, einen Barden und einen Möchtegern-

Stand-up-Comedian. Also taugt keiner der übrigen Alfar zum Anführer.«

»Ist das ein Problem?«

Die Nase des Barghest zuckte. »Wir sind nicht gerade eine demokratische Gesellschaft, Jane. Und wir wurden immer von Alfar beherrscht. Also, ja, es wird eine Menge zu regeln geben.«

»Dann wirst du ganz schön viel zu tun haben«, sagte ich traurig. Ich nahm an, ich würde den Barghest an diesen Schlamassel verlieren. Schließlich war er in der übernatürlichen Gemeinschaft einer der mächtigsten und respektiertesten Anführer.

Eine große Hand strich mir übers Haar, und ich bebte. »Ja«, sagte er, »ich werde viel zu tun haben.«

Ich legte die Stirn in Falten. »Wie lange wirst du bleiben müssen?«

»Morgen Abend sind wir hier weg.«

»Wir?«, fragte ich, weil ich eigentlich angenommen hatte, dass er mich mit einem Bewacher auf den Weg nach Hause schicken würde.

»Vielleicht auch früher, wenn alles schnell geht. Ich möchte dich so rasch wie möglich nach Hause bringen und mit deinem richtigen Training beginnen. Jarl wird es weiter auf dich abgesehen haben, und darauf müssen wir vorbereitet sein ...«

»Wir?«, fragte ich noch einmal, und meine Stimme klang leise und hoffnungsvoll.

»Ja, Jane, *wir*. Du hast doch wohl nicht gedacht, dass ich dich aus den Augen lasse, während Jarl da draußen frei herumläuft, oder?«

»Wir?«, war meine unglaublich geistreiche Antwort.

Anyan lachte und ging vor mir in die Hocke. Er nahm meine Hände in seine und sah mich ernst an.

»Es wird Krieg geben, Jane. Ich weiß noch nicht, welche Form dieser Krieg annehmen wird. Aber es wird dazu kommen. Dieses Territorium ist jetzt ohne Verteidigung und ohne Führung. Ganz zu schweigen von der Sache mit Jarl und Morrigan. Trotz ihrer Taten werden viele in ein paar Monaten glauben, dass sie unsere naheliegendsten Herrscher sind. Es wäre nicht das erste Mal, dass ein Alfar-Monarch einen Thron besteigt, den er zuvor mit Blut besudelt hat.«

Ich erschauderte bei dem Gedanken.

»Also müssen wir vorbereitet sein. Aber in Rockabill sind wir relativ sicher. Dort können wir alles planen und uns vorbereiten. Und ich werde dich nicht verlassen. Nicht noch einmal.«

»Warum?«, piepste ich, denn ich konnte es nicht glauben, dass Anyan sich die Gelegenheit, die Macht zu übernehmen, entgehen ließ, nur um bei mir zu sein.

»Ich will keinen Anteil an dem politischen Chaos, das die nächsten Monate über herrschen wird«, knurrte Anyan. »Und ich habe dir meine Prioritäten, was Loyalität angeht, ja schon einmal genannt. Mich kümmern nur wenige Leute hier, Jane. Meine Loyalität konzentriert sich andernorts.«

Damit setzte er sich zurück auf die Fersen und sah mir ins Gesicht. Ich reagierte mit der mir eigenen Würde und Anmut.

Ich trat von einem Bein aufs andere und druckste herum, während ich knallrot anlief. Ich wusste nicht, wie ich auf sein Bekenntnis reagieren sollte. Er war *Anyan*, Himmelherrgott. Ich fühlte mich, als wäre Johnny Depp den Seiten einer Klatschzeitung entsprungen, um mir zu gestehen, dass er meine Bewunderung erwiderte.

»Meine auch«, murmelte ich schließlich und spürte, wie mein Gesicht noch heißer wurde. Aber ich drückte seine Hände, und er reagierte darauf, indem er mit den Daumen meine Knöchel streichelte. Dann erhob er sich und wollte gerade noch etwas sagen, als ich hinterrücks von einer schluchzenden Nymphe angefallen wurde.

»Elspeth«, rief ich und schlang die Arme um meine frühere Zofe. Sie weinte hysterisch, aber ich war einfach nur froh, sie nach all dem Tumult lebend wiederzusehen. Bevor er ging, um sich um seine Geschäfte zu kümmern, schenkte mir Anyan noch ein verheißungsvolles Lächeln. Dann sah ich ihm hinterher, wie er die Halle durchquerte und sich zu Ryu, Wally, Nyx und ein paar anderen mächtigeren Mitgliedern des Hofes gesellte, die sich in einer Ecke beratschlagten.

An die nächsten vierundzwanzig Stunden erinnere ich mich nur verschwommen. Ich tröstete Elspeth und versuchte den Übernatürlichen nicht im Weg zu sein, die debattierten, was hinsichtlich eines neuen Herrschers zu tun war. Es war Anyan, der vorschlug, eine Wahl abzuhalten, wie es bei den Menschen üblich war. Alle starrten ihn eine Weile an und wollten dann ihn wählen, aber er schlug ihre Nominierung aus.

Also fiel die Macht auf die nächsten zwei naheliegendsten Kandidaten. Da es unmöglich war, zwischen den beiden zu wählen, wurden sie beide zu vorübergehenden Anführern ernannt. Ich sah, wie Ryu und Nyx sich die Hand schüttelten und sich darauf einigten, die Macht zu teilen und das Territorium zu verteidigen, bis der wirkliche Herrscher gefunden war. Ryus Gesicht war leicht gerötet, und er strahlte vor Stolz. Ich freute mich für ihn. Aber noch froher war ich darüber, dass ich nicht an seiner Seite sein musste.

Am folgenden Abend verließen Anyan und ich den Verbund still und heimlich und informierten niemanden außer Caleb. Er würde unsere Abreise für sich behalten, bis wir zurück in Rockabill waren. Er versprach Anyan außerdem, ihn über alles, was nach unserer Abreise passieren würde, auf dem Laufenden zu halten.

Der Barghest und ich fuhren zu dem winzigen örtlichen Flugplatz, der den Menschen in der Region unbekannt war und auf dem ausschließlich Übernatürliche arbeiteten. Wir charterten Orins und Morrigans Privatjet – da ihn wohl keiner von beiden in nächster Zeit benutzen würde –, um nach Eastport zu fliegen, wo sicher in einem der Hangars Anyans Motorrad auf uns wartete.

Das Flugzeug war eine Gulfstream mit sechs Sitzen, weshalb Anyan und ich durch den Gang voneinander getrennt saßen. Meine Libido stachelte mich die ganze Zeit an, mich auf seinen Schoß zu setzen, aber meine Tugend war froh über diese kurze Schonfrist. Ich würde noch einen Moment brauchen, mich an die Vorstellung zu gewöhnen, dass Anyan und ich vielleicht eine Chance hatten.

Nebenbei hatten wir viel zu besprechen.

»Möchtest du reden?«, fragte der Barghest wie ein Echo meiner Gedanken und drehte sich zu mir, sodass sein rechter Arm zwischen ihn und den Sitz gequetscht wurde und seine rechte Wange auf dem Kopfteil zu liegen kam. Er wirkte müde.

»Über was?«, fragte ich und ahmte seine Körperposition nach, sodass wir fast so dalagen wie zwei Freundinnen, die bei einer von beiden übernachteten, nur von einem Schlafsack getrennt.

»Darüber wie du dich fühlst, jetzt da alles vorbei ist. Über deine Mom. Und Jarl.«

Ich dachte darüber nach, was Anyan da verlangte. Wie gewöhnlich hatte er natürlich recht: Es gab eine Menge, über das ich nachdenken musste. Als all das anfing, wusste ich, dass ein Grund, warum ich daran beteiligt sein wollte, darin bestand, dass es mir erlaubte, vor der Realität zu fliehen. Aber die Realität war wie ein lästiger Hausgast und ließ sich leider nicht lange ignorieren.

»Bis zu dem, was der Kobold im Verbund gesagt hat, habe ich mich eigentlich besser gefühlt. Ich habe noch nicht alles bewusst durchdacht, aber ich glaube, ich habe mich auf einer unbewussten Ebene langsam durchgebissen. Schätze, ich habe es im Hinterkopf vor sich hinköcheln lassen.«

»Und?«

»Na ja, ich glaube, das Schlimmste war, mich von der Vorstellung zu verabschieden, dass ich sie eines Tages wiedersehen würde. Aber ein Teil von mir wusste wohl schon immer, dass es eben nur eine *Fantasie*vorstellung war. Also ist dieser Teil von mir einfach pragmatisch und erinnert mich die ganze Zeit daran, dass sich eigentlich nichts geändert hat. Ich habe mich von meiner Mutter schon vor langer Zeit verabschiedet; jetzt weiß ich, dass es endgültig war.«

»Aber?«, hakte Anyan nach.

»Es gibt immer ein Aber, oder?«, meinte ich. Der Barghest antwortete mit einem Lächeln.

»Tja, es tut noch immer weh. Und ich hasse, *wie* sie gestorben ist. Das macht mich unendlich wütend. Die Tatsache, dass meine Mutter bloß ›aus Versehen‹ entführt und beseitigt wurde, macht mir zu schaffen. Ich weiß, das sollte es nicht.

Ich weiß, dass es völlig irrational von mir ist, dass mir die Vorstellung, dass sie ›aus Versehen‹ gestorben ist, zu schaffen macht, aber so ist es eben. Ich weiß, dass ich genauso traurig wäre, vielleicht sogar noch schlimmer, wenn Jarl meine Mutter vorsätzlich entführt hätte, um an mich heranzukommen. Aber trotzdem … dieses Wort ›Versehen‹ geht mir einfach nicht aus dem Kopf.« Erst jetzt merkte ich, wie gut es mir tat, mit Anyan über meine Mutter zu reden. Es fühlte sich richtig an.

»Wie fühlst du dich bei dem, was Winston noch gesagt hat – dass deine Mutter noch andere Kinder hatte?«, fragte Anyan sanft.

»Wusstest du das?«, konterte ich und hoffte, dass er davon gewusst hatte, damit er mir von ihnen erzählen konnte, und fürchtete gleichzeitig, dass er etwas vor mir verheimlicht hatte.

»Nein. Ich kannte Mari nur, als sie in Rockabill lebte. Meeresvolk bleibt sonst eigentlich lieber unter sich.«

Ich spürte, wie Erleichterung sich in mir breitmachte: Erleichterung mit einem Tick Enttäuschung, dass nun ein weiteres Geheimnis über meinem Kopf schwebte.

»Vielleicht kann ich mich, wenn alles wirklich vorbei und Jarl gefangen ist, mit der Tatsache auseinandersetzen, dass da irgendwo draußen vielleicht noch Halbgeschwister von mir herumlaufen«, sagte ich und beantwortete damit Anyans ursprüngliche Frage. »Aber jetzt besteht meine größte Sorge eher darin, dass ich meinem Vater beibringen muss, dass meine Mutter tot ist, und ich nicht weiß wie.«

Der Barghest nickte gedankenverloren. »Mein Rat wäre, dass du so weit wie möglich bei der Wahrheit bleibst. Sag ihm, dass der Grund, warum du diese Reise angetreten hast, teilweise darin lag, dass du Hinweise auf den Verbleib deiner Mutter hattest. Dass du der Sache nachgegangen bist und herausgefunden hast, dass sie tot ist. Dann bist du noch geblieben, um ihre Angelegenheiten zu regeln. Die blutigen Details muss er ja nicht wissen.«

Ich dachte darüber nach. »Das klingt gut.«

»Aber?«

Jetzt musste ich lächeln. »Aber was sage ich ihm über den Grund, *warum* sie damals fortgegangen ist?«

»Na ja«, antwortete der Barghest, und seine Nase zuckte beim Nachdenken. »Auch darüber kannst du ihm doch die Wahrheit sagen. Dass du weißt, dass sie Gründe hatte, die sie zum Gehen zwangen, aber dass sie euch beide trotz dieser Tatsche sehr geliebt hat.«

»Das klingt ja so, als sei sie cracksüchtig gewesen, Anyan.«

»Das Meer ist doch eine Art Crack, zumindest für Selkies«, meinte er achselzuckend.

Ich setzte mich auf und streckte mich. Dann sah ich aus dem Fenster. Wir waren gar nicht so weit von Eastport weg, stellte ich fest, nachdem ich einen Blick auf mein Handy geworfen hatte. Schließlich wandte ich mich wieder dem großen Mann neben mir zu. Er hatte die Augen geschlossen, und mir fielen die tiefen Ringe unter seinen Augen auf.

Ich wüsste da die perfekte Art, ihn ins Bett zu bringen, säuselte meine Libido. Aber ich ignorierte die darauffolgende anzügliche Bemerkung und konzentrierte mich stattdessen darauf, das markante Gesicht vor mir zu studieren.

»Was ist?«, brummte er nach ein paar Minuten und erschreckte mich damit.

»Äh«, tastete ich mich vor. »Ich denke nur darüber nach, was du gesagt hast.«

»Und?«

»Und es ist eine gute Idee. *Aber* …«, sagte ich, einen Sekundenbruchteil vor ihm, und sein breiter Mund verzog sich zu einem Grinsen, als er die Augen aufschlug und mich ansah.

»Aber wirst du bei mir sein, wenn ich es ihm erzähle?« Ich wusste nicht, warum ich das sagte, aber es erschien mir wichtig. Und plötzlich war es mir auch sehr wichtig, dass Anyan es nicht ablehnte.

»Natürlich«, antwortete der Barghest ohne zu zögern. Dann schloss er wieder die Augen und schlief für den Rest des Fluges.

Etwa eine Stunde später waren wir gelandet und bereit zur Abfahrt.

»Fast zu Hause«, sagte Anyan und reichte mir seinen Zweithelm. »Froh?«

»Ja«, erwiderte ich und sah ihm genussvoll zu, wie er auf sein Motorrad stieg. Wir gingen noch immer sehr vorsichtig miteinander um; unsicher, wie genau wir weiter vorgehen sollten. Aber langsam … machten wir Fortschritte. Wir nutzten die winzigsten Augenblicke der Nähe als Gelegenheit für behutsame Berührungen: Als wir aus dem Flugzeug ausstiegen, hatte Anyan seine Hand umsichtig an meine Hüfte gelegt, und ich hatte meine Hand auf seiner verweilen lassen, als er mir meine Reisetasche reichte.

Ich wusste nicht, was noch zwischen uns beiden passieren würde, aber in dem Moment – wohl wissend, dass ich gleich hinter ihn auf das Motorrad klettern würde, damit wir zusammen heimfahren konnten – fühlte es sich an, als wären die Möglichkeiten unendlich.

Mit einem leicht dümmlichen Grinsen, das mir allerdings egal war, ließ ich mir von ihm auf den Soziussitz helfen. Dann fuhren wir auch schon davon, brausten den dunklen Highway entlang nach Rockabill. Es war zu laut, um sich zu unterhalten, aber wir genossen die schweigende Fahrt beide zu sehr, als dass uns das gestört hätte.

Keine Stunde später nahmen wir die Ausfahrt, die uns direkt in die Stadtmitte unseres Heimatortes bringen würde. Schon bald waren wir auf der Hauptstraße und näherten uns dem Ortszentrum.

Ich genoss den Anblick meines ruhigen, sicheren Zuhauses. Alles war so wie vor meiner Abreise, wie es immer gewesen war. *Read It and Weep* stand noch immer, genauso wie der *Trog*, der Haushaltswarenladen und unsere kleine Bäckerei. Obwohl alles schon geschlossen war, wirkte die leere Stadtmitte nicht trostlos. Es schien nur so, als würde der Ort schlummern, bereit, morgen früh wieder einen neuen Tag zu begrüßen.

»Home sweet home«, murmelte ich. Eine von Anyans Händen legte sich auf meine, die seine Taille umschlungen hielt. Er streichelte sanft meine Fingerknöchel, und ich verspürte große Lust, meine Hände weiter hinunterwandern zu lassen, dahin, wo sein Körper das Motorrad berührte …

Doch bevor ich mich so mutig vorwagen konnte, fluchte der Barghest plötzlich, bremste abrupt und kam schlenkernd zum Stehen. Dabei brach das Motorrad leicht seitlich aus, sodass wir beide nach rechts blickten.

Dort, im Licht der hübschen antiken Straßenlaterne, als wäre sie auf einer Bühne, stand Blondie.

Sie war nackt, und ihr komplett tätowierter und gepiercter Körper glühte geradezu vor Kraft. Sie bewegte sich, und nach einer erstaunten Sekunde stellte ich fest, dass sie auf dem Bürgersteig eine Art Stepptanz aufführte. Alle paar Sekunden tippte sie mit dem Zeh hinter sich, die Arme ausgebreitet. Dabei ließ sie jedes Mal zudem ein wenig Magie spielen. Indem sie diese starke Elementkraft anzapfte, die sich sowohl vertraut und doch fremdartig zugleich anfühlte, feuerte sie Magiekugeln ab, die wie ein Feuerwerk über ihrem Kopf explodierten. Oder sie ließ alles schwarz werden und umgab uns mit ihren psychedelischen Schlingpflanzen.

All das waren aber nur starke und schöne, jedoch trotzdem völlig gewöhnliche Tricks für eine mächtige Alfar. Bis sie etwas wirklich Ungewöhnliches machte.

Gerade hatte sie uns noch die Jazzhände gezeigt, als sie in der nächsten Sekunde ihre Arme weit ausbreitete und sich verwandelte. Vor uns stand, groß und anmutig, ein wunderschönes weißes Reh, dessen spitze Ohren silberne Ringe zierten.

Ich erinnerte mich an Anyans Worte, als er mir vor einiger Zeit gesagt hatte, dass Alfar alles könnten, außer ihre Gestalt ändern. Was nur eines bedeuten konnte …

»Du bist ein Original, oder?«, drang die tiefe Stimme des Barghest durch die Nachtluft. Das Reh legte den Kopf zur Seite, beugte den Hals und hob ein Vorderbein, um sich an der Schnauze zu kratzen. Eine Sekunde später löste sich das Reh in einer magischen Explosion auf und nahm wieder seine tätowierte, menschliche Form an.

»Du bist ein Original«, wiederholte Anyan. Und diesmal bekam er eine Antwort. Blondie legte einen Finger seitlich an ihre Nase und zwinkerte. *Goldrichtig.*

Ich stieß einen leisen Pfiff aus, während Anyan anfing jede Menge Fragen zu bellen.

»Was willst du? Warum bist du hier? Warum hilfst du uns?«

Blondie lächelte fast unmerklich, hob ihre Arme, ihr Körper rollte sich auf wie eine Jalousie, und zurück blieb ein weißer Falke, der in der Luft schwebte. Und dann flog der Vogel davon.

Wir starrten auf die Stelle, wo soeben noch Blondie gestanden hatte. Anyan und ich waren beide sprachlos, und wir versuchten zu begreifen, was soeben passiert war.

Ich wusste ja, dass Blondie mächtig war; eines der mächtigsten Wesen, das ich je getroffen hatte. Ich wusste auch, dass sie ein Original war, obwohl ich nur wenig Ahnung hatte, was das bedeutete. Aber ich wusste, dass sie für mich da war.

Ich wünschte bloß, ich wüsste, was sie vorhatte.

DANKSAGUNG

Wie immer ein Riesendankeschön an meine Familie und meine Freunde. Ich liebe euch und danke euch für eure unermüdliche Unterstützung.

Meine Studenten und Kollegen an der Louisiana State University in Shreveport waren eine Inspiration für mich, besonders wenn man die Verunsicherung durch die aktuelle Budgetkrise berücksichtigt. Danke, dass ihr immer so begeistert von meiner Arbeit wart und so viel Verständnis hattet für meine Tendenz, ins Leere zu starren und vor mich hin zu murmeln.

An mein Alphateam von Betalesern – James Clawson, Mary Lois White und Christie Ko – ihr seid fantastisch, und ich vergöttere euch. Danke, dass ihr Jane auf Zack gehalten habt.

Dasselbe gilt für meine fabelhafte Kritikpartnerin, Diana Rowland, deren Dämonen-Serie mich total begeistert. Du bist ein großartiger Einfluss und eine Freundin, und dafür danke ich dir.

Allen aus der *League of Reluctant Adults* danke ich dafür, dass sie mich eingeladen und dafür gesorgt haben, dass ich mich bei ihnen so wohlfühle, und dass sie mich niemals dazu angehalten haben, meine Haare zu kämmen. Ich bewundere euch alle sehr und bin euch so dankbar.

Und an mein Team bei McIntosh, bei Otis und bei Orbit Books – danke! Rebecca und Ian, ihr seid großartig. Wir haben so viel erreicht, und das verdanke ich euch. Bei Orbit danke ich Jack und Alex dafür, dass sie die Dinge zu einem Erfolg machen. Lauren danke ich wie immer für ihre wunderschönen Cover, die sie zusammen mit der talentierten Sharon Tancredi verwirklicht (danke, Sharon!). Mein Dank gilt auch Jennifer, dafür, dass sie das Getriebe ölt, Devi, dafür, dass sie dafür sorgt, dass ich ehrlich bleibe, und Tim, der meine Verträge unterzeichnet.

Schließlich danke ich noch allen meinen Fans. Diejenigen, die Jane wirklich verstehen und das, was ich in diesen Büchern zu tun versuche, haben den ganzen Prozess zu einem solchen Vergnügen für mich gemacht. Danke, dass ihr mir schreibt, eure eigenen Geschichten mit mir teilt und dass ihr so herzlich und ermutigend seid. Dank eurer Unterstützung haben Janes Abenteuer – und mein eigenes – gerade erst begonnen.

Mystery

Düster! Erotisch! Unwiderstehlich!

Diese Ladies haben keine Angst im Dunkeln: Die Mystery-Starautorinnen des Heyne Verlags schicken ihre Heldinnen und Helden ohne zu zögern in die finstere Welt des Zwielichts. Denn dort erwarten sie die gefährlichen, romantischen Verstrickungen der Nacht …

978-3-453-53282-3

978-3-453-53309-7

J. R. Ward
Mondspur
978-3-453-56511-1

Patricia Briggs
Bann des Blutes
978-3-453-52400-2

Christine Feehan
Jägerin der Dunkelheit
978-3-453-53309-7

Kim Harrison
Blutspiel
978-3-453-43304-5

Leseproben unter: **www.heyne.de**

HEYNE